잘 가거라 용생,

어서 와라 인생

GOOD BYE,
DRAGON LIFE.

나가시마 히로아키
Hiroaki NAGASHIMA

5

목차

엘리자

에드왈드 교수의
조수로 일하는
냉정 침착한 재녀(才女).

에드왈드

마법학원의 젊은 교수.
천공인들의 문명에 관한 연구에
심혈을 기울이고 있다.

바제

모레스 산맥에 기거하는
심홍룡(深紅竜).
기질이 거칠며 드란을
눈엣가시로 여기고 있다.

루우(瑠禹)

청순하고 온화한
성격의 수룡(水龍).
수룡황(水龍皇)인
류키츠(龍吉)의 딸.

주요
등장인물
MAIN CHARACTERS

세리나

반인반사(半人半蛇)의
미소녀 라미아.
드란과 사역마의 계약을 맺고
마법학원까지 따라왔다.

크리스티나

인간을 초월한 신체 능력과
검기를 겸비한
절세의 미인 검사.
마법학원의 3학년생.

드란

최강의 용이 전생한 모습.
고향 마을을 떠나
가로아 마법학원에 입학했다.
육체는 인간이지만 용종(竜種)의
마력을 숨기고 있다.

레니아

마법학원의 학생.
신조마수였다가 전생한 소녀.
지금은 과거의 힘이
봉인된 상태.

제1장 언젠가 또다시

나의 벗인 파티마의 피를 빨아먹고 프라우파 마을의 주민들을 공포의 도가니 속으로 몰아넣었던 뱀파이어 폭군 지오르를 멸망시키자, 그제야 주위의 공기가 누그러졌다.

붕괴된 무기고의 천장으로부터 달빛이 쏟아져 들어왔다. 고독한 흡혈 여왕 드라미나는 드디어 원수를 토벌하는데 성공했음에도 불구하고, 나의 입에서 나온 찬사에 아무런 반응도 보이지 않았다. 그녀는 그저 나의 가슴팍에 얼굴을 묻고 있을 뿐이었다.

밤의 축복을 한 몸에 받은 여왕이, 나의 품안에선 평범한 여성들과 다를 바 없이 수줍은 듯한 반응을 보였다. 그러한 몸동작 하나하나가 그녀의 매력을 한층 더 돋보이게 했다. 나는 지금까지 그녀가 보여주었던 늠름하면서도 긍지 높은 모습에서는 도저히 상상조차 할 수 없었던 지금의 모습을 바라보면서, 문득 자신의 입가에 미소가 떠오르는 것을 느꼈다.

평소와 다른 그녀를, 쓸데없이 멋들인 대사로 놀리기도 가엾다는 생각이 들었다.

"드라미나."

나는 껴안고 있던 드라미나의 귓가에 입을 가져갔다. 나의 움직임 하나하나에 움찔거리는 드라미나의 모습을 보고 있자니, 역시 그녀는 놀리는 보람이 있는 여성이라는 생각을 금할 길이 없었다.

"아, 예."

"지오르의 죽음으로 인해, 이 왕성 또한 원래 있어야 할 곳으로 돌아가려 하고 있어. 프라우파 마을과 중첩된 상태였던 그로스그리아의 토지가 바다 저편의 대륙으로 돌아갈 거야. 여기선 우리도 그 여파에 휘말릴 가능성이 높아."

드라미나는 나의 지적에 제정신을 되찾은 뒤, 나와 얼굴을 마주 보듯이 고개를 들었다.

"틀림없이, 이대로는 이 땅은 머지않아 그로스그리아의 국토로 전이될 겁니다. 드란, 어서 이곳을 벗어나세요."

"흠. 물론 나야 당장 이곳에서 벗어나야겠지만, 당신은 어떻게 할 텐가? 원수를 갚는데 성공했다는 사실을 고국에 알리러 가고자 한다면, 이대로 그로스그리아의 국토와 함께 전이하는 편이 빠를 거야. 지오르 일당이 모조리 멸망한 이상, 당신을 해칠 수 있을 정도의 능력을 지닌 뱀파이어는 이 지상에 더 이상 존재하지 않을 테니까."

드라미나는 나의 말을 듣자마자, 정말로 기쁘다는 듯이 수줍은 미소를 지어 보였다.

이런 표정은 곤란하군. 당신의 얼굴을 언제까지나 바라보고 싶어지게 할 생각인가? 나는 목구멍까지 올라온 말들을 최대한의 자제력을 발휘해 삼켰다.

"과인에 관해선 신경 쓰실 필요 없습니다. 고향으로 가서 오늘의 일을 알리는 것도 굳이 서두를 필요는 없어요. 그보다 당신의 상황이 더 중요합니다. 어서 이곳에서 벗어나세요."

"그렇군. 좋아, 그러도록 하지. 모처럼 있는 지름길을 굳이 쓰지 않을 이유는 없겠지."

나는 눈앞의 보이지 않는 계단을 올라가듯이 아무 것도 없는 허공에 다리를 올렸다.

나는 드라미나를 안은 채로 월광의 축복이 내리쬐는 천장의 구멍을 향해 보이지 않는 계단을 한 단씩 밟으며 올라갔다.

"이제 얼마 안 남았군."

천장의 구멍을 통해 보이는 보름달이 우리를 향해 조금씩 가까이 다가오는 듯이 보였다. 나의 말을 들은 드라미나가, 나의 목 언저리에 얼굴을 파묻었다.

"왜 그러지?"

왼손으로 그녀의 등을 부드럽게 쓰다듬자, 드라미나가 속삭이는 듯한 목소리로 답했다.

"이대로, 시간이 멈춰 버리면 좋을 텐데."

뱀파이어 종족은 맥박이 없는 심장과 얼음물과 같이 차가운 피가 흐르는 육체의 소유자였다. 그런데 바로 그 뱀파이어 종족의 여왕인 그녀의 주홍빛 입술로부터 새어 나온 뜨거운 숨결이 나의 목덜미를 간지럽혔다.

드라미나가 마치 투정을 부리듯이 고개를 좌우로 자그맣게 가로 젓자, 어렴풋한 보랏빛을 띤 은발이 사르륵거리면서 나의 뺨과 목덜미를 간지럽혔다. 뭐라고 표현하기도 힘든 고혹적인 향기가 나를 에워쌌다.

흠흠. 긴장의 끈이 지나치게 풀려 버렸나? 그녀는 평소에 비해 지나치게 응석꾸러기 같은 모습을 보였다. 일단 보기에 사랑스러우니 나로서는 그다지 큰 상관은 없었다.

나는 드라미나를 안고 있던 팔에 힘을 담아, 힘껏 그녀를 가슴속으로 끌어안았다. 곧 끝날 수밖에 없는 이 순간을, 보다 강하게 드라미나의 마음속에 새기기 위해 선택한 행동이었다.

드라미나는 더 이상 놀라지도 않았다. 그녀는 안도의 한숨을 내쉬면서, 새끼고양이가 어미고양이에게 응석을 부리듯이 볼을 비벼 왔다. 흐음.

"응, 드란…… 좀 더 강하게 안아줘요."

나는 그녀의 바람에 따라 더욱 더 팔에 힘을 줬다. 그녀가 불사자들 중에서도 최고위에 해당하는 존재라는 사실은 당연히 알고 있었지만, 나의 관점에서 본 그녀의 몸은 힘을 약간만 잘못 줘도 간단히 으스러져 버릴 듯이 섬세하게 느껴졌다. 그녀의 그러한 모습은 나의 보호 욕구를 자극했다.

아니, 으스러져 버릴 듯이 느껴지는 것도 그다지 큰 착각은 아니었다. 복수를 이룬 지금의 드라미나는, 사실상 삶의 목적과 의미를 잃어버린 거나 다름없는 상태였기 때문이다. 지금의 드라미나는 복수의 업화(業火)로 인해 마음속으로부터 우러나던 증오의 열의와 힘을 잃은 나머지, 지금까지 간신히 유지하고 있던 마음의 균형이 크게 어그러져 있는 상태였다. 만에 하나라도 잘못된 생각을 품을 경우, 자기 자신의 멸망을 야기할 수도 있는 가능성을 품고 있었다.

드라미나는 오늘 이 순간까지 충분하고도 남을 정도로 상처 입었고, 지칠 대로 지쳤다. 남은 인생은 그동안 입은 상처와 피로를 치유하는데 써도 되지 않겠냐는 생각이 들었다.

"흠, 이 정도면 되겠나?"

"응."

드라미나는 너무나도 솔직한, 천진난만한 소녀와 같이 들뜬 목소리로 대답했다. 나로서는 다소 당황스러웠다. 어쩌면 나의 피로 인한 힘에 적잖이 도취한 듯한 상태일지도 모른다.

나는 어린아이를 타이를 때의 요령으로 드라미나의 머리카락이나 등을 쓰다듬으면서, 달빛이 쏟아지는 밤하늘을 향해 나아갔다.

우리가 천장에 뚫려 있던 구멍으로 빠져나와 성의 안뜰 위에 내려서자, 곧 부근에서 굵직한 말들의 울음소리가 들려왔다.

드라미나는 말들의 울음소리를 듣자마자 고개를 들었다. 그리고 잘 익은 사과와 같은 빛깔을 띤 얼굴에 어렴풋한 미소를 지었다.

드라미나가 타고 왔던 마차와 슬레이프니르종의 마도마들이 우리가 무기고로부터 올라오기를 기다리고 있었다.

마도마들은 자신들의 주인을 끌어안고 있는 나를 바라보면서, 의아하다는 것과 발칙한 짓을 하는 모습을 보이면 발로 차 죽여 버리겠다는 두 가지의 감정이 담긴 눈빛을 띠고 있었다.

"똑똑한 말들이로군. 게다가 드라미나를 꽤나 존경하는 모양이야."

"맞아요. 그러고 보니 너희들은 오늘이라는 날이 올 때까지 쭉 과인의 곁을 떠나지 않았구나. 나라와 백성들이 불에 타 멸망하기도 전부터 지금까지―."

드라미나가 가까이 다가온 슬레이프니르의 콧등을 사랑스럽다는 듯이 쓰다듬었다.

드라미나는 바로 지금, 나라가 망한 이후로도 오늘날에 이르기까지 눈앞의 마도마들 덕분에 진정한 의미의 고독을 맛본 적은 없다는 사실을 새삼스레 곱씹고 있는 듯이 보였다.

슬레이프니르들은 한동안 잠자코 자신들을 쓰다듬는 드라미나의 손길을 맛보다가, 베일을 잃은 드라미나의 왼쪽 얼굴이 예전의 미모를 되찾았다는 사실을 깨달은 듯이 보였다. 그들이 기쁜 듯한 울음소리와 함께 콧등을 들이밀었다.

"후후, 고맙구나. 너희들이 이 정도로 기뻐할 줄은 몰랐다. 이 얼굴이 나은 것은 물론이거니와, 지오르를 멸망시킬 수 있었던 것도 전부 다 눈앞의 드란 덕분이란다. 그러니까 너무 무서운 눈으로 노려보지 말렴."

드라미나도 슬레이프니르들이 나를 노려보던 시선을 알아차린 모양이다. 내가 드라미나에게 시선을 돌리자, 그녀는 「죄송해요」라는 사과와 함께 작은 미소를 지으며 어깨를 으쓱해 보였다.

"그나저나, 더 이상 여기서 이러고 있을 시간도 없어 보이는군. 너희들 말인데, 지금 당장 서둘러줄 수 있겠나?"

나는 슬레이프니르들에게 말을 걸었다. 정말로 남은 시간이 급박할 경우에야 내가 무슨 수를 쓸 수도 있겠지만, 주인이 오랜 숙원을 이룬 영향을 받아 놀라운 의욕을 보이는 슬레이프니르들에게 맡겨보고 싶다는 생각이 들었다.

슬레이프니르들은 일제히 하늘을 향해 우렁차게 울부짖더니, 전부 다 맡겨달라는 듯이 믿음직스러운 반응을 보였다.

나는 저절로 열린 마차의 왼쪽 문으로 올라탄 뒤, 그제야 드라미나를 마차의 의자 위에 살며시 내려놓았다. 드라미나는 굳이 말로 표현하진 않았지만, 나의 품안으로부터 떨어지는 것이 무척이나 유감스러운 듯이 보였다. 의자 위에 자리를 잡는 동안, 조그맣게 입을 빼물고 수심이 가득한 눈동자로 끊임없이 나를 응시했다.

"너무 삐지지 마. 다 큰 숙녀가 할 행동이 아니야. 마치 시골 마을의 어린 소녀 같지 않나?"

"과인은 삐진 적이 없습니다."

드라미나는 짧은 반론을 내뱉자마자, 곧바로 나의 얼굴을 외면했다. 더 이상 추궁해 봤자 그녀의 기분을 더욱 더 거스를 뿐이라는 예감이 들었다. 나는 잠자코 그녀의 오른쪽으로 다가가 의자 위에 앉았다.

얼마 전에 이 마차를 얻어 탔을 때는 그녀와 마주보고 앉았지만, 지금이라면 옆에 앉아도 그다지 큰 문제는 없으리라.

드라미나는 내가 옆자리에 앉자마자 더할 수 없이 화사한 미소를 지어 보였다. 방금 전까지 쓰고 있던 삐진 표정의 가면을 어디로 내다 버린 건지. 아까 전부터 그녀가 보이는 감정의 변화가 너무나 격하다. 아무래도 나의 피에 취해 정서 불안 증세를 보이고 있는 것이 아닌가 싶기도 하다. 흠.

이제 남은 탈출 과정은 슬레이프니르들에게 완전히 맡겨버리면, 더 이상은 신경쓸만한 일은 없었다. 나는 의자의 등받이에 몸을 기대며, 안도의 한숨을 내쉬었다.

바로 그 순간, 나는 드라미나가 조심스럽게 이쪽을 흘겨보고 있다는 사실을 깨달았다. 슬며시 드라미나의 시선을 쫓다 보니, 여왕 폐하께서는 아무래도 나의 무릎이 신경 쓰이시는 모양이다.

나의 무릎에 무슨 문제라도 있나? 아니, 혹시 그건가? 그것 이외에 다른 의도가 있을 수가 없었다. 그녀가 소망하는 것은 다름 아닌 나의 무릎베개였다.

무기고의 천장을 무너뜨리며 추락한 그녀에게 급히 달려간 나는, 드라미나가 눈을 뜰 때까지 그녀에게 무릎베개를 선사한 바 있다. 그 무릎베개를 한 번 더 해달라는 건가? 그녀의 응석꾸러기 상태는 아직도 계속 중인 모양이다.

기대가 한껏 담긴, 한껏 부풀어 오른 눈빛. 아무리 나라도 그러한 드라미나의 시선에 담긴 의미를 뻔히 알면서도 무시할 수 있을 리가 없었다.

"드라미나, 이리 와."

드라미나의 반응은 극적이었다. 마치 커다란 해바라기 꽃송이가 활짝 피어오르는 듯한, 정확히 말하자면 드넓은 해바라기 밭을 연상케 할 정도로 눈부신 미소를 지어 보인 것이다. 나는 그녀가 보인 반응에서 너무나도 좋아하는 주인님의 허락을 받은 애완견의 모습을 환각으로 본 듯한 느낌이 들었다. 개의 귀와 꼬리가 난 드라미나라…… 흠.

하지만 그녀는 한 나라의 여왕으로서 부끄럽지 않을 정도의 교육을 받아온 숙녀 중의 숙녀였다. 그녀는 지금 당장이라도 나의 무릎에 몸을 맡기고 싶다는 충동을 필사적으로 억누르면서, 순간적으로 망설이는 듯한 반응을 보였다. 지금까지 보이던 모습과 달리 솔직치 못한 모습이었다.

"아, 아닙니다. 남성분의 무릎을 베개로 삼다니, 감히 상상도 할 수 없는 일입니다. 과인에게 마음을 쓰실 필요는 없습니다. 이 마차는 과인의 침실이기도 한 관계로, 졸릴 때는 그쪽을 써도 된답니다."

"아니, 내가 드라미나에게 무릎베개를 해주고 싶을 뿐이야. 아까 전에 당신에게 무릎베개를 해주면서 굉장히 편안한 느낌이 들었거든. 게다가 약간이나마 당신의 피로를 푸는데 보탬이 될지도 몰라. 그러니, 드라미나? 나로 하여금 당신에게 무릎베개를 선사할 영광을 허락해줄 수 없겠나? 부탁하지."

나는 잠자코 드라미나의 눈동자를 바라보다가, 내가 할 수 있는 한 가장 진지한 태도와 목소리로 그녀에게 부탁했다. 그 효과는 더할 수 없이 극적이었다.

나의 바람을 들은 드라미나는 쑥스러운 감정을 얼버무리듯이 침착치 못한 태도로 드레스의 끝자락을 만지작거리거나, 머리카락을 빗어 넘겼다가 쉴 새 없이 엉뚱한 방향으로 시선을 돌리는 식으로 기행을 되풀이하는 모습을 보였다. 그러나 어쨌든, 무릎베개를 다시 한 번 맛보고 싶다는 욕구가 다른 무엇보다도 강했던 모양이다.

"드, 드란이 그렇게까지 말씀하신다면야 염치 불구하고……."

"어서 와."

아버지로서 자신의 어린 딸을 어르는 듯한 기분을 맛보면서, 나는 몸을 눕혀 오는 드라미나를 무릎 위로 끌어들였다. 드라미나는 조심스럽게 몸을 눕혀오는가 싶더니, 모래성을 만지는 듯한 부드

러운 동작으로 나의 무릎 위에 자신의 머리를 얹었다. 드라미나의
얼굴 방향은 마차의 진행 방향과 같았다.

아직도 최소한의 망설임과 수치심이 남아 있던 드라미나는, 머
리를 나의 무릎으로부터 약간이나마 떨어뜨리고 있는 듯한 상태였
다. 나는 그녀의 긴장을 풀어주고자, 왼손으로 그녀의 머리를 쓰
다듬었다.

"드라미나, 나를 상대로 체면을 차릴 필요는 없어. 당신의 마음
가는 대로 하도록 해. 나는 그저 받아들일 뿐이야."

나의 손이 그녀의 머리를 쓰다듬을 때마다 그녀의 몸으로부터
긴장이 조금씩 풀리는 기척이 느껴졌다. 드라미나는 이윽고 나의
무릎 위에 머리를 완전히 맡겼다.

"예."

그렇게 대답한 드라미나의 목소리는, 너무나 평온하게 들렸다.
몸과 마음으로부터 모든 긴장이 흔적도 없이 사라져 완전히 이완
된 상태라는 사실이 무릎과 머리를 쓰다듬는 손을 통해 확실히 나
에게 전해져 왔다.

"드라미나, 나의 무릎은 당신에겐 너무 딱딱하지 않나?"

"약간 딱딱하다는 건 사실입니다. 하지만 남성분의 무릎이 딱딱
한 것은 당연한 일이지요. 게다가 과인에게는 바로 그 딱딱한 무
릎이야말로 이 세상에서 최고로 상쾌하고 편안하게 느껴집니다.
이렇게 평온한 기분이 든 것은 대체 얼마만인지."

"그렇게 말해주니 나도 기쁘군."

"당신의 손은 너무나 따뜻해요. 마음까지 따뜻해지네요. 너무나

근사해요."

드라미나는 만족스러운 황홀감에 물든 한숨을 내쉬었다.

흠~, 이걸 뭐라고 해야 하나? 무릎 위에 올라탄 강아지나 아기 고양이를 쓰다듬다가 서서히 잠드는 모습을 보고 있는 듯한, 너무나 훈훈한 느낌이 들었다.

그런 식으로 얼마나 드라미나의 머리카락을 쓰다듬고 있었을까? 그때까지 무척이나 졸린 표정으로 나의 무릎 위에서 얌전하게 몸을 맡기고 있던 드라미나가 갑자기 입을 열었다.

"드란?"

드라미나의 목소리로부터 평소의 늠름한 울림은 찾아볼 수가 없었다. 사시사철 동안 항상 봄 안개 속에 둘러싸여 있는 듯이 멍한 느낌만이 전해져 왔다.

"응? 무릎베개는 벌써 싫증이 났나?"

"아니요. 영원토록 이렇게 지내고 싶을 정도로 편안하답니다. 다만, 머리의 방향을 바꿔 봐도 될까요?"

"아하, 알아들었어. 물론 괜찮아."

몸을 틀어 시선을 나의 배가 보이는 방향으로 돌리려는 줄 알았지만, 드라미나는 시선이 위를 향하는 자세로 나를 올려다보면서 갓난아기처럼 천진난만한 미소를 지어 보였다.

"응, 역시 이러는 편이 좋은 것 같아요. 당신의 얼굴이 아주 잘 보이거든요."

"이런 얼굴이라도 좋다면야 구멍이 뚫릴 때까지 쳐다봐도 상관 없어."

"후후, 허락도 받았으니 기꺼이 그러지요. 과인으로서는 너무나 큰 은혜를 입은 은인의 얼굴이니, 아무리 쳐다봐도 질릴 리가 없답니다."

그렇단 말인가? 나는 양 어깨를 으쓱해 보였다.

드라미나의 머리가 향하는 방향이 바뀐 관계로, 머리와 머리카락을 쓰다듬는 손을 오른쪽으로 바꿨다. 일이 이왕 이렇게 된 이상, 놀리게 된 왼손은 어떻게 써먹어야 하나? 바로 그 순간, 머릿속에서 한 가지 생각이 번뜩였다.

나는 왼손의 집게손가락 끝마디를 엄지손가락의 손톱으로 베어, 핏방울이 떠오를 때까지 기다렸다가 드라미나의 입가로 가져갔다.

"승리를 기념하는 축하주라고 하기엔 약간 이상할지도 모르겠지만, 당신에게 있어선 더할 나위 없는 묘약일 거야. 안심하고 마셔. 아마 이번엔 평범한 인간의 피로 느껴질 거야."

"당신의 피로 인해 일어난 힘을 생각하면, 지금 당장 당신의 정체에 관해 추궁해야 할 테지요. 하지만 지금은 그런 기분이 들지 않아요. 당신의 무릎베개는 정말 너무나 편안하거든요."

드라미나는 황홀한 듯한 한숨과 함께 만족스럽다는 듯이 미소를 지었다. 지오르와의 결전을 치르면서 마신 나의 피에 관해선, 일단 지금은 추궁할 생각이 없는 듯이 보였다. 드라미나는 그 화젯거리가 지금 이 순간을 끝내버릴 수도 있다는 사실을 알고 있는 듯한 느낌이 들었다.

"드라미나, 입술을 열어 봐."

"하지만 그런 모습은…… 너무 상스럽지 않나요?"

드라미나의 주홍빛 입술보다도 더욱 더 붉은 혀가 그녀의 입 속에서 나와, 나의 집게손가락 끝마디에서 구슬처럼 맺힌 핏방울을 핥고자 움직였다. 그녀의 마음속에 자리 잡은 숙녀로서의 정조 관념이, 간신히 그 충동을 억누르고 있는 듯하다.

그녀의 혀가 입으로 되돌아가기 직전에 와서야, 나는 자신의 집게손가락을 반쯤 열려 있던 그녀의 입술 속으로 집어넣었다. 드라미나로 하여금 나의 피라는 이름의 축하주를 맛보게 하는데 성공한 것이다.

"사양하지 마."

"응, 으, 음……."

그녀가 나에게 저항하려는 의지를 보일 수 있었던 것은 그야말로 한 순간조차 되지 않는 아주 짧은 시간에 지나지 않았다. 나의 피가 한 방울만 드라미나의 입 안으로 들어가도, 그녀의 가냘픈 저항은 곧바로 무너질 수밖에 없었던 것이다.

드라미나의 탐스러운 입술 속으로 빨려 들어간 손가락으로부터, 미끈미끈한 침과 혀가 나의 피를 있는 힘껏 빨아들이는 감촉이 전해져 왔다.

"응, 으음, 아아, 음, 맛있어……."

나의 시선에 신경 쓸 겨를도 없이, 고귀함과 우아함이라는 개념이 손을 잡아 형태를 이룬 듯한 드라미나의 미모는 봄의 햇살을 받아 녹아버린 눈과 같이 천진난만한 표정을 지어 보였다.

이런 식으로 그녀의 따뜻한 입술이 손가락을 핥고 있는 감각은 꽤나 간지러웠지만, 약간 기분 좋게 느껴지기도 했다.

"후후. 설마 이만큼이나 극적인 반응을 보일 줄은 몰랐군. 어쨌든 당신의 기쁨은 나의 기쁨이기도 해. 하지만 이래가지고서야 마치 갓난아이를 어르고 있는 듯한 느낌이 드는군. 이렇게 커다란 아이를 가진 적은 없는데 말이야."

"으음."

드라미나로서는 아이 취급을 당했다는 사실이 무척이나 불만스러웠던 모양이다. 지금까지 나의 손가락을 빠는데 열중하던 그녀는, 토라진 표정으로 나의 손가락을 살며시 깨물었다.

뱀파이어의 이빨에 물렸다―는 상황만 설명하자면, 모든 이들이 새파랗게 질리고야 말 것이다. 하지만 나의 눈엔 드라미나가 보여준 천진난만한 모습이 너무나 사랑스럽게만 보일 뿐이었다. 나는 어린아이를 어르듯이 오른손으로 드라미나의 머리를 쓰다듬었다.

"방금 한 행동에 대해선 사과할게. 드라미나와 같이 어엿한 숙녀를 아이 취급한 것은 실수였어. 용서해 줄 수 있겠나?"

"응…… 아음."

머리를 쓰다듬으며 사과를 한 것이 효과가 있었던 모양이다. 곧 기분이 살아난 드라미나는 계속해서 나의 손가락을 기쁜 듯이 빨기 시작했다.

드라미나는 양쪽 뺨을 연분홍빛으로 물들인 채, 정말 맛있다는 듯이 미소 지었다. 그녀의 얼굴을 바라보던 나의 기분도 똑같이 좋아졌다. 그녀의 행복한 표정을 마주하던 나는, 지금 마차를 타고 가는 여정길이 더욱 더 오래도록 계속되기를 바라는 마음이 들 수밖에 없었다.

†

프라우파 마을 근교의 공간과 중첩되어 있던 그로스그리아 왕국의 영토가 전이되기 직전, 우리가 탄 마차는 프라우파 마을에 무사히 도착했다.

드라미나는 나의 무릎과 손가락에 심하게 열중하느라, 프라우파 마을에 도착했다는 사실과 마차가 멈춰 섰다는 사실조차 깨닫지 못한 듯이 보였다. 어지간히 나의 무릎과 피가 마음에 든 모양이다.

완전히 넋이 나간 드라미나를 바라보고 있자니, 나 또한 이 상태를 계속 유지하고 싶다는 기분이 들 정도였다. 하지만 언제까지나 그러고 있을 수도 없는 노릇이었다.

마을 대문으로부터 돌풍과 흙먼지를 일으키며 달려 들어온 심상치 않은 마차와 말들의 모습을 목격한 마을 사람들은, 당장 준비할 수 있는 모든 무기들을 있는 대로 가지고 나와 조심스럽게 먼 발치에서 우리를 포위했다.

얼마 되지 않는 모험가들도 완벽하게 손질된 상태의 장검이나 투창(投槍)들, 그리고 마법의 촉매로 쓸 지팡이를 든 채로 마을 사람들의 선두에 섰다.

나는 무릎 위에서 이제 막 태어난 갓난아이처럼 천진난만한 표정을 짓고 있던 드라미나의 어깨를 흔들었다.

"드라미나, 마을에 도착한 것 같아. 이제 슬슬 나의 무릎 위에서 일어나줄 수 있겠나?"

더할 수 없이 평온한 표정으로 두 눈을 감고 있던 드라미나는, 시원섭섭하다는 듯이 방금 전까지 열심히 빨고 있던 나의 손가락을 자신의 입으로부터 풀어줬다. 그리고 멍하니 나의 얼굴을 올려다보면서 주홍빛 입술을 움직였다.

지금 짓고 있는 표정으로 판단하건대, 드라미나의 머릿속은 아직도 봄 안개에 휩싸인 듯이 흐릿한 상태인 것이리라. 그러다 보니, 본인조차 예기치 못한 본심이 그대로 튀어나왔다.

"싫어요."

아마도 거의 반사작용에 가깝게 나온 대답일 공산이 커 보이지만, 그렇다고 해도…….

"아무리 싫어도 이젠 끝이야."

드라미나는 나의 몸 안에 흐르던 고신룡(古神竜)의 피로 인해 거의 만취한 거나 다름없는 상태였다. 지금까지 보인 모습만 보더라도 굉장한 응석꾸러기였는데, 이제 유아 퇴행 가버린 것인가 싶었다. 솔직히 나로서는 상당히 곤란한 상황이었다.

드라미나는 나의 심정은 꿈에도 모르겠다는 듯한 표정으로 또다시 집게손가락을 빠는 작업에 열중하기 시작했다. 심지어 입가에서 콧소리가 섞인 달콤한 목소리와 함께 질퍽거리는 듯한 물소리를 흘리기 시작할 정도였다.

"흠."

나는 정신을 다잡고 드라미나의 혀에 휘감겨 있던 집게손가락을 그녀의 입술로부터 억지로 뽑았다.

뽁, 술병의 뚜껑을 따는 듯한 소리가 들려왔다.

"응, 드란?"

최고급 축하주가 스며 나오는 손가락을 빼앗기자, 드라미나는 불만스럽기 짝이 없다는 표정으로 나의 얼굴을 올려다봤다.

이제 그녀의 어리광을 받아주는 시간은 끝이 났다. 나는 마음을 단단히 먹어야 했다.

나는 서로의 콧등이 아슬아슬하게 스칠 정도로 얼굴을 가까이 가져가, 그녀의 눈동자를 똑바로 바라봤다. 드라미나의 향기가 나의 코를 간지럽히듯이, 드라미나 또한 나의 냄새와 나의 숨결을 피부로 느끼고 있을 것이다.

"이제 끝이야. 지금의 나도 섭섭한 걸로는 당신에게 지지 않지만, 당신도 즐거운 시간이 순식간에 지나가 버린다는 느낌은 받아본 적이 있을 거야. 프라우파 마을 사람들을 상대로, 그들의 위기가 끝났다는 사실에 관해 설명해야 할 시간이 다가왔거든. 알고 있지, 드라미나? 그게 바로 우리의 의무야."

나와 얼굴을 마주보는 동안, 멍하니 넋이 나가 있던 드라미나의 눈동자에 이성의 빛이 되돌아오기 시작했다. 이성의 빛에 비례해, 어렴풋한 주홍빛을 띠고 있던 드라미나의 온몸이 삶은 게를 연상시킬 정도로 새빨갛게 물들었다.

흠, 이제야 제정신을 차린 모양이다.

드라미나는 방금 전까지만 해도 무방비한 속마음을 그대로 드러낸 상태였다. 그리고 이성을 되찾은 지금은 엄청난 수치심으로 인해 마구 몸부림을 치고 있었다. 혼자서 두 가지 매력을 보여주는 멋진 여성이다. 분명 이럴 때는 한 번에 두 가지 맛, 이라고 표현한다던가.

제정신을 되찾은 드라미나는 숨도 제대로 못 쉬고 나의 얼굴을 바라보다가, 자신의 양손을 살며시 나의 가슴팍으로 뻗어 왔다.

드라미나의 손길에 따라 상체를 일으키자, 그녀 또한 상반신을 일으켰다. 그리고 한동안 촉촉한 눈동자로 나를 바라보다가, 곧바로 얼굴을 딴 데로 돌렸다.

"드란? 저기, 죄송합니다. 계속해서 창피한 모습만 보이다 보니, 당신께 무슨 말씀을 드려야 할지 모르겠습니다. 무르…… 무릎베개를 빌렸을 뿐만 아니라, 피까지 얻어마셨습니다. 게, 게다가 갓 태어난 어린아이와 같은 모습을 보이다니. 너무나 부끄럽기 짝이 없습니다……."

드라미나는 당장 하고 싶은 말이 산더미처럼 쌓여 있는데 비해, 도저히 그 심정을 표현할 말을 찾을 수가 없다는 듯한 얼굴이었다. 그녀의 입에서 나온 말들은 평범하기 이를 데 없는 말들이었지만, 오히려 그래서 그녀가 당황한 정도가 더욱 더 뻔히 들여다보였다.

드라미나가 마음의 안정을 되찾을 때까지, 조금 더 기다려야 할지도 모르겠다.

"난 괜찮아. 당신이 생각보다 훨씬 사랑스러운 여성이라는 사실을 아주 잘 알았어. 게다가 조금 전 같은 무방비한 모습을 나에게 보여줬다는 건 그저 기쁜 일이었거든. 당신의 마음이 안정될 때까지 조금 더 기다리는 편이 좋을까?"

"아니요, 이제 괜찮습니다. 역시 마을 여러분께 이번 사건의 내막에 관해 설명하는 역할은 과인이 맡아야 할 의무일 것입니다. 물론 지오르 일당과 같은 뱀파이어의 입에서 나온 설명을 어디까지 믿어주실 지는 알 수 없습니다만……."

역시 한 나라의 여왕이었다는 건가? 마음속 깊숙한 곳의 본심까지야 가늠할 길이 없다만, 당장 표면상으로나마 갈무리하는 솜씨는 완벽해 보였다.

"구출된 리타나 파티마가 설명을 거들어줄 것이 틀림없는데다가, 나 또한 증언에 가담할 생각이야. 다만 가로아 총독부에게도 보고가 들어가야 할 테니, 마을이 완벽하게 안전하다는 사실이 판명될 때까지 동행을 부탁해야 하게 될지도 몰라. 정말 면목이 없지만, 고국의 동포들에게 과업의 완수를 알리러 가는 시점이 늦어질 수도 있겠군."

"걱정 마세요. 과인에게 주어진 시간은 인간종들에 비해 터무니없이 길답니다. 물론 하루 빨리 그들에게 이번 일을 알리러 가고 싶은 마음이 굴뚝같다는 거야 틀림없는 사실이지만, 당장 급한 일도 아니랍니다."

"정말 고마운 대답이야. 그럼 행차하시겠습니까, 여왕 폐하?"

내가 짐짓 그럴 듯하게 기사의 말투를 흉내 내자, 드라미나는 순간적으로 당황한 듯한 표정을 지었다가 입가에 부드러운 미소를 띠었다.

과거의 드라미나는, 왕성의 발코니로부터 수 만명에 이르는 백성들에게 지금과 같은 미소를 보였을 것이다. 물론 이 세상의 평범한 정치가들이 위정자로서 얼굴에 뒤집어쓰는 거짓 가면과 같은 부류의 미소가 아니었다. 그 미소를 목격한 이들의 마음속에 안심과 온기를 선사하는 진실 된 표정이었다. 드라미나 본인이 진심으로 그렇게 생각하지 않고서는 나올 수 없는 미소였다.

드라미나가 오페라 글러브를 낀 오른손을 건네 왔다. 나는 손가락 끝의 피를 닦은 뒤, 정중하기 이를 데 없는 자세로 그녀의 손을 맞잡았다.

드라미나는 내가 손을 맞잡을 때까지 기다렸다가, 새삼스럽게 자세를 바로잡자마자 입을 열었다.

"에스코트를 부탁드릴 수 있을까요, 기사님?"

그녀의 입가에 떠오른 미소는, 놀이를 즐기는 어린 아이와 같이 짓궂은 표정이었다. 그녀가 어렸을 때, 지금과 같은 식으로 장차 여왕이 될 예행연습 삼아 시종들과 함께 여왕과 기사 놀이를 즐겼던 적이 있는지도 모른다.

"저라도 괜찮으시다면, 기꺼이 폐하를 수행하겠습니다."

"과인을 수행하는 기사는 반드시 당신이어야만 합니다."

"더할 수 없는 영광입니다, 폐하."

나는 이 세상에서 가장 고귀한 뱀파이어의 혈통을 계승한 여왕의 손을 맞잡은 뒤, 마차의 문을 열었다.

나와 함께 마차로부터 내려선 드라미나의 미모와 기품을 표현하는 데는, 완벽이라는 단어조차 터무니없이 부족했다. 공포로 새파랗게 질려 있던 마을 사람들의 표정에서 넋이 나가는 듯한 기척이 전해져 왔다.

아마도 단순히 넋을 잃었다는 표현은 적합하지 않으리라. 그들의 정신은 당장 지어야 할 표정을 가늠하지 못한 채로, 일단 멈춰 있을 수밖에 없었던 것이다.

예외는 모험가들보다도 한 걸음 더 앞으로 나와 있던 두 사람 이외엔 없었다. 나의 사역마로서 따라온 라미아 미소녀 세리나와, 마법학원의 동급생인 네르다.

두 사람은 상처 하나 없는 나의 모습을 확인하자마자, 드라미나의 초월적인 미모는 거들떠보지도 않고 활짝 웃어 보였다. 물론 네르의 표정 변화가 그다지 크지 않았던 것은 평소와 마찬가지였다.

나는 약간이나마 멋쩍은 느낌을 받으면서도, 오른손을 들며 입을 열었다.

"다녀왔어."

†

나와 드라미나가 돌아온 시점으로부터 얼마 지나지 않아, 프라우파 마을을 에워싸고 있던 새하얀 마성의 안개가 걷혀 나갔다.

눈에 익은 광경이 되돌아오자, 마을 사람들로부터 성대한 환호가 솟아올랐다.

한 발 먼저 마을까지 돌아와 있던 세리나나 네르도, 이제야 한시름 놓은 듯했다.

프라우파 마을을 덮쳤던 이번 사태를 가로아에 알리기 위해, 모험가와 촌장의 아들이 말을 달려 그곳으로 가게 된 모양이다. 그들은 이번 일이 곧바로 지도부에 알려지도록, 유력한 국내 귀족 가문의 영애인 파티마와 네르의 서명이 들어간 서한을 가지고 간다.

흠. 아무리 이미 해결된 일이더라도, 가로아 측에서 뱀파이어들이 일으킨 사변에 대응할 수 있는 병력을 준비하여 프라우파 마을 주위의 봉쇄 및 포위 작업을 끝낼 때까지 최소로 잡아도 며칠 정도는 걸릴 수밖에 없으리라.

어쨌든 간에, 우리는 가로아 당국이 정식으로 대응할 때까지 당분간 얌전히 프라우파 마을에서 대기하기로 결정했다. 드라미나 또한, 우리의 제안을 흔쾌히 받아들였다.

마을 사람들이 뱀파이어의 마차가 마을 안에 머무는 것을 꺼려하는 기색을 보인 관계로, 드라미나는 마을 부근의 숲을 근거지로 삼을 수밖에 없었다. 그러나 뱀파이어들로 인해 엄청난 고난을 겪었던 그들로서는, 지극히 상식적이면서도 당연한 반응이었다.

파티마와 함께 뱀파이어들에게 납치당했던 마을 소녀 리타는, 구출된 그날부터 당장 자유로이 나다닐 수 있을 정도로 완벽에 가까운 건강 상태였다.

물론 그녀가 뱀파이어들에게 유폐된 신분이었던 것은 사실이다. 그러나 그녀가 그로스그리아의 왕성에서 누린 식사나 주거 환경 자체는, 오히려 마을에서 평범하게 생활할 때와 비교조차 되지 않을 정도로 사치스럽기 짝이 없는 것들이었다.

그로스그리아가 보유하고 있던 어마어마한 재력과, 리타나 파티마를 돌보던 시에라의 배려로 인한 덕을 톡톡히 본 셈이다.

한편, 뱀파이어 각성이 절반 정도 진행됐을 뿐만 아니라 유폐된

방의 침대로부터 한 발자국도 움직일 수 없었던 파티마는 근육의 경직과 신체적 쇠약이 두드러지게 눈에 띈 관계로 당분간 치유 마법을 받으면서 촌장이 사는 저택의 한 방을 빌려 요양할 예정이다.

네르와 리타는 그녀가 회복될 때까지 곁에서 한 시도 떠나지 않고 간호하는 역할을 맡을 계획이었다. 나와 세리나는 마을 사람들을 약간이나마 안심시키기 위해, 주위를 순찰하면서 안전을 확인하거나 마을의 다양한 잡일들을 도우며 시간을 보냈다.

프라우파 마을에서 체류 중이던 어느 날, 나와 세리나는 사냥감을 찾아 근처의 숲으로 들어갔다가 돌아가는 길에 드라미나의 마차가 머물고 있는 장소까지 찾아갔다.

숲속의 탁 트인 장소에 머물고 있는 대형 마차의 바로 앞까지 접근한 나와 세리나는, 나란히 고개를 갸웃거릴 수밖에 없었다.

이유는 전혀 짐작조차 가지 않았지만, 눈앞의 마차가 가늘게 떨고 있는 듯이 보였기 때문이다.

자유롭게 나다니고 있던 슬레이프니르들조차 우리와 마찬가지로 고개를 갸웃거리거나 곤혹스러운 표정을 짓고 있었다.

"드란 씨…… 마차가 흔들리고 있는 것 같지 않아요?"

"이유는 모르겠지만, 틀림없이 흔들리고 있군."

나와 세리나는 일단 눈앞에서 일어나고 있는 상황에 관해 언급했다.

위험한 마력의 기척은 느껴지지 않았으며, 드라미나의 마차 부근에서만 지진이 발생하고 있거나 공간과 시간이 진동하고 있는 것도 아니었다.

나의 눈엔 마차 안의 드라미나로 인해 진동이 일어나고 있는 듯이 보였다.

슬레이프니르들 또한 곤혹스러운 듯한 반응을 보이면서도, 겁을 집어먹거나 화가 난 듯한 느낌은 전해져 오지 않았다. 그런 고로, 당장 위험하거나 급박한 일은 아닌 듯이 보였지만…… 과연?

"혹시 드라미나 님께서 아프신 데라도 있는 걸까요?"

"아니, 질병이라는 단어만큼 뱀파이어 퀸인 그녀와 거리가 먼 말도 드물 거야. 전투로 인한 부상들도 완전히 아물었을 테니, 안 좋은 데가 있을 리 없어."

"역시 뱀파이어 종족의 여왕님은 대단하신가 봐요."

"인간들과 달리, 계급이 높은 자들이 생물적으로도 강한 종족이거든. 말하자면 뱀파이어 왕족이야말로 뱀파이어 종족 가운데 최강의 존재라는 뜻이야. 드라미나가 대단하다는 사실에 의심할 여지는 전혀 없어."

모르긴 몰라도, 그다지 위험할 리가 없다는 확신이 들었다. 나는 왼쪽 측면에 위치한 문의 손잡이를 움켜쥐었다.

아무 생각 없이 문을 열려다가, 마차 안쪽으로부터 어렴풋하게나마 저항하는 기척을 느꼈다. 나로서는 굉장히 의아한 상황이었다. 흠? 나를 마차 안으로 들이고 싶지 않다는 건가? 혹은 의식적이건 무의식적이건, 드라미나가 나와 만나고 싶지 않다는 건가? 만약 후자일 경우, 무척이나 섭섭한 얘기였다. 나는 이윽고 저항하기를 포기한 문을 열어젖혀 안으로 들어갔다.

이 마차를 타 보는 것은 벌써 세 번째였다. 예전에 탔을 때와 다를 바 없이 마차 안이라는 느낌이 들지 않을 정도로 호화로운 품격과 차분한 안정감을 겸비한 고급스러운 실내였다. 하지만 드라미나의 얼굴은 눈에 띄지 않았다.

내가 기억하기로, 세리나가 드라미나의 마차 안으로 들어온 것은 이번이 처음이었다. 그녀는 흥미진진하다는 표정으로 마차 안을 둘러보았고 너무나도 호화로운 내부 장식들로 인해 금세 두 눈이 휘둥그레졌다.

드라미나는 마차 안과 중첩된 다른 공간에 들어가 있는 듯이 보이는데, 지금 일어나고 있는 진동의 원인은 그쪽인가?

나는 눈에 마력을 부여함으로써, 마안(魔眼)을 각성시켜 실내를 대강 훑어봤다. 그리고 나는 이곳과 중첩된 공간으로 들어가는 입구를 발견하는데 성공했다.

"여기로군."

나의 마안은 곧장 목적으로 삼고 있던 대상을 포착했다. 긴 의자의 뒤쪽에 위치한, 마차 뒤의 짐받이로 가기 위한 문이 설치된 장소였다. 그 문과 위상(位相)이 다른 공간에 또 하나의 문이 존재한다는 것은 틀림없었다.

오른손을 뻗어 그 문을 만지자, 방금 전까지 아무 것도 없었던 자리에 새로운 또 하나의 문이 번져 나오듯이 나타났다.

붉은 돌로 만들어진, 양쪽으로 여는 구조의 문이었다. 화려한 장식은 눈에 띄지 않았으나, 만 년을 넘는 시간의 흐름에 의한 풍화조차도 거스를 듯한 튼튼한 만듦새가 돋보였다.

"어, 잠깐만요. 방금 전까지 있던 문이랑 다른 문이죠?"

"다른 공간에 숨겨져 있던 문을 통상 공간으로 끌어왔을 뿐이야. 고위의 마법사가 사용하는 작업장이나 미궁에선 이따금씩 눈에 띄는 장치라는 소리를 책에서 읽어본 것 같아. 세리나의 고향에선 이런 종류의 장치를 구경해본 적이 없나?"

"공간 조작 계열 마법은 굉장히 어려운 데다가, 적성이 있는 마법사도 흔치 않으니까요. 최소한 저와 직접 알던 분들 중에선 아무도 없었어요. 드란 씨는 정말로 뭐든지 다 하시네요."

나는 두 눈을 반짝이면서 감탄하는 세리나의 반응을 낯간지럽게 받아들이면서도 눈앞의 문을 열어 재꼈다.

역시 저의 주인님이라는 말이 그녀의 입을 박차고 나올 듯한 분위기였다. 이럴 경우에 나오는 그 말엔 사역마로서 섬기는 주인 이외의 다른 의미도 겸하고 있을지도 모른다는 느낌이지만.

"뭐든지 다 할 수 있는 건 아니지만, 기본적으로 어지간한 일이라면 혼자서 처리 가능하긴 하지. 일단 지금은 드라미나부터 찾아보자. 문의 건너편으로부터 그녀의 기척이 느껴져."

문의 건너편에 펼쳐져 있던 공간은, 우리나라의 왕족들조차 상상하기 힘들 정도로 호화롭기 그지없는 침실이었다. 세리나는 마차 안뿐만 아니라, 갑작스럽게 시야 안으로 들어온 호화롭고도 웅장하며 아름다운 침실의 내부 장식들을 바라보면서 말문이 막힌 듯이 어리둥절한 반응을 보였다.

나는 세리나의 어깨를 가볍게 두드린 뒤, 실내의 다양한 가구들 가운데 특별히 유별나 보이는 관으로 시선을 옮겼다.

복잡하고도 기하학적인 모양들이 새겨진 황금양의 양탄자가 깔려 있는 바닥으로부터 세 단 정도 높은 곳에 안치되어 있던 것은, 황금을 비롯한 이 세상의 온갖 귀금속들로 장식된 검은 관이었다.

"지금은 저 관 속에서 취침 중일 가능성이 높을 텐데……."

기본적으로 뱀파이어들은 태양이 지평선의 저편에서 솟아오르면 거역할 수 없는 잠기운에 시달리다가 눈꺼풀을 감을 수밖에 없는 종족이다. 하지만 특이한 체질의 소유자나 오랜 세월 동안 살아온 개체들 가운데는 어떻게든 정신을 유지할 수 있는 이들도 적지 않았다. 더 나아가서 일반적인 뱀파이어들보다 강력한 개체의 경우, 햇볕만 직접 쬐지 않는다는 전제하에 태양이 뜬 시각에도 행동이 가능하다. 나의 몸에 흐르는 고신룡의 피를 마신 지금의 드라미나라면, 낮 시간의 수면을 취할지 여부도 본인의 뜻에 따라 자유자재일 것이다.

바로 그 드라미나가 잠들어 있는 관이, 우리의 눈앞에서 아까부터 마구 덜컥거리고 있었다. 도대체 뭘 어떻게 해야 저런 식으로 흔들릴 수가 있단 말인가?

"저기 말인데요, 도대체 뭘 어떻게 해야 저런 식으로 덜컥거릴 수 있는 거죠?"

"흠, 아마 본인에게 직접 물어보는 거야말로 가장 빠른 지름길일 거야."

나는 지금 한창 흔들리고 있는 중인 관 근처로 다가가기 전에, 방금 각성시켰던 마안을 용안(竜眼)으로 강화시켜 관의 내부를 관찰하기 시작했다. 나의 눈에 그녀의 관이 지상 세계의 기준에선 최고위나 다름없을 정도의 방어 마법과 온갖 기술의 정수를 들여 제작한 장치들의 보호를 받고 있는 모습이 들어왔다.

설령 눈앞의 관을 태양의 한 가운데나 나락혈(奈落穴)의 중심부로 집어던지더라도, 관 속에서 잠을 청하고 있는 이는 아무런 고통도 느끼지 못할 것이다.

과연 드라미나 폐하께선 그런 관 속에서 무슨 짓을 하고 계신 걸까? 짓궂은 장난꾸러기가 된 심정으로 관 속을 들여다보자, 드라미나는 풍만한 몸매를 얇은 옷감의 잠옷으로 감추고 있었다. 멋진 곡선을 그리는 드라미나의 몸매가 얇은 옷감 너머로 비쳐 보이는 더할 수 없이 요염한 광경이었다.

드라미나는 다홍빛 쿠션이 가득 들어차 있는 관 속에서, 양손으로 얼굴을 가린 채로 마음속의 어떤 감정을 있는 힘껏 참거나 얼버무리려는 듯이 온 사방을 굴러다녔다.

어째서 아까부터 굴러다니고 있는 걸까? 혹시 취기가 다시 돌기 시작한 건가? 이 세상엔 지난 일을 떠올리다가 웃음을 터뜨리거나 화가 나는 이들도 있다고 들었지만, 지난 일을 떠올리다가 취기가 다시 돈다는 얘기는 들어본 적도 없었다.

"드라미나? 나다. 드란이야. 우리가 도착했을 무렵부터 마차가 마구 흔들리고 있었는데, 혹시 무슨 문제라도 있나?"

그녀에게 말을 건 바로 그 순간, 관의 진동이 잦아들었다.

용안을 통해 본 드라미나는 양손을 얼굴로부터 거둬들인 뒤, 조심스럽게 관 뚜껑 너머로 나를 살폈다.

아마 관 속에서도 외부의 상황을 확인할 수 있는 구조로 이루어져 있는 것이리라.

드라미나는 순간적으로 무척이나 당황한 듯한 반응을 보이다가, 곧바로 마음을 안정시켰다. 그리고 일단 급한 대로 잽싸게 손가락을 사용해 머리카락을 가지런히 정리한 뒤, 목소리의 상태를 확인하기 시작했다.

숙녀가 몸가짐을 다듬었다고하기엔 적잖이 거친 구석이 없지 않아 있었지만, 당장 급하게 서두르려니 어쩔 수 없으리라.

"아니요, 아무 일도 아닙니다. 잠시 동안 자기 자신이 벌였던 행동을 반성하고 있었을 뿐입니다. 쓸데없는 걱정을 끼쳐 정말로 죄송합니다. 함께 따라오신 분은 세리나 양이시죠? 새로 오신 손님의 대접을 소홀히 하다니, 과인이 무례를 저질렀습니다. 지금 곧바로 준비할 테니 잠시만 기다려 주세요."

끼익, 자그마한 소리와 함께 관 뚜껑이 떠올라 내가 서 있는 곳과 반대 방향으로 움직였다. 바로 그 순간, 천장으로부터 쏟아진 샹들리에의 빛이 드라미나의 모습을 비췄다.

드라미나의 요염한 몸매는 동성의 눈으로 봐도 군침을 삼킬 수밖에 없을 정도로 매력적이었다. 나의 곁에 서 있던 세리나가 얇은 옷감의 잠옷만을 걸친 드라미나의 모습을 바라보면서 남몰래 열띤 한숨을 내쉬었다.

세리나 본인도 굉장히 흔치 않을 정도의 미소녀였지만, 뱀파이어의 여왕은 그러한 그녀보다도 한 차원 높은 수준의 미녀였다. 드라미나는 그야말로 절세의 미녀라고 하기도 덧없다는 느낌이 들 정도로 초월적인 미모를 자랑하는 여성이었다.

드라미나는 느긋하게 윗몸을 일으키다가, 지금 입고 있는 옷이 지나치게 선정적이라는 사실을 깨달은 듯이 움찔거렸다. 그녀는 어렴풋하게 얼굴을 붉히면서 허공으로부터 새하얀 가운을 불러들여 어깨 위로 걸쳤다.

아니, 아깝지 아니한가. 순간적으로 그런 느낌이 들었다. 나 또한 다른 인간 남자들과 마찬가지로 성적인 욕망에 약간이나마 눈을 떴을지도 모르겠다.

나는 곧바로 손을 뻗어, 드라미나가 관으로부터 나올 수 있도록 손을 빌려줬다.

"고맙습니다, 드란. 저쪽의 소파 위에 앉아 잠시만 기다려 주세요."

드라미나의 제안에 따라, 나와 세리나는 실내에 놓인 두 개의 소파 가운데 한쪽으로 걸어가 걸터앉았다.

드라미나는 광이 날 만큼 깨끗하게 손질된 상태의 검은색 대리석 테이블을 사이에 두고 우리와 마주앉았다. 그녀가 수정으로 만든 자그마한 종을 울리자, 아무 것도 없었던 테이블 위에 홀연히 새하얀 도자기로 만든 티 세트가 나타났다.

드라미나가 친히 찻주전자 속의 내용물을 따르자, 컵 안의 호박빛 액체로부터 콧속을 부드럽게 어루만지는 향기가 수증기와 함께 솟아 올라왔다.

"어라? 이 차 정말 맛있네요."

"흠? 가로아에서 마신 차도 나쁘지 않았지만, 이 차는 그 차와도 비교조차 되지 않을 정도로 훌륭한 향기야."

"후후, 두 분께서 실망하시지 않은 것 같아 다행이네요. 타인과 함께 차를 즐기는 것도 굉장히 오랜만이다 보니, 과인의 마음도 무척이나 들뜨는 것 같습니다."

자신의 찻잔을 입가로 가져가는 드라미나의 표정은, 본인의 말마따나 상당히 기뻐 보였다. 지금의 표정으로 봐선 고국으로 돌아가 이번 일에 대한 보고를 마치고 나서 스스로의 멸망을 택하거나 할 걱정은 없어 보였다.

"그런데, 드라미나? 방금 전까지 일어났던 진동의 정체는 대체 뭐였지? 당신에게 큰 문제가 없다는 전제하에 가르쳐줄 수 있겠나?"

바로 그 순간, 드라미나의 몸이 크게 경련을 일으켰다. 세리나 또한 방금 전까지 드라미나가 보이던 기행에 관해 관심이 있다는 듯한 표정으로 찻잔을 테이블 위에 내려놓은 뒤, 은근슬쩍 몸을 앞으로 기울여 드라미나에게 시선을 돌렸다.

나와 세리나의 시선을 받은 드라미나는 마구 덜그럭거리는 소리와 함께 찻잔을 테이블 위에 내려놓은 뒤, 시선을 사방으로 돌리다가 부자연스러운 헛기침 소리를 내뱉었다.

"시, 시, 시, 시, 실은, 드란에게…… 무릎…… 무릎베……."

귀에 잘 들리지도 않는 드라미나의 중얼거리는 목소리를 가까스로 번역하자면, 요컨대 지오르를 멸망시킨 뒤로 공주님 안기와 무릎베개뿐만 아니라 나의 손가락까지 빨던 일련의 행동들을 떠올리다가 얼굴에서 불이 나올 듯한 수치심에 사로잡혀 관 속에서 마구 뒹굴고 있던 모양이다.

흠, 흠. 나는 그녀가 이제 와서 새삼스럽게 쑥스러워할 줄은 몰랐다. 그녀가 보인 반응은 예상보다 훨씬 사랑스러웠다. 하지만 그런 식으로 태평한 반응을 보일 수 있었던 시간은 그다지 길지 않았다.

나의 왼쪽 옆으로부터 굉장히 뜨겁고도 차가운 시선이 느껴졌기 때문이다. 그쪽으로 시선을 돌리자, 게슴츠레한 눈빛으로 조용히 나를 노려보는 세리나의 모습이 눈에 들어왔다.

「나도 아직 드란 씨에게 무릎베개를 빌려본 적이 없는데」하는 투덜거리는 목소리가 들려오는지라, 그녀의 신경을 건드린 이유를 짐작하긴 어렵지 않았다. 흠, 단순하고도 가장 효과적인 해결책 하나가 떠올랐다.

"세리나, 드라미나."

"흥, 어쩌시려고요?"

"아, 예?"

의미심장한 미소를 짓는 나의 얼굴을 바라보며, 토라진 세리나는 질투와 선망이 뒤섞인 부루퉁한 태도를 보였다. 그리고 드라미나는 수치라는 이름의 화장을 한 얼굴로 주뼛거리면서 대답했다.

흠, 후후. 나는 따로 속셈이라도 있는 듯한 웃음소리와 함께 두 사람의 얼굴을 번갈아가면서 쳐다봤다. 움찔, 두 사람은 갑작스러운 오한이 등줄기를 타고 올라간 듯이 몸을 떨었다.

"안심해. 두 사람을 아프게 할 생각은 없어."

진심이다. 나는 두 사람을 아프게 할 생각은 추호도 없었다. 두 사람이 아픔을 느낄 일은 결단코 없을 것이다.

†

"후아. 역시 드란의 무릎은 너무 좋아요. 우후후."

"으아, 아아. 이, 이럴 수가. 아아, 정말 버릇이 들 것 같아요. 드라미나 님께서 중독되신 것도, 으으…… 이해는 가요."

드라미나는 나의 오른쪽 무릎 위에서 넋이 나간 듯이 두 눈을 감은 채로 머리를 무방비하게 맡기고 있었다. 방금 전까지 보이던 당황과 수치심은 어디론가 집어던진 채로, 지금은 나의 무릎 위에서 편안히 쉬는 데 열중하는 중이었다.

반대편의 왼쪽 무릎 위에선 세리나가 머리를 기댄 채로, 축 늘어뜨린 뱀의 하반신을 양탄자 위로 아무렇게나 뻗어놓은 상태였다. 그녀의 꽁무니는 한창 낮잠을 자고 있는 고양이의 꼬리처럼 살랑거리고 있었다.

요컨대 드라미나에게 무릎베개를 빌려준 사실로 인해 세리나가 질투한다면, 세리나에게도 무릎베개를 빌려주면 끝나는 얘기였다.

"드란? 저기, 가능하다면……."

나를 바라보며 무릎을 베고 누워 있던 드라미나가, 간절한 바람이 담긴 듯한 눈빛으로 나를 올려다보면서 부탁해 왔다. 그녀가 지금 같은 표정으로 누군가를 바라본다면, 이 세상의 그 어떤 대부호라도 드라미나의 소원을 이루어주고자 전 재산을 탕진할 것이 틀림없었다.

"왜 그러지?"

다정하게 속삭이는 나의 목소리를 듣자마자, 드라미나는 무릎 위에서 움찔거리다가 자신의 소원을 입에 담았다.

"과인의 바람은, 한 번만 더 당신의 손가락을……."

"끝까지 말하지 않아도 다 알겠군."

"다 아시면서 과인이 실토할 때까지 기다리셨나요?"

"사랑스러운 목소리를 본인의 입으로 듣고 싶었을 뿐이야."

나는 예전과 마찬가지로 오른쪽 집게손가락의 끝마디를 베어, 나를 바라보고 있던 드라미나의 입술로 가져갔다. 드라미나는 더 이상 체면을 차릴 필요도 없다는 듯이, 세리나가 있는데도 불구하고 두 눈을 반짝이면서 나의 손가락을 물었다.

"드란 씨? 혹시 드라미나 님께 무슨 짓을 하신 건가요?"

나는 무릎 위에서 몸의 방향을 바꾸며 이쪽을 올려다보는 세리나의 머리를 쓰다듬으면서, 쓸데없이 신경 쓸 필요는 없다는 대답을 입에 담았다. 나의 피를 소망하던 드라미나에 비해, 세리나의 경우엔 지금은 머리만 쓰다듬고 있어도 큰 문제는 없었다.

조심스럽게 세리나의 머리를 쓰다듬고 있다 보니, 세리나의 눈빛이 흐리멍덩하게 풀렸다. 그녀는 평온한 표정으로 두 눈을 감기 시작했다.

"그다지 대단한 일이 있었던 건 아니야. 세리나, 아프진 않아? 손가락이 중간에 걸리지도 않는 깔끔하고도 아름다운 머리카락이 군. 날마다 손질을 게을리 하지 않기 때문인가?"

"드란 씨가 목욕탕을 만들어주신 데다가, 파티마가 정말 다양한 도구를 가지고 오거든요. 그러다 보니, 머리카락을 손질하는데 걸리는 시간이 굉장히 길어졌지만요."

"나는 세리나가 커다란 거울이 달린 화장대 앞에서 솔로 머리를 빗고 있을 때의 손놀림이 좋아."

"드란 씨는 머리카락이 긴 여성이 취향이세요?"

흠? 그러고 보니 나의 주위에 있는 여성들은 대부분 머리카락이 길었다. 그다지 길지 않은 여성이라고 해봐야 파티마나 네르 정돈가?

"지금까지 머리의 길이로 호불호를 따진 적은 없었어. 후후, 하지만 세리나의 긴 머리카락은 싫지 않아."

"……그, 그런가요? 에헤, 에헤헤."

나의 입에서 나온 발언은 성대하게 세리나의 심금을 울린 듯이 보였다. 나의 왼쪽 무릎을 베고 있던 세리나의 얼굴은 이대로 여세를 몰아 녹아버릴 듯이 확 풀려 버렸다.

흠, 역시 정직이라는 건 최고의 미덕 중 하나야.

"개인적으론 세리나가 그 사실을 기억해주었으면 싶군."

"잊을 리가 없잖아요! 아, 맞다. 드란 씨, 가로아로 돌아가고 나서도 이따금씩 이렇게 무릎베개를 빌려주실 수 있나요?"

"세리나가 부탁한다면야 얼마든지 빌려주고말고. 세리나가 원할 때마다 언제든지 말해."

나와 세리나, 그리고 드라미나는 꽤나 오랫동안 공동의 시간을 공유했다.

두 사람이 마음에 찰 때까지 나의 무릎을 만끽한 뒤, 우리는 다 함께 파티마의 병문안을 가기로 했다.

마을 사람들은 라미아인 세리나에 관해선 이미 오래 전부터 적응한 걸로 보였지만, 뱀파이어인 드라미나와 마을 한복판에서 엇갈릴 때마다 온몸이 긴장된 상태로 발길을 멈췄다. 그리고 그녀의 미모에 의한 미적 충격으로 인해 넋이 나간 듯한 반응을 보였다. 하지만 이러한 반응은 지극히 자연스러운 현상이다 보니, 기본적으로 예방할 방법은 전혀 없었다. 큰 소란이 일어나는 것도 아니니, 일단 그냥 방치하는 것이 최선이었다.

촌장의 저택에서 요양 중인 파티마를 만나러 가자, 그녀를 항상 옆에서 간호하고 있는 리타가 얼굴을 내비쳤다.

마침 파티마의 옷을 갈아입히고 나온 직후인 모양이다. 파티마의 옷들이 들어찬 바구니를 들고 있던 그녀는, 우리의 얼굴을 보자마자 반가운 듯이 미소를 지어 보였다.

"안녕, 리타? 파티마의 몸 상태는 어때?"

리타는 나의 물음에 웃는 얼굴로 답했다.

"예, 점점 좋아지시는 것 같아요. 이제 슬슬 평범하게 걸어 다니실 수 있을 만큼 회복된 걸로 보이고요. 아마 여러분의 얼굴만 보셔도, 더욱 더 기운이 나시지 않을까 싶어요."

"정말 반가운 소식이로군요. 하지만 하루 종일 간병만 하시다가 본인의 건강을 해칠 수도 있을 겁니다. 지나치게 무리는 하지 마세요."

다정한 미소를 띤 드라미나도 리타에게 말을 걸었다.

리타는 드라미나에 의해 직접 구출된 관계로, 그녀와 대화를 나눌 때는 두려움 없이 명랑한 모습을 보였다. 물론 드라미나의 입장에서도 리타의 태도는 바라는 바였다. 두 사람은 모범적일 정도로 양호한 관계를 구축하는데 성공한 듯이 보였다.

"예. 그럼, 저는 지금부터 빨래를 하고 와야 될 것 같습니다. 이만 실례할게요."

우리는 리타가 물터로 향하는 뒷모습을 바라보다가 방문을 노크한 뒤, 파티마와 네르가 기다리는 실내로 들어갔다.

절반 정도 뱀파이어로 각성한 상태였던 파티마의 몸 상태를 고려하여, 모든 창문은 커튼과 덧문으로 막아두었다. 기본적으로 햇볕이 새어 들어오지 않도록 세심한 주의를 기울여 조성된 공간이었다.

파티마는 창문이 열리더라도 햇볕이 도달하지 않는 위치의 침대 위에서, 램프의 빛을 벗 삼아 독서를 즐기고 있는 도중이었다.

"드란, 세리? 게다가 드라미나 폐하까지 왕림하셨나요?"

"폐하라는 호칭은 필요 없습니다, 파티마. 그냥 드라미나라는 이름으로 불러 주세요."

갑작스럽게 방문했는데도 불구하고 파티마는 완전히 익숙한 듯한 반응을 보였다. 그녀는 방금 전까지 읽고 있던 책을 활짝 편 채로 무릎 위에 내려놓은 뒤, 보는 이들의 마음을 안정시키는 미소를 지어 보였다.

"어서 와."

네르는 파티마가 누워 있는 침대의 곁에 놓인 의자 위에 걸터앉은 채 아르포라는 붉은색 과일의 껍질을 나이프로 벗기고 있는 와중이었다.

"파티마, 얼굴빛이 꽤나 좋아 보이는군. 아마 앞으로 하루나 이

틀 정도 안정을 취하면 건강을 되찾을 수 있겠어."

"에헤헤, 이번엔 정말 걱정을 많이 끼친 것 같아."

파티마는 나의 격려를 듣자마자 쑥스럽다는 듯이 웃었다. 우리는 프라우파 마을 주변을 산책하면서 겪었던 일이나 유감스럽게도 마법약의 재료를 회수하라는 의뢰를 달성하는데 실패한 일 등을 화젯거리로 삼았다.

문득, 나는 파티마가 읽던 책에 관해 물었다.

"그런데 그 책은 무슨 종류의 책이지? 파티마가 책을 좋아한다는 사실은 예전부터 들어서 알고 있었지만, 의뢰로 온 이곳까지 가져왔나?"

파티마는 기본적으로 타고난 독서가일 뿐만 아니라, 장차 마법을 응용한 그림책이나 동요를 짓는 작가가 되겠다는 꿈을 가지고 있었다. 그녀에게 다양한 분야의 서적을 접한다는 것은 미래의 꿈을 이루기 위한 공부나 마찬가지였다.

"이거? 이건 말이지, 동방(東方)의 나라로부터 우리나라로 들어온 책이야. 일종의 연애 소설이지. 문화의 차이라고 해야 하나? 여러 모로 흥미로운 표현이 많이 눈에 띄더라."

흠? 네르는 전혀 관심이 없다는 표정으로 과일의 껍질을 깎는 작업을 다시 시작했다. 하지만 세리나는 연애 소설이라는 단어가 나오자마자 심상치 않은 관심을 보였다.

"파티마, 예를 들어 어떤 종류의 표현이 있는데? 동방의 나라에 관해선 독특한 문화가 있다는 정도밖에 몰라서, 굉장히 궁금해."

드라미나조차 은근한 반응을 보인 것으로 판단하자면, 이럴 때는 종족과 상관없이 여성들 특유의 공통적인 심리같은 것이 작동되는 건지도 모른다.

"응. 동방의 나라에선 직접적으로 사랑한다는 말을 입에 담는 경우는 거의 없는 모양이야. 예를 들어 좋아한다거나 사랑한다는 말 대신에, 이 책의 주인공은 사랑하는 여성에게 「당신과 함께 하니 저 하늘의 달도 아름답군요」라는 표현을 써~. 정말 신기한 것 같아. 처음 읽었을 때만 해도 영문을 알 수가 없었는데, 여러 번 읽다 보니까 이런 식의 표현도 품위와 멋이 있어서 나쁘지 않다는 느낌이 들더라. 그 이외엔 「죽어도 좋아」라는 표현도 본 것 같아. 굉장히 신기하더라. 같은 인간인데도 문화나 사고방식의 차이로 인해 쓰는 표현이 달라진다는 뜻이잖아?"

세리나가 파티마의 의견에 열심히 귀를 기울이다가, 자기 나름대로 머릿속에서 정리한 의견을 입에 담았다.

"으~음, 파티마의 말을 듣다 보니 「죽어도 좋아」라는 표현도 멋진 것 같아. 하지만 개인적으론 「당신과 함께 하니 저 하늘의 달도 아름답군요」라는 말이 더 마음에 들어. 목숨을 걸어서라도 사랑한다는 말도 듣기엔 좋지만, 역시 함께 살아가는데 비할 바는 아니거든."

"그치~?"

한편 나와 드라미나의 경우엔, 파티마의 설명을 들으면서 서로의 얼굴을 마주볼 수밖에 없었다.

드라미나는 나의 얼굴을 보자마자 곧바로 고개를 돌려 외면했지만, 그녀가 빛이 없는 장소에서도 확실하게 분간이 갈 정도로 얼굴을 붉혔다는 것을 잘못 볼 리가 없었다.

하필이면 수많은 말들 중에서도 「달이 아름답다」는 표현을 썼단 말이지. ……틀림없이 나는 그런 발언을 입에 담았다. 지오르를 완전히 멸망시키자마자, 드라미나를 끌어안은 채로 보름달이 지켜보는 한복판에서 「달이 아름답다」는 말을 지껄이고 말았다.

흠. 설마 달을 칭찬하는 말에 사랑을 고백한다는 뜻이 있었을 줄이야. 나나 드라미나나, 허를 찔렸다는 점에선 큰 차이가 없었다. 그리고 드라미나가 보인 반응으로 보아, 그녀는 파티마가 지금 설명 중인 동방의 문학에 관해선 전혀 아는 바가 없었던 모양이다.

"드라미나."

"무…… 무슨 말씀이 하고 싶으신 건가요, 드란?"

"다음번에도 동방 식으로 할까? 아니면 당신의 고향에서 쓰는 방식이 좋은가?"

"드, 드, 드, 드, 드란?!"

물 끓는 소리와 함께 수증기가 올라오지 않는 것이 신기하게 느껴질 정도로, 드라미나의 얼굴이 새빨갛게 물들었다.

흠, 드라미나 화산이 초대형 분화를 일으킨다? 어쩌다 보니까 굉장히 시답잖은 표현을 떠올리고 말았다.

딱히 드라미나의 얼굴이 어느 정도까지 붉게 물들 수 있는지 시험해 보려던 것은 아니었지만, 그녀의 반응이 굉장히 흥미로웠던 것도 사실이다. 일일이 순진하고 청순한 소녀와 같은 반응을 보이는 모습이 너무나 사랑스러운 나머지, 자기도 모르게 놀리고 싶어지고 만다.

"어, 드라미나 님? 갑자기 큰 고함소리를 지르시다니, 무슨 일이세요?"

드라미나를 가리켜 폐하가 아니라 드라미나 님이라는 호칭으로 부르기 시작한 파티마가, 그녀의 입에서 나온 너무나 본인답지 않은 고함소리에 깜짝 놀라는 듯한 반응을 보였다. 세리나 또한 파티마를 따라 이쪽으로 고개를 돌렸다. 오직 네르만이 묵묵히 과일을 깎는데 열중하고 있을 뿐이었다.

말문이 막힌 드라미나가 입을 굳게 다물자, 방의 한 구석으로부터 음침한 목소리가 들려 왔다.

"폐하께서도 그런 표정을 지으실 때가 있을 줄은 몰랐습니다."

목소리가 들려온 방향으로 고개를 돌리자, 마치 동상처럼 그곳에서 미동조차 하지 않고 있던 뱀파이어 소녀— 시에라가 우리를 바라보고 있었다.

시에라는 브란의 마검 그리프마리아에 꿰뚫려, 거의 멸망당하기 직전까지 몰렸었다. 하지만 나는 시에라와 파티마가 강한 상관관계를 맺게 함으로써 그녀의 존재를 유지시켰다.

나의 마력을 촉매로 삼아 증폭시킨 파티마의 생명력을, 기능이 정지된 심장의 대용품으로서 시에라에게 이식한 것이다. 그 결과, 거의 재가 되기 직전이었던 그녀의 존재를 유지할 수 있었다.

"시에라, 그대는 예전과 다를 바 없이 음침한 표정을 짓고 있군요. 모처럼 아름다운 얼굴이 무용지물일 정도로요."

드라미나는 더할 수 없이 깔끔한 표정으로 시에라에게 대답했다. 하지만 마음속의 동요는 잦아들지 않은 듯이 보였다. 자세히 관찰해보면 온몸이 가늘게 떨리고 있었고 얼굴에서도 드라미나 화산이 한창 대형 분화를 일으키고 있었다.

"지금의 폐하께서는 무척이나 여유가 넘쳐 보이십니다. 오랜 과업을 이루시면서 마음이 풀리셨나요?"

시에라의 입에서 나온 발언엔 비아냥거리는 말로 들리는 구석도 없지 않아 있었다. 하지만 그녀의 목소리로부터 드라미나를 조롱하거나 비웃는 듯한 낌새는 느껴지지 않았다. 의자 위에 걸터앉은 시에라의 눈동자는 멍하니 닫힌 문의 건너편을 바라보고 있었다.

결국, 시에라는 가족들이 먼저 떠난 명계(冥界)로 가는 여행길을 따라갈 수가 없었다. 브란이 동료들을 죽였을 때나 복수를 달성하려다가 실패한 때도 마찬가지였다. 그녀는 일찍이 죽을 기회를 놓쳤을 뿐만 아니라, 이번엔 멸망할 기회를 놓치고 말았다. 그러한 그녀의 마음속을 지배하는 감정은 황폐감과 허무감일 수밖에 없었다.

드라미나 또한, 보는 관점에 따라서 자신과 거의 같은 경우나 다름없는 시에라의 모습을 바라보면서 마음이 아픈 눈치였다. 그녀는 슬픈 표정으로 눈썹을 찌푸리고 있었다.

"당장은 마음이 풀렸습니다만, 곧바로 그 자리를 대신한 것은 끝조차 보이지 않는 허무였답니다. 지금은 드란 덕분에 그럭저럭 마음을 다잡고 있는데다가, 고향으로 돌아가 과업을 이루었다는 사실을 보고할 일도 남아있으니까요. 일시적으로나마 공허한 마음속을 얼버무리고 있다는 것이 올바른 표현이겠지요."

"그런가요? 지금의 공허한 마음을 일시적으로나마 얼버무릴 수 있다는 것은, 저에게는 더할 수 없이 매력적인 이야기로 들립니다."

"그대는…… 아니, 그대의 마음에 빛을 쪼이는 데는 다른 누구보다도 적합한 분이 계실 겁니다."

드라미나는 침대 위의 파티마에게 고개를 돌렸다. 파티마 또한 그녀의 시선이 뜻하는 바를 전부 다 알고 있다는 듯이 고개를 끄덕였다.

나는 시에라의 생명을 구한 장본인이다. 그러나 나의 힘으로 구할 수 있었던 것은 어디까지나 그녀의 생명뿐이었다. 그녀가 모처럼 건진 생명에 앞으로도 살아나갈 수 있는 의지를 부여할 수 있도록, 그녀의 마음을 어두컴컴한 암흑으로부터 삶의 희망이 넘치는 양지로 인도하는 것은 나의 역할이 아니었다.

그것은 시에라가 세상을 떠나기 직전, 그녀를 살릴 뜻이 있냐는 나의 물음을 듣자마자 망설임 없이 살리고 싶다는 대답을 입에 담은 파티마의 역할이었다.

하여튼 나로서는 더 이상 시에라의 삶에 직접적으로 엮일 여지는 전혀 없었다. 앞으로 파티마의 요청에 따라 적절한 조언을 하거나 구체적인 도움을 주는 정도야 큰 상관없겠지만, 더 이상 그녀들에게 적극적으로 관여하는 것은 자연의 순리에 어긋난다. 게다가 드라미나의 얼굴을 마주보면서 고개를 끄덕이던 파티마의 눈동자에 깃든 강렬한 눈빛에서, 나의 도움 따위는 전혀 필요 없다는 확신을 가지게 했다.

시에라에 관해서야 파티마에게 전부 다 맡기는 것이 최선책이라는 확신이 들었지만, 또 한 사람의 마법학원 학생인 레니아에 관해선 도무지 본인의 의도를 파악할 수가 없었다. 멀리 떨어진 그늘진 곳에 숨어 나를 바라보고 있다가도, 이쪽으로부터 먼저 다가가 말을 걸려고 하면 잽싸게 도망쳤다. 그리고 일정한 거리를 확보하자 또다시 나를 관찰— 하는 식으로 굉장히 부자연스러운 모습을 반복적으로 보이고 있었던 것이다.

적대심이 없다는 것은 확실하기 때문에 지금은 그냥 내버려두고 있었지만, 언젠가 꼭 지금 보이고 있는 행동의 까닭을 물어봐야겠다. 마법학원에 돌아가면 이번 일에 관해 그녀에게 직접 물어볼 여유와 시간 정도는 만들 수 있을 것이다.

그런 식으로 며칠을 기다리다 보니, 드디어 가로아로부터 조사대가 도착했다.

조사대의 병력은 약 200명에 이르렀으며, 프라우파 마을을 포위한 채로 한 사람도 도망치는 이가 없도록 빈틈없이 광범위한 감시망을 펼쳤다.

한 치의 오차도 없이 철저하게 통제된 진형만 봐도, 가로아에서도 특히 가려 뽑은 최정예 병력들이 파견된 것은 틀림없었다. 혹은 평범한 병사들로도 이 정도의 움직임을 선보일 수 있을 만큼 엄격한 훈련이 이루어졌다는 뜻이었다.

그들 중에서도 특히 멋진 모습의 말 위에 올라탄 30대 후반의 기사 대장은, 마이라르 교를 비롯한 선량한 신들의 교단을 섬기는 고위 사제와 신관 전사들을 거느리고 있었다.

파티마가 뱀파이어로 각성했다는 의심을 푸는데 가장 간편하면서도 확실한 방법은, 본인이 대낮의 햇빛 아래로 직접 걸어 나오는 것이었다.

그런 고로, 기사 대장이나 병사들이 대낮의 밭일을 하다 말고 촌장의 집 앞으로 모여 들어 질서 정연하게 늘어서 있던 마을 사람들에게 의심의 눈초리를 보이는 일은 없었다.

나머지 조사는 맥이 빠질 정도로 순조롭게 이루어졌다. 마을 사람들이 단 한 사람의 예외도 없이 인간의 몸을 유지하고 있었을 뿐만 아니라, 파티마도 무사히 건강이 회복된 상태였기 때문이다.

파티마가 어중간한 상태의 뱀파이어였던 시에라를 사역마로 삼고 있다는 사실이 밝혀졌을 때는 다들 크게 놀랐지만, 사역마의 각인 덕분에 쓸데없는 말썽은 일어나지 않았다.

이번 사건은 뱀파이어들과 연루된 사례들 중에서도 특히 이례적일 만큼 피해가 적었을 뿐만 아니라, 신속하게 해결된 경우로서 왕국의 역사에 남을지도 모른다.

다행히 기사 대장은 드라미나를 상대하면서도 최소한도의 예절을 잊지 않는 인격자였다. 그런 고로 드라미나가 특별히 불쾌한 일을 겪는 상황은 없었지만, 날이 갈수록 그녀가 어딘지 모르게 울적한 표정을 보이는 빈도가 늘어났다.

그리고 조사대에게 알려야할 사항들을 전부 다 전달한 그날, 드라미나는 나와 세리나가 체류하고 있던 여관의 객실까지 찾아와 마을을 떠난다는 사실을 고했다.

그날 밤, 드라미나는 마을의 뒷문을 통해 조용히 출발하기로 했다. 어렴풋하게 그늘진 달이 천상에서 빛을 발하며, 밤바람을 받아 흘러 다니는 구름이 별들의 바다 위에 떠오른 섬처럼 띄엄띄엄 흩어져 있었다.

나는 홀로 문밖까지 나온 마차의 곁에까지 다가가 드라미나와 작별 인사를 나눴다.

리타나 세리나, 파티마를 비롯한 일행들도 그녀를 배웅하러 나오고 싶다는 뜻을 밝혔다. 하지만 지나치게 많은 인원들이 따라 나올 경우, 쓸데없이 조사대의 눈길을 끌게 될 가능성도 있었다. 그녀들로서는 나 혼자 조촐히 배웅하고 오겠다는 제안을 마지못해 받아들일 수밖에 없었던 것이다.

조사대의 인원들과 특별한 상의 없이 떠나는 길이었다. 그들의 입장에서 본 드라미나는 우호적인 뱀파이어이자 한 나라의 여왕이다 보니, 상대하기가 굉장히 껄끄러운 상대였다. 아인종(亞人種)과 공존하는 우리 왕국에서도 뱀파이어 종족이 정식 주민으로 등록된 사례는 확인된 바가 없다 보니, 그들이 그녀를 상대하는데 고심하는 것도 어쩔 수 없는 얘기였다. 기사 대장이 내일 아침이 밝고 난 뒤 드라미나의 모습이 눈에 띄지 않는다는 사실을 깨달아도, 자신들의 감독 부족에 대한 책임을 느끼면서도 동시에 안도의 한숨을 쉴 공산이 컸다.

뱀파이어 퀸이 왕국의 영토 안을 활보 중일지도 모른다는 상황은, 국가 존망이 걸려 있는 급의 긴급사태였다. 하지만 드라미나의 경우, 사전에 본인의 양해를 받아 나나 조사대의 마법사들이 잔류성의 사념을 부착시켜 놓은 상태였다. 그런 고로, 최소한 드라미나가 왕국의 밖으로 나가는 순간엔 확인이 가능할 터이었다.

"다들 당신을 배웅하고 싶었다면서 유감스러워 하더군, 드라미나."

"과인과 같은 이에겐 너무나 과분한 대접이십니다. 저희들의 대립관계로 인해 이 나라의 여러분들께 재앙을 초래한 일에 관해선 입이 열 개라도 할 말이 없습니다. 게다가 그렇게 말하면서도 조사대로 오신 여러분들의 눈길을 피해 야반도주나 다름없이 자취를 감추는 꼴이니 더욱 더 면목이 없지요."

"드라미나에게도 드라미나의 형편이 있을 수밖에 없어. 당신은 직접 설명할 수 있는 사항들에 관해선 남김없이 밝혔지. 나머지 일들에 관해선 나나 리타, 파티마가 반드시 진실을 밝히고 말 거야. 당신이 할 일은 홀가분하게 고향으로 돌아가는 것뿐이야."

"고맙습니다. 그 말 덕분에 한결 마음이 편하게 느껴집니다."

"그나저나, 앞으로 무슨 계획이라도 있나?"

"글쎄요. 시조 6대 가문의 마지막 생존자였던 지오르와 그 아들이 멸망한 이상, 머지않아 고향인 남쪽 대륙에서 새로운 뱀파이어 국가의 건국을 둘러싼 동란이 일어날지도 모릅니다. 과인이 살아 있다는 사실이 알려질 경우, 과인을 추대하려는 이들이 나타날 가능성도 있습니다. 하지만 과인은 더 이상 한 나라의 군주로서 군림할 용기가 없는 몸입니다. 겁쟁이라고 비웃으셔도 됩니다. 과인은 이미 다스려야 할 나라와 백성들을 잃은 신분입니다. 이제 남은 거라고 해봐야, 기나긴 역사의 흐름 속에서 남겨질 어리석은 패배자의 이름뿐이랍니다. 혹은 그로스그리아의 가신들 가운데, 주군의 원수를 갚고자 과인의 심장을 노리는 이들이 나타날지도 모릅니다."

"혼자서 괜찮겠나?"

진심으로 걱정이 된 나머지, 그 한 마디가 자연스럽게 입 밖으로 튀어나왔다. 아마도 어지간히 한심한 표정을 짓고 있던 것이리라. 드라미나는 억지를 부리는 어린아이를 타이르는 어머니와 같은 표정을 지어 보였다.

"후후, 괜찮고말고요. 당신으로부터 피를 받은 이후로, 지금까지 이런 적이 없을 정도로 몸 상태가 좋답니다. 아마 이 힘만 있었어도, 나라가 멸망하지도 않았을 겁니다. ……아니, 지금 한 말은 사실상 무의미한 소리군요. 일단 잃어버린 것은 두 번 다시 되돌아오지 않으니, 쓸데없이 입에 담아봤자 허망할 뿐입니다. 지금부터 고국으로 돌아가 백성들에게 원수를 갚았다는 사실을 알리고자 합니다. 들판에 버려져 있는 그들의 무덤을 만든 뒤, 비열한 도굴꾼들이 발길을 들여놓지 못 하도록 엄중히 봉인할 생각입니다. 그 작업을 마치고 나서 할 일이 전혀 없다는 사실만큼은, 굉장히 난감하지만요."

"흠, 모든 일을 일단락 짓고 나서 기분이 내킬 경우, 다시 나를 만나러 와줄 수 있겠나? 파티마나 리타도 당신의 동향에 관해 관심이 많을 거야. 나는 가로아의 마법학원이나 그 북쪽의 베른 마을 가운데 어느 한쪽에 머물고 있을 가능성이 클 테니, 찾으러 오기는 그다지 어렵지 않을 거야."

"하지만 과인과 연루됨으로써 당신께 민폐를 끼칠지도 모릅니다. 어쨌든 간에 이 나라에선 흔치 않은 뱀파이어니까요……."

"어떻게든 잘 처리하거나, 어떻게든 잘 해결될 거야. 나를 만나러 올 때 가져올 기념품이나 잊지 마."

"어머? 후후, 그때는 기념품을 준비하는데 심혈을 기울여야겠네요."

"아니, 아무 거나 적당히 골라 와도 상관없어."

"후후, 설마 지금처럼 평온한 기분을 다시 맛보게 될 줄이야. 이 땅에 다다르기 전까지만 해도 꿈에서조차 상상하지도 못한 일이었답니다. 드란, 고맙습니다. 전부 다 당신 덕분입니다. 이제 슬슬, 과인은 돌아가겠습니다."

"그런가? 섭섭하지만, 영영 못 볼 것도 아니지. 당신과 다시 만날 날을 꿈에서도 잊지 않고 기다리도록 하지."

나는 침울한 모습을 보일 생각은 전혀 없다는 듯이 미소를 지어 보였다. 드라미나는 잠시 망설이다가, 살며시 가까이 다가와 손으로 나의 뺨을 어루만졌다. 드라미나의 얼굴이 순간적으로 가까이 다가오는가 싶더니, 부드럽고도 촉촉한 감촉이 입술로 느껴졌다.

"이것은, 과인의 보답입니다. 남성분께 이런 식으로 보답을 드린 것은 처음이랍니다."

나의 입술로부터 물러난 드라미나가 미소를 짓자, 나 또한 한동안 넋이 나간 표정으로 서 있을 수밖에 없었다. 눈앞의 여성은 그만큼이나 아름답고도 사랑스러웠다.

"지나치게 멋진 선물을 받아 버린 것 같군."

나로서는 간신히 그 한 마디를 입에 담는 정도가 고작이었다.

"당신의 공에 비해 지나치게 조촐한 보답이니, 너무 마음에 두지 마세요. 더 이상 당신과 말을 섞다간, 더욱 더 떠나기 힘들어질 것 같습니다. 그럼 이만……."

"그래."

드라미나가 마차에 올라타자, 슬레이프니르들이 제각기 소리 높여 울부짖었다. 여러 모로 신세를 졌다는 뜻이 담긴, 그들 나름의 작별 인사였다.

슬레이프니르들이 천천히 발걸음을 옮기자, 삐걱거리는 바퀴 소리와 함께 마차가 앞으로 나아가기 시작했다. 나는 서서히 밤의 어둠 속으로 떠나가는 마차를 배웅하면서, 그녀를 향한 작별의 인사말을 입에 담았다.

"잠시 동안 이별이야. 언젠가 꼭, 다시 만나자."

문득 하늘을 우러러 보자, 그늘진 달이 평소와 다를 바 없이 아름다운 모습으로 온 세상을 비추어 밝히고 있었다.

달빛은 아름다운 존재건 추한 존재건, 살아있는 자건 죽은 자건 차별 없이 차갑고도 조용하게 지상을 비췄다.

"음, 오늘도 달이 아름답군. 하지만 역시 나의 눈엔 당신이 더 아름답게 보여, 드라미나."

제2장 하늘의 길동무

　나와 세리나는 프라우파 마을에서 일어난 비극적 사건으로부터 무사히 귀환하는데 성공했다. 하지만 파티마는 더욱 더 신중을 기하자는 의미에서 조사대의 일원으로 따라온 사제들의 치료를 받아야 했다. 그 결과, 그녀는 우리들보다 사흘 늦게 가로아로 돌아왔다.

　결국 제한 시간 초과로 인해 마법 꽃을 수송해 오는 의뢰를 완수하는 데는 실패했지만, 우리는 그동안 손실된 시간이나 노력에 대한 보답이라는 형식으로 고액의 보상금을 지급받았다. 당국에서 뱀파이어 군단을 격퇴한 우리의 공적을 높게 평가한 결과였다.

　우리는 마법학원과 가로아 총독부로부터 비공식적인 감사의 말씀을 전달받았다.

　이번 소동을 진압함으로써 뱀파이어 감염의 확산을 예방하는데 성공했다는 사실은 틀림없었지만, 학원이나 총독부의 높으신 분들로서는 이번 사건의 내막을 섣불리 공개하면 세상 사람들에게 쓸데없는 불안감을 조장할 수도 있다는 판단을 내린 모양이었다. 나의 생각도 그들과 크게 다르지 않았다. 그리고 문제를 그다지 크게 키우지 않는 편이 드라미나에게도 유리하게 작용하리라.

　마법학원에서 만난 크리스티나 양은 우리의 얼굴을 보자마자 매서운 표정으로 추궁해 왔다. 우리와 뱀파이어들이 치열한 전투를 벌였다는 설명을 들은 바로 그 순간, 그녀는 더할 수 없이 극적인 반응을 보였다.

　당장 멱살이라도 잡을 듯한 기세로 얼굴을 들이밀어 온 그녀는 우리의 몸을 구석구석까지 손으로 직접 만져 보더니, 우리가 미처 설명을 시작할 틈도 없이 「다친 데는 없나? 피를 빨린 건 아니겠지? 피곤하진 않아?」 등의 똑같은 질문을 여러 차례에 걸쳐 반복적으로 던져 왔다.

　아니, 물론 기본적으로 걱정해준다는 거야 고맙게 받아들일 일이었다. 하지만 그녀의 걱정은 정도가 지나치다 보니, 우리들은 난감한 반응을 보일 수밖에 없었다. 파티마조차도 곤혹스러운 듯이 쓴웃음을 지어 보일 정도였다.

　바로 그 파티마도 의뢰를 받아 며칠이나 마법학원에서 자취를 감췄다가 뱀파이어— 정확히 따지고 들어가자면 「절반 정도 각성」한 개체였지만 —를 사역마로 삼아 돌아온 모양새였다. 그 결과, 한동안 마법학원의 수업 분위기가 어수선한 양상을 띤 것은 말할 필요도 없었다. 그녀와 개인적으로 친하던 동급생들이나 파티마의 가문을 섬기고 있던 귀족 가문의 자녀들이 경악을 금치 못 한 표정으로 상황에 관한 설명을 요구해 온 것도 지극히 자연스러운 반응이었다. 그러나 파티마가 특유의 호감이 가는 미소를 띤 채로 「비밀이야」라는 대사 이외엔 결코 입을 열지 않았기 때문에, 진상에 도달한 이는 아무도 없었다.

　크리스티나 양조차도 시에라와 만나 얼굴빛이 파랗게 질리거나 붉게 물드는 식으로 다양한 반응을 보였다. 우리는 그녀를 안정시키기 위해 다 함께 설득을 시도할 수밖에 없었다. 우리는 통째로 하루를 투자하고 나서야, 그럭저럭 그녀를 설득할 수 있었다.

당분간 꽤나 어수선한 분위기와 변화에 시달렸지만, 어쨌든 우리들은 평온한 마법학원 생활을 되찾는데 성공했다.

평소와 다를 바 없는 평온을 되찾고 난 어느 날의 일이었다. 기숙사 관리인인 다나 아주머니가 남자기숙사로 돌아온 우리를 기다리고 있었다.

"어머? 드란, 세리나, 잘 다녀왔니? 우린 너희들 두 사람이 돌아올 때만 기다리고 있었단다."

"지금 돌아왔습니다. 그런데 저희들을 기다리셨다니, 그동안 무슨 일이라도 있었나요?"

다나 아주머니는 두툼한 양 어깨를 으쓱해 보였다. 내 예상엔 지금 당장 서둘러야 할 급선무는 아닌 듯한 느낌이 들었지만, 무신경하게 미룰 만한 일도 아닌 것으로 보였다.

"네가 만든 목욕탕 말인데, 젊은 고용인들 사이에서 꽤나 소문이 크게 난 모양이야. 나를 통해 드란에게 어떤 일을 부탁하고 싶다는 얘기가 나올 정도로 말이지."

도대체 뭘 부탁하고 싶다는 건가? 다나 아주머니는 아직 구체적인 요구사항을 입에 담지 않았지만, 이야기의 전개만 들어 봐도 대충 상상이 갔다.

"고용인 여러분들께서 전용으로 사용하실 목욕탕을 건설해 달라는 말씀이신가요?"

다나 아주머니의 입가에 떠오른 약간 곤혹스럽게 보이는 미소가,

지금 한 말이 그녀의 정곡을 찔렀다는 사실을 나에게 알려 왔다.

"거창하게 통째로 재건축하는 정도는 바라지도 않는 걸로 보이지만, 대충 그런 셈이야. 나를 비롯해 여기서 근무 중인 고용인 녀석들은, 평소엔 한증탕이나 자그마한 목욕탕을 쓰는 경우가 많아. 그런데 최근 들어 크고 작은 고장이 잦거든. 젊은 여자 고용인들끼리 잡담을 나누다가 너에게 직접 의뢰할 경우엔 일반적인 업자들을 상대로 수리를 의뢰할 때보다 싼 값으로 고칠 수 있지 않겠느냐는 얘기가 나왔을 뿐이란다."

"흠, 일단 저는 지금 당장 착수하더라도 상관없습니다. 그다지 큰 수고가 필요한 작업도 아닌데다가, 다나 아주머니를 비롯한 고용인 여러분들께 평소에 여러 모로 신세를 지고 있기도 하니까요."

"정말 고맙다. 나는 네가 흔쾌히 받아들일 줄은 알고 있었단다. 다만 모든 절차를 너에게 맡기기도 꺼림칙하니, 사무국 쪽 절차나 자재의 반입 같은 작업은 우리가 맡으마. 그리고 이번 일은 정식 의뢰로서 사무국 쪽으로 발주해둘 테니, 나중에 기회를 봐서 접수 절차를 밟도록 하렴. 대단한 액수는 아니지만, 우리들 나름대로 의뢰비도 준비해 놨단다. 그게 이번 일의 보수야."

나는 굳이 그럴 필요는 없다고 대답하려다가, 다나 아주머니를 비롯한 학원의 여성 고용인들이 모처럼 준비한 사례금과 그 돈에 담긴 마음을 함부로 거절하는 거야말로 오히려 무례한 짓이라는 생각이 들었다.

"알겠습니다. 목욕탕 수리는 정식 의뢰로 받아들이겠습니다. 재주 없는 몸입니다만, 정식 의뢰로 받아들인 만큼 최선을 다해 완수해 보이겠습니다."

"아하하, 본인으로부터 그런 대답을 듣고 나니 더욱 편안한 마음으로 일을 맡길 수 있을 것 같아. 그리고 겸손한 태도를 보이느라 나온 말인 건 알겠는데, 너한테 재주가 없다는 표현을 갖다 붙인다는 건 이 세상의 모든 마법사들한테 아무런 재능도 없다는 뜻이나 다름이 없단다. 이래봬도 나는 꽤나 오랫동안 마법학원에서 근무 중인 몸이야. 내가 보기에 너는 아크 위치의 경지에 필적할 만한 재능의 소유자로 보이거든."

아크 위치라는 호칭은, 왕국군의 마법 사단에 소속된 마법사의 별명이었다. 그 자는 우리 왕국뿐만 아니라, 주변의 모든 국가들을 통틀어 최강의 실력을 지닌 것으로 알려진 인물이었다. 그 자는 절대적인 마력을 동원해 수많은 공격 마법을 자유자재로 구사하는 인물로서, 단독으로도 일개 마법 사단에 필적할 정도의 괴물인 것으로 알려져 있었다. 하지만 그 평판 때문에 스무 살을 넘겨서도 결혼 상대를 찾을 수가 없어 아직도 독신인 모양이다. 귀족 사회의 상식으로 보자면, 앞으로 몇 년 만 지나도 노처녀 취급을 당할 수밖에 없는 나이였다.

어찌됐건 간에, 나는 다나 아주머니의 부탁을 듣자마자 곧바로 행동을 개시했다. 고용인 여러분의 대표자와 대화를 나눈 뒤, 그녀들의 희망사항을 한데 모았다.

이미 목욕탕 건설을 경험한 나의 입장에서 볼 때, 그다지 희망사항이 많지도 않은 고용인 전용 목욕탕의 수리 작업은 거의 식은 죽 먹기나 다름없었다. 건축에 필요한 자재를 확보하는 작업은 그야말로 눈 깜짝할 사이에 끝났다. 목욕탕 내부의 파손된 부분을 수리하는 작업도 불과 몇 시간 만에 끝이 나 버렸다.

목욕탕을 수리하는 과정이 지나치게 빨리 이루어지다 보니, 의뢰를 발주한 고용인들이나 사무국의 직원들도 무척이나 얼떨떨한 반응을 보였다. 하지만 나에겐 역시 작업 속도가 빨라서 나쁠 것은 없었다.

이런 식의 건축이나 수리에 관련된 업무는 고향인 베른 마을로 돌아가서도 확실하게 쓸모가 있는 종류의 작업이었다. 그런 고로, 목욕탕 수리를 마친 나로서는 괜찮은 경험을 쌓는데 성공한 자기 자신을 남몰래 자화자찬할 정도였던 것이다.

하지만 이 사건은, 나조차도 예기치 못한 결과를 초래하고 말았다.

마법학원에선 일부의 우수한 학생들에게 본인의 외모나 사용하는 마법의 종류 등에 따라, 다른 학생들이나 교사들이 어느샌가 붙인 별명이 확산되거나 정착되는 경우가 많았다.

예를 들어 크리스티나 양의 별명인『백은의 공주기사』나 네르의『얼음 꽃』, 레니아의『파괴자』와 같은 호칭이 그러한 경우에 속한다. 그리고 아직 만나본 적이 없는 가로아 4강의 마지막 한 사람인『금빛 불꽃의 그대』와 같은 이도 그러한 호칭의 소유자였다.

나는 강력한 마물인 라미아를 사역마로 삼거나 4강 중 한 사람인 네르와 호각에 가까운 전투를 펼쳤을 뿐만 아니라, 또 한 사람의 4강인 크리스티나 양과 친밀한 관계를 유지하고 있었다. 그 결과, 마법학원에 편입한 바로 그 날부터 좋건 나쁘건 수많은 학생들로부터 주목의 대상이 될 수밖에 없는 입장에 놓여 있었다.

그런 식으로 수많은 이들의 주목을 끌어 모으고 있던 내가 바로 오늘 목욕탕을 건설하면서 선보인 놀라운 실력은, 당연히 눈 깜짝할 사이에 학생들 사이로 퍼져 나갔다. 그 결과, 어느덧 나에게도 다른 이들과 마찬가지로 하나의 별명이 따라다니기 시작한 것이다.

그것이 바로, 『목욕탕 집 드란』이라는 호칭이었다. 이 별명을 널리 퍼뜨린 이의 의도는 대체 뭐란 말인가…… 흠.

†

나는 드란이다. 베른 마을의 드란이자, 마법학원 학생인 드란이다. 그리고―.

"목욕탕 집 드란."

"풉, 드란 씨? 갑자기 그러시는 건 너무 비겁하세요."

뜬금없이 중얼거린 나의 대사를 듣자마자, 나란히 걸어가던 세리나가 무심코 웃음을 터뜨렸다.

나와 세리나는 성곽 도시 가로아의 한복판에 몇 군데나 있는 대중목욕탕 가운데 한 곳을 한창 방문하고 있는 와중이었다.

돌로 지은 가옥들이 즐비하게 늘어선 가운데, 길쭉한 굴뚝이 지붕에서 튀어 나온 구조의 단층 건물이 눈에 띄었다. 바로 그곳이야말로 가로아의 목욕탕 중에서 가장 오래된 대중목욕탕이었다.

"그렇게 웃긴가?"

"크리스티나 양이나 네르 양의 호칭들이랑 달리, 드란 씨의 호칭은 완전히 하나의 직업을 가리키는 말이잖아요? 하기야 드란 씨가 목욕탕을 짓거나 수리하시던 건 틀림없지만, 다른 분들의 별명에 비해 너무 안이한 이름이라는 느낌도 들고요. 후후, 잘 어울리는 건 사실이지만요."

"말하자면 세리나도 앞으로 목욕탕 집 드란의 사역마라는 식으로 자기소개를 해야 한다는 뜻이로군."

"으~음? 드란 씨의 사역마라는 사실을 말하고 다니는 거야 전혀 거리낄 여지가 없지만, 목욕탕 집의 사역마라는 이름을 말하고 다니는 건 약간 고민이 되네요. 하지만 저는 드란 씨가 지으신 목욕탕을 좋아하기도 하니까, 그 이름도 나쁘지 않은 것 같아요. 드란 씨 스스로는 그 호칭이 꽤나 마음에 드시는 편인가요? 아니면 약간 불쾌한 별명인가요?

모르긴 몰라도, 처음으로 목욕탕 집 드란이라는 호칭을 입에 담은 이에게 나에 대한 악감정은 없지 않았을까 싶다. 하지만 나라는 존재 자체를 그다지 달갑게 여기지 않는 일부 학생들이, 그 이름을 은근슬쩍 우스갯거리로 삼다가 어느덧 나의 별명으로 정착해 버린 것은 틀림없어 보였다.

"흠. 노골적으로 모욕적인 뜻을 담아 부르는 경우가 아니고서야, 단순히 하나의 별명으로 볼 때는 그다지 불쾌한 느낌은 없는 것 같아. 로마르 제국의 목욕탕 문화가 유입된 결과, 왕국에서도 대중목욕탕이 여기저기 들어서고 있거든. 목욕탕 건축의 달인이라는 명성을 떨침으로써, 그쪽 분야와 관련된 일들에 잔뜩 엮이게 될 가능성도 있어. 베른 마을에 커다란 목욕탕을 지어, 일종의 관광 자원으로 발전시키는 방법도 고려중이야."

"드란 씨는 언제나 베른 마을 여러분을 최우선적으로 고려하시는 것 같아요."

"태어나 자라온 고향이거든. 나로서는 그 마을 출신으로 태어나, 부모님 슬하에서 자라온 것이야말로 인생의 가장 큰 행운이었어."

"후후, 가족과 고향을 소중하게 여길 수 있다는 건 너무나 훌륭한 일이에요. 그럼, 오늘 하루도 힘내볼까요?"

"흠."

사실 우리가 이곳까지 찾아온 이유도 바로 그『목욕탕 집』과 관련된 일이었다.

내가 목욕탕을 건설하던 광경을 목격한 고용인 가운데 한 사람이 나에 관한 정보를 대중목욕탕을 경영하는 친척과 공유한 결과, 나에게 이런 식의 의뢰가 날아든 것이다.

명색이나마 목욕탕 경영의 전문가라는 사람이 어디까지나 마법학원의 일개 학생에 지나지 않는 나를 지명한 까닭은, 의뢰비가 파격적으로 저렴할 뿐만 아니라 불과 얼마 전에 목욕탕을 수리한 실적을 높게 평가한 결과였다. 이 목욕탕에서 물을 끓이는데 사용하는 기구는 마력을 이용한 도구인 관계로, 장작을 사용하는 방식의 일반적인 목욕탕을 수리할 때와는 경우가 달랐다. 말하자면 바로 나야말로 목욕탕 수리에 필요한 기능을 보유한 소수의 기술자 가운데 한 사람이었던 셈이다.

불행 중 다행이었던 것은, 고장 난 기구는 나의 지식으로도 충분히 수리할 수 있는 종류였다는 점이다. 물과 친화성이 높은 세리나의 협력 덕분에, 이곳을 수리하는 작업도 고용인 전용의 목욕탕을 고쳤을 때 못지않게 신속히 끝났다.

목욕탕은 우리가 수리한 기계의 안정성을 확인하기 위해 며칠 동안 휴업을 실시했지만, 그날 이후로 새로운 기계적 이상은 발생되지 않았다. 의뢰인의 증언에 따르면, 오히려 예전보다 훨씬 빠르고 효율적으로 물을 끓일 수 있게 된 모양이다.

이번 임무도 성공적으로 완수한 나와 세리나는 나란히 안도의 한숨을 내쉬었다. 그러나 그 이후, 목욕탕을 수리하는 실력에 대한 평판이 입소문으로 더욱 더 넓게 퍼져 나갔다. 결과적으로 나를 지명한 목욕탕 수리 의뢰가 크게 늘어난 것은, 예상치 못한 오산이었다. 그야말로『목욕탕 집 드란』이라는 호칭의 이름값을 더할 수 없이 제대로 증명하고 있는 거나 다름없었다.

†

"흠—."

마법학원 부지 안에 자리 잡은 세리나 전용 목욕탕의 휴게실에서, 나는 골똘히 생각에 잠겼을 때의 입버릇을 콧김과 함께 성대하게 내뱉었다. 이 목욕탕은 세리나 전용으로 건설된 곳이므로, 남자가 욕조나 탈의실까지 들어갈 수 없다는 거야 굳이 확인할 필요조차 없을 정도로 당연한 불문율이었다. 하지만 그 직전의 휴게실까진 남자도 들어올 수 있는 구조였다.

나와 세리나가 가로아를 떠나 있던 동안, 목욕탕을 관리하는 역할은 건설하다가 남은 흙을 소재로 삼아 만든 골렘들이 담당하고 있었다.

그 골렘들은 나의 허리 정도까지 올라오는 크기로서, 크고 작은 구체들을 세로로 쌓아 올린 듯이 보이는 형상이었다. 몸통에 해당되는 커다란 구체로부터 팔다리가 뻗어 나와, 제각기 끝 마디에 다섯 개의 손가락을 본뜬 구체들이 붙어 있었다. 머리에 해당되는 상부의 비교적 작은 구체엔 눈의 대용품으로서 큼지막한 푸른빛의 유리구슬이 박혀 있었다. 그리고 둥근 통 모양의 모자를 머리 꼭대기에 뒤집어쓴, 코나 입이 없는 눈사람 같은 형태의 얼굴이 특징적이었다. 나의 마력으로부터 직접적인 영향을 받은 골렘들은 전체적으로 눈과 같이 새하얀 빛깔을 띠고 있었다.

나는 목욕탕을 관리하는 용도로 만든 소형 골렘들에게 테르마이 골렘이라는 이름을 붙였다. 테르마이라는 단어는, 서쪽의 이웃나라인 로마르 제국의 옛말로 목욕이라는 행위 자체나 목욕탕을 뜻하는 말이었다. 목욕탕을 건설하는 용도로 탄생한데다가, 특별한 방수 가공과 뜨거운 부뚜막 부근에서 작업할 경우를 고려해 내화(耐火) 가공을 입힌 골렘들에게 이보다 더할 수 없이 적절한 이름이리라.

장차 이 골렘들의 제작 방법을 정리한 서류를 사무국에 제출한다면, 나의 성과물로서 평가받을 수 있을지도 모른다.

지금도 테르마이 골렘들은 빗자루나 쓰레받기, 걸레 등을 손에 들고 부지런히 목욕탕을 청소하는 와중이었다.

그나저나, 지금 나는 아무런 이유도 없이 이 휴게실에 머물고 있는 것은 아니었다. 어쩌다 보니 최근 들어 우연찮게 목욕탕과 깊은 인연이 생긴 나 자신을 돌이켜보면서, 이 경험을 고향을 발전시키는데 써먹을 수 있을지도 모른다는 생각이 들었던 것이다. 지금 당장 할 일은 필요한 사항들을 한데 모아 정식으로 지면에 남기는 것이었다.

그러던 와중에, 지금 막 몸을 씻고 나온 파티마와 네르가 의자에 걸터앉아 나에게 말을 걸어 왔다.

두 사람은 따뜻하게 달아오른 몸 위에 앞으로 여미는 방식의 낙낙한 실크 가운을 입은 상태였다. 비슷한 나이의 남학생과 같은 공간에 있을 때치고는 굉장히 대담한 차림새였지만, 두 사람은 나를 이성으로 보지 않는 구석이 있단 말이지.

크리스티나 양은 근방에 출현한 맹수를 퇴치하기 위해 마법학원을 비운 상태였다.

파티마의 사역마가 된 이후로 그림자처럼 그녀를 따라다니는 시에라의 모습은 휴게실에선 눈에 띄지 않았다.

흐르는 물은 뱀파이어의 대표적인 약점 가운데 하나였지만, 흐르지 않는 욕조 안의 따뜻한 물의 경우엔 큰 문제가 없는 걸로 알고 있다. 하지만 그녀는 현재, 목욕탕의 입구 쪽에서 대기 중이었다.

"우리 드란은 정말로 목욕탕 집이나 다름없는 처지가 된 것 같아~."

파티마는 장난스러운 대사와 함께, 오른손에 들고 있던 유리컵을 기울여 찬물로 입술을 적셨다.

네르가 신기하다는 표정으로 질문을 던져 왔다.

"혹시 마법 공예자라도 될 생각이야? 나는 네가 부여 마법사나 창조 마법사, 연금술사 같은 분야를 진지하게 노릴 줄 알았어."

"나는 언제든지 진지해. 기본적으로 당장 할 수 있는 일들은 전부 다 하고 보자는 성격이거든. 이번엔 우연히 목욕탕에 관련된 업무가 연속적으로 들어왔을 뿐이야. 목욕탕 집이라는 별명이 붙은 것도 나에게 찾아온 인연 중 하나로서 긍정적으로 받아들이고 있어."

내가 가볍게 양 어깨를 으쓱해 보이자, 파티마가 미안하다는 듯 눈썹을 찌푸리면서 버려진 강아지 같은 표정을 지었다.

"사실은 말인데, 드란? 그 목욕탕 집이라는 별명을 가장 먼저 입에 담은 장본인은~ 바로 나야~."

"흠?"

"단순히 목욕탕을 지어 올릴 때도~, 드란의 경우엔 여러 가지 속성의 마법을 동시에 발동시킬 뿐만 아니라 각각의 마법이 서로 간섭하다가 쓸데없는 고장이 일어나지 않도록~ 굉장한 정밀도와 정확성을 자랑하는 마법을 사용하잖아~. 다른 아이들도 그 사실을 알게 되면, 드란을 그다지 좋게 보지 않다가도 다시 보게 될 거라는 생각이 들었거든. 그래서 별 생각 없이 꺼낸 말이었는데……."

풀이 죽은 파티마의 표정으로 판단하건대, 설마 지금처럼 나를 조롱하는 의미로 그 별명이 나돌아 다닐 줄은 상상조차 못한 듯이 보였다. 애초부터 파티마가 그 별명이 일종의 호칭으로 발전하리라는 사실을 예상할 수 있을 리 없었다.

네르가 그런 파티마를 걱정스러운 듯이 바라보고 있었다. 혹시 나의 분노가 폭발할지도 모른다고 여기는 건가? 그녀의 눈동자가 불안한 그림자를 띤 채로 흔들리는 모습이 눈에 들어왔다. 물론 그녀가 걱정할 필요도 없이, 나는 파티마에게 화를 낼 생각은 전혀 없었다.

"흠, 그 별명에 그런 내막이 있었단 말인가? 잠깐, 파티마? 그리 신경 쓰지 마. 틀림없이 악감정을 담아 나를 그 별명으로 부르는 이도 없진 않지만, 나는 그 별명이 싫지 않거든."

"응~, 알았어. 하지만 역시, 한 번만 더 사과하고 싶어. 미안해, 드란. 나로 인해 네가 불쾌한 일을 겪게 만든 것 같아."

"흠, 파티마의 사과는 확실하게 받아들였어. 말하자면, 이 얘기는 여기서 끝이라는 뜻이야. 왜냐하면 나 스스로도 그 호칭에 걸맞은 활약을 펼치고 있다는 자각이 있거든. 이왕 그런 식으로 불릴 바엔 왕국에서도 제일가는 마법 목욕탕 집으로 활약할 생각이야."

두 사람의 웃음소리가, 장난스럽게 대답하는 나를 에워쌌다.

✝

나와 세리나는 오늘도 평소와 마찬가지로, 수업이 끝나자마자 사무국까지 찾아가 게시판에 나붙어 있는 다양한 의뢰 전단지들을 확인하고 다녔다.

마법학원이나 학원 외부로부터 마법 도구의 작성이나 약을 조합하는 의뢰가 잔뜩 나와 있다는 점에선 평소와 다를 바 없었다. 그러나 그러던 와중에, 이색적인 의뢰 한 가지가 눈에 띄었다. 마법학원의 교사로 근무하고 있는 고대사(古代史) 교수의 의뢰였다.

마법학원의 학생들 가운데 발굴 작업을 옆에서 도울 인원을 모집한다는 취지의 전단지였다. 그러나 보수가 몹시 적을 뿐만 아니라 진행 일수가 비교적 긴 편이었다. 게다가 애초부터 고대사를 전공하고 있는 학생들의 숫자가 그다지 많지 않았다. 그러다 보니 그 의뢰에 인기가 없다는 것은 지극히 자연스러운 결과였다. 게시판에서 철거될 기한도 내일까지 다가온 상태였다.

"흠, 에드왈드 블라녹 교수를 거들어 달라는 의뢴가?"

"그다지 큰돈은 안 나오는 모양이에요. 게다가 일주일 동안이나 심부름에 전념해야 한다는 조건도 은근히 부담되지 않아요?"

"하지만 행선지가 매력적이란 말이지."

"행선지요? 어디 보자, 어, 정말이네요. 천공 도시 슬라니아라니, 이따금씩 하늘을 날아다니는 그 성 같은 데를 말하는 거죠?"

"고대에 존재한 것으로 알려진 천공인(天空人)들이 세운 유적 도시 가운데 하나야. 항상 동일한 항로를 따라 주변 국가들의 상공을 날아다니는 공중 도신데, 설마 인간이 그곳에까지 발걸음을 들여 놓았을 줄이야."

천공인은 천공에 여러 개의 도시를 지어 살면서, 땅에 사는 이들을 업신여기던 고대인(古代人) 종족이었다. 그들은 현재의 문명보다 훨씬 발달한 마법과 과학 기술을 보유하고 있었으며, 지금으로선 도저히 상상조차 할 수 없는 수준의 피조물들을 잔뜩 생산하던 종족이었다.

천공인들은 지상뿐만 아니라 머나먼 별들의 바다에까지 절대적인 패권을 제창하던 자들로서, 현재까지 목숨이 붙어있는 생존자는 단 한 사람도 없었다. 그들의 문명이 사양길을 걷다가 멸망한 이유에 관해선 다양한 가설이 존재한다. 3용제(竜帝) 3용황(龍皇) 중 하나의 역린을 건드렸다거나, 신수(神獸)라고 불릴 정도로 영적인 위계가 높은 짐승의 분노를 샀을지도 모른다는 식이다.

"좋아, 이걸로 하자. 아마 접수 자격은 충족시키고 있을 거야."

"드란 씨가 정하신 일이라면 저도 좋아요. 하지만 크리스티나 양이나 파티마를 비롯한 지인 분들께 한동안 마법학원을 비우겠다는 말씀은 전하시는 편이 좋을 것 같아요."

"흠, 맞는 말이야. 일단 접수처로 가서 절차부터 밟고 오자. 크리스티나 양이나 다른 이들에게 보고하는 건 그 다음이야."

에드왈드 교수가 제출한 의뢰는 인기가 없어도 너무 없다 보니, 사무국에서도 거의 포기한 거나 다름없는 상태였던 모양이다. 우리가 의뢰 전단지를 가져가자, 경악스러운 표정과 함께 접수하는 모습을 보였다.

천공 도시 슬라니아는 발견 이후로 이미 30년 남짓이나 되는 시간이 경과된 도시로서, 그동안 거의 완벽에 가깝게 조사가 진행된 관계로 새로운 발견이 이루어질 가능성은 거의 없다는 것이 학계의 일반적인 학설이었다. 그곳에 관해 연구할 바엔, 차라리 다른 천공 도시들을 돌아다니며 조사하는 쪽이 더 인기가 많다고 한다.

공중을 떠다니는 슬라니아로 갈 때는 비행선을 이용할 예정이다. 비행선은 글자 그대로 하늘을 나는 배였다. 선체의 중심부에 부유석(浮游石)이라고 불리는 특수한 광석과 풍정석(風情石)을 설치하며, 용골(龍骨) 등을 비롯한 주요 부분엔 경량의 목재를 사용한다. 그리고 선체엔 돛을 단 날개가 달려 있는 배였다.

에드왈드 교수와 합류해 천공 도시로 출발하기 전의 사흘 동안, 나는 천공 도시에 관한 정보와 에드왈드 교수 개인에 관한 정보를 수집하면서 한동안 만나지 않았던 바제나 루우(瑠禹)의 얼굴을 보기 위해 그녀들이 머물고 있는 곳으로 분신체를 파견했다.

우선 모레스 산맥을 서식지로 삼고 있는 용 친구들을 만나러 갔다. 나에게 있어 현재의 용 친구들이란, 인어들과 함께 산맥에 자리 잡은 우알라 호수를 서식지로 삼고 있는 수룡(水竜) 웨드로와 새롭게 알게 된 풍룡(風竜) 오키시스를 가리키는 것이었다.

오키시스는 인간들의 기준으로 30대 후반의 성체에 해당되는 용으로서, 커다란 날개와 그에 비해 자그마한 앞다리를 지니고 있었다. 그는 어렴풋하게 푸른빛을 띤 강철 빛의 비늘이 특징적인 용이었다. 그는 용종(竜種)의 아종에 해당되는 와이번 무리들을 통솔하며 다른 용들이나 산맥을 서식지로 삼고 있는 동물들과 아인(亞人)들을 필요 이상 습격하지 않도록 억제하고 있었다.

웨드로나 오키시스나, 단독 행동을 선호하는 용종들 가운데 흔치 않게 뛰어난 협조성과 사교성을 지닌 용들이다.

그들에게 슬라니아에 간다는 얘기를 꺼내자, 웨드로가 푸르른 하늘을 올려다보면서 차분하게 중얼거렸다.

"하늘에 떠 있는 그 도시 말이오? 이 몸이 알을 깨고 나왔을 때부터 하늘을 떠다니던 곳이로구려."

오키시스가 호수에서 잡히는 커다란 물고기를 집어삼키면서 끼어들었다.

"나도 가끔씩 근처를 지나가다가 잠깐 내려서서 날개를 쉴 때도 있는데, 거기서 사는 이들의 그림자를 구경한 적은 없는 것 같아. 이따금씩 인간들의 모습이 눈에 띄지 않는 것은 아니다만, 아마도 지상 출신의 인간들일 거야. 그런 곳을 일부러 찾아가 봤자 아무 것도 없지 않겠나?"

오키시스의 차분하게 가라앉은 목소리로부터 그의 깊은 지성과 성숙한 남자의 침착한 매력이 전해져 왔다. 오키시스의 비취빛 눈동자는, 인간들이 용종을 상상하면서 떠올리는 포악한 인상을 깨끗이 불식하고도 남을 만큼 침착하기 그지없는 이성의 빛을 띠고 있었다.

"나로서는 아무 것도 없어도 큰 상관은 없다네. 천공을 떠다니는 도시에서 지상의 경치를 즐기는 것도 나쁘지 않을 거야. 인간들의 관점에선 도시의 구조나 공중을 떠다니는 이론적 기반 등을 이해하기 어렵더라도, 나의 관점에선 알아차릴 수 있는 구석도 틀림없이 없지 않아 있을 테니까."

"자신만만하군. 원래부터 비룡(飛竜)들에게 네가 탄 배를 공격하지 말도록 명을 내려놓을 생각이었다만, 어차피 네가 따라가는 이상에야 동행하는 인간들이나 라미아가 피해를 입을 가능성은 전혀 없을 거란 말이지."

"동감이오. 그대는 인간으로 전생하면서 엄청난 약체화를 겪었다고 했지만, 억누르고 있는 걸로밖에 안 보이는 지금의 힘만으로도 우리를 크게 웃돌고 있다는 건 틀림없소. 그대의 전생이 고룡

(古龍)이나 용왕(竜王)이라는 소릴 들어도 납득할 수밖에 없을 정도로 말이오."

용왕은 지상에 존재하는 용종들의 정점에 해당되는 3용제(竜帝)의 인정을 받아, 일정 규모 이상의 무리나 집단을 통솔하는 용을 가리키는 단어였다.

"지금은 나의 전생에 관해선 일단 비밀이라네. 자네들의 흥미를 끌 수 있을 만한 이야깃거리를 발견하는 날엔, 반드시 이곳을 찾아오도록 하지."

"알겠소이다. 그대가 들려주는 이야기들은 항상 유쾌하기 그지없소. 이곳 생활은 무척이나 조용하고도 차분하지만, 적잖이 단조롭다는 것도 사실이라오. 우리들로서는 그대가 이곳을 다시 찾아올 날만을 기다릴 뿐이오."

"나도 웨드로의 말엔 동의한다만, 내가 보기엔 네가 조금 더 자주 이곳을 찾아와야 **그 녀석**의 기분을 달랠 수 있을 것 같아. 어떻게 안 되겠나?"

오키시스가 말한 그 녀석의 얼굴이 일제히 떠올라, 나와 웨드로는 쓴웃음을 금할 수 없었다. 그나저나 그 녀석이라는 말만으로도 모두가 단숨에 알아듣다니, 흠.

"흠, 그 녀석을 달래는 것도 나의 역할이란 말인가? 말이 나온 김에, 이것만 먹고 나서 얼굴이라도 보고 가야겠네."

"잘 부탁하오."

"이럴 땐 정말 너뿐이야."

웨드로와 오키시스가 나란히 머리를 숙이니 나로서는 거절하기 어려웠다.

어디 보자. 이 친구들이 그 녀석이라고 부르는 심홍룡(深紅竜) 아가씨, 바제의 기척은…… 저쪽이로군.

용안으로 그쪽 방향을 바라보자, 그녀는 입을 한껏 벌려 먹음직스럽게 익은 그리폰 통구이를 집어삼키고 있는 와중이었다.

그리폰은 독수리의 머리와 날개, 앞다리와 사자의 다리를 지닌 것으로 유명한 무척이나 사나운 기질의 위험한 마수였다. 그러나 하늘을 날아다니며 지상을 뛰어다니는 용맹한 모습이 기사나 귀족들의 문장에 새겨지는 경우도 적지 않았다. 거대한 독수리의 날개는 뛰어난 비행 능력을 지니고 있으며, 두툼한 부리와 발톱은 금속제 갑옷조차 간단하게 찢어발길 정도의 위력을 지닌다. 한 마디로 말해서, 그리폰은 굉장히 높은 수준의 전투 능력을 자랑하는 동물이었다.

하지만 상대가 고룡 일족의 일원이자 화룡(火竜)의 상위종인 심홍룡에 해당되는 바제인 이상, 설령 100마리의 그리폰이 한꺼번에 덤벼들더라도 모조리 통구이 신세가 되거나 산 채로 씹혀서 그녀의 입 안으로 들어갈 수밖에 없었다.

바제가 그리폰 통구이를 뼈까지 통째로 먹어치우는 데에는, 머릿속으로 100을 채 셀 필요도 없었다. 나는 날개를 펄럭여, 흙바닥이 다 드러난 상태의 산 중턱에서 입맛을 다시고 있던 바제를 만나러 갔다.

바제는 곧바로 나의 기척을 알아차렸지만, 예전과 달리 갑작스럽게 화염 탄환을 발사하는 식의 극단적인 반응은 보이지 않았다.

그 대신, 나의 얼굴을 외면하면서 코웃음을 쳤다.

"오랜만이구나, 바제. 물론 용종들의 기준으로 보자면, 거의 눈 깜짝할 사이나 다름없는 짧은 시간이었을 거야. 흠, 한창 자랄 때라서 그런가? 몸집이 조금 커진 것 같구나."

바제는 살며시 토라진 채로, 나의 말에 아무런 반응도 보이지 않았다. 가볍게 맞물려 있는 이빨 사이로 조금씩 불꽃이 새어 나왔다. 그녀가 지금 하고 있는 행동은, 말하자면 용들의 양치질에 해당되는 습성이었다. 이빨 사이에 낀 음식물 찌꺼기를 불로 태워, 입 안을 청결하게 유지하고 있는 것이다.

"이상한데? 오늘은 나를 상대로 험담을 늘어놓을 생각은 없는 거야? 건강해 보여서 안심이 되다가도, 이런 식으로 평소와 다른 모습을 보이니 불안한 마음이 드는구나."

"흥!"

흠. 그녀는 코웃음을 칠 뿐이었지만, 아무런 반응도 없을 때보다야 그나마 한 걸음 정도 더 나아갔다는 느낌이 들었다.

그리고 나는 오랜만에 만나서 기쁘다는 소감과 건강하게 지내고 있을 줄이야 알았지만 서도 은근히 마음에 두고 있었다는 사실, 인간으로서의 생활이 어느 정도 안정된 관계로 앞으로 얼굴을 보러 올 빈도를 늘리겠다는 식으로 계속해서 그녀에게 말을 걸었다.

바제는 변함없이 침묵을 지켰지만, 그녀의 꼬리는 이따금씩 움찔거리며 반응을 보였다. 나를 외면하고 있던 그녀의 시선도 때때로 이쪽을 향하던 것으로 판단하자면, 지금까지 대화를 시도해본 것도 완전한 헛수고는 아니었던 모양이다.

나로서는 오늘의 만남으로 바제의 기분이 약간이나마 나아지기를 바랄 뿐이었다. 그나저나 한동안 만나러 오지 않았을 뿐인데, 그녀가 이 만큼이나 기분이 상한 상태일 줄은 몰랐다. 어찌됐건 간에, 그녀도 참으로 사랑스러운 소녀였다.

　"그러고 보니 바제는 이따금씩 이 근방의 하늘을 떠다니는 도시에 관해 알고 있느냐? 내가 듣기로 그 도시의 이름은 슬라니아라고 하는데, 내일 모레 그곳을 방문할 계획이다. 1주일 정도 머물면서 조사할 예정이야."

　"그 어리석기 짝이 없는 천공인이라는 족속의 유적 말이냐?"

　흠? 그제야 바제가 의미가 있는 말을 입에 담았다. 그녀의 말투로 판단하건대, 천공인을 직접 알고 있다기보다 다른 누군가로부터 전해 들었다는 느낌이 들었다.

　"맞아. 나는 천공인이라는 종족에 관해선 전혀 아는 바가 없다만, 그들과 같이 하늘을 거주지로 삼는 자들이 지상에 사는 자들을 비웃거나 얕보는 경향이 있다는 사실은 경험상 아주 잘 안다. 아마도 현재의 인간들에게 그다지 좋지 않은 과거의 유물이 남아 있을 공산이 커 보이니, 발견하는 족족 깨끗이 처분할 생각이다."

　"흥! 주제도 모르고 자기 자신이 현명하다는 착각에 빠진 인간들이 반드시 통과하게 되는 길이지. 그야말로 더욱 더 나와 아무런 상관도 없는 일이다. 보나마나 너의 동족이라는 놈들이 쓸데없는 짓을 벌이다가 곤히 잠들어 있던 재앙의 불씨나 깨우는 정도가 고작일 거다."

　"하기사, 나도 그런 종류의 경험엔 일가견이 있는 몸이야. 자신의 그릇으로 감당할 수 없는 힘을 필요로 하다가 금기와 접촉하는 것은 인간종이 자주 벌이는 실수거든."

"누군지 알지도 못 하는 녀석들의 뒤치다꺼리나 하고 다니다니, 네 녀석도 참 특이한 놈이로구나."

"그런 모습이야말로 나답지 않은가? 게다가 꼭 뒤치다꺼리나 하게 되리라는 보장도 없어."

"흥!"

바제가 다시금 나의 시선을 외면했다. 더 이상 나와 나눌 말은 없다는 뜻이 담긴 그녀의 몸짓이었다.

사춘기가 시작된 딸을 가진 아버지의 심정으로, 나는 작은 미소를 지으면서 날개를 퍼덕였다.

친부모님 밑에서 상당한 응석받이로 자라난 것으로 보이는 이 아가씨가, 과연 제구실을 잘 하는 용이 될 수 있을까? 나로서는 그녀의 성장을 따뜻한 눈길로 지켜보고 싶었다.

"또 보자, 바제. 아마 열흘 정도 있다가 다시 올 수 있을 것 같구나."

움찔, 바제의 귀와 꼬리가 움직였다.

"……열흘?"

"아마 최소한 그 정도는 걸릴 거야. 또 보자구나. 과식하다가 배탈이나 나지마라."

그리고 나는 바제에게 등을 돌려 그 자리를 뒤로했다.

상당히 멀리까지 날아오고 나서야, 바제가 나를 향해 고개를 돌렸다는 사실을 깨달았다. 하지만 이제 와서 굳이 그녀에게 돌아갈 만한 별다른 용건도 없었다. 나는 그 자리에서 곧장 남쪽을 향해 분신체를 날렸다. 목적지는 수룡황(水龍皇) 류키츠(龍吉)가 통치하는 용궁성(竜宮城)이었다.

바제와의 만남이 오래간만이었던 것과 마찬가지로, 루우나 류키츠와 얼굴을 마주치는 것도 굉장히 오랜만이었다. 마법학원에 입학한 이후로 방문을 자제하고 있었기 때문이다. 게다가 류키츠의 딸인 루우도 차기 수룡황이 될 후계자라는 입장에 걸맞게 다사다난한 나날을 보내고 있을 것이므로, 지금 가 봤자 두 모녀의 얼굴을 보기가 어려울 가능성도 있었다.

이번엔 특별한 약속도 없이 갑작스럽게 찾아간 셈이었지만, 류키츠가 나의 방문에 관한 지시사항을 신하들에게 빈틈없이 하달시켜 놓은 관계로 문전박대를 당할 일은 없었다.

"드란 공, 신경 쓰이는 일이라도 있으신지요?"

시선을 약간 오른쪽으로 돌리자, 부드러운 미소를 짓고 있는 미녀의 얼굴이 눈에 들어왔다. 그녀야말로 인어(人魚)와 어인(魚人), 그리고 수룡(水龍)들의 나라인 용궁국(竜宮國)을 다스리는 수룡황 류키츠 본인이었다.

흠? 수룡황이자 용궁국의 여왕으로서 틀림없이 만만치 않은 양의 집무를 떠맡고 있을 터인데, 류키츠는 그러한 내색을 전혀 보이지도 않았다. 그녀는 자신의 방까지 들인 나에게 손수 차까지 대접했다.

실내엔 인간의 모습으로 변화한 나와 용인(龍人)의 모습을 띤 류키츠 이외의 그림자는 전혀 눈에 띄지 않았다.

"아니, 아무래도 별안간 아무런 약속도 없이 찾아오지 않았나? 설마 곧바로 그대의 얼굴을 보게 될 줄은 몰랐는지라, 은근슬쩍 당황하고 있던 참일세."

"어머나? 드란 님께서 일부러 이런 누추한 곳까지 왕림하신 이상, 만사를 제쳐서라도 직접 모시는 것이야말로 올바른 예의인 줄로 압니다. 그리고 드란 님과 말씀을 나눌 수 있다는 것만 해도, 저로서는 다른 그 무엇에도 비하지 못할 정도로 바라마지 않던 포상이랍니다. 자, 이 차를 드시지요."

"음, 고맙네."

류키츠는 아름다운 꽃이 그려진 하얀 사기그릇에 담긴 차를 나의 잔에 따랐다. 조금 전 차는 다 마셨으니 두 잔째였다.

수룡황이 시녀나 다름없는 모습으로 부지런하게 나의 시중이나 들고 있다는 사실이 이 나라의 백성들에게 알려질 경우, 그들은 어처구니가 없어 숨을 쉬는 방법조차 잊어먹을지도 모른다.

"이 차는 정말 일품이군. 특히 류키츠와 같은 미녀가 따라주니, 한층 더 맛이 살아나는 것 같아."

"어머, 드란 님께서 이렇게 칭찬이 헤픈 분이실 줄은 미처 몰랐습니다. 하오나 설령 인사치레로 하신 말씀이더라도, 이 류키츠는 몸 둘 바를 모르겠나이다."

"머릿속에 떠오른 말을 있는 그대로 입에 담았을 뿐이야. 그나저나 나를 상대로 이만큼이나 시간을 허비해도 되겠나? 나도 그대가 공사다망한 몸이라는 사실은 잘 안다네."

"아무쪼록 섭섭한 말씀은 거두어주십시오. 군주로서 맡은 소임은 향후 한 달 정도의 분량을 마치고 오는 길입니다. 물론 신하들이 스스로 판단하기 어려운 안건이 있을 경우에야 직접 나설 수밖에 없겠습니다만, 평상시의 업무에 관해선 아무런 문제도 없을 겁니다. 말하자면, 지금은 드란 님과의 즐거운 시간을 마음껏 만끽할 수 있다는 뜻이지요."

나는 루우가 돌아올 때까지, 류키츠와 화목하기 이를 데 없는 시간을 보냈다.

마법학원에 입학한 이후의 일상 이야기나 망국의 뱀파이어 여왕 드라마나와 만났던 이야기 등을 하다 보니, 바깥 복도로부터 조급하기 그지없는 발자국소리가 들려 왔다.

"루우로군. 그나저나 어지간히 마음이 급한 모양이야."

"후후. 약간 조심성 없게 보이는 것은 사실입니다만, 딸의 실수에 관해선 아무쪼록 관대하게 넘어가주시기를 기원합니다. 루우는 드란 님을 진심으로 존경하고 있나이다."

"그녀의 호감은 나와 같은 이에겐 너무나 분에 넘치는 감정이야. 한동안 얼굴을 보러 오지 않았던 것이 안타깝게 느껴지는군."

"루우뿐만 아니라 저 또한 드란 님의 존안과 목소리가 너무나 그리웠나이다."

류키츠가 소매로 눈가를 가리면서 거짓으로 눈물짓는 흉내를 냈다. 겉모습에 비해 지나치게 앳된 몸짓이라는 건 틀림없었다. 하지만 류키츠의 입장에서 본 나는, 수룡황으로서 반드시 쓰고 다녀야 하는 근엄한 가면 없이 만날 수 있는 유일한 존재였다. 그녀는 나와 단 둘이 있을 때는, 겉보기에 걸맞지 않게 응석 부리는 듯한 태도를 자주 보였다. 그러고 보니, 드라미나도 이런 식의 반응을 많이 보인 것 같다.

"앞으론 류키츠가 쓸쓸하지 않도록 가능한 한 자주 얼굴을 보러 오겠네."

나의 대답을 듣자마자, 류키츠는 방금 전까지 거짓으로나마 울던 모습이 무색할 정도로, 커다란 꽃송이들이 활짝 피어난 듯한 눈부신 미소를 지어 보였다. 수룡황이라는 지위에 있어도 여성들은 모름지기 일종의 연기자란 말이렷다?

"드란 님으로부터 그러한 말씀을 받게 되다니, 저 류키츠는 너무나 황송하기 이를 데 없나이다. 루우를 위해서라도 아무쪼록 자주 왕림하여 주시옵소서."

"흠."

그녀의 바람을 받아들이겠다는 대답을 입에 담은 그 순간, 조용히 문이 열렸다. 붉은색과 흰색 옷감으로 지은 무녀복을 걸친 루우가 숨을 거칠게 몰아쉬며 붉게 물든 얼굴을 내비쳤다.

루우는 나의 얼굴을 확인하자마자, 방금 전의 류키츠가 보인 표정과 많이 닮은 환한 미소와 함께 굉장히 들뜬 발걸음으로 우리를 향해 걸어 왔다.

"폐하, 지금 막 돌아왔나이다. 그리고 드란 님, 꼭 다시 뵙고 싶었습니다. 드란 님의 건재하신 모습을 배알하게 된 루우는 너무나 기쁩답니다!"

주군이자 어머니인 류키츠에 대한 인사는 하는 둥 마는 둥, 루우는 활짝 웃음을 띤 얼굴로 나만을 바라보며 시종일관 싱글벙글거렸다. 그나저나 그들의 기준에서 볼 때는 그다지 오랫동안 떨어져 있던 것도 아닐 텐데 「꼭 다시 뵙고 싶었습니다」라는 대사는 너무 야단스럽지 않은가?

얼굴을 보이지 않았던 시간이 바제의 기분을 어그러뜨렸던데 비해, 루우의 경우엔 마음속으로 삭이고 있던 사모의 감정이 나와 재회하자마자 폭발한 듯한 반응을 보였다. 그녀가 나를 이렇게 따를 줄은 몰랐다.

"흠, 루우야말로 무녀의 소임을 더할 나위 없이 훌륭하게 완수하고 있는 모양이구나. 그야말로 어디에 내놓아도 부끄럽지 않을 정도야."

"예!"

무심코 깜짝 놀랄 정도로 기운 넘치는 대답이 돌아왔다. 아버지의 칭찬을 받고 싶어 견딜 수 없는 아이들이 보일만한 반응이었다.

사랑하는 딸의 예기치 못한 반응을 보자마자 느끼는 바가 있었던 걸까? 류키츠가 순간적으로 짓궂은 장난을 떠올린 소녀와 같은 표정을 짓는가 싶더니, 다정한 어머니의 표정으로 루우를 놀리는 듯한 대사를 입에 담았다.

"루우도 참, 아무리 드란 공을 빨리 뵙고 싶었기로서니 조심성 없게 복도를 뛰어오다니. 그나저나 참으로 아쉽게 됐군요. 이제 곧 드란 공과 따로 만날 약속을 나눌 참이었거든요."

"어머님?"

루우가 친어머니의 대사를 이해하는 데는 어느 정도 시간이 필요했던 모양이다. 그녀는 가냘픈 목을 왼쪽으로 기울여, 검은 머리카락이 어깨에 닿은 자세 그대로 굳어 버렸다.

"따, 따, 따로 만나실 약속을 나누셨다고요?! 어, 어, 어, 어머님? 갑자기 무슨 말씀이시죠!!"

모처럼 찾아온 기회라는 생각이 들어, 나도 류키츠가 시작한 농담을 거들었다. 나로서는 너무나 당연한 행동이었다. 의문을 제기할 여지가 전혀 없을 정도로 당연한 행동이었다.

"아니, 정확히 말하자면 따로 만난다기보단 비밀로 만날 예정이었지."

"후후, 맞아요. 우리는 비밀로 만날 약속을 나누던 참이었답니다."

"드, 드란 님?!"

루우가 그 자리에서 졸도할 듯한 느낌이 들 정도로 극적인 반응을 보였다. 나와 류키츠는 그녀의 앞에서 야하다는 느낌이 들기 직전의 의미심장한 미소를 지어 보였다. 그 표정은 자신들이 시작한 말장난이 확실하게 성공을 거두는 광경을 목격함으로써 자연스럽게 나오는 미소였다.

나는 루우의 얼굴이 새빨갛게 물들 때까지 실컷 놀린 뒤, 용궁성을 뒤로했다.

언젠가 세리나나 크리스티나 양에게, 태양의 햇볕이 닿지 않는 깊숙한 바다 속에서 눈부시게 빛나는 이 도읍지를 구경시켜주고 싶다는 생각이 들었다.

나는 해수면 위로 떠올라 분신체를 구축하고 있던 마력을 분해한 뒤, 마법학원에 머물고 있던 나의 본체로 환원시켰다. 옛 동포들과 오랜만에 재회를 하니 참으로 기분이 좋았다.

천공 도시에 대한 기대도 어우러져, 마치 소풍날을 기다리는 어린아이와 같은 기분이 들었다. 나와 세리나는 조사를 떠나는 그날까지, 좀처럼 잠 못 이루는 밤을 보냈다.

사전에 조사한 바에 따르면, 슬라니아의 대지는 얼음과 같이 차가운 바람이 부는 상공을 떠다니는데도 불구하고 항상 봄기운으로 가득 차 있어 마치 시간이 멈춰진 듯이 느껴진다고 한다.

식물의 분포에 관해선 슬라니아 고유의 품종도 많이 서식하고 있을 뿐만 아니라, 지상과 같은 품종의 식물들도 이따금씩 눈에 띈다고 한다. 게다가 식용 과일의 존재도 확인된 바 있다. 그리고 과거의 거주자들이 남긴 덫이나 호위용으로 제작된 합성 생물의 부류는 이미 깨끗이 제거된 상태라는 정보를 입수했다. 아마 최소한의 무장과 초봄의 기후에 적합한 가벼운 복장만 갖추고 가더라도 큰 문제는 없으리라.

천공 도시 슬라니아를 조사하기 위해 마법학원을 떠날 바로 그날이 다가왔다.

아침 일찍 기숙사를 나선 우리들은, 가로아의 남부에 위치한 비행선 전용 항구로 향했다. 참고로 도중엔 세리나가 올라탄 간이 짐받이를 새롭게 만든 호스 골렘으로 끌고 갔다. 그리고 길을 가는 통행인들 앞에서 세리나의 모습이 노출되지 않도록, 짐받이 위로 자그마한 덮개를 설치했다.

새롭게 제작한 이 호스 골렘은, 새하얀 피부와 같은 색깔의 갈기를 휘날리며 앞으로 나아갔다. 나는 새롭게 만든 골렘에게, 몸의 색깔과 유별나게 빠른 속도에서 유래한 시라카제(白風)라는 이름을 붙였다.

아침 일찍 가로아에서 출발한 관계로 통행인들의 숫자는 그다지 많지 않지만, 그럼에도 불구하고 다양한 직종의 사람들이 시야에 들어왔다. 가로아의 시장에 출하할 문건들을 실은 농민들이나 사냥꾼들의 짐마차나 순례의 여행을 다니는 중인 것으로 보이는 종교인, 무장한 모험가나 용병들의 경호를 받으며 다니는 상인 등의 모습이 눈에 띄었다.

길을 가는 이들과 엇갈리다 보니, 짐받이 쪽에서 세리나가 상반신을 내비치며 말을 걸어 왔다.

"항구까지 얼마나 남았나요?"

"아마 이제 곧 보이기 시작할 거야. 애초부터 가로아로 물자를 수송하기 위해 건설된 항구니까, 교통의 편의를 고려해 근교에 지었거든."

"후후, 이대로 여세를 몰아 드란 씨와 함께 갈 수 있는 데까지 가보고 싶다는 느낌도 들어요."

"흠, 내 귀에도 상당히 매력적인 제안으로 들리는 것 같아."

"예, 농담이 아니라 정말로요."

물론 실제로 지금 당장 그러기는 불가능하지만, 그럴 수 있다면 더 바랄 것이 없으리라. 나와 세리나는 아득히 머나먼 여행길을 향해 상상의 나래를 펼치며, 잠시 동안 말없이 길을 나아갔다.

가로아의 남쪽에 위치한 비행선 전용 항구인 와그레일은, 자그마한 호숫가에 자리 잡은 시설이었다.

비행선이 개발된 이후로 기술의 발달에 따라, 물자나 인원의 수송량이나 정보 전달 속도 또한 단계적으로 상승되기 시작했다. 비행선 기술의 발달이 국가의 발전과 직결된다는 사실에 주목한 왕국의 고위급 인사들은, 국내의 주요 도시들과 인접한 비행선 전용 항구들을 건설하는 대대적인 국가적 사업에 착수했다. 와그레일 또한 그 사업의 일환으로서 건설된 항구 가운데 하나였다.

가로아가 북방으로부터 침입해 들어오는 마물이나 이민족들과 끝없는 전쟁을 벌여왔다는 역사를 지니고 있을 뿐만 아니라, 지금도 북방 국경선의 요충지라는 사실엔 변함이 없었다. 그런 고로, 와그레일은 단숨에 대량의 병력과 물자를 수송할 수 있도록 국내의 비행선 전용 항구들 중에서도 특히 커다란 규모의 시설을 자랑하는 곳일 수밖에 없었다.

호숫가엔 선박을 정비하기 위한 전용 시설들이 잔뜩 들어차 있었다. 그리고 경계 임무를 맡은 병사들과 조선(造船) 기술자들의 숙소를 중심으로 비행선을 이용하는 상인이나 귀족들을 위해 마련된 숙박 시설 및 식당가가 존재하며, 외곽부엔 창관(娼館)이나 도박장 등의 오락 시설들까지 자리 잡고 있을 정도였다.

우리는 다섯 곳이나 있는 성문 가운데, 가로아로부터 연결된 북쪽의 성문으로 들어갔다. 규정상 여기까지 타고 온 호스 골렘과 마차는 일시적으로 문지기들에게 맡겨야 했다. 문지기로 근무하던 병사들은 라미아인 세리나를 보자마자 무척이나 경계하는 모습을 보였지만, 사역마의 메달과 의뢰를 증명하는 증서를 제시함으로써 무사히 넘어갈 수 있었다.

와그레일의 길은 마차나 사람들의 교통량이 워낙 많아, 대량의 바퀴 자국 등이 모여 심하게 울퉁불퉁한 기복들로 이루어져있는 거나 다름없었다. 우리가 가야할 곳은 민간용 비행선들이 모여 있는 구역이었다. 민간 선박과 군함 사이엔 여러 명의 병사들이 엄중히 경비를 서고 있었으며, 각각의 비행선 구획들을 서로 왕래할 때는 반드시 병사들의 검문을 통과해야 하는 구조였다. 하여튼 엄격한 규제가 이루어지고 있는 곳이었다.

세리나가 양 측면의 날개를 부채와 같이 접은 채로 호수의 표면 위에 떠오른 수많은 배들을 바라보면서 무척이나 흥미롭다는 듯이 입을 열었다.

"배의 모양은 언뜻 보기엔 거의 다 엇비슷한 것 같아요. 하지만 돛의 숫자나 뱃머리에 설치된 동상 같은 장식품은 배마다 각양각색이네요, 드란 씨?"

"민간 비행선들은 거의 다 상업용 선박이야. 소지한 선박 자체가 일종의 광고탑에 준하는 역할을 담당하니까, 돈 많은 상인들은 화려한 외부 장식을 이용해 평범한 배들과 차이를 두려고 한다더군."

"저희들이 타는 배는 발 빠른 소형 선박이라고 하셨죠?"

"일단 기본적인 체류 기간이 제한되어 있는데다가, 목적지 자체가 항상 공중을 이동하는 천공 도시거든. 속도가 느린 배로는 체류 기간이 짧아질 수밖에 없어. 만약 조사하는 과정에서 대량의 발굴물이 출토될 경우, 그다지 많은 양을 가지고 나오긴 힘들 거야. 하지만 이미 더 조사할 여지 자체가 거의 없는 장소라고도 하니, 에드왈드 교수는 선박에 실을 정도의 큰 수확이나 새로운 발견은 거의 포기하고 있는 건지도 몰라."

"천공인 분들에 관해선 부모님께서 들려주시던 옛날이야기에서밖에 들어본 적이 없는 것 같아요. 제 기억엔 무서운 이야기가 많았던 것 같은데, 가끔씩 천공인 분들이 남기고 가신 약 덕분에 어린 소녀가 앓던 불치의 병이 낫거나 비를 불러와 가뭄에 시달리던 마을을 구하는 식으로 좋게 끝나는 이야기도 있었답니다."

"전승만 들어 보자면, 천공인들은 현재의 우리들로선 도저히 이해하기 힘든 갖가지 기행들을 되풀이하던 걸로 보여. 도구는 사용하는 이들의 마음가짐에 따라 다른 결과를 초래한다는 것이 바로 그 옛날이야기들의 교훈이로군. 모처럼 가는 이상에야 색다른 발굴물 하나 정도는 나오기를 바라는 구석도 없지 않아 있어."

"음~, 하지만 이제 와서 새로운 발굴물이 나올까요?"

"방금 한 말과 모순될지도 모르지만, 어쩌면 교수는 과거의 조사단들이 미처 발견하지 못한 유물의 존재를 직감적으로 느끼고 있는지도 몰라. 그 느낌의 정체가 단순한 육감과 확신을 가질 만한 증거에 입각한 이성적 판단 가운데 어느 쪽인지, 교수 본인을 만나보지 않고서야 알 길이 없지만 말이야."

비행선들의 모습을 거의 다 보고 온 우리들은, 드디어 자신들이 타게 될 소형 비행선 실버 스왈로우 호로 향했다. 은빛 제비라는 이름의 유래는, 지금은 접힌 상태의 돛이 은빛의 광택을 띠고 있기 때문인 것으로 보였다. 이 배는 슬라니아에 우리들을 데려다주자마자 와그레일로 돌아와, 일주일 후에 다시 슬라니아로 가서 우리를 회수하자마자 와그레일로 돌아오는 계약을 맺고 있는 걸로 알고 있다.

"아, 저 배 같아요. 다른 배들에 비해 굉장히 아담한 크기라서 눈에 띄네요."

"내가 듣기로, 최대 정원은 30명이었나? 흠, 교수처럼 보이는 사람은 눈에 띄지 않으니 우리가 가장 먼저 온 셈인가?"

따로 화물 등을 반입하는 작업이 필요 없다 보니, 가까이 다가가도 선원들의 모습은 보이지 않았다. 그러나 유감스럽게도 우리가 가장 먼저 도착한 인원이 아니라는 사실은 금방 밝혀졌다. 자그마한 선체의 갑판 앞에서, 짐을 잔뜩 담은 배낭을 땅바닥에 내려놓은 채로 우뚝 서 있는 여성 한 사람이 시야로 들어왔기 때문이다.

가로아 마법학원의 교복 위에 검은 늑대의 모피로 만든 망토를 걸친 채, 언뜻 봐도 명검이 틀림없는 마검을 허리춤에 찬 저 여성은 다름 아닌—

"어라, 저 분은 마치 크리스티나 양처럼 보이는데요?"

"흠, 아무리 봐도 그냥 크리스티나 양 본인이야."

우리를 기다리고 있던 것은 바로 크리스티나 양이었다. 눈앞의 인물은 크리스티나 양이 맞다. 하여튼 크리스티나 양이 우리를 기다리고 있었다.

크리스티나 양으로부터 우리의 접근을 알아차린 듯한 낌새는 느껴지지 않았다. 그녀는 바람에 나부끼는 망토를 걸친 채, 무척이나 흥미롭다는 눈길로 실버 스왈로우 호를 응시하고 있었다.

어렸을 때부터 어머니와 함께 왕국의 각지를 돌아다녔다는 크리스티나 양에게도, 비행선을 이렇게 가까운 거리에서 바라볼 수 있는 기회는 그다지 많지 않았던 것이리라.

"크리스티나 양?"

"그 목소리는…… 드란과 세리나? 그대들이 왜 여기 있는 거지?"

나의 목소리를 듣자마자 이쪽으로 고개를 돌린 크리스티나 양은, 우리가 여기 있다는 사실이 너무나 의아하다는 표정을 지어 보였다. 부자연스러운 구석이 조금도 없는 걸로 봐서, 그녀가 여기 온 것은 정말로 여러 가지 우연들이 겹친 결과물인지도 모른다.

"우리는 에드왈드 교수의 천공 도시 조사 임무를 거들러 온 거야. 의뢰비 자체는 그다지 기대할 수 없는 일이었지만, 장소가 장소다 보니 호기심을 자극받았거든."

"호오? 말하자면 나와 마찬가지라는 뜻이로군. 조사 임무의 정원은 선착순 극소수라는 식으로 적혀 있었거든. 당연히 서로 다른 학생들이 동시에 같은 의뢰를 접수할 수도 있는 법이야. 하지만 설마 그대들과 같은 의뢰를 접수하게 될 줄은 꿈에도 몰랐어. 이번 조사 임무를 돕는 인원은 나 혼자일 가능성도 무척이나 커 보였단 말이지."

"오호, 그렇다면 우리 이외에도 이번 조사 임무에 참가하는 학생들이 더 있을지도 모른다는 건가? 크리스티나 양의 얼굴을 본 순간엔 또다시 우리에 대한 과잉보호 욕구를 견디다 못해 따라 나왔을지도 모른다는 생각이 들어 깜짝 놀랐어. 파티마와 네르에겐 슬라니아에 간다는 예정을 전한 관계로, 두 사람을 통해 정보가 들어갔을 가능성도 있었거든. 최근 들어 크리스티나 양의 얼굴이 보이지 않아 의아했었는데, 부지런히 조사 준비를 하고 있었기 때문인가?"

"맞아. 나 또한 마법학원에 입학한 이후로 천공 도시를 방문하는 건 처음이야. 나도 모르게 그다지 큰 쓸모도 없는 물건들까지 챙기다 보니, 꽤나 적지 않은 시간이 걸리더군."

크리스티나 양의 발밑에 보이는 배낭은 내가 준비한 짐보다 작아 보였다. 결과적으로 소지품에 관해선 꽤나 엄격한 선발 과정을 거친 모양이다. 일단 머리로 올라온 열을 식힌 뒤, 어렸을 적의 여행 경험을 떠올리며 다시 짐을 꾸린 결과이리라.

세리나도 크리스티나 양과 대화를 시작하며, 아직 본 적도 없는 천공의 유적 도시를 향해 상상의 나래를 펼치고 있는 듯이 보였다.

출항 시각이 서서히 다가오기 시작할 무렵, 드디어 우리가 기다리던 에드왈드 교수와 그의 조수가 모습을 보였다.

에드왈드 교수는 서른 살 전후의 나이로 보이는 젊은 고고학자로서, 깔끔하게 빗어 올린 금발과 어렴풋이 푸른빛이 섞여 있는 안경을 쓴 싹싹한 인상의 청년이었다.

하지만 그가 입고 있는 의복은 야외 활동에 적합하도록 마수의 모피로 만든 실용적인 옷차림이었다. 그리고 그 옷자락들의 사이로 보이는 육체는 몇 다발이나 되는 철사들을 묶어 만든 듯이 무척이나 강인해 보였다. 얼핏 봐도 유적 조사라는 이름의 죽을 고비를 여러 차례에 걸쳐 극복한 배테랑 중의 배테랑이 거의 틀림없었다.

"아하하, 안녕하신가! 자네들이 이번 조사를 거들러 온 학생들이로군. 호오, 크리스티나 군? 자네에 관한 소문은 세상 물정에 그다지 밝지 않은 나의 귀에도 들려올 정도라네. 그리고 자네가 드란 군이지? 그 옆의 아가씨는 사역마인 세리나 군인가? 이거야 원, 지금까지 라미아의 공격을 받아 죽을 뻔한 적은 있었어도 라미아의 도움을 받아본 적은 단 한 번도 없었거든. 자네들 덕분에 추가로 귀중한 경험을 하게 된 셈이야. 고맙네, 정말 고마워."

이른 아침임에도 불구하고 교수는 그야말로 부담스러울 만큼 기운이 넘쳐 보였다. 그는 우리의 손을 순서대로 맞잡으며 기세 좋게 악수를 나누면서 붙임성 있는 미소와 함께 말을 걸어 왔다.

라미아인 세리나를 상대할 때도 일말의 망설임도 없이 다가오자마자 손을 움켜쥐는 것으로 볼봐서, 굉장히 그릇이 큰 인물이거나 고대 문명을 조사하는 일 이외엔 전혀 신경 쓰지 않는 성격인지도 모른다. 기본적으로 나는 이런 성격의 소유자에게 호감을 느끼는 경우가 많다. 실제로 나는, 오늘 처음 보는 눈앞의 젊은 교수가 벌써부터 마음에 들기 시작했다.

그리고 교수의 뒤로 두 사람의 그림자가 따라왔다.

한 사람은 교수의 조수로 보이는 젊은 나이의 여성이었다. 하지만 그녀는 도저히 지금부터 천공 도시로 향한다는 느낌이 들지 않는 옷차림 상태였다. 놀랍게도 마법학원의 평범한 고용인들처럼, 검은 바탕의 드레스 위에 새하얀 에이프런을 겹쳐 입은 메이드 복을 입고 있었던 것이다.

수수한 디자인의 머리핀으로 묶은 풍성한 금빛 머리카락은, 태양빛을 연상케 하는 세리나의 금발에 비해 비교적 차가운 인상을 보였다. 크리스티나 양 정도는 아니었지만, 여성치고는 키가 큰 편이었다. 그녀의 자세는 척추 대신 강철 심이라도 박혀 있다는 듯이 빈틈이 없어 보였으며, 얼굴 표정 또한 계속 변함이 없었다. 눈앞의 메이드 복을 입은 여성은 언뜻 보기엔 골렘이나 자동인형^{오토마타}일지도 모른다는 느낌이 들 정도로 무척이나 빠릿빠릿한 인상의 소유자였다.

그녀는 우리를 마주보는 자세로 스커트의 끝자락을 집어 올리며, 본보기로 삼고 싶을 정도로 우아하게 머리를 숙이면서 자기소개를 시작했다.

"처음 뵙겠습니다. 에드왈드 블라녹 교수의 조수 겸 시중인 엘리자라고 합니다. 앞으로 잘 부탁드립니다."

높으신 분들을 상대하기에 부족함이 없는 기품과 우아함이 몸가짐 하나하나에서 배어 나왔다. 동시에 군더더기가 전혀 없는 몸동작은 전투에 참가하기 위해 감각을 예리하게 가다듬은 결과물로 느껴졌다.

"잘 부탁드립니다, 미스 엘리자. 크리스티나라고 불러주십시오."

"저는 드란 씨의 사역마인 세리나라고 합니다. 보시다시피 라미아지요."

"드란입니다. 오늘은 저희로 하여금 귀중한 체험에 참가할 수 있는 기회를 주신데 대해 진심으로 감사드립니다. 그런데 미스 엘리자, 에드왈드 교수님? 두 분을 따라온 저 소녀는……?"

미스 엘리자나 교수가 서 있는 장소와 약간 거리가 떨어진 곳에서 딴청을 피우고 있는 두 번째 그림자를 향해 시선을 돌리자, 교수가 나서서 그녀를 우리에게 소개했다.

"아하, 그녀는 이번 조사 임무에 참가하는 마지막 학생일세. 나 참, 네 사람이나 나의 조사 임무에 참가하게 된 건 난생 처음이야. 아차, 세리나 군의 경우엔 학생 신분은 아니었나? 어쨌거나 이만큼 기분 좋은 일도 흔치 않아. 너무 쑥스러워 말고 이번 임무의 동료들에게 인사 좀 하게나, 레니아 군."

"다 아는 얼굴들이다. 일부러 자기소개를 할 필요도 없어."

교수의 입에서 자신을 상대로 한 요구가 나왔음에도 불구하고, 두 번째 그림자— 신조마수(神造魔獸)의 전생자(轉生者)인 레니아는 엉뚱한 방향을 바라보면서 손윗사람에 대한 예절 따위는 알 바 아니라는 태도로 퉁명스럽게 대답했다.

크리스티나 양뿐만 아니라 레니아까지 나타나다니, 도대체 무슨 생각으로 여기까지 따라온 거지?

이번 유적 조사는 꽹장히 성가신 방향으로 굴러갈 듯한 예감이 들었다. 나로서도 한숨이 새어나오는 걸 참을 수 없었다.

어쨌든 이번에 슬라니아로 가는 인원들은 이로서 다 모인 것이기에 우리들은 비행선에 올라탔다.

제3장 슬라니아 이변

소형 쾌속 비행선 실버 스왈로우는 가뿐히 수면에서 떠올라, 와 그레일로부터 하늘로 나아갔다.

우리는 다 함께 갑판으로 올라가, 푸르른 하늘에 떠오른 새하얀 구름들의 흐름이나 아득히 높은 하늘로부터 내려다보이는 지상의 경치를 즐겼다. 나는 용으로 변신한 자신의 사념체로 하늘을 날 때와는 또 다른 이 특이한 감각을 만끽하고 싶은 참이었지만, 솔직히 말해서 지금은 경치에 도무지 집중하기 힘든 상황이었다.

나는 갑판의 난간에 양손을 짚은 채로 흘러가는 구름들을 바라보는 자세를 취한 채, 배 안으로 통하는 등 뒤의 문 사이로 조심스럽게 얼굴을 내비치고 있는 레니아의 반응을 살폈다.

세리나는 평소와 마찬가지로 나의 오른쪽 옆에 진을 치고 있었다. 나를 사이에 둔 세리나의 반대편엔 평상시에도 결코 애검(愛劍) 엘스파다를 손에서 놓지 않는 크리스티나 양이 버티고 서 있었다. 물론 두 사람도 나와 마찬가지로 레니아로부터 정체불명의 시선이 날아오고 있다는 사실을 파악하고 있었다.

"예전부터 은근히 신경 쓰이던 건데요, 레니아 양은 드란 씨에게 무슨 원한이라도 있는 걸까요?"

세리나가 의문을 제기하자, 크리스티나 양도 뒤따라 입을 열었다.

"그러게 말이야. 솔직히 말해서 나도 꽤나 신경이 쓰이는군. 레

니아는 좋건 나쁘건…… 아니, 이 경우엔 나쁜 쪽밖에 없나? 어쨌
든 간에 타인에게 제대로 된 관심이라는 감정을 보인 적이 없는
소녀야. 그녀가 지금까지 관심을 보였던 건 어디까지나 자기 자신
의 실력 향상뿐이었어. 나 역시 그녀와 개인적으로 엮였던 일이라
고 해봐야 몇 차례 정도 모의 전투나 벌인 게 다였거든……. 그런
데 바로 그 레니아가 지금은 드란에게 적대심이라기보다 기묘한
집착이나 호기심을 갖고 있는 걸로 보인단 말이지. 정말로 그녀에
게 무슨 짓이라도 한 건 아니겠지?"

"미리 말해두는데, 나는 맹세코 양심에 켕기는 짓을 한 적은 없
어. 레니아가 요즘 들어 나를 의식한 행동을 보이고 있는 까닭은
아마도 프라우파 마을에서 벌어졌던 그 사건의 영향이 크지 않을
까 싶군. 키메라들에게 산 채로 잡아먹힐 뻔한 레니아의 목숨을
구한 건 사실이거든. 저 태도의 원인을 찾아보자면, 떠오르는 건
그 정도밖에 없어."

그 이외의 이유를 찾아보자면, 같은 전생자로서 나의 전생이 궁
금한 건지도 모른다.

나의 몸에서 나온 마력을 감지한 레니아는, 나의 전생이 진정한
용종이라는 사실 정도는 짐작하고 있을 것이 틀림없었다. 말하자
면, 진정한 용종인 나와 사악한 신의 피조물인 레니아는 서로의
존재를 결단코 용납할 수 없는 적대관계라는 뜻이다. 일단 현재로
서는 나에게 레니아에 대한 적대심은 전혀 없었지만, 그녀의 입장
에서 볼 때는 그냥 넘어갈 수 없는 이유가 있을지도 모른다.

허를 찌르려는 의도로 레니아를 향해 기세 좋게 고개를 돌리자

레니아는 나의 시선에서 벗어나기 위해 잽싸게 문 안으로 얼굴을 집어넣었다.

그녀는 실제 나이에 비해 체구가 작아서 10대 전반으로 보이기도 했다. 바로 그 지나치게 앳된 얼굴에 큼지막한 「들켰다」는 글자가 떠오른 듯한 표정으로 커다란 눈동자를 더욱 더 휘둥그렇게 뜨는 모습이 눈에 들어왔다. 레니아는 에드왈드 교수의 조수인 미스 엘리자보다도 인형 같은 인상이 강한 외모의 소유자였지만, 나와 엮일 때마다 감정을 공공연히 노출시키는 경향이 있는 듯이 보였다.

레니아는 부두에서 배에 올라탄 이후도 우리에게 적극적으로 말을 걸어오지 않았다. 그리고 시종일관 우리와 일정한 거리를 유지하면서 나의 반응을 살피는 작업에 열중하고 있었다.

흠, 솔직히 말해서 이런 식으로 계속 뚫어지게 쳐다보는 시선이 느껴지는 상황은 그다지 기분이 좋지 않았다. 이제 슬슬 저 태도의 이유를 따져 봐야 하나?

레니아를 따라 배 안으로 쫓아 들어가 볼까? 그런 식으로 고민하고 있다 보니, 미스 엘리자를 대동한 에드왈드 교수가 붙임성 있는 미소를 지은 채로 나에게 다가왔다.

에드왈드 교수는 슬라니아나 다른 천공 도시를 조사하는 과정에서 이 비행선을 자주 이용한 모양이다. 그는 수염이 덥수룩한 선장이나 험상궂은 인상의 선원들과 스스럼없는 태도로 잡담을 나누면서, 마치 자기 집에 온 것처럼 긴장을 풀고 있는 상태였다.

흠, 이런 인격의 소유자는 지나치게 순수한 성격으로 인해 남들이 미처 예상치 못한 행동을 벌이다가 엄청난 재앙을 초래하는 파멸적인 인물로 발전할 가능성도 없지 않다. 나로서는 이 남자가 그렇게 되지 않기를 바랄 뿐이다. 아직 찾아오지 않은 미래를 누가 알 수 있단 말인가?

"안녕하신가? 이제 슬슬 바람이 차갑게 느껴지지 않나? 내 생각엔 자네들도 선실로 돌아가야 할 시간이 온 것 같아. 슬라니아에 도착하기도 전에 감기 환자가 나올 경우, 조사에 차질이 빚어질 뿐만 아니라 건강에도 그다지 좋을 리가 없거든. 하하하."

"선실은 여러분께 한 방씩, 도합 여섯 곳이 준비되어 있습니다. 현재 위치와 속도로 판단하건대, 이곳에서부터 슬라니아까지 걸리는 시간은 약 두 시간 정도일 것으로 예상됩니다. 도착 시각까지 선실에서 편안히 기다려 주십시오."

에드왈드 교수와 미스 엘리자는, 수고스럽게도 세리나를 비롯한 우리들 전원에게 인원수만큼 개인용 방을 잡아준 모양이다. 물론 우리들로서는 굉장히 고마운 배려였다. 하지만 동시에 아무리 인원수가 적더라도, 경제적인 측면에서 발생할 수 있는 문제가 걱정되는 것도 사실이었다.

"저는 드란 씨와 같은 방을 쓰더라도 큰 상관은 없었답니다."

마법학원에 온 이후로 숙소를 잡을 때는 항상 나와 같은 방에서 잠을 자는 세리나가, 약간 유감스러운 듯한 목소리로 중얼거렸다.

흠, 역시 눈앞의 뱀 소녀는 언제나 사랑스러운 말만 골라서 한다. 나중에 머리카락이라도 빗어줘야겠다. 최근 들어, 나는 아침에 일어난 세리나의 머리카락을 빗겨 주는 것을 하루 일과의 시작으로 삼고 있었다.

"뭐, 기본적으로 마법학원에서야 그다지 큰 상관은 없었지. 하지만 이번엔 교수님께서 모처럼 준비해주신 방이니, 친절을 받아들이도록 하자. 남은 시간이 두 시간이라는 건 대충 점심시간보다 약간 이르게 도착한다는 건가?"

에드왈드 교수가 슬라니아 도착 이후의 예정에 관해 설명하기 시작했다.

"음, 아마 대충 그 정도 시각일 거야. 슬라니아엔 지금까지 그곳을 방문한 조사단들이 남긴 야영지가 있다네. 우리는 그곳으로 짐을 옮긴 뒤, 일단 점심식사부터 해결한 다음에 조사를 시작할 예정이야. 자네들에게 부탁하고 싶은 건 일단 두 가지뿐일세. 우선 나와 엘리자의 지시를 반드시 따라야 한다는 것과 사흘 정도 체류할 예정인 외국의 조사단과 실랑이가 생기지 않도록 조심해 달라는 거야. 아마도 그들이 우리 같은 소규모 조사단에게 시비를 걸어올 일은 없겠지만, 기본적으로 우리 쪽엔 젊은 여성이 많다는 사실을 잊지 말게나. 이 세상에 조심해서 나쁠 건 없는 법이거든."

지상으로 돌아갈 수 있는 이동 수단이 극단적으로 제한된 천공도시에선, 다양한 불만이나 답답한 감정이 쌓이기 쉬울 수밖에 없었다. 에드왈드 교수의 말마따나, 인원들 가운데 아름다운 여성이 많은 우리 쪽 조사단과 욕망을 주체 못 하는 패거리가 쓸데없이 마주침으로써 그다지 달갑지 않은 사태로 발전할 가능성은 얼마든지 있었다.

"그나저나 에드왈드 교수님? 처음부터 레니아와 함께 항구로 오셨던 걸로 보였는데, 혹시 예전부터 그녀와 특별한 인연이라도 있으셨나요?"

"응? 레니아 군 말인가? 아니, 개인적으로 그녀에 관해 알고 있던 정보는 가로아 4강 중 한 사람이라는 사실과 여러 모로 유명한 문제아라는 것 정도였다네. 지금까지 그녀와 특별한 인연을 맺을 기회가 있었던 건 아니야. 그런 고로, 그녀가 나의 조사단에 참가하겠다는 소식을 전해 들었을 때는 경악을 금할 수가 없더군! 지금까지 오직 싸우는 데만 열을 올리던 것으로 유명하던 그녀가, 설마 나와 마찬가지로 천공인들의 문명에 관해 학구열을 불태우고 있었을 줄이야!"

흠, 나로서는 에드왈드 교수에게 미안하다는 생각밖에 들지 않았다. 왜냐하면, 레니아라는 녀석이 천공인 같은 종족에게 관심을 보일 리가 없었기 때문이다. 역시 레니아의 행동에 관해선 따로 해석할 여지가 없어 보였다. 레니아는 내가 에드왈드 교수의 조사단에 참가한다는 정보를 입수하자마자, 나의 뒤를 쫓아 천공 도시 조사단에 참가한 것이다. 어디까지나 우연의 일치로 같은 의뢰를 접수한 크리스티나 양과 달리, 그녀가 의도적으로 우리를 따라온 것은 틀림없었다. 말하자면, 레니아도 이제 슬슬 나를 상대로 어떤 식으로든 행동을 보여야 한다는 판단하에 움직이고 있을지도 모른다는 뜻이다.

어쨌든, 나로서는 지금부터 벌어질 모든 일들이 평화롭게 끝나기만을 바랄 뿐이었다. 흐음.

†

   하늘에 뜬 슬라니아는 남북으로 기다란 섬으로서, 대지의 위로 오랜 세월에 걸쳐 성장한 식물들이 무성하게 자라난 상태였다. 나무속으로 빨려 들어간 성곽이나 수많은 주택들이 끝도 없이 늘어서 있었다.

   건축물들의 재질은 언뜻 보기엔 평범한 돌 같은 느낌이 들면서도 석재나 아스팔트, 회반죽 가운데 그 무엇도 아닌 인공적으로 합성된 소재를 사용하고 있는 듯이 보였다.

   과거에 수많은 나라들이 조사단을 파견하면서 체결한 조약에 따라, 각국의 비행선이 정박할 장소도 명확하게 정해져 있는 모양이다.

   우리 왕국 소속의 비행선 전용 항구는, 슬라니아 남동쪽의 강가에 건설되어 있었다.

   슬라니아에 도착할 때까지 선실 안에서 시간을 죽이던 우리들은, 객실 안의 둥근 창을 통해 보이던 슬라니아가 커지는 모습이 눈에 들어오자 다시 갑판으로 올라왔다.

   상식적으로 슬라니아가 떠 있는 고도에선, 배 밖으로 나오면서 두꺼운 모피로 만든 외투를 겹쳐 입는 식으로 한겨울용의 옷차림을 준비하지 않으면 몸이 얼어버릴 수밖에 없었다. 하지만 갑판 밖으로 나온 우리의 뺨을 어루만진 것은, 겨울의 흔적이라곤 전혀 찾아볼 수도 없는 따스한 봄기운이었다.

   "흠, 소문은 사실이었단 말인가? 게다가 이 정도 거리에서 이만큼이나 따뜻한 느낌이 든다는 것은, 슬라니아의 중앙엔 상당히 커다란 규모의 기상을 제어하는 장치나 그에 준하는 마도구가 존재한다는 뜻이야."

날씨를 자유자재로 조종하는 마법이나 도구의 개발은, 인간뿐만 아니라 지상에 서식하는 모든 지적 생물들의 공통적인 꿈이나 다름없는 목표였다.

지금도 짧은 시간 동안 국지적으로 날씨를 조종하는 마법이 없는 것은 아니었다. 하지만 대부분의 경우, 대규모의 의식과 몇 개월 단위의 준비 기간뿐만 아니라 대량의 마법 소재까지 아낌없이 투입해야 하므로 주어지는 결과에 비해 지나치게 방대한 수고와 투자를 필요로 하는 방법이었다.

그에 비해, 슬라니아는 천공인들의 소멸 이후로 최소한 수 백 년에서 거의 천 년에 가까운 오랜 세월이 지났는데도 불구하고 지금도 하늘을 나는 기능과 주변의 기상을 조절하는 기능을 유지하고 있는 것이다.

그런 고로 지상에 사는 사람들이 과거의 주인을 잃어버린 천공의 도시들을 향해, 노골적인 욕망이나 지적 호기심을 불태우는 것도 무척이나 자연스러운 현상이었다.

슬라니아의 밑에서부터 비스듬하게 상승하기 시작한 비행선은, 녹색으로 둘러싸인 대지에 그림자를 드리우면서 느긋하기 그지없는 속도로 항구를 향해 올라갔다.

슬라니아의 대지로부터 잿빛의 돌인지 아스팔트인지도 분간이 안 가는 건축 자재들이 이따금씩 눈에 들어왔다. 그러나 거의 다 키가 작은 풀이나 덩굴, 이끼 등의 식물로 뒤덮여 있었다.

비행선은 수도 없이 많은 슬라니아의 은빛 흐름 가운데 하나로 가까이 다가갔다.

나는 갑판의 난간에서 상반신을 바깥으로 내밀어 강을 관찰했다.

강물이 투명하기 짝이 없어 물의 흐름 너머로 바닥까지 또렷하게 들여다보였다. 흙이나 돌멩이, 물풀들 사이로 군데군데 합성 건축 자재의 잿빛에 가까운 색깔들이 내비쳤다.

나의 키만큼이나 커다란 게의 엉덩이에 새우의 꼬리를 달고 다니는 거대한 갑각류나 뾰족한 입 주변에 메기 같은 수염을 기른 거의 원통에 가까운 체형의 물고기, 문어나 오징어처럼 보이는 다리가 달린 조개 등을 비롯해 기본적으로 식욕을 감퇴시키는 외모의 생물들이 눈에 띄었다.

"흠, 슬라니아의 천공인들이 남긴 합성 생물인가? 하나 같이 참으로 오묘한 형상들이로군."

식량이 모자랄 때는 나무껍질이나 뿌리를 삶아 먹는 변경 출신인 나로서도, 강의 흐름에 따라 제각기 마음대로 헤엄쳐 다니는 기묘한 형상들의 생물들을 바라보면서 어중간한 눈빛을 띨 수밖에 없었다.

"호오, 벌써부터 관찰을 시작할 생각인가? 학생 때부터 공부에 열의를 보인다는 건 좋은 일이지."

나의 표정을 바라보던 에드왈드 교수가 느닷없이 가까이 다가오더니, 강바닥을 헤엄치고 있는 생물들 하나하나를 손가락으로 가리키면서 이름들을 가르쳐줬다.

"저 게와 새우의 혼혈아 같이 생긴 녀석은 슬라니아 키메라 크랩이야. 게에 가까운 부분이 많다 보니, 편의상 게로 취급한다네. 저기 보이는 굵직한 대롱 같이 생긴 물고기는 시궁 메기라는 이름이지. 날로 먹을 경우엔 냄새가 지독하지만, 토막 쳐서 튀겨 먹을 경우엔 꽤나 고급스러운 풍미가 베어 나와 술안주로 제격이라네. 다리가 잔뜩 달린 조개는 데빌 텐타클 셰일이라는 놈이야. 겉보기엔 굉장히 이상야릇한 모습이지만, 저래 보여도 식초에 절이거나 구워서 생선장에 찍어 먹을 경우엔 깜짝 놀랄 만큼 맛있다네."

"설마 전부 다 드셔보신 겁니까?"

솔직히 말해서 나로서는 경악을 금할 수가 없는 충격적인 발언이었다. 에드왈드 교수는 어딘지 모르게 자랑스러운 표정으로 고개를 들었다.

"무슨 분야건 간에 도전하는 자세를 잊지 말게나, 드란 군. 물론 해독약이나 설사약을 준비하지 않고서야 시작하기 어려운 도전이었던 건 사실이야. 하지만 천공인들은 식용 채소나 과일, 가축들의 품종 개량이나 교배에 관해서도 심상치 않은 관심을 보였다는 기록이 남아 있다네. 그들은 아마도 지금의 우리들로선 감히 상상조차 할 수 없는 방법으로 자신들이 뜻한 바를 밀어붙였을 거야. 저 합성 생물들이나 물풀들도 그들이 식용이나 환경 조성에 쓸 용도로 개량한 품종들이 지금껏 살아남은 결과일세. 생물들의 생존 능력에 관한 살아있는 증거나 다름없는 존재들이지."

"설령 인위적으로 태어난 생명들이더라도, 자손을 남기거나 종족을 번영시키려는 본능은 다른 생물들과 다를 바 없다는 말씀이신가요?"

"응, 대충 그런 셈이지. 즉석에서 그 결론을 도출한 자네는, 참으로 바람직한 감성의 소유자로군."

말을 마친 에드왈드 교수는, 서른 살 전후라는 실제 나이에 비해 훨씬 생기발랄한 소년과 같은 미소를 지어 보였다.

"어라? 드란 군, 저길 보게. 저곳이 바로 우리가 이용할 항구일세. 와그레일과 짝이 되도록 리틀와그라는 이름이 붙어 있다네."

강의 흐름을 거슬러 올라가던 실버 스왈로우 호의 전방에, 땅을 깔끔한 원형으로 깎아 조성한 선착장이 나타났다.

비행선을 정박할 설비는 여덟 척 분이었다. 숙박을 위한 간이 숙소 두 채와 자재 등을 보관하기 위한 용도로 보이는 창고, 완전히 황폐화된 상태의 농원 같은 장소도 눈에 띄었다. 현재로서는 슬라니아에 조사 인원을 상주시킬 만한 가치는 없는 관계로, 리틀와그 항구를 나다니는 사람들의 그림자는 전혀 보이지 않았다.

실버 스왈로우 호의 선원들은 날개를 접은 선박을 능숙하게 항구로 접근시켜, 닻을 내리고 정박장에 선체를 고정했다.

에드왈드 교수가 선장과 힘찬 악수를 나누면서 귀환 편 준비를 부탁한 뒤, 금화 몇 닢 정도를 팁 삼아 건네는 모습이 눈에 들어왔다.

그는 아낌없이 대량의 금화를 건넸다. 나는 돈줄을 꽉 잡고 있는 미스 엘리자가 교수를 나무랄 지도 모른다고 예상했지만, 지금까지 표정 하나 까딱하지 않던 메이드 조수님께선 이번 일에도 전혀 개의치 않는 것으로 보였다.

미스 엘리자는 나의 궁금한 듯한 표정을 보자마자, 그 이유를 밝혔다.

"저희들과 실버 스왈로우 호의 와그너 선장은 거의 단골이나 다름없는 사이랍니다. 선원 여러분과 우호적인 관계를 유지하기 위해서, 저 정도는 필요 경비의 범위 안에 들어갑니다."

"과연, 인맥을 유지하는데 써야할 돈을 아끼는 것은 현명한 판단이 아니라는 뜻인가요? 혹시 그러한 마음가짐도 오랜 경험을 통해 터득한 생활의 지혜에 속하나요?"

"예. 인연을 맺기에 적절한 분들을 가리는 능력을 터득할 때까지, 꽤나 비싼 수업료를 치를 수밖에 없었답니다."

에드왈드 교수와 미스 엘리자가 아무리 뛰어난 마법사라고 하더라도, 속세와 그다지 상관이 없는데다가 대단한 실적도 쌓은 적 없는 일개 학자와 그의 조수가 지금까지 거친 세파에 시달렸으리라는 것은 상상하기 어렵지 않았다. 두 사람이 지금껏 겪은 수많은 고생들은 간단히 말로 표현할 수 있는 수준이 아닌 것이 틀림없었다. 그만큼 밀도 높은 경험과 시간이 두 사람에게 그에 걸맞은 역량과 지식, 그리고 둘도 없는 유대관계를 구축하고 있는 듯이 보였다.

과거에 우리 왕국의 조사단이 건설한 야영지로 향하던 도중, 에드왈드 교수가 천공인에 관한 즉석 수업을 시작했다.

"자네들 또한 당연히 알고 있다시피, 천공인들의 역사는 대략 2000년 전에 단절되고 말았다네. 지금 우리 왕국이 존재하는 대륙이나 다른 대륙을 거주지로 삼고 있는 인간들이나 수인(獸人)들은, 태반이 천공인들의 지배를 받던 지상 종족의 자손들이야. 고도로 발달된 마법과 과학 문명을 자랑하던 그들이 어느 날 갑자기 멸망해 버린 이유에 관해선 다양한 가설이 존재한다네⋯⋯."

아무래도 에드왈드 교수는 일단 입을 열게 되면, 타인이 어떤 반응을 보이건 간에 자신의 세계로 몰두하는 성격인 모양이다. 그의 입은 그야말로 끝없이 움직였다.

크리스티나 양과 세리나도 처음엔 진지하게 에드왈드 교수의 수업에 귀를 기울이고 있었지만, 이윽고 그의 수다에 덧붙이거나 끼어들 여지가 전혀 없다는 사실을 뼈저리게 깨달을 수밖에 없었다. 어느 틈엔가 그녀들은 귀만 열어 놓은 채로 주위의 나무들이나 새들을 향해 시선을 돌린 듯이 보였다.

미스 엘리자는 완전히 이골이 났다는 표정으로, 선두로 앞장서가는 에드왈드 교수의 세 걸음 뒤를 조용히 걸어가면서 모든 방향을 향해 삼엄하기 짝이 없는 경계망을 전개하고 있었다. 아마도그녀 또한 에드왈드 교수의 수다는 한 귀로 흘려듣고 있는 것이틀림없을 것이다.

그리고 아마 이 가운데 최악의 문제아일 것으로 추정되는 레니아는, 검은 스타킹을 신은 가냘픈 다리로 우리의 뒤를 따라오고있었다.

"교수님의 저서나 다른 분들의 천공인 멸망에 관한 논문을 읽어본 바 있습니다만, 역시 3용제(竜帝) 3용황(龍皇)이나 신수(神獸), 혹은 성인(星人)이라는 호칭의 외계로부터 날아온 존재들과 충돌하면서 찾아온 문명의 쇠퇴가 주된 원인으로 거론되더군요."

"음, 맞아. 정답이네, 드란 군. 대다수의 인간이나 아인을 지배하에 두고 있던 천공인들이 아직 지배하지 못한 지상 최강의 종족인 용종들이나 지상 세계와 다른 차원에 존재하는 요정향(妖精鄉)에 마수를 뻗으려한 것은, 보는 관점에 따라서는 지극히 당연한 흐름이었거든. 이 대륙에서만 따져 봐도 꽤나 적지 않은 숫자의 천공 도시들이 지상으로 추락한 것이 눈에 띈다네. 게다가 그 가운데 몇 곳에선 도시 그 자체나 주변의 지형까지 휩쓸어 버릴 정도로 격렬한 전투가 벌어졌던 흔적이 남아있단 말이지. 최소한 천공인들이 자신들의 모든 세력을 투입한 규모로 상상조차 가지 않는 어마어마한 전쟁을 일으켰다는 사실엔 의심할 여지가 없어. 천공인들이 대규모의 전쟁을 일으켰다는 것은 현재의 선사 문명을 연구하는 학자들이 공통적으로 지니고 있는 인식이야."

"하지만 3용제 3용황을 상대로 전쟁을 벌였다는 것은, 너무 지나치게 오만하다는 느낌도 듭니다."

그러나 3용제 3용황의 능력에 관해선, 기본적으로 터무니없는 억측이나 신빙성 자체가 몹시 의심되는 다양한 전승들이 각지에 흩어져 있을 뿐이었다. 그들의 정확한 전투 능력이나 영험(靈驗)에 관해 정확히 아는 이가 이 지상에 얼마나 있는지도 미지수였다.

"천공인들은 높은 수준의 마법이나 발달된 과학 기술을 동원해 고룡들조차도 지배할 정도였던 모양이야. 오만불손한 사고방식을 지니게 된 것도 당연한 결과였는지도 몰라. 그야 물론 지상에서 3용제나 고대거인(古代巨人)들에게 시비를 거는 동시에 외계로부터 날아온 성인들을 상대로 전쟁을 벌였을 가능성은 거의 없다고 봐. 그러나 사실 관계가 어쨌든 간에, 그들을 상대로 한 전쟁이 천공인들의 세력을 두드러지게 약체화시켜 쇠퇴와 멸망의 커다란 원인이 됐다는 사실엔 의심할 여지가 별로 없어."

흠, 이 별의 천공인이라는 종족에 관해선 나의 사후에 벌어진 일이다 보니 직접적으론 아는 바가 전혀 없었다. 하지만 류키츠도 그들을 상대로 싸워본 적이 있다는 언급을 입에 담은 적이 있었다. 조금 더 자세하게 물어봐야 했나?

"하지만 말일세, 드란 군? 아무래도 천공인들이 쇠퇴하다가 멸망할 수밖에 없었던 원인은, 상위 존재들이나 외계로부터 쳐들어온 침략자들을 상대로 벌인 전쟁 이외에도 또 있었던 모양이야."

"흠? 교수님의 새로운 가설인가요? 대규모의 종족 간 전쟁으로 인한 세력의 쇠퇴를 가장 유력한 가설로 꼽고 계셨던 걸로 압니다만⋯⋯."

"응, 그 가설도 틀림없이 역사적으로 일어난 사실의 일부라는 생각은 드네. 하지만 지금까지 천공인들의 유적이나 문헌, 유적들을 조사하다 보니 그다지 단순한 문제는 아니라는 사실이 눈에 들어오더군. 아무래도 그들은 문명의 말기가 가까워 올수록 전쟁과 아무런 관계도 없는 분야에서 종족 규모의 한계를 맞이한 걸로 보여."

에드왈드 교수는 자신의 세계에 완전히 몰입한 듯이, 열띤 목소리로 웅변을 토하기 시작했다.

"천공인들은 기나긴 시간에 걸쳐 종족 그 자체가 노화를 맞이한 결과, 성장의 여지가 소멸됨에 따라 서서히 출생률이 줄어든 모양이야. 게다가 새로운 문화나 기술을 낳는 창조력과 상상력의 결핍 현상까지 일어난 걸로 보여. 그러나 그들이 그때까지 쌓아 올린 믿어지지 않을 정도의 과학 기술과 마도의 비법을 이용해, 종족

규모의 다양한 연명 수단을 모색한 것으로 보이는 서술이 수많은 자료들로부터 눈에 띄더군. 솔직히 말하자면, 입에 담기조차 꺼림칙할 정도로 이해하기 어려운 수단들도 적지 않았다네."

설명을 마친 에드왈드 교수의 얼굴에 깊은 주름이 떠올랐다. 일찍이 천공인들이 저지른 소행에 대한 혐오감과 공포, 그리고 희생자들에 대한 동정이 짙게 나타나 있었다.

"말하자면, 교수님께서 오늘 바로 이 순간까지 슬라니아 조사를 반복하고 계신 까닭은 천공인들이 종족의 연명을 위해 시도한 일들과 특정한 관계가 있는 장소일 가능성이 존재하기 때문이라는 겁니까?"

"지금까지 이루어진 조사들을 종합한 결과와 나의 직감에 따른 예측에 불과하지만 말이야. 만약 내가 예지나 예언의 마법을 사용할 수 있거나 지식의 신이나 진실의 신을 섬기는 신관이었다면 설득력이 더 늘어났을지도 몰라. 하지만 공교롭게도 나는 그런 분야와 전혀 인연이 없다 보니, 학회나 마법학원에선 지지를 모으기가 어렵더군. 뭐, 사실상 그들로서는 너무나 당연한 반응이었지. 어쨌든 물질적인 증거를 전혀 준비하지 못한 이상, 지금으로선 나의 머릿속에서만 성립되는 탁상공론에 지나지 않거든."

에드왈드 교수가 더할 수 없이 상쾌한 미소를 지어 보였다. 그의 표정에서 자신의 가설을 인정받지 못한 원한이나 불평불만에 가까운 감정은 찾아볼 수가 없었다. 오로지 자신이 믿는 결론에 도달하고자 하는 강한 의지만이 느껴질 뿐이었다. 그는 실로 긍정적이고도 적극적인 인격의 소유자였다. 미스 엘리자가 오늘 이 순간에 이르기까지 그의 곁을 떠나지 않은 것도 그의 밝은 성격으로 인한 바가 크리라는 느낌이 들었다.

"사실은 말일세. 자네처럼 열성적으로 나의 이야기에 귀를 기울여준 이는 거의 없었다네. 그러다 보니 나도 모르게 말이 길어진 것 같아. 지루하진 않았나?"

"아닙니다. 솔직히 말씀드리자면, 설마 교수님으로부터 이 정도로 실속 있는 말씀을 듣게 될 줄은 몰랐습니다. 기존의 가치관이나 상식에서 어긋나는 제안을 입에 담는 이들은, 모름지기 사회에 섞여 들어가기 힘든 법입니다. 그런데 교수님께서 말씀하시던 내용에선 그런 종류의 시련이나 거절에 대한 어두운 감정을 전혀 찾아볼 수가 없더군요. 그야말로 감탄스럽다는 소리가 자연스럽게 나올 정돕니다."

"드란 군, 사실은 나야말로 굉장히 뜻밖일세. 자네처럼 전적으로 나의 이론에 긍정적인 반응을 보인 경우는 최근 몇 년 동안 거의 없었거든. 기분이 좋으면서도 어딘지 모르게 부끄럽다는 감정을 숨길 수가 없군. 나이에 안 어울리게 참 쑥스러워, 아하하하."

에드왈드 교수는 기쁘고도 쑥스러운 표정으로 한바탕 웃은 뒤, 합성 건축 자재로 포장된 길의 저편에 보이는 언덕을 손가락으로 가리켰다.

"아차, 맞다. 이제 곧 야영지 근처일세. 저기 약간 높은 언덕이 보이지 않나? 저곳에 조사용 도구들이나 숙박 시설이 모여 있다네. 우선 저기서 식사부터 해결하세나."

에드왈드 교수가 손가락으로 가리킨 방향을 향해 시선을 돌린 바로 그 순간, 바로 앞의 길모퉁이 저편으로부터 두 종류의 마력이 솟아 나와 우리의 온몸을 두들겼다.

인간의 몸으론 도저히 감당할 수 없을 정도의, 강대하기 짝이 없는 마력이었다.

나를 제외한 모든 인원들이 방금 전까지의 느긋한 분위기는 온데간데없이, 곧바로 전투 준비 태세로 들어갔다.

"뭐지, 이 마력은?!"

초인종(超人種)의 일원인 크리스티나 양조차 경악을 금할 길이 없는 강대한 마력이었다. 세리나의 얼굴에선 핏기가 가셨으며, 풍부한 전투 경험을 보유하고 있는 것으로 추정되는 에드왈드 교수와 미스 엘리자도 온몸을 잔뜩 긴장시켰다.

유일하게 레니아만이 입가에 흉악한 미소를 띤 채로 「호오?」라는 식으로 몹시 흥미로운 듯한 반응을 보였다. 아마도 심심풀이로 써먹기에 딱 알맞다는 정도로 받아들이고 있는 것이리라.

"교수님, 이 마력은 너무나 위험합니다. 현재 위치로부터 긴급용 신호탄을 쏴 올려야 비행선 쪽에서도 눈치챌 겁니다."

"동감이야, 엘리자. 우리의 목숨이 붙어 있는 이상, 슬라니아엔 언제든지 다시 찾아올 수 있어. 그리고 드란 군이나 크리스티나 군 일행을 무사히 귀환시키는 것이야말로 교사로서 수행해야 할 최소한의 의무야."

에드왈드 교수와 미스 엘리자가 심각하기 짝이 없는 표정으로 슬라니아로부터 탈출하자는 결단을 내린 바로 그 순간, 나는 대단히 미안스럽다는 느낌을 곱씹으면서 제동을 걸었다.

"교수님, 미스 엘리자. 몹시 죄송스럽습니다만, 지금 느껴지는 마력의 소유자들에 관해 짚이는 데가 있습니다. 아마도 저들이 우리에게 직접적인 해를 끼칠 일은 없을 테니, 지금 당장 슬라니아를 탈출할 필요는 없습니다. 예."

"자네의 지인들 가운데 이런 마력의 소유자가 있단 말인가?! 하지만 지금 느껴지는 마력의 전체량은 어지간한 고위의 마수나 정령과 비교하더라도 손색이 없는데?"

"예, 바로 그 흔치 않은 종족의 일원들이랍니다. 지금 서로 쓸데없이 다투고 있는 모양이니, 제가 가서 말리고 오겠습니다. 두 분께선 여기서 기다려 주십시오. 흠, 흠."

저래 보여도 명색이나마 동포들의 자손이다 보니, 그냥 내버려둘 수도 없습니다. 그런 식의 속마음을 솔직하게 털어놓을 수는 없었지만, 나는 애매모호한 대답과 함께 길모퉁이 쪽으로 걸어갔다.

"어, 드란 씨? 저긴 위험하다고요?!"

"혼자서 가지 마, 나도 따라간다."

"……칫."

나는 에드왈드 교수와 미스 엘리자를 그 자리에 남겨둔 채로 허둥지둥 도망치듯이 마력의 진원지를 향해 발걸음을 옮겼다. 그런데 세리나와 크리스티나 양, 레니아가 곧바로 나를 쫓아 왔다.

세리나와 크리스티나 양의 반응이야 이해가 간다만, 레니아까지 따라온단 말인가? 설마 나를 걱정하는 건…… 흠, 만에 하나 정도의 확률로 완전히 말도 안 되는 건 아닌가? 나로서는 오히려 길모퉁이의 저편에 있을 「그녀들」과 레니아가 정면으로 충돌할 가능성이 걱정되는 참이었다.

어쨌든, 지금은 당장 살기가 피어오르기 시작한 두 사람의 마력과 투쟁의 기운을 가라앉히는 것이 먼저였다.

길모퉁이의 반대편으로 튀어 나간 나의 시야로 날아 들어온 것은, 이하와 같은 광경이었다.

사슴을 연상케 하는 뿔과 말을 연상케 하는 귀, 그리고 자그마한 엉덩이로부터 뱀을 연상케 하는 꼬리가 뻗어 나온 용인(龍人) 소녀. 머리카락 사이로 뻗어 나온 예리한 뿔과 뾰족한 귀, 등에 달린 박쥐를 연상케 하는 날개가 특징적인 용인(竜人) 소녀. 두 사람 다 일반적으로 드래고니안이라고 불리는 아인 계열 최강이자 환상의 종족에 속하는 소녀들이었다. 두 사람은 마치 결코 손을 맞잡을 수 없는 원수와 외나무다리에서 만난 듯이 서로 마주보고 있었다.

나에게는 너무나 낯이 익은 두 사람이었다.

"차디찬 바다 밑에나 틀어박혀 있어야 할 네 녀석이, 무슨 이유로 천공인 놈들의 유적에까지 발걸음을 옮긴 거냐!"

"그러는 당신이야말로 어째서 여기 계신 거죠?! 그 유황 냄새가 넘쳐 나는 동굴 속에서 낮이건 밤이건 저급한 요마들이나 마수들을 잡아먹다가 아무 때나 잠이나 자는 게 다인 난잡한 생활이나 보내고 계세요!"

나는 지금, 두 사람의 입에서 나온 서로를 향한 폭언을 있는 그대로 쏟아부어주고 싶은 심정이었다. 아니, 바제야. 루우야. 너희들이 무슨 연유로 슬라니아에 나타났단 말이냐?

"크르르르르……!"

바제가 으르렁거리면서 이빨 사이로 불을 뿜었다.

"……."

바제는 백수의 왕 정도가 아니라, 보다 거대하고도 포악한 마수들조차 맨발로 도망갈 듯한 박력을 띤 눈동자로 눈앞의 상대를 노려봤다. 루우는 상대방의 무시무시한 기운에 지지 않겠다는 듯이 마치 빙산이 떠다니는 차디찬 바다와 같이 냉정한 시선으로 바제를 쏘아봤다. 천공 도시까지 올 이유가 없는 두 사람이, 하필이면 우연히 맞닥뜨려 지금 당장이라도 서로를 물어뜯으려는 현장을 목격하게 될 줄이야.

아니, 두 사람에게 공통적으로 여기까지 올 이유가 전혀 없는 것은 아니었다. 말인즉슨, 전부 다 나 때문이었다. 혹시 두 사람은 나를 만나기 위해 슬라니아까지 발걸음을 옮긴 건가?

세리나와 크리스티나 양은 환상의 종족이라고 일컬어지는 두 사람의 모습과 압도적인 마력을 목격하면서 경악을 금치 못 하는 듯한 반응을 보였다. 그리고 레니아는 허를 찌르기 위한 빈틈을 살피고자 잠자코 두 사람을 응시하고 있었다. 바제와 루우는 세 사람으로부터 날아온 시선을 느끼면서도, 전혀 아랑곳하지도 않았다.

두 사람 다, 눈앞의 동포밖에 보이지 않는 듯한 상태였던 것이다. 내가 한숨을 내쉬고 싶은 충동을 억누르고 있다 보니, 바제가 또다시 루우에게 시비를 걸었다.

"어차피 그 녀석이 보고 싶어 용궁성에서 뛰쳐나온 거겠지, 코흘리개 꼬마 계집! 무녀로서의 소임이나 다하면서 쓸데없는 바깥 일엔 신경 꺼라!"

"어머, 그러는 당신이야말로 그 분의 그림자를 쫓아 천공 도시까지 오시지 않았나요? 잔뜩 끌어 모은 금은보화들을 이부자리 삼아 게으르게 뒹굴어 다니는 것만으로도 행복한 생활이셨을 텐데 말이에요. 당신은 바로 그 생활의 터전을 내팽개치면서까지 여기에 나타났습니다. 당연히 그냥 관광이나 하러 온 걸 리가 없지요!"

루우가 바제의 마음속을 꿰뚫어 본 듯이 의기양양한 표정으로 반격을 시도하자, 바제가 한껏 비웃는 듯한 표정을 지어 보였다. 그러나 바제의 입술 사이로 새어 나오는 불똥의 양이 아까보다 은근슬쩍 늘어난 듯이 보였다. 겉으론 멀쩡한 척 하면서도 마음속에선 동요가 일어나고 있다는 건가?

"흥! 그 녀석의 꽁무니를 쫓아왔다고? 그 세상 물정 모르는 멍청이가, 인간 놈들 사이에서 보잘것없는 짓거리에 시간 낭비나 하는 모습을 비웃으러 왔을 뿐이다. 참으로 웃기지도 않는 착각을 다 하는 구나. 역시나 부모님 슬하에서 금지옥엽처럼 자란 너답다."

"당신이야말로 어설픈 도발은 삼가도록 하세요. 평소의 당신이 그 분을 함부로 대하는 거야 물론 알고 있습니다만, 그 쓸데없이 커다란 가슴 속의 감정까지야 알 길이 없으니까요."

마치 그 자리에서 입술을 찢어 버린 듯이 크게 치켜 올린 바제의 이빨 사이로, 불길이 이는 소리와 함께 홍련(紅蓮)의 불꽃이 솟아나왔다.

"오늘은 네 녀석이 지나치게 까부는 구나. 네 녀석이 바로 지금 이 순간까지 도대체 무슨 종류의 가정교육을 받으며 자랐는지는 알 바 아니다만, 지금 당장 그 뚫린 입을 다문다면 비늘만 살짝 지지는 정도로 용서해줄 수도 있거든?"

아니, 틀림없이 비늘 밑의 뼈와 살까지 남김없이 태워버릴 생각이잖아? 나는 마음속에서 바제에게 이의를 제기했다. 만약 루우가 수룡황인 류키츠의 친딸이라는 사실을 알게 될 경우, 바제는 과연 어떤 반응을 보일까? 마음속에서 은근슬쩍 장난기가 동하는 것이 느껴졌지만, 나는 일단 입을 다물고 있기로 했다.

"당신이 예전부터 그 분을 상대로 지나칠 정도의 험담을 지껄이셔도, 당사자인 그 분께서 당신의 예의 없는 말버릇을 허락하고 계신 관계로 제3자인 소첩으로서는 감히 끼어들 수가 없었습니다. 하지만 현재의 삶에 행복을 느끼고 계신 그 분을 직접 욕보이는 발언을 더 이상 들어넘길 수는 없습니다. 지금 당장 방금 하신 말씀을 취소하신다는 전제하에, 소첩 또한 당신의 비늘을 부수는 정도로 용서해 드릴 수도 있답니다."

온몸으로부터 비늘과 마찬가지로 다홍빛을 띤 마력을 아지랑이처럼 발산하는 바제를 상대로, 루우 또한 윤기 있는 흑발과 꼬리의 검은 털을 구불거리며 주위의 수분을 향해 자신의 마력을 전파시켜 공간을 지배하기 시작했다. 그 결과, 대기 중의 수분과 마력이 루우의 힘과 융합하면서 눈 깜짝할 사이에 주먹 정도 크기의 물방울 여섯 개가 그녀의 주위로 떠올랐다.

화룡의 상위종인 심홍룡과, 수룡황의 직계인 최고 혈통의 수룡이 격돌하는 순간이었다. 상반된 속성을 지닌 용종들의 격돌로 인해, 세리나와 크리스티나 양은 숨 쉬는 것조차 망각한 듯이 보였다.

세리나는 너무나도 차원이 다른 힘들이 지금 당장이라도 격돌을 일으킬 듯한 긴박감에 의해, 명확한 공포가 서린 표정을 짓고 있었다. 기본적으로 무투파 기질인 크리스티나 양 또한 긴장한 얼굴빛을 숨길 수 없는 듯이 보였다.

바제와 루우가 아무리 아직 젊은 용들이라고 하나, 애초부터 다른 종족들과 생물로서 근본적으로 격이 다른 것은 틀림없었다. 따라서 인간이나 다른 종족들이 그녀들에게 본능적인 공포를 느끼는 것은 지극히 자연스러운 현상이었다. 차이가 나오는 부분은 바로 그 공포라는 감정을 억누르는 정신력의 차이였다.

"드, 드란 씨? 저 두 사람, 지금 당장이라도 싸움을 시작하려는 것 같아요. 이대로는 여기도 굉장히 위험하지 않을까요?"

"흠, 그러게 말이야. 저 두 사람이 지칠 때까지 마구잡이로 날뛸 경우, 우선 슬라니아가 반파되리라는 건 틀림없을 거야. 최악의 경우엔 도시 자체가 지상으로 추락하게 될지도 몰라."

세리나는 아까부터 들려오는 바제의 낮은 신음소리가 야기한 공황 작용에 의해, 어렴풋이 혀끝을 떨고 있었다. 그녀가 나의 어깨를 있는 힘껏 붙잡으면서 질문을 던져왔다.

아무리 강력한 마물인 라미아더라도, 용종의 앞에선 이런 식의 반응을 보일 수밖에 없었다.

나는 세리나를 안심시키기 위해, 나의 어깨를 붙잡고 있던 세리나의 손을 맞잡았다.

슬라니아 주변의 기후를 조절하는 기상 마법엔 도시 내부에서 사용된 강대한 마법의 효과를 억제하는 작용도 포함되어 있었다. 그러나 고룡인 저 두 사람이 진정한 힘을 발휘할 경우, 이 도시의 기능으로 그 여파를 어느 정도까지 억누를 수 있을지 장담할 수 없었다.

바제와 루우의 주위에서 소용돌이치던 대기가 제각각 다홍빛과 푸른빛으로 물들었다. 이제 드디어 두 사람이 진정한 전투태세를 갖추기 시작한 참이었다. 나는 납을 삼키는 듯한 심정으로, 멈추고 있던 다리를 움직이기 시작했다.

나의 움직임을 감지한 크리스티나 양과 세리나가, 곧장 나를 말리려는 의도로 팔을 뻗어 왔다. 하지만 물론 나의 속도가 더 빨랐다. 레니아로부터도 아주 약간 몸을 움직이는 기척이 느껴졌지만, 나를 말리려는 듯한 동작은 보이지 않았다. 그녀는 아마도 나 혼자서 눈앞의 두 사람을 얼마든지 상대하고도 남으리라는 확신을 가지고 있는 듯이 보였다.

"바제, 루우. 멈춰라. 두 사람 다 이런 데서 무슨 짓을 하고 있는 거냐?"

두 사람이 여기 있는 원인과 목적이 다름 아닌 자기 자신이라는 것 정도야 짐작이 가고도 남았지만, 일단 예의상 던져본 질문이었다.

나의 입에서 나온 말은, 발언의 당사자인 나 자신이 약간 당황스러울 정도로 두 사람에게 효과 만점이었다. 나의 목소리가 귀로 들어간 순간, 두 사람의 몸에서 피어오르던 어마어마한 마력들은 곧바로 가라앉았다. 그리고 두 사람은 마치 서로의 마음을 다 아는 쌍둥이처럼 동시에 나란히 나에게 고개를 돌려 왔다.

방금 전까지만 해도 큰 싸움을 벌여 천공 도시를 반파시킬 뻔한 두 사람은, 묘한 데서 호흡이 정확하게 맞아 떨어지는 모습을 선

보였다.

두 사람 다, 지금 나와 만난 것은 완전히 뜻밖이었던 모양이다. 어금니를 드러낸 채로 루우를 위협하던 바제의 표정은, 언뜻 보기엔 아까와 마찬가지였다. 그러나 나의 얼굴을 본 바제의 눈썹 사이에 새겨져 있던 주름은 명확하게 줄어들었다. 얼굴의 북반구는 일단 기분이 좋아 보였고, 얼굴의 남반구는 방금 전과 마찬가지로 기분이 안 좋아 보였다. 그녀가 이런 특이한 재능을 보유하고 있었다는 사실은 오늘 처음 알았다.

루우가 보인 반응은 바제보다 훨씬 두드러졌다. 아니, 정확하게 말하자면 너무나 솔직하기 그지없는 반응이었다.

바제와 서로 노려보고 있는 동안엔 얼음덩어리를 다듬어 만든 가면처럼 무표정하던 얼굴이, 나의 얼굴을 보자마자 곧바로 만면의 미소를 띤 것이다. 용궁성에서 만날 때는 거의 지금 같이 부드러운 표정을 짓고 있는 경우가 대부분이었는데, 설마 바제와 만나자마자 방금 전처럼 냉혹하고도 딱딱한 표정을 지을 줄은 몰랐다. 두 사람의 관계가 험악하다는 사실에 의심할 여지는 전혀 없다는 건가?

"너희 둘이 곧바로 전투를 시작할 듯이 보였단다. 정말로 간담이 서늘하더구나. 물론 두 사람이 그런 짓을 벌일 정도로 철이 없으리라는 생각은 하지 않았다만, 마음을 졸였던 건 사실이야."

"흥!"

바제가 나의 말을 듣자마자 노골적으로 불만스러운 표정을 지으면서 코웃음을 쳤다. 그야말로 예상에서 한 치도 벗어나지 않은 반응이었지만, 그녀의 입에서 새어 나오던 불똥은 더 이상 눈에 띄지 않았다.

언뜻 보기엔 처음 만났을 때와 다를 바 없는, 기본적으로 반항적인 태도였다. 하지만 이래봬도, 처음보다야 훨씬 개선된 편이란 말이지.

과연 바제가 나를 상대로, 루우나 세리나처럼 우호적인 태도를 보이는 날이 오긴 올까?

"쑥스러워요……. 소첩 또한 설마 이 도시에까지 와서 바제 양과 맞닥뜨릴 줄은 몰랐답니다. 그러다 보니 은연중에 마음의 안정을 잃어버린 것 같아요. 으으, 결과적으로 드란 님께 꼴사나운 모습을 보이고 말았습니다. 정말, 바제 양 때문에 이게 다 뭔가요?"

"뭐라고?"

루우는 본인의 말마따나 진심으로 창피한 듯한 반응을 보였다. 그녀는 양쪽 뺨을 어렴풋이 붉게 물들인 채로 몹시 허둥거리는 모습을 보이다가, 급기야는 바제에게 일련의 추태에 대한 모든 책임을 떠밀어 버렸다. 흠, 이래가지고서야 또 문제가 복잡하게 꼬여버릴 공산이 컸다.

나의 예상대로, 일단 잠잠히 가라앉았던 바제의 마력과 살기가 또다시 활화산처럼 격렬하게 타오르기 시작했다. 바제의 온몸으로부터 천천히 솟아난 뜨거운 열기가 나의 뺨을 쓰다듬었다. 아마도 한동안 이 위치에 머무르면, 먹음직스럽게 구워진 드란 구이가 완성될 지도 모르겠다.

"두 사람 다 그만 멈춰라. 때와 장소를 가리지 못 하겠느냐? 일부러 드높은 하늘을 날아다니는 이 도시까지 온 까닭은, 서로와 싸우기 위함은 아닐 것이다."

"드란 님의 말씀이 옳습니다."

"흥! 그 녀석이 일일이 쓸데없는 트집만 안 잡았어도, 나 또한 무의미한 말다툼에 응하진 않았을 거다."

"어머나, 지금 하신 말씀은 무슨 뜻이죠?!"

두 사람은 곧바로 말다툼을 다시 벌일 준비를 시작했다. 최소한 주먹으로 한 대씩 얻어맞지 않고서야 끝날 리가 없으리라는 예감이 들었다. 그런 판단에 따라 자신의 주먹에 가볍게 힘을 준 바로 그 순간, 나의 뒤로 따라온 레니아가 진심으로 어이가 없다는 듯이 입을 열었다.

"이런 녀석들이 현재의 용종이란 말인가? 쓸데없는 말다툼 따위로 아까운 시간을 허비하다니, 지능의 수준도 대충 짐작이 가는구나."

"아직 젊은 아이들이다. 얼마든지 있을 수 있는 경우야. 하지만 지금 네가 한 말은 자신이 먼 옛날의 용종들에 관해 알고 있다는 선언이나 다름이 없다. 타인의 귀가 있는 곳에서 그다지 함부로 입에 담을 소리는 아니구나."

"뭔 소리를 하고 다니건 간에 내 자유다. 하지만, 저기, 모처럼 네가 한 말이니 그럭저럭 주의하도록 하마."

다행히 루우와 바제는 그녀의 말을 듣지 못한 듯이 보였다. 어쨌든 레니아는 눈앞의 두 사람이 드래고니안이 아니라 진짜 용이라는 사실을 꿰뚫어 본 모양이다.

아마도 신조마수였던 레니아로서는, 용종들은 천적이나 다름없는 종족일 것이다. 그래서인지 용종의 존재에 관해선 민감한 모양이다.

난감하군. 바제와 루우에게 새로운 문제의 불씨가 될 수 있는 녀석이 바로 옆에 있었던 셈이다.

"어쨌든 간에 루우, 바제? 나의 눈이 닿는 곳에 있는 동안은 너무 날뛰지 마라. 나의 입에서 세 번째로 똑같은 말이 나오게 될 때는 말만으로 끝나지 않을 것이다."

두 사람이 곧바로 말다툼을 다시 시작하려 할 경우, 나 또한 그럭저럭 우습게 볼 수 없는 힘을 담은 꿀밤을 날릴 참이었다. 그러나 나의 입에서 나온 말이 진심이라는 사실을 깨달은 두 사람은, 못마땅한 표정으로나마 입을 다물었다.

"저기, 드란 씨? 이제 슬슬 그 두 분을 저희에게 소개해주실 수 있을까요?"

한 걸음 물러선 곳에서 사태의 전개를 지켜보고 있던 세리나가, 참다못해 대화에 끼어들었다.

"미안, 세리나. 우선 이 두 사람을 진정시키지 않고서야 제대로 설명할 겨를이 없을 걸로 보였거든."

새삼스럽게, 나는 등 뒤로 따라온 세 사람에게 고개를 돌리며 소개를 시작했다.

"루우, 바제. 두 사람 다 직접 만나는 건 처음으로 안다. 일단 이라미아 소녀는 세리나다. 지금은 나의 사역마로서 여러 가지 도움을 주는 아가씨지. 그리고 나머지 두 사람은 마법학원의 선배인 크리스티나 양과, 동급생인 레니아다. 모두 천공 도시의 학술 조사를 도우러 온 인원들이야. 그녀들 이외에도 마법학원의 교수님과 그 조수님까지 두 사람이 더 와 있다."

세리나 일행은 나의 소개에 따라 앞으로 걸어 나와, 제각기 바제와 루우에게 가볍게 고개를 숙였다. 세리나가 피아의 능력 차이로 인해 그녀들에게 본능적인 공포를 느끼고 있는 것은 틀림없었지만, 특별히 고압적이거나 위압적인 느낌은 전혀 없는 바제와 루우의 태도를 확인하자마자 적잖이 안심한 듯한 반응을 보였다.

하지만 문제가 된 것은 크리스티나 양과 레니아 쪽이었다.

신조마수의 혼을 지니고 있는 레니아가 두 사람과 반목할 수도 있다는 것은 간단히 상상이 갔지만, 나의 허를 찌른 것은 크리스티나 양에 대한 두 사람의 반응이었다.

바제가 크리스티나 양의 미모에 감탄한 듯한 반응을 보인 바로 다음 순간, 그녀는 적대심이라는 이름의 연장으로 다듬어 올린 투쟁의 가면을 뒤집어썼다. 게다가 루우 또한 은근슬쩍 몸을 물려 경계 태세를 취하는 모습이 눈에 들어왔다.

아뿔싸. 나는 곧바로 자기 자신의 실수를 깨달았다. 평소부터 빈번하게 행동을 함께 하다 보니 거의 잊어먹었지만, 크리스티나 양은……

"어, 나한테 무슨 문제라도 있나?"

크리스티나 양은 오늘 처음 보는 두 사람으로부터 노골적일 만큼 경계를 당한 사실이 무척이나 당황스럽다는 느낌의 표정을 지었다.

크리스티나 양은 좋게 말하자면 사소한 일에 신경 쓰지 않는 대범한 성격이 특징적인 여성이었다. 그러나 그럭저럭 오랫동안 교우관계를 유지하면서 알게 된 사실인데, 그녀는 유독 대인관계에 관해선 거의 섬세하기까지 한 감성의 소유자였다. 따라서 그녀가 루우와 바제의 반응에 당황하는 것도 무리는 아니었다.

나는 언제든지 말리러 들어갈 수 있도록 주의를 기울이면서, 눈앞의 두 사람에게 지금 보인 태도의 이유를 물었다.

"둘 다 갑자기 왜 그러지? 크리스티나 양 본인이 무슨 짓을 한 건 아니지 않나? 두 사람이 그런 식으로 갑작스럽게 부자연스러운 반응을 보이는 이유를 알아듣기 쉽게 설명해 봐라."

물론 나는 그 이유를 파악하고 있었지만, 나머지 인원들에게도 두 사람이 크리스티나 양을 적대시하는 이유가 전해지도록 유도하는 편이 전체 내용을 설명하는데 도움이 되리라는 느낌이 들었던 것이다.

바제가 크리스티나 양을 똑바로 노려보는 자세로, 입가로부터 불똥을 토하면서 고함을 질렀다.

"이유라고? 설마 네 녀석은, 전혀 아는 바가 없다는 헛소리를 지껄일 생각이냐! 저 은발의 계집은, 「용을 죽인 자의 인자」를 지니고 있단 말이다! 우리의 동포를 죽인 증거나 다름없는 인자를 지닌 그 녀석 앞에서, 아무렇지도 않게 시치미를 뗄 수 있을 것 같으냐!"

지금 당장이라도 온몸에 다홍빛 불꽃을 두른 채로, 이 근방 일대를 초토화시키고도 남을 만한 격렬한 투지가 전해져 왔다. 나로서는 눈썹 사이에 작지 않은 주름을 지을 수밖에 없는 상황이었다.

"용을 죽인 자의 인자라? 일단 두 사람이 무조건적으로 그녀를 경계하는 이유는 알겠다만, 크리스티나 양은 짚이는 데가 있나?"

내가 본인에게 화제를 돌리자, 크리스티나 양은 당치도 않다는 듯이 고개를 가로저었다.

하지만 나는 크리스티나 양이 고개를 가로젓기 직전에, 짚이는 구석이 아주 없지는 않다는 듯이 순간적으로 어두운 표정을 지은 것을 놓치지 않았다.

아마도 용을 죽인 자의 인자를 보유하고 있는 이유에 관해선 짚이는 데가 있어 보였지만, 굳이 물어볼 필요도 없이 크리스티나 양본인의 행동에 의한 결과일 리가 없었다. 그리고 나는 엔테의 숲 사건 직후에 가졌던 조촐한 축하 자리에서 세웠던 추측이 빗나가지 않았다는 사실을 새삼스럽게 실감했다. 역시 크리스티나 양은…….

"그럴 리가 있나! 공교롭게도 용을 죽이거나 그에 준하는 거창한 업적을 세운 적은 단 한 번도 없을 뿐만 아니라, 태어나서 지금까지 진짜로 살아있는 용을 목격한 경험도 없어."

흠, 아마도 그녀의 입에서 나온 말은 거짓말은 아닐 것이다. 다만, 굳이 입에 담지 않은 비밀은 있는 듯이 보였다.

용을 죽인다는 행위는, 기본적으로 전승에 남을 만한 용사나 영웅의 업적 가운데 하나였다. 설령 그들이 죽인 용이 고룡에 아득히 미치지도 못 하는 평범한 용종일 경우에도 마찬가지였다.

바제의 입에서 나온 용을 죽인 자의 인자라는 단어를 듣자마자, 세리나는 경악을 금할 수 없다는 눈빛으로 크리스티나 양의 얼굴을 뚫어지게 쳐다봤다. 레니아는 이미 알고 있었다는 듯이 태연하기 짝이 없는 태도를 보였다.

"루우, 바제가 하고 있는 말은 틀림없나?"

루우의 경우엔 바제만큼이나 노골적으로 크리스티나 양을 경계하고 있는 듯한 느낌은 없었다. 그러나 용의 혼을 지닌 내가 용을 죽인 자의 바로 옆에 서서 무사태평한 말투로 질문을 던져오는 데는, 약간이나마 곤혹스럽다는 표정을 보였다.

바제와 루우가 제각각 크리스티나 양을 상대로 보이는 경계의 정도가 다른 까닭은, 바제의 종족이 용(竜)인데 비해 루우의 경우엔 용(龍) 종족의 일원이라는 사실이 크나큰 이유 가운데 하나였다. 두 종족은 근본 자체는 같은 곳에서 나왔어도, 지금으로선 완전히 같은 종족이라는 표현이 어울리지 않을 만큼 서로 다른 특성을 지닌 별개의 종족으로 갈라진 상태였다.

"예. 소첩의 눈으로도 명확하게 알아볼 수 있을 만큼 강력하면서도 명확한 인자니까요, 바제 양이 잘못 볼 가능성은 거의 없는 거나 다름없습니다."

말하자면, 드란 님께서 그 인자를 못 알아보실 가능성은 전혀 없지 않나요? 루우는 얼굴빛으로 그런 뜻을 넌지시 내비쳐 왔다. 나로서는 입가의 쓴웃음과 함께 말없이 긍정할 수밖에 없었다.

"바제. 어쨌든 간에, 지금 두르고 있는 살기는 거두어들여라. 크리스티나 양의 난처한 표정이 보이지 않느냐?"

"어째서 내가 동족을 죽인 자에게 마음을 써야 한단 말이냐?"

"바제 양? 드란 님의 말씀에 순순히 따르시는 편이 좋을 겁니다. 그런 식으로 반발만 하시다가, 나중에 드란 님으로부터 끝도 없는 잔소리나 듣고 싶으신 건가요? 게다가 저 크리스티나 양이라는 분이 지니고 있는 용을 죽인 자의 인자는, 본인이 아니라 조상으로부터 물려받은 것이라는 사실 정도는 소첩의 눈으로도 빤히 들여다보인답니다. 본인과 아무런 상관도 없는 죄 때문에 그런 식으로 적대심을 보인다는 건, 그다지 현명한 처사는 아닌 것 같습니다."

"갑자기 혼자서만 약삭빠른 소리를 지껄이다니…… 흥!"

루우가 조상의 죄를 자손에게까지 물을 필요는 없다는 자세로 돌아서자, 바제도 의외로 순순히 그 말을 따랐다. 바제가 크리스티나 양에게 보이던 적대심을 가라앉혔다.

크리스티나 양도 안도의 한숨을 내쉬었다. 지금 보인 반응으로 판단하건대, 이 일에 관한 내막은 결단코 타인의 앞에서 발설할 수 없는 수준의 극비 사항이라는 사실 정도는 쉽게 상상이 갔다. 나는 언젠가 본인의 입으로부터 그런 종류의 비밀에 관한 얘기조차 들을 수 있을 만큼 확실하게 친밀한 관계를 구축하고 싶다는 생각이 들었다.

내가 크리스티나 양이 보유한 인자의 존재를 알면서도 굳이 신경 쓰지 않았던 것은, 바제의 입장에서 볼 때는 만만치 않게 위협적인 인자더라도 나의 입장에서 볼 때는 굳이 신경 쓸 필요조차 없을 정도의 미약한 힘에 지나지 않는다는 것이 우선 첫 번째 이유였다.

만약 크리스티나 양이 온힘을 다해 나를 노리더라도, 그녀의 살기를 되받아치는 것은 한 줌의 티끌을 입으로 불어 날리는 거나 다름없는 지극히 간단한 작업이었다. 그런 고로, 나의 혼이 갖추고 있던 용의 본능과 정신은 크리스티나 양의 인자를 위험 요소로 인식하지 않은 것이다.

일반적으로 용을 죽인 자의 인자를 지닌 자는, 용의 비늘을 평범한 이들보다 손쉽게 베거나 부술 수 있을 뿐만 아니라 확실하게 꿰뚫어 버릴 수 있다는 점에서 일방적인 우위성을 지닌다. 게다가 화염이나 다양한 속성의 브레스, 용어마법(竜語魔法) 등에 대해 심상치 않은 수준의 내성을 얻게 된다. 그 대신, 용종들로부터 철저한 기피의 대상이 될 수밖에 없었다. 예를 들어 자신의 몸을 지킬 때 이외엔 결단코 인간이나 아인을 공격하지 않는 온화한 용이더라도, 용을 죽인 자의 인자를 지닌 자를 상대할 때는 명확한 적대심을 보인다.

그러한 관점에서 고려하자면, 아무리 나와 루우가 말리러 들어갔더라도 바제가 크리스티나 양을 곧바로 공격하지 않은 것은 거의 기적이나 다름없었다. 아마도 바제 또한 용을 죽인 장본인이 크리스티나 양 본인이 아니라는 사실을 본능적으로 짐작하고 있기 때문이리라.

지금까지 제대로 선보일 기회는 거의 없었지만, 언뜻 보기엔 마냥 난폭해 보이는 바제도 부모의 죄와 자손의 죄를 구분할 수 있을 만한 분별력과 판단력 정도는 지니고 있었다.

크리스티나 양이 지니고 있는 용을 죽인 자의 인자에 관해 골치를 썩다 보니, 문득 레니아가 나를 응시하고 있다는 사실을 깨달았다.

방금 전엔 예상조차 할 수 없었던 원인에 의해 크리스티나 양과 바제 사이에 험악한 분위기가 감돌았지만, 진짜 문제는 아직 시작조차 되지 않았다. 사실 곰곰이 생각해볼 필요도 없이, 신조마수의 혼을 지닌 레니아야말로 보는 관점에 따라 바제나 루우의 천적이나 다름없는 존재였다. 지금이야 인간으로 환생함에 따라 혼과 육체의 균형이 맞지 않아 대폭으로 약체화된 상태였지만, 오히려 이 녀석이야말로 용종들과 반드시 격돌할 수밖에 없는 운명을 타고났다는 점에선 크리스티나 양을 능가하는 존재다. 굉장히 위험하다. 나의 정신 건강이.

"무슨 할 말이라도 있나, 레니아?"

"아버…… 아니, 너는 저 용들과 크리스티나가 충돌을 벌이는 게 싫은가?"

굉장히 드문 일도 다 있군. 설마 레니아가 나의 부름에 순순히 답할 줄이야. 레니아는 진지하기 그지없는 눈동자로 나를 똑바로 응시하고 있었다.

"어디 보자, 나의 입장에서 볼 때는 양쪽 다 소중한 존재들이거든. 어느 한 쪽이 상처를 입는다면 나로서는 굉장히 견디기 힘들 거야. 나 자신이 지나치게 자기중심적이라는 자각증상은 있지만 말이야."

"그렇단 말이지? 아무도 다치지 않는 것이 너의 소원이란 말이렷다? 나의 현재 능력으론 그 바람을 확실하게 이루어주기는 힘들지만……."

"흠? 왜 그러지, 레니아? 여느 때와 달리 굉장히 온순해 보이는데, 확실하게 처음 보는 태도구나."

"흥, 감사해라. 같은 전생자인 너의 체면을 봐서 저 녀석들에게 싸움을 거는 행동은 삼가마."

농담이 아니라, 나로서는 레니아의 제안에 경악을 금할 길이 없었다. 그다지 오랫동안 알고 지낸 사이는 아니었지만, 신조마수의 혼을 지니고 있다는 사실을 자신의 긍지로 삼는 이 소녀의 입에서 이런 제안이 나올 줄이야. 도저히 믿겨지지 않을 정도의 대형 사건이었다. 설마 비행선 안에서 상한 음식이라도 먹은 건가? 아니, 그럴 리는 없나?

하지만 그녀의 말뜻을 심도 있게 따지고 들어가자면, 만약 바제나 루우가 자신에게 싸움을 걸어올 경우엔 기꺼이 받아들이겠다는 의미였다. 결국 신물이 난다는 점에선 그다지 큰 차이도 없었다.

"지금 지은 표정으로 봐서 굳이 따로 설명할 필요도 없다는 느낌이 든다만, 물론 저 녀석들이 나에게 먼저 시비를 걸어올 경우엔 당연히 당한 만큼 되갚아줄 거다."

공교롭게도 지금의 네가 지닌 힘으론 바제나 루우를 상대로도 이기기는 힘들 거야. 물론 그러한 현실에 관한 지적을 그녀의 앞에서 굳이 입 밖으로 내뱉을 필요는 없었다. 나는 마음을 다잡은 뒤, 바제와 루우에게 고개를 돌렸다.

"어쨌든 두 사람이 여기 있는 이유에 관해 자세히 캐묻고 싶은 참이다만, 지금은 우리의 귀환을 기다리고 있는 사람들이 있다. 우선 그분들에게 너희들의 사정을 설명하고 나서, 차분한 곳으로 자리를 옮겨 정보를 교환하도록 하자. 그때까진 쓸데없는 말다툼은 자제하도록 해라. 알아들었지?"

당장 여러 가지 일들에 관해 캐묻고 싶은 심정을 금할 길이 없는 것도 사실이었지만, 언제까지나 에드왈드 교수와 미스 엘리자를 방치할 수도 없는 노릇이었다.

경우에 따라서 나의 꿀밤이 불을 뿜을 수도 있다는 사실을 넌지시 암시하며 못을 박자, 루우는 정말로 면목이 없다는 듯이 「예」라고 중얼거렸다. 바제는 평소와 다를 바 없이 「흥」이라는 코웃음을 쳐 보였지만, 어딘지 모르게 가냘픈 느낌이 들었다.

바제는 나의 꿀밤이 지닌 위력을, 모레스 산맥에서 지겨울 만큼 몸소 체험한 바 있다. 혼쭐이 난다는 사실을 알면서도, 일부러 잘못을 저지를 리가 없다.

"갑자기 처음 보는 상대와 시비가 붙다니, 크리스티나 양도 오늘은 운이 안 좋은 모양이야."

"아니. 뭐, 그럴지도 몰라. 그나저나 그대에 대한 호기심은 점점 끝도 없이 솟아나는군. 도대체 어디서 드래고니안과 알게 된 거지? 아마 나 말고도 다들 궁금할 거야."

"일단 두 사람에 관해선 한숨 돌리자마자 차분히 설명할 생각이야. 솔직히 말해서 하나부터 열까지 능숙하게 설명할 자신은 없다만, 세리나도 알아들었지?"

나와 용종 두 사람 사이에 오가던 대화를 잠자코 듣고 있던 세리나는, 본능적인 공포조차 망각한 듯이 더할 수 없이 알기 쉽게 기분이 상한 상태였다. 특히나 루우가 나를 「님」이라는 호칭까지 붙여 가면서 끝도 없이 순종적인 태도를 취하는 모습을 보이는 관계로, 여러 모로 엉뚱한 상상까지 떠올려 버린 것이리라.

"따, 딱히 신경 쓰진 않았어요. 최근 들어선 크리스티나 양과도 분위기가 좋은데다가, 요전번의 드라미나 님부터 시작해서 저도 모르는 사이에 수많은 여성분들과 만나시니⋯⋯."

흠, 아무리 속삭여도 다 들린다. 크리스티나 양의 경우엔 못 들은 것처럼 보였지만, 어찌됐건 나의 행동으로 인해 세리나의 기분이 크게 상한 것은 사실이었다.

이렇게 된 바엔 차라리 지금 당장 아내로 삼겠다고 선언해 버릴까? 순간적으로 그런 생각이 머릿속을 스쳐 지나갔지만, 현재 시점에서 과연 어떤 방법이 가장 효과적일까?

"가장 사랑스러운 건 세리나야."

사실이다. 나는 가장 오랫동안 함께한데다가, 언제나 열심히 나를 따라다니는 세리나가 이 세상의 그 누구보다도 사랑스러웠다. 최근엔 세리나와 함께하는 순간이 너무나 당연하게 느껴질 정도였다.

"⋯⋯가, 가, 가, 가, 갑자기 그런 말씀을 하셔도 못 믿어요!"

"그런가? 지금까지 그다지 믿음이 안 가는 말투만 되풀이해 왔을 테니, 세리나가 그런 반응을 보이는 것도 당연하군."

"아니, 저기요? 드란 씨 본인을 전혀 못 믿는다기보다, 저기, 그냥 말뜻이 서로 엇갈린 건지도⋯⋯."

그녀의 입에서 나온 말과 정반대로, 효과는 즉시 나타난 듯이 보였다. 우리는 삶은 문어 같은 얼굴빛의 세리나가 엉뚱한 방향으로 꿈틀거리며 나아가려 할 때마다 원위치로 되돌리면서, 교수 일행이 기다리고 있던 장소까지 돌아갔다.

사실상 길모퉁이를 돌아 들어간 장소에서 두 사람과 만났을 뿐이다 보니, 에드왈드 교수와 미스 엘리자가 우리의 말소리를 들었더라도 이상하지 않은 거리였다.

에드왈드 교수는 즐겨 쓰는 무기로 보이는 금속제 채찍을 들고 있다가, 우리의 얼굴을 보자마자 허리의 벨트에 동여맸다. 그리고 엄청난 속도로 우리를 향해 달려 왔다.

그에 비해 미스 엘리자는, 어디까지나 차분한 표정으로 새롭게 늘어난 두 사람의 인원들을 가만히 쳐다보고 있을 뿐이었다. 하지만 그녀 또한 호리호리하고도 길쭉한 손가락 사이로, 길게 뻗은 육각형 모양의 철퇴를 움켜쥐고 있었다. 아무리 봐도 지금 입고 있는 메이드 복 차림과 그다지 잘 어울리지 않는, 가공할 만한 위력을 자랑하는 도구였다. 미스 엘리자의 가냘픈 팔로는 도저히 휘두르기 어려워 보였지만, 아마도 철퇴와 본인의 몸에 여러 가지 장치를 부착함으로써 실전에서 휘두를 수 있도록 조치를 취한 것이리라.

에드왈드 교수가 나의 양 어깨를 붙잡으면서 호들갑스럽게 안부를 확인했다.

"아니, 이게 도대체 어떻게 된 일인가? 마력이 솟아오르거나 가라앉을 때마다, 우리의 불안한 마음도 동시에 요동을 쳤다네! 하지만 아무래도 사태의 수습은 무사히 끝난 모양이로군, 드란 군!"

"그럭저럭 운이 좋았던 셈입니다. 그리고 사실은 지금도 한창 수습을 하고 있는 도중이지요."

"그런데 지금 자네들을 따라온, 이럴 수가! 드래고니안? 게다가 두 사람은 서로 다른 종족이지 않나? 대단하군, 자네의 지인이라는 건, 저 두 사람을 가리키는 말이었나?"

바제는 아무런 관심도 없다는 듯이 에드왈드 교수를 슬쩍 흘겨보다가 금세 딴 데로 시선을 돌렸다. 루우는 인간들 상대로도 예의 바르게 인사하는 모습을 보였다.

"예. 가로아로 거처를 옮기기 전에 알게 된 두 사람입니다. 붉은 쪽의 이름은 바제, 나머지 한쪽은 루우라고 합니다."

"오호라. 바제 군은 적룡(赤竜)? 아니, 비늘의 색깔로 봐서 심홍룡이나 비룡(緋竜)에서 유래된 용인(竜人)인가? 루우 군이 입고 있는 옷은 동방의 민족의상이로군. 날개가 없는데다가 귀나 뿔의 형상으로 봐서 용인(龍人) 종족인가? 평범한 용인(竜人)들도 그다지 흔한 종족은 아니지만, 루우 군과 같은 용인(龍人)은 더욱 더 흔치 않아. 그들은 머나먼 동쪽의 깊숙한 산골짜기나 남쪽 바다의 굉장히 깊숙한 장소를 자신들의 거주지로 삼고 있거든."

"굉장히 박식하시군요. 일단 두 사람을 진정시키고 오는 길입니다만, 우선 야영지로 향하시지요. 거기서 전반적인 정보 교환을 하자는 걸로 손을 쓰고 왔거든요."

"좋아, 당장 출발하세. 그나저나 작업을 거들어줄 학생들이 네 사람이나 따라왔을 뿐만 아니라, 환상의 종족인 드래고니안과 마주치게 되다니! 오늘처럼 운 좋은 날은 앞으로 찾아오지 않을 거야!"

나의 입장에서 볼 때는 도저히 운이 좋다는 말은 나올 수가 없는 날이었지만, 에드왈드 교수가 그런 식으로 받아들인다는 것은 그다지 이상한 얘기도 아니었다. 더군다나 그는 이보다 더할 수 없이 긍정적인 사고방식의 소유자였다.

합류한 에드왈드 교수의 안내에 따라, 우리는 주위가 전부 다 보이는 약간 높은 언덕 위의 야영지에 도착했다.

야영지엔 간이 건물과 단층집으로 지어진 숙소들이 늘어서 있었다. 부지 안엔 우물도 눈에 띄었다. 우리가 온 방향과 정반대 방향의 언덕 반대편으로부터 우리 왕국이 이용하는 항구까지 이어지는 강이 흐르는 모습이 눈에 들어왔다.

우리는 숙소로 들어가자마자 우선 현관에 짐부터 내려놨다. 그리고 대형 식당이나 목욕탕, 객실들을 돌아다니면서 창문을 열어 환기를 시키거나 청소를 하는 작업부터 시작했다.

"지금부터 저와 교수님은 보관 중이던 자재들과 숙소 건물들의 확인 작업을 시작하겠습니다. 미스터 드란, 미스 크리스티나, 미스 레니아, 미스 세리나. 여러분들께선 땔감을 확인하신 뒤, 산기슭의 강가로 가셔서 식량을 조달하는 작업을 시작해 주십시오."

미스 엘리자가 빈틈없이 우리에게 지시 사항을 전달했다. 내가 보기엔 그녀는 완벽한 지휘관이었다. 아직 젊은 나이로 보임에도 불구하고 왕궁의 메이드 장이나 궁녀들의 우두머리로 활약할 수 있을 듯한 품격이 느껴졌다.

"청소와 조달 작업이 끝나자마자, 점심 식사를 준비합시다. 미스 바제, 미스 루우? 여러분들께선 아무쪼록 자유롭게 움직여 주십시오. 다만 저희들과 함께 점심 식사를 드시고자 하실 경우, 기본적인 작업에 협력을 부탁드립니다. 숙소 건물이나 목욕탕을 이용할 권리를 희망하실 경우, 마찬가지로 이번 조사에 대한 자발적인 협력을 검토 바랍니다."

예상 밖의 증원이었던 바제와 루우에 관해선, 의식주로 쓸 물자를 준비하지 못한 상태였다. 비축된 물자가 아주 없는 것은 아니었지만, 기본적으로 늘어난 분량에 해당되는 생활용 물자를 충당하는 방법은 반입해온 식량을 절약하거나 현지 조달하는 수밖에 없었다. 요컨대, 자기 몫은 스스로 찾아먹으라는 뜻이었다.

"예. 소첩은 드란 님께 아무런 말씀도 드리지 않고 들이닥친 불청객이니까요, 처음부터 의식주에 관해선 스스로 해결할 생각이었답니다. 갑작스럽게 찾아와 에드왈드 님과 엘리자 님께 크나큰 민폐를 끼치는 점을 양해바랍니다."

"물론이다. 잠자리는 스스로 준비할 테니, 너희들의 도움은 필요 없다."

루우나 바제나, 자기들 나름대로 예의 없이 들이닥쳤다는 자각증상은 있는 듯이 보였다. 두 사람은 예상외로 무척이나 순순히 미스 엘리자의 지시를 받아들였다.

"하하하! 자립정신이 왕성하다는 건 정말 좋은 일이야! 내가 자네들 나이 때는 부모님의 잔소리에 못 이겨 마지못해 마법학원을 다니고 있었다네. 그러다 보니, 항상 수업을 재끼면서 엘리자와 함께 천공인들을 비롯한 선사 문명에 대한 꿈과 포부에 관해 이야기꽃을 피웠지!"

"학생의 본분을 망각한 채로 밑도 끝도 없는 꿈과 낭만에 관해서만 주워섬기고 다녔지요."

어처구니가 없다는 표정으로 대답한 미스 엘리자 또한, 지나간 나날들의 아름다운 추억을 진지하게 곱씹는 듯한 모습을 보였다. 그녀의 눈빛이나 목소리가 너무나 따스한 온기를 머금고 있는 듯이 느껴졌다.

두 사람 사이에 어딘지 모르게 달착지근한 분위기가 풍기기 시작한 관계로, 우리는 두 사람과 헤어져 총총히 산기슭의 강가로 향했다.

미스 엘리자의 지시 사항에 따르면, 식량은 강에서 낚시로 조달해 가야 하는 모양이다. 말하자면, 아까 목격했던 혼합 생물들의 자손으로 추정되는 새우 게나 오징어 조개를 먹어야 한다는 뜻인가? 아니지. 실제로 먹은 적이 있다는 에드왈드 교수가 맛이 나쁘지 않다는 증언을 입에 담은 이상, 바구니가 넘쳐날 정도로 잡아가야겠다는 사명감이 불타올랐다.

하지만 막상 강에서 식량을 조달하려보니, 우리가 가져온 평범한 낚시그물이나 낚싯대는 일찌감치 무용지물로 전락했다.

도도히 흘러만 가는 강물 앞에서, 우리를 따라온 루우가 의기양양한 표정으로 한 걸음 나아가다가 나에게 고개를 돌려 왔다. 그리고 자신만만하게 선언했다.

"아무쪼록 소첩에게 맡겨만 주십시오. 이 강을 거처로 삼는 자들을 잡아 올려야 한다는 말씀이시죠? 말인즉슨, 물의 용인 소첩이 나설 기회라는 뜻이지요."

지당하신 말씀이 나왔다. 우리는 강가의 적당한 돌 위에 걸터앉아, 지참한 낚시 도구들을 발밑에 둔 채로 루우의 낚시 솜씨를 견학하기로 했다.

당연한 얘기였지만, 루우의 낚시는 수룡으로서의 권능을 최대한 활용한 것이었다. 루우가 허공을 잡듯이 오른손을 뻗자, 그로부터 루우의 정신력과 영력이 눈앞의 강으로 날아갔다. 바로 그 순간, 수많은 물방울들이 물속으로부터 끓어오르듯이 떠올라 왔다.

물방울들은 거의 바구니나 다름없는 기능을 발휘하면서, 강바닥을 기어 다니고 있던 슬라니아 키메라 크랩을 비롯해 슬라니아 고유의 물고기들이나 갑각류들을 한꺼번에 물 위로 건져 올렸다.

"흠, 훌륭한 솜씨야. 강 그 자체가 그물로 변한 이상, 물고기들로서는 도망칠 방법이 있을 리가 없단 말이렷다? 고맙다, 루우."

"아닙니다. 겨우 이 정도로 드란 님의 도움이 될 수 있다면야, 소첩에게 있어선 더할 수 없을 기쁨이랍니다. 어딘가의 누구 씨랑은 얘기가 다르지요."

루우는 나의 입에서 나온 칭찬을 듣자마자, 자랑스럽다는 듯이 아담하기 그지없는 가슴을 펴 보였다. 이런 식으로 솔직하게 기뻐하는 아이를 상대할 때는, 나 또한 칭찬하는 보람이 있다. 바제와 같은 아이에겐 절대적으로 부족한 요소였다.

"어딘가의 누구 씨라는 식으로 간접적인 표현을 쓰기보다, 대놓고 지껄여 보는 게 어떠냐? 꼬마 계집."

불꽃을 일으키지는 않았을지언정, 바제가 루우를 노려보는 시선은 예리하기 짝이 없었다. 루우의 놀라운 솜씨에 박수를 치던 세리나가 「하아아」라는 식으로 무척이나 당황한 듯한 반응을 보일 정도였다.

"엘리자 님이라는 분께서도 말씀하셨잖아요? 드란 님 일행과 행동을 함께할 생각인 이상, 무슨 일이건 간에 도움을 드려야 하는 걸로 압니다. 소첩의 경우엔 보시다시피 식량을 조달하는 작업에 참가했습니다만, 당신은 뭘 어쩔 생각이시죠?"

"음…… 흥, 공교롭게도 나는 물리적인 힘이나 불을 쓰는 일 이외엔 별로 도움이 될 것 같지 않다. 솔직히 말해 그다지 바라던 바는 아니다만, 불씨의 대용품 정도는 제공할 수 있을지도 몰라."

바제의 표정은 그야말로 이보다 더할 수 없이 언짢아 보였다. 나는 루우가 그녀에게 쓸데없는 시비를 걸기 전에 먼저 입을 열었다.

"흠, 목욕물을 데우거나 음식을 준비할 때의 불씨를 담당하겠다는 건가? 바제치고는 꽤나 양보한 편이로구나."

"나 또한 그 정도로 생각이 좁진 않아. 그 녀석이 잡은 물고기들을 굽는 것 정도야, 일일이 흥분할 일도 아니다."

"약간 흥분하고 있는 듯한 느낌도 없지 않아 있지만, 일단 넘어가마. 그나저나, 수룡이 잡은 강의 물고기들을 심홍룡의 불꽃으로 굽게 될 줄이야. 참으로 묘한 과정을 통해 호사스러운 음식을 얻어먹게 된 셈이로군."

루우와 바제가 둘 다 고룡에 속한다는 사실을 감안하자면, 아마도 이 세상의 그 어떤 왕후나 귀족들도 맛볼 수가 없는 수준의 엄청난 사치였다.

두 사람 사이의 험악한 분위기는 다행히 금방 가라앉았다. 어쩔 줄 몰라 하던 세리나와 손에 땀을 쥐고 있던 크리스티나 양이 안도의 한숨을 내쉬는 광경이 눈에 들어왔다.

언제까지나 지금과 같은 분위기가 지속될 경우, 조사 기간 동안 두 사람의 정신이 버틸 수 없을지도 모른다는 기분이 들었다. 정확히 말하자면 그로 인해 조사 그 자체가 지체될 가능성도 있었다. 솔직히 말해서 꽤나 난감한 상황이었다. 게다가 그 원인을 제공한 장본인이 다름 아닌 나 자신인 이상, 현재 상황에 관해 불평불만을 늘어놓을 자격도 없었다.

어쨌든 간에, 우리는 루우가 물로 만든 그물 속에 가둔 슬라니아의 수산물들과 부근에서 딴 몇 가지 허브들을 가지고 야영지로 돌아갔다.

에드왈드 교수가 「정말 굉장한데?」라는 천하 태평한 대사와 함께 미소를 지어 보였다. 미스 엘리자는 그의 곁에서 골똘히 생각에 잠긴 듯한 표정을 짓고 있었다. 아마도 머릿속에서 향후의 계획표를 재정립하고 있는 것이리라.

그리고 전원이 다 함께 식사 준비를 시작했다. 우리들 가운데 요리를 한 경험이 없는 것은 바제와 레니아 정도였다. 에드왈드 교수는 예상외로 그럭저럭 요리를 잘 하는 편이었다.

우리는 부지 안의 벽돌로 지은 아궁이 위로 철판이나 석쇠, 냄비를 배치했다. 바제는 아까 선언한 대로 입에서 불을 뿜어 아궁이에 다홍빛 불꽃을 피웠다.

바제가 뿜는 불꽃의 장점은, 바제의 의지에 따라 얼마든지 온도를 올리거나 낮출 수 있다는 것이었다. 처음엔 장작을 태워 피울 수 있는 불을 아득히 능가할 정도의 고온이었지만, 미스 엘리자의 지시에 따라 바제가 적절한 시기마다 불꽃의 온도를 조절하자는 결론에 다다랐다.

굵게 토막을 친 슬라니아 키메라 크랩이나 세 목 왕 메기, 슬라니아 왕 전복이나 칠성 반점 민물 복어 등의 수산물들을 요리하기 시작했다.

우리는 아궁이의 주위에 의자나 식기들을 나란히 늘어놓은 뒤, 다 익은 순서대로 잇달아 요리들을 향해 손을 뻗었다.

게와 새우를 합친 혼합 생물의 몸속엔 속살이 가득 들어차 있었다. 슬라니아 키메라 크랩의 집게나 꼬리 껍질은, 불에 익자마자 산뜻한 붉은빛을 띠었다. 게다가 풍부한 버터의 향기나 소금과 후추 양념이 알맞게 입맛을 자극하면서, 나의 예상을 완벽하게 뛰어넘을 정도로 맛이 좋았다. 나의 머리 정도 크기까지 자란 슬라니아 왕 전복을 구워 만든 스테이크는, 한 번 씹을 때마다 싱싱하고도 두툼한 식감을 자랑했다.

식사가 시작되자, 레니아와 바제로부터 말이 없어졌다. 두 사람은 눈앞의 요리에 완전히 정신이 팔린 듯한 반응을 보였다.

기본적으로 날로 먹거나 바싹 구운 고기로 이루어진 식생활을 영유 중인 바제의 입장에서 보자면, 오늘의 식사는 신선한 충격으로 다가온 모양이다. 그녀는 갑각류나 조개의 껍질, 물고기 가시에 이르기까지 개의치 않고 예리한 어금니와 강인한 턱으로 남김없이 씹어 먹었다. 물론 얼굴은 만면에 미소를 띠고 있었다.

식사에 몰두 중인 바제의 모습을 보던 세리나가 안심한 듯한 미소를 지은 채로 나에게 말을 걸어 왔다. 그녀가 진을 치고 있던 장소는 나의 오른쪽 옆이었다.

"지금으로선 바제 양도 얌전히 음식만 드시고 계시네요."

나는 겨자 가루를 곁들인 칠성 반점 민물 복어 알의 마요네즈 무침을 삼키면서, 세리나의 말에 대답했다.

"평소의 식생활이 대단히 어설픈 편이거든. 오늘의 식사가 굉장히 마음에 든 걸로 보여. 의외로 새로운 식생활을 찾아 가로아까지 찾아올지도 몰라."

"그럴 경우엔 크리스티나 양이 정신적 피로로 앓아누울지도 몰라요."

세리나는 굉장히 딱하다는 표정으로, 슬라니아 쌍혀 가자미 튀김을 천천히 입가로 옮겼다.

어딘지 모르게 풀이 죽은 표정으로 양 어깨를 축 늘어뜨린 크리스티나 양의 모습은, 보는 이로 하여금 마음속의 애수를 불러일으켰다. 흠, 저 모습엔 풀죽은티나라는 이름을 붙이도록 하자. 「크리스」가 어디론가 가버렸다만, 사소한 일에 관해선 신경 쓰지 말자.

아마도 바제의 발언을 듣자마자, 일족의 비밀로서 전해져 내려오던 용을 죽인 자에 대한 전승이 단순한 옛날이야기의 부류가 아니라 역사적 사실이라는 현실을 깨닫게 된 것이리라. 모르긴 몰라도, 굉장히 복잡한 기분을 맛보고 있는 것으로 보였다.

그런 크리스티나 양의 모습을 보며 동정심이 든 듯한 루우가, 그녀에게 말을 걸었다.

"크리스티나 양? 지금처럼 너무 마음을 쓰실 필요는 없습니다. 소첩의 경우엔 이제 그다지 신경도 안 쓰는데다가, 아마 바제 양 또한 크리스티나 양 본인이 동포를 죽인 죄인이 아니라는 사실을 머리로는 알고 계실 것이 틀림없거든요."

크리스티나 양은 그제야 루우로 하여금 이런 식으로 나오게 할 정도로 한심한 모습을 보이고 있었다는 사실을 깨달은 듯이 쓴웃음을 지었다.

"그대의 따뜻한 마음은, 고맙게 받아들이도록 하지. 용을 죽인 자라……. 바제가 나를 혐오하는 데는 이보다 더할 수 없이 정당한 이유야. 나 또한 자신의 눈앞에서 「저는 살인잡니다」라는 식으로 지껄이고 다니는 인간이 있을 때는 그 자와 연루되기 싫다는 마음을 먹을 수밖에 없을 테니까."

"지금 예로 드신 경우는 지나치게 극단적이라는 느낌도 듭니다만……."

"과연 그럴까? 하지만 최근 들어 개인적으로 기분 좋은 일들만 계속되다 보니, 살짝 마음의 긴장이 해이해졌는지도 몰라. 그대나 바제가 나에게 노골적인 적대심을 보였을 때는, 스스로 깜짝 놀랄 정도로 마음이 흔들리더군. 게다가 사실 나에게 용을 죽인 자의 인자가 있는 이유는……."

크리스티나 양은 자신이 지니고 있는 용을 죽인 자의 인자에 관한 핵심이 될지도 모르는 부분을 입에 담으려는 듯한 반응을 보였다. 그런데 바로 그 순간, 세 목 왕 메기 튀김을 머리부터 통째로 씹어먹던 에드왈드 교수가 의도치 않게 그녀의 대사를 가로막았다.

"후후후. 이거야 원, 오늘은 정말 유쾌한 날일세! 네 사람이나 되는 학생들이 조사단의 일원으로서 참가한데다가, 참으로 흔치 않은 종족의 여성들이라는 예상 밖의 손님들에다가 맛있는 식사와도 만났으니까 말이야! 이제 맛있는 술과 새로운 발견만 있어도 더할 나위 없을 거야! 안 그런가, 엘리자?"

"교수님께서 하신 말씀에 잘못된 구석은 없습니다만, 술은 마지막 날 밤까지 금물입니다."

"하하하! 자네도 참 여전하단 말이지, 엘리자! 하지만 바로 그러한 모습이야말로 엘리자의 진면목이야. 나의 믿음직스러운 조수야! 지금 슬라니아에 머물고 있는 굉(轟) 나라의 조사단이 우리에 관해 알게 되면, 질투로 이를 갈지 않을까? 하하하!"

굉 나라는 우리 왕국의 동쪽에 커다란 세력권을 보유하고 있는 강대국이었다. 천공인들을 상대로 한 지상 반란 세력의 중심지였던 역사를 지닌 토지로서, 자국에 대한 자존심이 지극히 드높은 것으로 유명한 나라였다.

그러나 에드왈드 교수의 발언을 듣고 있던 루우가 날씬한 고개를 갸웃거렸다. 그리고 슬라니아 키메라 크랩의 내장을 껍질째로 씹어 먹던 바제가 그냥 들어 넘길 수 없는 정보를 입에 담았다.

"다른 인간들이 여기 있다고? 이상하군. 내가 여기에 왔을 때만 해도 인간들의 기척은 전혀 느껴지지 않았다. 나의 육감을 속일 수 있을 정도로 고도의 은폐 술법을 사용할 수 있는 마법사가 있을 경우에야 어떻게 될지 모르겠다만, 그만한 실력자는 인간 세상에 그다지 많지 않은 걸로 안다."

말을 마친 바제는 포도 대합조개를 와인으로 찐 음식이 담긴 그릇을 붙잡자마자, 껍질까지 한꺼번에 입 안으로 털어 넣었다. 조사단의 부재 정도야, 바제의 입장에서 볼 때는 눈앞의 음식과 도저히 비교도 안 될 정도로 사소한 일에 지나지 않았던 것이다. 그러나 바제의 발언을 들은 에드왈드 교수와 미스 엘리자의 얼굴빛은 극적인 변화를 보일 수밖에 없었다.

"그럴 리가 있나? 그들은 각국이 체결한 협약의 조사 기한이 끝날 때까지 아슬아슬하게, 아니지. 항상 기회가 될 때마다 그 기한을 연장하려는 경향이 있을 정도인데⋯⋯."

에드왈드 교수는 가죽 장갑을 낀 손가락을 턱에 괸 채로 골똘히 생각에 잠겼다. 크리스티나 양은 다 먹은 접시를 땅바닥에 내려놓은 뒤, 곁에 두고 있던 마검 엘스파다의 칼집을 향해 손을 가져가면서 의문점을 입에 담았다.

"하지만 교수님? 이 도시엔 이미 아무런 가치도 없다는 판단이 내려진 상태가 아니었나요? 그런 고로 핑 나라의 조사단이 예정보다 빨리 이 도시를 떠났을 수도 있지 않을까 싶습니다."

입으론 의문점을 제기하면서도, 크리스티나 양은 이미 경계 태세를 취하고 있었다. 아마도 그녀는 살기나 그에 준하는 기척을 감지하자마자, 곧바로 칼집으로부터 엘스파다의 마력을 띤 칼날을 번갯불과 같은 속도로 뽑아들고야 말 것이다.

"틀림없이 이 슬라니아라는 도시에 더 이상 조사할 여지가 없다는 것은 학계의 공통적인 견해라네. 하지만 핑 나라는 자국의 영토 안에 수많은 천공인들의 유적을 보유하고 있는 것으로 유명한 나라야. 그들은 일찍이 천공인들의 지배하에 있을 당시부터 오늘날에 이르기까지, 천공인들의 유산을 해석하는 과정에서 획득한 기술들로 다양한 혜택을 누려온 역사를 가지고 있지. 그런 고로, 다른 나라들이 조사를 포기한 장소들에 관해서도 집요할 만큼 철저한 조사를 계속하는 경향이 있다네. 바제 군을 의심하는 건 아니지만, 이러한 사정을 감안하자면 핑 나라의 조사단이 없다는 건 이상한 얘기거든. 그리고 내가 다른 유적에서 발견한 자료나 지금까지 이곳을 조사한 결과를 종합해본 결과, 슬라니아의 중앙에 위치한 건물의 지하에 아직 발견되지 않은 시설이나 드넓은 공간이 존재한다는 결론이 나오더군. 아직은 꾕 나라의 학자들이 그 시설을 발견하는데 성공했을 가능성도 높지 않을 거야."

"뜻밖의 사고 등에 의해 책임자가 부상을 입거나 사망하면서, 조사단이 곧장 본국으로 돌아가야 하는 돌발 사태가 벌어졌을 수도 있지 않을까요?"

"그럴 가능성도 있을 걸세. 그 정도 경우의 수까지 고려하자면, 그야말로 상상할 수 있는 모든 가능성을 검토해야 한다는 뜻이야. 상황을 보다 정확하게 파악하기 위해선, 어느 정도의 위험을 감수하면서 그들의 야영지로 찾아가 직접 확인할 필요성이 있을지도 몰라."

흠, 아무래도 마을에서 나온 이후로 발걸음을 옮길 때마다 소동이 벌어지는 듯한 느낌이 드는군. 나는 마음속에서 그런 식으로 중얼거리면서 자리에서 일어났다. 그리고 의자에 기대어 세워두고 있던 장검을 허리에 찼다.

이 자리에 있는 모든 이들이, 단순히 느긋하게 천공 도시의 조사단을 지원한 학생이 아니라 제각각 나름대로 온갖 수라장을 경험한 고수들의 집단이라는 것은 불행 중 다행이었다. 우리는 바제의 한 마디 덕분에 입수한 정보로부터 예상 가능한 최악의 사태를 고려해 대비하기 시작했다.

다만, 마음속으로부터 거의 넘쳐날 정도의 자신감을 지닌 바제와 레니아는 냄비의 내용물이나 석쇠 위에서 먹음직스럽게 익은 요리들을 잇달아 위장으로 집어넣는 작업을 우선하고 있는 듯이 보였다.

"미스 바제, 미스 레니아. 저희들은 지금부터 출발 준비를 시작할 테니, 두 분께선 음식들을 깨끗이 처리해 주십시오."

두 사람에게 예리한 충고를 날릴 듯이 보였던 미스 엘리자는, 순간적으로 가장 말썽 없이 시간 낭비를 최소화할 수 있는 선택을 내렸다. 바제와 레니아는 이곳에 내버려둔 채로, 나머지 인원들끼리 출발 준비를 시작하기로 한 것이다. 두 대식가가 아무런 대답도 없이 밥이나 계속 먹고 있는 모습에, 루우 또한 말문이 막힐 정도로 질린 듯이 보였다. 그녀는 여러 가지로 포기한 듯이 고개를 좌우로 가로저었다.

출발 준비를 마친 에드왈드 교수가, 평소의 온화한 미소는 온데간데없이 무척이나 긴장한 표정으로 입을 열었다.

"일단 기본적인 준비는 끝났나 보군. 굉 나라 조사단의 숙소 건물까진 현재 위치로부터 계속 걸어가 하루 반 정도 걸릴 걸세. 지금 당장 출발한다는 가정 하에, 도착 시각은 내일 석양이 질 때쯤일 거야. 길을 가다가도 여러 갈래 이어진 강에서 물고기나 조개 정도는 잡을 수 있는데다가, 숲으로 들어가 과일이나 버섯도 얼마든지 따먹을 수 있지. 식량과 물 때문에 어려움을 겪을 일은 없을 거야."

에드왈드 교수에 이어, 그의 옆에 서 있던 미스 엘리자가 어렴풋이 립스틱을 바른 입술을 움직였다.

그녀가 짊어지고 있는 것은 수많은 도구들을 억지로 쑤셔 넣은 배낭이 아니라 전투용 도끼나 카이트 실드, 바스타드 소드 등의 중량감 있는 무기들이었다.

"꾕 나라의 조사단은 일반적으로 20명 남짓의 학자들과 100명 남짓의 호위 병사들로 구성된 집단입니다. 100명의 병사들 가운데 도사나 음양사, 풍수사 등을 비롯한 동방 고유의 마법사들이 열 명에서 스무 명 정도는 포함되어 있는 경우가 많습니다. 우리의 머릿수와 꾕 나라 조사단이 지금껏 벌여온 행동을 감안하자면, 우리의 존재가 그들에게 들킬 경우엔 그다지 바람직하지 못한 사태를 초래할 공산이 큽니다."

담백하기 그지없는 태도로 필요한 정보만을 제시하는 미스 엘리자에게, 크리스티나 양이 약간 못마땅한 표정을 지어 보였다.

그녀의 표정을 확인한 에드왈드 교수가, 우리를 부드러운 태도로 타일렀다.

"아마 정면충돌이 일어나더라도, 우리의 현재 인원으로 그들을 간단히 이겨버릴 수도 있을지도 몰라. 하지만 그로 인해 본국들 간에 외교적 마찰이 일어나리라는 사실은 불 보듯이 빤하거든. 역시 아무런 충돌도 안 일으키는 것보다 더 좋은 일은 없을 거야."

"말하자면 자취를 감춘 채로 「존재 여부가 확실치 않은 상대에게 들키지 않도록 접근해서」 현재의 상황을 확인해 보자는 뜻입니까? 굳이 따져볼 필요도 없이…… 일반적인 유적 조사보다 훨씬 어렵지 않을까요?"

마지막 한 마디만을 거의 농담에 가까운 말투로 입에 담은 크리스티나 양에게, 에드왈드 교수가 의미심장한 미소를 지어 보였다. 그가 지금까지 우리 앞에서 선보인 인상들과 정반대의, 야성미 넘치는 미소였다.

"모래바람으로 뒤덮인 사막의 지하에 잠든, 죽은 자들의 수호를 받는 명계신(冥界神)의 신전. 칼날처럼 예리한 바람과 천둥번개의 소나기가 앞길을 가로막는 신성한 산의 꼭대기에 우뚝 선 천공신(天空神)의 제단. 결코 개이지 않는 안개와 함께 전 세계의 바다를 떠돌아다니는 유령선. 우리가 지금껏 도전한 장소들에 비한다면, 간단한 심부름이나 다름없는 작업에 지나지 않는다네. 크리스티나 군."

거의 처절하기까지 한 미소를 입가에 띤 에드왈드 교수는, 그럼에도 불구하고 타고난 명랑한 성격을 잃지 않은 듯이 보였다. 그는 설령 자신의 입에서 나온 피에 범벅이 된 채로 진흙탕을 뒹구는 듯한 체험을 겪더라도, 웃는 얼굴로 돌이켜볼 수 있을 정도로 대단히 강인한 정신력의 소유자였다.

"약간 말씀드리기 거북스럽습니다만, 바제의 말마따나 지금 슬라니아에 우리를 제외한 사람들은 단 한 명도 없는 것으로 예상됩니다."

나의 대사를 듣자마자, 그 자리에 있던 모든 이들의 시선이 나에게로 모여들었다.

나는 공중을 향해 뻗은 왼손 위로 내려와 앉은 자그마한 새들이 지저귀는 소리에 귀를 기울이면서, 나에게로 모여든 모든 시선들을 하나씩 천천히 마주봤다.

"어라? 별 일도 다 있군. 지금 드란 군의 손 위로 내려와 앉은 새는 코발트빛 참새라네. 금속으로 된 깃털을 지닌 슬라니아 고유의 참새야. 경계심이 강한데다가 끈기 있게 먹이를 주면서 길들이지 않고서야 결단코 인간들에게 가까이 다가오는 법이 없는 새란 말이지. 마력에 대한 저항력이 있다 보니, 동물들을 유인하는 마법의 효과도 거의 받아들이지 않는 걸로 알아."

이야기의 흐름을 무시하면서까지 지금 당장 관심이 있는 대상에 대한 말을 최우선적으로 입에 담는 것이, 에드왈드 교수의 버릇인 모양이다.

크리스티나 양과 세리나가 지금 중요한 건 그게 아니지 않느냐는 눈빛으로 에드왈드 교수를 쳐다봤지만 정작 당사자인 에드왈드 교수는 나의 손 위로 내려와 앉은 코발트빛 참새를 넋 놓은 얼굴로 응시하고 있었다.

"간이 방식의 사역마 계약을 맺었거든요. 계약의 대가는 저의 마력과 빵 부스러기였습니다. 싼 값에 광범위한 정보를 입수할 수 있었습니다. 그다지 정확하진 않습니다만, 당장 어느 정도 쓸모는 있을 겁니다. 그들의 증언에 따르면, 사흘 전까지만 해도 핑 나라의 조사단으로 추정되는 인간들이 눈에 띄었던 모양입니다."

코발트빛 참새들이 언급하는 내용은 인간의 기준으로 볼 때는 거의 다 도저히 종잡을 수 없는 단편적인 정보들의 나열에 지나지 않았다. 이럴 때는 나의 기준에 따라 취사선택 과정을 거친 정보들을 조립하는 과정이 필요할 수밖에 없었다.

나는 사역마의 계약 덕분에 인간의 언어로 들리는 참새들의 지저귀는 소리를 일행들 앞에서 통역하는 역할을 맡았다.

"이들은 밤 시간엔 잠을 자는데다가 주위가 어두울 때는 거의 앞이 보이지 않는 관계로 자세한 내막에 관해선 전혀 짚이는 데가 없는 모양입니다만…… 아무래도 꿩 나라 조사단의 야영지에서 한밤중에 정체불명의 소동이 일어났나 봅니다. 인간들이 서로 전투를 벌이는 소리나 폭발 소리가 들려왔을 뿐만 아니라, 불길까지 솟아올라 주위의 동물들도 상당히 당황한 모양이군요."

"호오. 말인즉슨 거의 의심할 여지도 없이 누군가의 습격을 받았을 가능성이 높다는 거로군. 습격자들의 모습은 보이지 않았나?"

짹짹, 코발트 빛 참새의 증언에 따르면—.

"거의 보이지 않았나 봅니다. 다만, 그들의 모습을 눈앞에서 보고도 「이해가 안 간다」는 이들도 있군요."

"모습을 보고도 이해가 안 간다고? 꼭 수수께끼 같은 말이로군."

에드왈드 교수가 고개를 갸웃거리던 한편에서, 세리나가 갑자기 번뜩인 것이 있다는 듯한 표정으로 손을 들었다.

나는 문제를 풀 학생을 지목하는 교사와 같은 기분으로, 세리나에게 정답을 물었다.

"좋아, 세리나. 지금 내 말을 듣고 떠오른 거라도 있나?"

"참새 여러분께선 조사단을 공격한 이들의 모습을 보고도 이해가 가지 않는다는 식으로 대답한 거지요? 말하자면 슬라니아에서 참새 여러분들이 지금까지 만나볼 기회가 없었던 생물이나 비정형(非定形) 생물, 혹은 기체 생물 등이 범인일 수도 있지 않을까요?"

비정형 생물이란 움직이는 물웅덩이나 점액 덩어리와 같은 모습을 지닌 슬라임이나 겔, 젤리 등의 호칭으로 불리는 마법 생물을 가리킨다. 기체 생물 또한 비슷한 종류의 마법 생물로서, 낮은 고도를 날아다니는 소형 구름과 같은 형태의 포그나 스모그 등이 대표적인 부류였다.

방금 에드왈드 교수가 언급한 대로 코발트빛 참새가 슬라니아의 고유 품종이라는 사실을 감안하자면, 슬라니아의 외부에서 찾아온 생물들에 관해선 그들의 지식은 무용지물이었다.

코발트빛 참새들도 이미 몇 십 년 동안이나 이곳을 왕래하고 있는 인간들에 관해서야 모를 리가 없었다. 그러나 세리나가 지적한 대로 그들이 처음 보는 생물이나 형태를 자유자재로 바꾸는 비정형 생물, 기본적으로 대기와 동화된 상태일 때가 대부분인 기체 생물에 관한 정보를 모른다는 것은 지극히 자연스러운 현상 중 하나라는 느낌이 들었다.

"큉 나라의 조사단이 지금껏 발견되지 않았던 유물을 출토하다가, 봉인되어 있었거나 잠들어 있던 존재를 건드렸다는 건가?"

에드왈드 교수가 나직이 중얼거리면서 혼자만의 세계로 몰두하기 시작했다. 미스 엘리자가 태연하기 그지없는 목소리로 그의 주의를 환기시켰다.

"그들을 공격한 장본인이 슬라임이건 포그건, 어느 쪽과 적으로서 마주치더라도 대항할 수 있는 대비책이 필요합니다."

"음, 맞아. 확실한 대비책들을 준비하자고. 슬라임이나 포그나, 양쪽 다 불에 약한 걸로 유명한 녀석들이지. 다행히 드래고니안인 바제 군과 마법사 제군들이 있으니 대처하기는 그다지 어렵지 않을 거야. 망령에 관해서도, 각자 들고 있는 무기에 인챈트만 걸어도 아무 문제없이 대항 가능할 걸세. 가장 바람직한 경우는 전문적인 성직자 분들로부터 축복을 받는 거겠지만, 오늘은 엘리자의 신성 마법을 믿어보도록 하지."

에드왈드 교수의 발언에 의해 새로운 사실이 밝혀졌다.

"엘리자 양께선 신관의 자격을 지니고 계시나요?"

세리나는 무척이나 감탄하며 미스 엘리자에게 질문을 던졌다. 미스 엘리자는 특별히 자랑스러워 하는 듯한 기색도 없이, 어디까지나 지극히 태연한 태도로 대답했다.

"예. 마이라르 교단의 사제 자격을 소유하고 있습니다. 입장 자체는 신관 전사랍니다."

흠, 마이라르 교단의 신관 전사라? 미스 엘리자의 거친 일에 익숙한 듯한 태도로부터, 신앙의 대상은 알데스나 그 권속(眷屬)에 해당되는 전투신 계통일 줄로만 알았다. 그런데 설마 풍요로운 대지를 관장하는 대지모신(大地母神)의 신도였다니, 솔직히 말해서 나로서는 적잖이 뜻밖이라는 느낌을 받을 수밖에 없었다.

"마이라르 신 계통의 신성 마법은 주로 치유와 활력을 보조하는 효과를 지니고 있으니, 공격 마법에 치우친 저희들과 딱 알맞은 조합이로군요. 세리나도 땅 속성과 물 속성의 중급 마법에 관해선 어느 정도 조예가 있는 관계로, 아마도 발목을 잡을 일은 없을 겁니다. 그렇지?"

"예. 지혈이나 해독, 진통이나 치유까지 뭐가 됐건 말씀만 하세요. 물론 팔다리의 손실을 재생하거나 죽은 사람을 소생시키는 식의 고차원적인 술법에 관해선 해당 사항이 없지만요……."

세리나가 은근슬쩍 자랑스러운 듯한 표정으로 자신의 마법 능력에 관해 설명하자, 루우가 세리나를 따라하듯이 손을 들면서 자신에게도 발언할 기회를 달라는 뜻을 밝혔다.

"드란 님, 드란 님! 소첩 또한 치유와 보조 계열의 술법에 관해선 어느 정도 조예가 있답니다!"

어라, 언제나 소극적인 루우치고는 굉장히 흔치 않은 태도였다. 혹시 세리나에게 대항 의식을 불태우고 있는 건가?

"그렇고말고, 물론 루우의 실력에도 기대 중이야. 용의 부적을 사용한 술법이나 음양술 솜씨를 마음껏 선보여 다오."

"예!"

큰 소리로 대답하는 루우의 표정과 목소리는 명랑하기 짝이 없었다. 검은 구슬과 같은 눈동자가 바제를 흘겨보더니, 무척이나 자랑스럽다는 듯이 코웃음을 쳤다.

그렇지 않아도 불평불만으로 가득 차있던 바제의 표정에 당장 금이라도 갈 듯이 명확하게 험악한 그림자가 드리워졌다.

아하, 흠. 말인즉슨, 루우는 바제를 상대로 「당신의 힘으론 할 수 없는 일이지요?」라는 속뜻을 넌지시 암시한 모양이다. 루우는 아무래도 바제를 상대할 때마다 평소의 차분한 태도를 머나먼 저편으로 내다버리는 듯이 보였다.

"루우, 그쯤 해두거라. 평소의 너답지 않은 행동이다. 나는 일부러 쓸데없는 다툼의 불씨를 키울 가능성이 있는 행동을 용납할 수 없다."

"아, 죄, 죄송합니다."

루우가 비에 젖은 아기고양이처럼 풀이 죽은 듯한 반응을 보이자, 바제가 꼴좋다는 듯이 회심의 미소를 지어 보였다. 나로서는 그녀에게도 굵직한 못을 박을 수밖에 없었다.

"바제, 너도 그런 식의 너무나 속이 뻔히 들여다보이는 태도를 약간이나마 고치도록 해라. 평소엔 그런 모습을 보여도 큰 상관은 없다만, 지금은 너희들의 장난질 때문에 시간을 허비할 때가 아니란 말이다."

나는 바제가 토라진 듯이 얼굴을 딴 데로 돌리는 것을 무시하면서, 에드왈드 교수에게 향후의 방침에 관해 물었다.

"그나저나 교수님? 지금부터 어떻게 행동할까요? 참새들로부터 얻은 정보에 따라, 꾕 나라 조사단이 괴멸했다는 전제하에 슬라니아 탈출을 시도하시겠습니까?"

"지금부터 곧장 탈출을 시도할 경우, 일주일 후에 우리를 데리러올 예정의 실버 스왈로우 호를 기다리거나 사흘 후에 찾아올 꾕 나라 소속의 비행선을 상대로 우리를 태워달라는 식으로 설득해 보는 방법밖에 없을 거야. 날짜를 고려할 경우엔 후자의 방법을 선택하고 싶은 참이다만, 기본적으로 그들이 우리를 믿을 리가 없단 말이지. 게다가 상대가 납득할 만한 물적 증거도 필요할 거야. 역시나, 한 번쯤은 꾕 나라 조사단의 야영지를 수색이라도 해서 최소한의 실마리 정도는 확보하고 싶군."

경우에 따라선, 본래의 모습으로 돌아간 루우와 바제의 손바닥이나 등을 빌려 슬라니아를 탈출하는 것도 불가능한 상황은 아니었지만⋯⋯.

"게다가 이대로 슬라니아에서 일어나고 있는 이변을 방치하는 결단은, 그다지 좋은 결과를 낳을 리가 없다는 생각이 드는군. 천공인들의 유적에 남겨진 기술이나 유물들이 악용될 경우, 커다란 재앙을 초래할 가능성이 높다는 것은 거의 역사적 교훈에 입각한 진리나 다름없다네. 이 슬라니아라는 도시에도 우리가 아직 발견하지 못 했을 뿐이지, 아무런 재앙의 불씨도 잠들어 있지 않으리라는 보장은 전혀 없거든. 자네들의 안전을 최우선적으로 고려해야 하는 입장의 인간으로선 무척이나 고민될 수밖에 없는 상황이지만, 개인적으론 적의 정체를 파악조차 못한 상태로 사흘이나 일주일 동안 도망만 다닌다는 것도 굉장히 난이도가 높은 작업이 되리라는 예감이 들어."

"그렇다면, 일단 꾕 나라의 야영지로 향하면서 정보를 수집하기로 하지요. 참새들에게도 주위의 상황을 살피고 오도록 명령을 내리겠습니다. 들어오는 정보에 따라 임기응변으로 행동하자는 말씀이시죠?"

내가 향후의 활동 예정을 요약하자, 에드왈드 교수는 「대충 그런 셈이야」라는 말과 함께 짧게 고개를 끄덕였다.

"자, 준비는 이제 끝이야. 활동 방침도 결정이 났어. 주위에 대한 경계를 엄격히 유지하면서, 꾕 나라의 야영지로 향하세. 유감스럽게도 지금으로선 슬라니아의 조사 활동을 계속하는 건 너무 위험한 관계로, 기존의 예정은 일단 취소할 거야. 바제 군, 루우 군? 원래 아무런 관계도 없는 자네들을 우리 일에 끌어들이기도 꺼림칙하지만, 서로의 안전을 위해서라도 함께 행동해주겠나?"

"소첩은 처음부터 반대할 뜻이 없었답니다. 어찌됐든 드란 님의 판단에 따를 뿐입니다."

"뭐, 그다지 큰 상관은 없다. 딱히 너희들을 따라가지 않더라도 위험할 리는 없다만, 행동을 함께하지 않을 이유도 전혀 없거든."

이리하여, 우리들은 굉 나라 조사단의 야영지로 향하게 된 것이다.

슬라니아의 각지에 설치된 도로들은, 기나긴 세월의 경과로 인해 온갖 풀꽃으로 뒤덮여 있거나 이끼가 무성하게 우거진 상태였다. 하지만 도저히 걷지도 못할 정도로 심하게 파손된 것은 아니었다.

숲속을 가로지르는 듯한 길로 들어가도, 나뭇가지들이 머리 위를 가로막는 경우는 있어도 기본적으로 진행 방향이 막혀 있는 경우는 거의 없었다.

나는 길을 가다가 스쳐 지나가는 곤충들이나 작은 새들과 간이 방식의 사역마 계약을 맺으면서 주위를 망라하는 감시망을 형성했다. 어쨌든 우리는 에드왈드 교수와 미스 엘리자의 안내에 따라 길을 걸어갔다. 에드왈드 교수와 미스 엘리자가 두 줄로 앞장서면서, 그 뒤로 크리스티나 양, 나, 세리나, 루우, 레니아, 바제의 순서로 대열을 지어 갔다.

그러던 와중에, 세리나가 루우와 바제에 관해 신경 쓰이던 사항을 나에게 물어 왔다.

"드란 씨, 드란 씨? 하필이면 이럴 때 굳이 물어볼 필요가 있는지 몰라서 약간 망설였는데요, 루우 양과 바제 양에 관해 궁금한 게 있어서요."

"흠, 좋아. 아까 한 설명은 지나치게 간단했었지. 지금도 신경 쓰이는 구석이 꽤나 많이 남아있겠군."

나는 두 사람과 만난 과정에 관한 좀 더 자세한 내막을 크리스티나 양이나 레니아, 그리고 에드왈드 교수나 미스 엘리자의 귀에도 들어가도록 설명하기 시작했다. 베른 마을에 머물 무렵의 바제나 루우와 만났던 과정을 요점만 대략적으로 설명하자, 바제와 루우도 나를 따라 자신들이 베른 마을 주변을 지나가던 까닭에 관한 언급을 피하면서 말을 맞추는 모습을 보였다. 하여튼 두 사람의 재빠른 눈치 덕분에 나로서는 꽤나 큰 덕을 본 셈이었다.

바제는 성룡(成竜)의 나이에 도달한 관계로 본가의 가족과 헤어져 모레스 산맥을 근거지 삼아 혼자 몸으로 자신의 둥지를 지어 살다가, 우연히 마을에서 나와 사냥 중이던 나와 마주쳤다. 루우는 어머니의 심부름을 수행하기 위해 멀리 나왔다가, 모레스 산맥 부근에서 한 숨 돌리던 참에 나와 만났다는 식으로 설명했다.

일단 두 사람과 만난 상황 그 자체에 관해선 거의 사실대로 털어놓은 셈이다. 다만 두 사람과 만났을 당시의 내가 마력으로 구축한 용의 분신체였다는 사실만을 굳이 언급하지 않았을 뿐이다.

"아니 잠깐만요, 하지만 바제 양과 루우 양 만큼 눈에 띄는 분들이 마을 부근을 지나가시면서 다른 마을 사람들과 단 한 번도 마주치지 않을 수가 있나요?"

세리나가 도무지 이해가 안 간다는 식으로 나오자, 루우가 잠깐 고민하는 모습을 보이다가 그녀의 질문에 대한 대답을 입에 담았다.

"소첩은 남의 눈이 있는 곳을 지나가기가 어려운 사정이 있거든요……. 드란 님의 예리한 눈썰미를 속일 수는 없었습니다만, 평소부터 다른 분들의 눈에 띄지 않도록 꽤나 신경을 쓰고 있답니다."

"나에게 인간들과 시시덕거리는 취미는 없다. 따라서 일부러 인간들에게 모습을 보일 생각도 없다. 드란과 만난 건…… 여러 모로 우연이 겹쳤을 뿐이야."

"여러 모로…… 말인가요? 저로서는 바로 그 여러 가지 사정에 관해 여쭤보고 싶은데요."

"너를 상대로 굳이 설명해야 할 까닭이 없다."

자존심은 그 누구보다도 강한 바제가, 설마 자신의 구역을 침범한 나를 쫓아 버리려다가 일방적으로 두들겨 맞은 이후로 항상 시비를 걸고 있다는 소리를 입이 찢어지더라도 털어놓을 수 있을 리가 없었다.

세리나의 질문에 말꼬리를 흐리던 바제는, 숙소를 출발하자마자 내가 건네준 천주머니에서 굵직한 손톱으로 자그마한 사탕을 집어 먹었다.

"뭐, 어쨌든 그 이후로 두 사람과 이따금씩 얼굴을 보며 세상 이야기나 나누는 사이야. 루우의 경우엔 어머님과도 알게 됐지만 말이야."

"예. 드란 님께서 마법학원에 입학하신 이후로 오랫동안 존안을 뵙지 못했습니다만, 얼마 전에 드디어 저희 집까지 찾아와 주셨습니다. 바로 그날, 천공 도시로 발걸음을 옮기신다는 말씀을 들었거든요. 여기로 직접 찾아온 건 거의 무심결이었답니다."

"무심결인가요?「무심결」로 여기까지 찾아오시다니, 드란 씨도 참 여자들에게 인기가 많으신가 봐요?"

나를 바라보는 세리나의 시선이 그 어느 때보다도 차가웠다.

크리스티나 양, 웃지만 말고 좀 거들어줄 수 없겠나? 아까부터 계속 바제로부터 어렴풋한 적대심이 깃든 눈길을 받아 마음이 불편하다는 건 알겠지만 말이야.

그 대신, 세리나로부터 나에 대한 호감을 지적당한 루우가 얼굴을 붉게 물들인 채로 무척이나 당황한 듯이 허둥거렸다.

흠, 루우다운 솔직하기 그지없는 반응이로군. 내가 보기엔 가족에 대한 사랑과 이성에 대한 사랑이 8 대 2 정도의 비율로 느껴졌다.

"저기, 어머님으로부터 천공인이나 천공 도시에 관한 말씀을 잔뜩 듣고 오는 길이랍니다."

그러나 루우가 무심코 내뱉은 한 마디를 듣자마자 즉각적인 반응을 보인 것은, 우리의 대화에 귀를 기울이면서도 시선을 전방으로 고정하고 있던 에드왈드 교수였다.

"굉장히 흥미로운 발언이 나왔군! 뜬금없이 끼어들어 미안하네. 루우 군, 그런데 자네가 어머님으로부터 들은 이야기는 도대체 무슨 내용인가?!"

교수는 세리나나 내가 루우의 말에 대답하기도 전에, 그녀를 바라보면서 침을 마구 튀길 듯한 기세로 입을 움직였다. 그의 입장에서 보자면, 인간들보다 훨씬 장수하는 것으로 알려진 드래고니안 — 실제론 수룡에 속하는 고룡이지만 — 인 루우의 어머니로부터 나온 이야기를 들을 수도 있는 절호의 기회였다. 경우에 따라서, 몰락하기 전의 천공인들에 관한 정보를 입수할 수 있을지도 모른다. 그의 눈빛에서부터 그런 식의 기대감이 직접적으로 전해져왔다.

"아, 예. 소첩은 용궁성을 거처로 삼고 있답니다. 그러다 보니 어머님을 비롯해 주위의 어른들 가운데 직접 천공인들과 만나본 경험이 있는 분들이나 용궁성을 공격해 들어왔던 천공인들과 결투를 벌였던 분들도 계시지요……."

"뭐라고?! 오늘은 정말, 어처구니없을 정도로 멋진 날이군!!"

아직 멸망하기 전의 천공인들과 직접 전투를 벌였다는 산 증인의 존재를 알게 된 에드왈드 교수는, 옆에서 보는 사람이 부담스러울 정도로 엄청난 환희를 보였다……. 미스 엘리자가 그를 말리려는 시도조차도 하지 않았기 때문에, 루우는 시시콜콜할 정도로 집요한 질문을 던져 오는 에드왈드 교수를 계속해서 상대해야 하는 곤경에 처하고 말았다.

에드왈드 교수의 열의가 일단 안정기로 들어가 루우가 풀려난 것은, 출발 이후로 처음 찾아온 휴식 시간이 시작될 무렵이었다. 우리는 우리의 숙소와 굉 나라 야영지의 사이에 두 번째로 발견한 강가에서 야영 준비를 시작했다.

우리는 강가를 굴러다니고 있던 돌들이나 쓰러진 나무들을 한데 모아 돌 아궁이를 지어 올렸다. 그리고 돌 아궁이 주위를 에워싸듯이 둘러앉았다. 바제가 본인이 선언한 대로 한 줄기 숨결을 뿜어 다홍빛의 불꽃을 지폈다.

용종의 숨결이라는 사치스럽기 그지없는 불 위로 두툼한 냄비가 올라가자, 곧장 냄비를 가득 채우고 있던 물이 끓어올랐다. 두고 볼 것도 없이 대단한 화력이긴 한데, 이런 데서 감탄사가 나온다는 것도 어이가 없는 얘기였다.

식사는 미스 엘리자가 가져온 냄비에 각자 지참한 보존 식품부터 시작해서 주변에서 따온 버섯이나 들풀, 물고기나 게를 집어넣어 끓인 찌개와 딱딱하게 구운 흑빵 등으로 이루어진 간단한 식단이었다.

아까와 마찬가지로 루우가 강에서 풍부한 수산물들을 잔뜩 낚아왔으므로, 야영하면서 먹는 식사치고는 꽤나 호화로운 구성이었다.

집게가 아니라 문어다리가 달린 게나 이마에 뿔이 달린 유니콘 피쉬 등으로부터 잔뜩 우러나온 국물이, 식욕을 불러일으키는 향기를 풍기며 우리의 콧구멍 속을 간지럽혔다.

바제는 슬라니아에서 처음으로 맛본 인간이나 아인 방식의 식사가 마음에 든 모양이다. 그녀는 미스 엘리자가 허브나 향신료를 이따금씩 투입하면서 국자로 젓고 있는 냄비의 바로 옆에서 진을 치고 쪼그려 앉아 있었다. 음식의 완성을 기다리는 바제의 꼬리가 먹이를 기다리는 강아지처럼 요동치고 있었다.

"바제, 침 나온다."

외모로 추측할 수 있는 나이의 절반이나 그 이하로밖에 보이지 않았다. 나는 농담이 아니라 정말로 침을 흘리고 있던 바제의 얼굴을 마주보면서 그러한 소감을 품을 수밖에 없었다. 아마도 바제는 지금과 같은 모습으로 용종의 긍지라는 소리를 늘어놔 봤자 아무런 설득력도 없다는 사실을 짐작조차 하지 못 하리라.

"먹음직스러운 냄새가 풍겨오고 있지 않나? 지극히 당연한 반응이다."

"뭐, 지금 네가 한 말을 부정할 생각은 없다. 하지만 자신의 모습이 타인의 눈에 어떻게 비칠지 잠시만 생각해 보거라."

"음?"

바제는 나를 바라보면서 도무지 이해가 안 간다는 듯이 눈썹을 찌푸려 보였다. 아니나 다를까, 그녀는 자신의 몸이 보이고 있는 반응을 완전히 파악하고 있지 못한 모양이다.

한 마디로 말해서, 지금까지 보이던 위압적이고도 오만한 태도로부터 감히 상상조차 가지 않는 반응이었던 것이다. 세리나나 크리스티나 양은 온힘을 다해 자신들의 입가에 자연스럽게 떠오르는 미소를 억누르고 있는 와중이었다.

"너의 말뜻은 이해가 안 간다만, 솔직히 말해서 꽤나 놀라웠다. 인간들의 식문화는 몹시 흥미롭군. 우리 집에선 지금껏 도입한 적이 없었지만, 다른 집들 중 인간들의 「요리」라는 개념을 받아들인 자들이 있는 까닭도 이해가 갈 것 같아."

"요리라는 개념을 알고 있었던 말이냐? 지능을 지닌 종족들의 숫자가 늘어나면서 생활에 여유가 생길 경우, 문명의 진보나 발전은 저절로 이루어질 수밖에 없는 법이다. 요리도 그러한 문화 가운데 하나야. 수명이 짧은 종족들의 문화적 진보는 수명이 긴 종족들이 도저히 따라갈 수 없을 정도로 빠르다. 시간의 흐름이나 공간의 비밀, 운명을 결정하는 인자 등에 관한 원리 등을 해명하는 이들도 없지 않을 정도였다. 저들은 그다지 쉽사리 깔볼 수 있는 존재들도 아니란다, 바제야."

"마음의 한쪽 구석 정도엔 명심해 두마. 그나저나, 그렇단 말이지? 인간들의 도시에선 맛있는 음식을 먹을 수가 있다는 거야……."

"물론 인간들의 도시로 쳐들어갈 생각을 하고 있는 건 아니겠지? 만에 하나라도 그런 짓을 벌일 경우, 꿀밤 한 대론 안 끝날 줄 알아라."

아무리 너라도 당연히 알고 있을 거야. 그러한 의도가 은연중에 전해지도록 의미심장한 말투를 쓰자, 바제는 나의 시선과 발언에 담긴 속뜻을 정확히 파악한 듯이 몹시 긴장한 채로 어금니들을 부닥뜨리며 덜덜 떨었다.

"쳐, 쳐, 쳐, 쳐, 쳐들어갈 리가 없지 않나!"

"정말인가?"

"정말이야!"

심상치 않을 만큼 겁을 집어먹은 모습으로 판단하건대, 내가 버티고 있는 가로아 이외의 도시로 쳐들어갈 일도 없을 것이다. 그러한 소식이 나의 귀로 들어갔을 경우의 상황을, 바제는 진심으로 두려워하고 있는 듯이 보였다.

미스 엘리자가 냄비를 젓던 손짓을 멈추며, 아주 약간이나마 만족스러운 듯이 미소를 지은 바로 그 순간의 일이었다. 바제는 나에 대한 공포심을 까맣게 잊어버린 채 반가운 감정을 온몸으로 표현했다. 정말로 식욕에 충실한 녀석이다.

그러나 우리들 가운데 밝은 표정을 지은 것은 바제뿐이었다. 이제 곧 싸움이 일어날 기척을 감지한 레니아의 입가에 호전적인 미소가 떠올랐다. 나머지 인원들 또한 제각기 무기를 잡으며 전투태세를 갖췄다.

내가 주위에 배치하고 있던 곤충이나 새 등의 소형 동물들이, 접근하는 적의 존재를 각자의 울음소리로 알려온 것이다.

"흠, 육지로부터 오는 적의 숫자는 40마리 정돕니다. 확고한 실체를 지닌 상대로군요."

시각이나 청각을 공유하고 있던 간이 사역마들로부터 입수한 정보를 입에 담자, 고룡의 예민한 감각을 이용해 사방으로부터 접근 중인 적들의 기척을 감지한 루우가 더욱 더 자세한 정보들을 덧붙였다.

"강으로부터도 20마리 정도의 적들이 물의 흐름을 거슬러, 곧바로 우리가 있는 곳으로 오고 있는 중입니다. 마력을 이용해 물의 흐름을 어느 정도 조종할 수 있는 걸로 보입니다."

"교수님. 우선 저희들의 공격 마법으로 기선을 제압한 뒤, 가능한 한 적의 숫자를 줄여 보겠습니다. 지하와 공중에 대한 경계도 잊지 마십시오."

"정확한 판단일세. 지상, 지하, 공중, 수중을 가리지 않고 모든 영역에 걸쳐 경계해야 되는 상황이야. 역시 변경 출신은 겉치레가 아니라는 건가? 그럭저럭 경험을 쌓은 모험가들 중에서도, 지하나 공중에 대한 경계를 게을리 하다가 목숨을 잃는 경우도 적지 않거든."

"교수님의 칭찬을 받아 영광입니다. 세리나, 크리스티나 양, 레니아. 지상으로부터 오는 녀석들은 우리가 처리하자. 루우, 수중의 적은 전부 다 맡겨도 되겠나?"

세리나와 크리스티나 양이 짧게 응답하는데 비해, 레니아는 나를 순간적으로 흘겨볼 뿐이었다. 하지만 이의를 제기한 것은 아니니, 동의한 것으로 봐도 큰 지장은 없으리라.

"맡겨만 주십시오. 적들은 단 한 마리조차 물 밖으로 머리를 보일 수도 없을 겁니다."

"믿음직스럽군. 어디 보자, 일단 꿍 나라의 선원들을 설득하는 데 증거로 써먹기 위해서라도 적들의 원형 정도는 알아볼 수 있도록 처리하자."

나와 루우가 대화를 나누는 동안에도 적들은 쉴 새 없이 접근해 왔다. 세리나가 무척이나 긴장한 목소리로 경고를 날려 왔다.

"두 분 다, 느긋하게 말씀을 나누실 시간은 없는 것 같아요. 적들이 이미 아주 가까운 거리까지 다가왔어요."

대지나 그곳을 터전으로 삼는 땅의 정령들과 친화성이 높은 세리나는 땅바닥을 타고 전해져 오는 진동 등의 기척을 통해 접근해 오는 적의 숫자나 거리를 꽤나 높은 정확도로 파악하는 능력을 지니고 있었다.

세리나는 우리에게 주의를 주면서도, 지나치게 어깨에 힘을 주고 있는 듯한 낌새는 없었다. 그녀는 나와 알게 된 이후로 만만치 않은 적들과의 전투를 여러 차례에 걸쳐 경험한 몸이었다. 그녀는 이제 의심할 여지가 전혀 없을 만큼 월등한 담력의 소유자였다.

흠, 흠. 세리나도 이제 훌륭한 변경의 여성이로군.

"그럼 이제 슬슬 진지하게 시작해 볼까? 때마침 딱 알맞은 거리까지 접근해 들어온 참이야. 삼라만상의 이치여 나의 목소리를 들어라 세계를 구성하는 원소여 화살이 되어 나의 적을 꿰뚫어라 레인보우 볼트!"

일곱 가지 빛깔을 띤 마력의 화살이 나의 주위에 떠올랐다가 순간적으로 번뜩였다.

"나 원 참, 아무튼 그대들과 함께할 때는 긴장감이 모자라단 말이지……. 바람의 이치여 나의 목소리에 따라라 그 누구에게도 얽매이지 않는 그대들이여 나의 적을 꿰뚫는 나선이 되어라 스파이럴 에어!"

크리스티나 양이 굳게 다잡은 엘스파다를 중심으로 일어난 강렬한 바람이 나선의 궤적을 그리며 나아갔다.

"보는 관점에 따라선 정말 저희들답지만, 한도라는 게 있다고요. 대지의 이치여 나의 목소리에 따라라 영원히 변치 않는 그대들 나의 뜻에 따라 모래자갈의 창이 되어라 어스 그레이브!"

세리나의 지팡이로부터 용솟음친 마력의 간섭을 받은 대지가 창의 형태로 나타나 적을 향해 돌격해 들어갔다.

우리가 사용한 세 가지 마법은 아직도 모습이 보이지 않는 적들을 향해 일제히 날아갔다.

사역마들의 눈을 통해 적들을 보고 있던 나의 시야에, 꿰뚫리거나 갈기갈기 찢어지면서 오장육부와 골격들이 산산이 조각나 생명 활동을 정지하는 적들의 모습이 들어왔다.

"흠. 아마도 마법만으로도 모조리 섬멸시킬 수 있을 것 같군. 2회차, 들어간다!"

나의 호령에 따라, 마법을 행사한 직후의 경직 시간에서 벗어난 세리나와 크리스티나 양이 새로운 주문의 영창을 시작했다.

루우는 수중으로부터 접근해 들어오는 적들을 순조롭게 섬멸 중이었다. 에드왈드 교수와 미스 엘리자는 우리의 요격망을 빠져 나온 적들을 소탕하고자 빈틈없이 공격 태세를 갖추고 있었다.

우리가 사용한 마법이 또다시 나무들 사이로 조금씩 보이기 시작한 적들을 향해 날아 들어가, 적들의 마법 저항 능력을 꿰뚫어 숨통을 끊는 기척들이 전해져 왔다.

레니아는 우리들 세 사람의 마법 공격엔 동참하지 않았지만, 강대한 염동력을 사용해 우리의 발밑을 소리 없이 파고들어오던 지하의 적들을 억지로 끄집어내자마자 찌부러뜨렸다. 어쨌든 놀고 있던 건 아닌 모양이다.

흠, 기본적으로 그다지 어려운 상대는 아니었다. 한창 들이닥치던 40마리의 적들은 우리의 공격이 들어가자마자 전멸하고 말았다. 솔직히 말해서 맥이 빠질 정도로 싱거운 상대였다.

우리는 적들의 시체 가운데 세 마리 정도를 회수한 뒤, 식사를 준비하던 강가로 되돌아왔다.

루우도 강의 흐름을 조작하는 술법으로 적들을 압살시키고 오는 길이었다. 우리는 그녀가 물리친 시체까지 합쳐서 부검을 시작하기로 했다.

지상과 수중, 지하로부터 우리를 공격하려던 적들이 눈앞에서 주검이 된 채로 굴러다니고 있었지만……

"키메라일까요?"

세리나가 머리와 꼬리 끝을 나란히 오른쪽으로 살짝 갸웃거리면서, 자신의 의문 사항을 입에 담았다.

생명의 불꽃을 잃은 채로 강가를 굴러다니고 있던 시체들은, 여러 가지 생물들의 특징을 겸비한 기괴하기 짝이 없는 시체들이었다.

에드왈드 교수는 일말의 망설임도 없이 품 안에서 꺼낸 작은 칼로 시체의 일부를 갈라 내장이나 골격, 근육의 구조 등을 관찰했다.

나 또한 용안으로 각성시킨 눈을 통해 시체를 관찰하면서, 그 생물들의 정체에 대한 분석을 시작했다.

녹색 도마뱀의 몸통과 호랑이의 앞다리, 사슴의 뒷다리에다가 원숭이 · 거북이 · 토끼의 머리를 지니고 있으며 셀 수도 없는 거머리들이 등 위에서 꿈틀거리는 키메라처럼 보이는 생물이었다. 에드왈드 교수가 어딘지 모르게 위화감이 든다는 표정으로 고개를 갸웃거리는 모습이 눈에 들어왔다.

"으음. 분명히 세리나 군의 말마따나 키메라라는 건 틀림없겠지만, 어딘지 모르게 일반적인 마법사나 연금술사들이 연성한 키메라와 다른 느낌이 든단 말이지. 물론 거의 모든 부분에 있어서 일반적인 키메라와 다를 바 없지만……."

다른 키메라처럼 보이는 생물들도 엇비슷한 꼴로서, 하나 같이 형언할 수 없을 정도의 불쾌한 모습으로 보는 이들의 정신을 능욕하는 괴물들뿐이었다.

"흠, 아마도 육체와 마력의 접합 부위가 일반적인 키메라와 다르기 때문일 겁니다."

"어, 드란 군? 뭔가 알아보겠나?"

"일반적으로 키메라는 서로 다른 두 가지 이상의 생물들을, 마법을 사용해 한 가지 생물로 합성시켜 연성하는 마법 생물이자 마수입니다. 합성에 사용되는 생물들은 서로 다른 별개의 종족이기 때문에, 강제로 합성된 생물의 육체와 영혼엔 접합의 흔적이 남게 됩니다. 그런데 눈앞의 이 녀석들에게선 접합한 흔적이 눈에 띄지 않습니다. 마치 처음부터 현재의 모습으로 태어나도록 운명 지어졌다는 듯이. 그들에게는 지금의 형태야말로 이치에 맞는 자연스러운 모습이라는 겁니다."

"그럴 리가 있나! 이런 형태의 생물들이 자연 발생할 리가……. 아니, 천공인들은 기존의 종족들을 서로 교배시킴으로써 여러 가지 성질이 개량된 새로운 종족을 낳는 연구를 하던 것으로 알려져 있어. 설마 그 연구의 결과로 태어난 천공인들의 유산이란 말인가?"

"거기까진 짐작하기 어렵습니다만, 강 밑의 게나 물고기들과 달리 극단적으로 추악한 몰골인데다가 전투용으로 추정되는 형태의 품종들이라는 건 확실합니다. 아마도 그다지 좋은 목적을 위해 동원되는 놈들은 아닐 겁니다. 참새들에게 확인해본 결과, 꿩 나라의 조사단을 공격한 자들 사이에 이 녀석들도 몇 마리 정도 섞여 있었다더군요. 조사단의 인원들은 이 녀석들에게 죽임을 당했거나, 어디론가 끌려간 것으로 봐야할 겁니다."

"사전에 대비하고 있던 데다가 적들의 접근을 간파하고 있던 우리와 달리, 이런 무리들이 야음을 틈타 한꺼번에 몰려들어왔을 때 제대로 대항하지 못했단 말인가? 좋아, 이 시체들은 일단 이곳에 묻어뒀다가, 사흘 후에 찾아오는 꿩 나라 선박에게 증거로서 제출해보세. 실질적인 증거로서는 모자라겠지만, 아예 없는 경우보다는 나을 거야."

"그런데 설마 기존의 생명을 개조하는데 그치지 않고 새로운 생명을 창조하는 데까지 손을 대다니. 문명과 종족의 흥망성쇠까지 염두에 두자면, 천공인들의 궁극적인 연구 목표는 종족 단위의 생명력 부활이라기보다 불로불사를 손에 넣는 거였나?"

흠, 어느 정도 발달된 문명들이 자주 하는 짓이긴 하다. 나의 전생에서도 셀 수도 없이 수많은 문명들이 불로불사를 추구하다가 온갖 추태를 저지르던 광경을 목격한 바 있다.

"드란 군은 무척이나 예리하군. 맞아. 천공인들은 언데드화 이외의 방법으로 불로불사를 손에 넣는 수단을 모색하던 모양이야. 종족으로서의 쇠퇴를 도저히 막을 수가 없다는 결론을 내린 그들은, 생존자들을 모두 불로불사로 각성시킴으로써 문명을 유지하는 방법을 시도했다네. 물론 결과는 보시다시피 이 모양 이 꼴이지만 말이야."

"멸망할 수밖에 없는 숙명을 알면서도 발악할 수밖에 없었다. 설령 그로 인해, 잔혹무도하고도 사악한 비법에 손을 물들이더라도 말입니까?"

"생명의 좋은 점인 동시에, 나쁜 점이기도 하지."

나와 에드왈드 교수가 생명의 업보에 관해 진지하게 느끼는 바를 공유하고 있다 보니, 그 엄숙하기까지 한 분위기에 찬물을 끼얹는 소리가 들려왔다.

꼬르르르르륵, 유사 키메라들이 습격해 들어오는 와중에도 냄비의 앞에서 움직이지 않았던 바제의 배꼽시계로부터 들려온 소리였다.

바제 녀석, 음식에 열중하느라 괴물들을 무시했다는 건가? 식탐을 부리는 것도 정도가 있다.

"엘리자, 아직도 먹을 때가 아니냐?"

바제의 경우, 음식을 주는 상대의 이름은 곧바로 외우는 모양이다.

바제가 아까와 다를 바 없이 침을 질질 흘리면서 고개를 돌리자, 미스 엘리자는 순간적으로 곤혹스러운 표정을 짓다가도 곧장 부드러운 미소와 함께 고개를 끄덕였다.

"이제 괜찮을 겁니다. 다만, 나머지 분들께서 드실 양은 남겨 주세요."

바제가 화사한 미소를 지어 보였다. 지금 모습만 봐서, 그녀가 난폭한 심홍룡 아가씨라는 사실을 알 수 있는 이는 아무도 없으리라.

미스 엘리자의 허락을 받은 바제가 기세 좋게 꼬리를 흔들며 냄비로 손을 뻗은 그 순간— 전부 다 먹어치울지도 모른다고 예감한 그 순간 —, 문득 우리의 머리 위로 커다란 그림자가 드리워졌다.

간이 사역마들이 경고를 발신하기도 전에 급속하게 머리 위로 들이닥친 것은 거대한 살점으로 이루어진 대롱이나 밧줄을 연상케 하는 생물이었다.

울퉁불퉁한 보랏빛 피부의 여기저기에 붉은 가시가 나 있으며, 맨 앞부분엔 두툼하고도 예리한 이빨들이 즐비하게 늘어서 있었다. 직경은 넉넉잡고 내 키보다 열 배는 굵어 보였다.

보고 있기만 해도 구역질이 올라오는 살점 덩어리가 이빨을 바깥으로 향하며 입을 벌리자, 마치 그곳이 이세계로 이어지는 구멍이라도 된다는 듯이 몹시 세찬 흡인 현상이 일어났다.

우리는 각자 검을 땅바닥에 꽂아 넣거나 몸을 숙이면서 거대한 살점 덩어리의 흡인 공격을 버텼지만, 특별히 누를 것도 없었던 냄비는 허무하게 거대한 아가리 속으로 빨려 들어갔다.

"앗."

격렬한 흡인의 여파로 인해 머리카락이 곤두선 상태였던 바제의 입에서, 짧은 신음소리가 새어 나왔다.

드디어 미스 엘리자의 허락을 받아 지금부터 먹을 예정이었던 식사가, 어디선가 굴러들어온 살점 덩어리의 아가리 속으로 들어가 버린 셈이다.

좋지 않은 예감이 들었다. 아마도 나뿐만 아니라 다른 이들 또한 마찬가지였으리라. 물론 살점 덩어리의 공격이 위험하다기보다, 식사를 빼앗긴 바제가 문제였다.

"아, 내, 내, 내 밥이————————!!!"

벼락이 떨어진 듯한 소리와 함께 일어난 바제의 온몸으로부터 무지막지한 기세의 다홍빛 화염이 일어나, 그녀의 발밑을 굴러다니던 돌이나 땅바닥의 흙들을 순식간에 증발시킬 정도의 열량을 뿜었다. 바제의 화염이 무작위하게 확산될 경우, 근방 일대가 완전히 초토화되고도 남을 정도의 열량이었다.

바제는 예리한 불길과 같은 시선으로 살점 덩어리를 노려보다가, 커다랗게 입을 벌려 온몸의 화염을 한 곳으로 집약시켰다. 그리고 자신의 키에 필적할 만한 크기의 커다란 불구슬을 형성하자마자, 일말의 망설임도 없이 살점 덩어리를 향해 발사했다.

굳이 노리지 않더라도, 흡인 공격에 말려든 불구슬은 곧장 살점 덩어리의 아가리로 빨려 들어갔다. 찰나의 경직이 일어났다. 그리고 살점 덩어리는 몸속으로부터 흘러넘치는 초고열의 화염에 의해, 그냥 터지는 정도가 아니라 눈 깜짝할 사이에 잿더미로 변해 그 자리에서 무너져 내렸다.

육즙을 잔뜩 머금고 있는 듯이 보였던 살점 덩어리를 단 한 방에 잿더미로 만들어 버린 무시무시한 능력은 순수하게 칭송을 들을 만한 값어치가 있었다. 그러나 바제의 표정에서 적을 물리쳤다는 기쁨은 눈에 띄지 않았다.

실망과 낙담의 거대한 그림자가, 지상으로 쏟아지는 잿더미를 올려다보는 바제의 등을 무겁게 짓누르고 있는 듯한 느낌이 들었다. 지금 당장이라도 울음을 터뜨릴 듯한 바제의 혼잣말 소리가 나의 귀에도 들려왔다.

"내, 밥……."

나는 너무나 낙담한 나머지 날개와 꼬리와 어깨를 축 늘어뜨린 바제에게 다가가, 배낭으로부터 멧돼지 육포를 자루 째로 그녀에게 건넸다.

"미스 엘리자에게 다시 만들어 달라는 한 마디로 끝나는 얘기다. 지금은 이걸로 참아다오."

"……고마워."

흠, 솔직한 감사 인사가 오히려 기분 나쁘게 느껴질 줄이야. 바제는 성대하게 코를 훌쩍거리면서 내가 건넨 육포를 질겅거리기 시작했다.

어쨌든, 이걸로 바제는 당분간 진정될 것이다. 나는 타다 남은 살점 덩어리가 물러가는 쪽으로 고개를 돌렸다. 그쪽은 꿩 나라 조사단의 야영지가 존재하는 방향이었다. 나는 방금 물리친 살점 덩어리의 역할은 유사 키메라들을 생산하기 위한 재료를 모으는 것이라고 추측했다.

지금 물리친 괴물들 중에선 눈에 띄지 않았지만, 아마도 꿩 나라 조사단의 인원들은 이미…….

우리는, 살점 덩어리가 날아온 방향— 꿩 나라의 야영지가 위치한 방향 —을 향해 출발하고자 휴식을 일단락 지었다.

우리는 길에서 벗어나, 최단거리로 가로질러 나아갔다. 선두로 앞서 가던 크리스티나 양이 엘스파다를 막칼의 대용품으로 삼아, 진행 방향을 가로막고 있던 수풀이나 키가 큰 잡초들을 싹둑싹둑 베어 넘겼다.

에드왈드 교수나 미스 엘리자는 현재의 상황을 과거의 모험과 비교하면서, 여러 모로 곰곰이 생각에 잠겨 있는 듯이 보였다. 어라, 도대체 무슨 일이 그들의 마음을 움직인 거지?

"이거야 원, 이번 조사는 예상 밖의 사태만 일어나지 않았어도 최근 들어 보기 드물 정도로 편안하기 그지없는 작업이 됐을 것 같아. 안 그런가, 엘리자?"

"예. 미스 크리스티나를 비롯한 여러분들께서, 우리의 예상을 아득히 초월할 정도로 우수하시기 때문입니다."

"아직 발굴되지 않은 유적들을 조사할 경우, 이미 서너 차례 정도 습격을 받아 조사단원이나 호위로 따라온 병사들 가운데 크고

작은 부상자들이 잔뜩 나올 수밖에 없는 것이 일반적인 발굴 과정이란 말이지."

"예. 게다가 지금껏 경험한 원주민이나 수호자들의 공격과 대조해 봐도, 오늘 따라온 학생 분들의 실력으로 충분히 손쉽게 격퇴할 수 있지 않을까 싶습니다. 단순한 전투 능력만 따져 보자면, 역대 최강의 조사 단원들이나 다름없습니다. 하지만 미스 바제나 미스 루우 같은 분들은 어디까지나 우발적이면서도 개인적인 선의로 이번 조사에 협력해주고 계신 겁니다. 교수님? 앞으로 오늘 같은 행운이 계속될 리가 없다는 사실은 확실하게 유념해주시기 바랍니다."

"아하하. 나 원, 엘리자는 항상 가차 없다니까? 하지만 지금 같은 모습이야말로 엘리자의 진면목이야. 응, 물론 나도 알아. 드란 군이나 바제 군처럼 지나치게 믿음직스러운 친구들과 조사를 함께 할 기회는 10년에 한 번 있을까 말까할 정도야. 알고말고."

"이미 알고 계시다면, 저로서는 더 할 말은 없습니다. 일개 조수로서 주제넘은 말씀을 올린 것을 사과드립니다."

에드왈드 교수는 가볍게 고개를 숙이는 미스 엘리자에게 비어 있던 왼손을 팔랑거리면서, 지극히 밝은 표정으로 신경 쓰지 않는다는 대답을 입에 담았다.

흠? 미스 엘리자가 어디까지나 종자와 같은 태도를 지키는데 비해, 에드왈드 교수의 말투엔 주인이라고 표현하기엔 지나치게 소탈한 친밀감이 담겨 있었다. 하여튼 두 사람의 말투나 행동은 서로 짝이 맞지 않아, 마치 일종의 토막극이라도 보고 있는 듯한 기분이 들었다.

"드란 씨? 아까부터 약간 신경 쓰였는데, 교수님과 엘리자 양은 사이가 너무 좋아 보이세요."

"두 분은 오랫동안 함께 다니는 사이라고 들었어. 나도 세리나와 앞으로 저런 관계를 유지하고 싶다는 생각이 드는군."

"저와 드란 씨니까요! 우리 둘은 벌써 오래 전부터 단짝이죠!"

"어머, 세리나 양? 혼자서만 너무 약으셨어요. 드란 님, 소첩도 당신의 단짝이 되고 싶답니다."

루우가 나와 세리나의 대화에 끼어들었다.

"흐으음. 당연한 소리야, 물론 루우도 나의 단짝이고말고. 하하하하."

우리가 그런 식으로 느긋하기 짝이 없는 잡담을 나누고 있자, 선두로 앞서 가던 크리스티나 양이 진심으로 어이가 없다는 듯이 혼자서 중얼거리는 소리가 들려왔다.

"물론 지나치게 긴장하는 것도 좋지 않지만, 긴장을 너무 풀고 다니는 것도 문제가 없지 않아 있단 말이지……. 그나저나, 성인이 된 남녀의 대화라는 느낌은 전혀 없군. 보는 관점에 따라선 굉장히 드란다운 모습이지만 말이야."

사실은 나의 생각도 크리스티나 양과 크게 다르지 않았다. 특히 루우의 행동거지에선, 다른 이들이나 어머니의 눈이 있는 용궁성에 있을 때에 비해 굉장히 앳된 구석이 눈에 띄었다.

루우는 어렸을 때부터 아버지가 없었을 뿐만 아니라, 어머니의 가냘픈 양 어깨에 나라의 주인인 수룡황으로서의 책무와 중압감이 무겁게 짓눌러 들어오는 모습을 보고 자란 관계로 자기중심적인 구석이 전혀 없는 모범적인 아이로서 행동해 왔다. 예전에 약간 슬픈 얼굴의 류키츠로부터 직접 들은 내용이었다. 그런 식의 성장 과정을 거쳐 왔기 때문에, 루우는 다른 누군가에게 기댄 경험이 전혀 없는 거나 마찬가지였다. 그 결과, 막상 누군가에게 기대고자 할 때는 이런 식으로 어린아이 같은 말투밖에 나오지 않는 것이리라.

그런 식으로 따져 보자면, 류키츠로부터 루우를 봐달라는 부탁을 받은 나로서는 눈앞의 고수룡 소녀가 마음껏 응석을 부릴 수 있도록 허락하고 싶다는 충동이 들었다.

나 혼자만 참을성을 발휘함으로써 루우의 마음속에 자리 잡고 있던 고독이나 부성에 대한 갈망을 약간이나마 충족시켜 줄 수 있다면야, 이보다 더할 수 없이 멋진 일이라는 느낌이 들었던 것이다. 게다가 젊은 아가씨와 나누는 대화 그 자체가, 늙은 용의 혼을 지닌 나에게 있어서 굉장히 신선한 자극이 된다는 것도 부정할 수 없었다.

어쨌든 간에, 우리는 대충 이런 과정을 통해 오늘의 야영 예정지였던 세 번째 강을 내려다보는 언덕에 다다랐다. 숙소를 나설 당시의 예상보다 빠른 도착이었다. 아마도 살점 덩어리의 습격에 따라 의도치 않게 식사를 간략하고도 짧게 마치고 온 것과, 그 이후로 짐승들이나 유사 키메라들의 습격이 없었기 때문일 것이다.

"밥, 밥, 밥~~~!"

적당하기 짝이 없는 음정과 박자로 음표를 흩뿌리듯이 목청껏 노래를 부르고 있는 장본인은, 이번에야말로 조금 이르게 완성에 이른 저녁 식사의 요리 과정을 지켜보던 바제였다.

바제는 아까 전의 식사 시간엔 먹이를 애타게 기다리는 강아지처럼 꼬리를 좌우로 소리가 나도록 흔들고 있었지만, 지금은 그 꼬리를 위아래로 물결치듯이 흔들고 있었다. 아마도 지금의 모습이야말로, 기쁨의 감정이 한층 더 강할 경우의 꼬리를 흔드는 방법인 듯이 보였다.

나와 루우로서는 눈앞의 바제를, 바제의 모습을 빌린 또 다른 존재로 인식할 수밖에 없었다.

우리는 서로 얼굴을 마주보면서 꺼내야 할 말을 감도 잡지 못 하고 있었다. 케르베로스인 줄 알았던 녀석이 강아지였다고 해야 하나, 그리폰인 줄 알았던 녀석이 병아리였다고 해야 하나…… 하여튼 우리들로서는 허탕의 극치를 경험한 듯한 표정을 짓고 있을 수밖에 없었다.

"이상한 데서 재주가 좋군. 하기야 꼬리를 흔든다는 점에선 세리나와 큰 차이도 없나?"

"저는 저 정도로 노골적이진 않거든요?!"

세리나는 무척이나 뜻밖이라는 말투로 반론을 던져 왔지만, 무슨 일이 있을 때마다 희로애락(喜怒哀樂)에 따라 꼬리를 흔드는 광경을 목격한 나로서는 그녀의 말에 섣불리 동의를 표할 수가 없었다.

"일단 흔든다는 건 마찬가지잖아? 루우는 어떤가?"

"소, 소첩 말인가요? 소첩 또한 바제 양 만큼 솔직하진 않은 걸로 압니다만……."

루우의 경우엔 어느 정도 자각 증상은 있었던 모양이다. 루우 본인은 나의 시선을 외면하면서 시치미를 뗐지만, 붉은빛 무녀복의 엉덩이 부분으로부터 뻗어 나온 꼬리는 마음속의 동요를 반영하듯이 좌우로 꿈틀거렸다.

비늘로 뒤덮여 있거나 이따금씩 가시나 바늘이 나 있는 용종(竜種)의 꼬리와 달리, 용종(龍種)에 속하는 루우의 꼬리 끝부분엔 푹신푹신한 털이 나 있다. 그녀의 등줄기를 따라 등지느러미와 함께 나 있는 새까만 털과 같은 털이었다.

"흠, 말하자면 루우와 세리나는 바제와 같은 과에 속한다는 뜻인가?"

두 사람의 반론을 즉석에서 단호하게 되받아치자, 두 사람 다 도저히 납득이 안 간다는 표정으로 항의해 왔다. 그러나 지금도 마구 흔들리는 꼬리부터 처리하라는 지적을 입에 담은 순간, 두 사람 다 곧바로 입을 다물고 말았다. 두 사람 다 자신들의 꼬리가 지금도 감정에 따라 흔들리고 있다는 사실을 깨달아버린 관계로, 더 이상 나의 발언에 대해 토를 달 여지가 없어져 버린 것이다.

그리고 바제는 루우와 세리나가 풀죽은 표정으로 어깨를 축 늘어뜨리고 있건 말건, 밥의 노래를 끊임없이 목청껏 부르고 있었다.

"밥, 밥, 밥~."

미스 엘리자 또한 즉석 아궁이 위에서 한창 김을 뿜는 와중인 커다란 냄비 속의 스튜가 끓는 정도를 확인하다가도, 겉모습과 완전히 정반대의 모습을 선보이고 있는 바제의 얼굴을 마주보며 자기도 모르게 무표정하던 얼굴에 살며시 미소를 띠고 있는 듯이 보였다.

에드왈드 교수는 지금 바제가 보이고 있는 행동 하나하나를 희귀 종족인 드래고니안의 습성 가운데 한 가지 사례로서, 남몰래 수첩에 기록하고 있었다. 하지만 저 녀석의 행동을 기록해 봤자 아무런 참고도 될 리가 없단 말이지.

바제의 행동에 대한 다른 이들의 반응을 훈훈한 마음으로 구경하고 있다 보니, 불현듯 나의 시야 가장자리에 비치고 있던 레니아가 악의를 머금은 미소를 띤 채로 노래를 부르기 시작했다.

"밥, 밥……."

레니아는 바제가 들뜬 목소리로 흥얼거리던 『밥의 노래』를, 유리구슬이 굴러가는 듯한 맑은 목소리로 따라 부르기 시작한 것이다.

바제는 자신이 아닌 타인의 노랫소리를 듣자, 제정신을 되찾은 듯 보였다. 그녀는 약간 뾰족한 귀의 끝부분까지 수치심으로 붉게 물들인 채, 레니아에게 고개를 돌렸다.

"?!"

레니아는 자신을 매섭게 노려보면서도 어딘지 모르게 쑥스러운 빛을 띤 바제의 시선을, 태연하기 그지없는 태도로 받아들였다. 신조마수의 혼을 지니고 있는 레니아가 전생에서 진정한 신들이나 용신계(竜神界)의 동포들과 직접 만난 경험이 있더라도 이상할 것은 없었다. 만약 그녀가 그러한 경험을 겪어 왔다면 바제 정도의 시선에 아랑곳할 리가 없었다.

"밥, 밥~~!"

레니아의 바제에 대한 도발은 끝나지 않았다. 밥을 외치는 목소리가 들려올 때마다 바제의 피부는 붉게 물들어 갔으며, 양 어깨가 가늘게 떨고 있었다.

바제의 분노가 대폭발을 일으킬지도 모른다는 징조를 포착한 세리나와 루우가 몹시 놀라는 듯한 한편, 미스 엘리자와 에드왈드교수는 태연하기 짝이 없는 표정을 짓고 있었다. 아무리 고룡의역린이 지금 막 벗겨지고 있는 와중이라는 사실을 모르더라도, 두사람 다 겁이라는 단어와 굉장히 거리가 멀다는 사실엔 의심할 여지가 별로 없었다.

"으그그극……!"

바제는 이빨을 악 문 채로 어떻게든 분노와 수치심을 억누르고있는 듯이 보였다. 아마도 이 자리에 나라는 존재가 있기 때문에, 어설프게 감정을 폭발시켜봤자 되돌아오는 것은 호된 꾸지람뿐이라는 사실을 직감적으로 파악하고 있는 것이리라. 그녀는 그야말로 온힘을 다해 감정의 폭발을 억누르고 있었다. 기본적인 성정이격렬한데다가 참을성도 없는 바제로서는, 터무니없는 노력을 쏟아붓고 있음이 틀림없었다.

나는 「흠」이라는 입버릇을 중얼거리다가, 히죽거리고 있는 레니아에게 다가갔다.

레니아는 잠자코 서 있기만 해도 한 폭의 그림이 완성되고도 남을 미모로 장난을 치다가, 나의 접근을 깨닫는 순간이 아주 약간늦고 말았다.

나는 살짝 움켜쥔 주먹을 가볍게 레니아의 머리 위로 가져갔다. 쿡 찌르는 정도도 아니고 말 그대로 거의 올려놓은 정도였다.

나의 행동은 그게 다였지만, 레니아가 문득 숨을 죽인 표정으로 나의 얼굴을 올려다봤다. 그녀의 눈동자에서 적대심이나 분노는 느껴지지 않았다. 그저 당황과 놀라움이라는 두 가지 감정만이 반짝이고 있었다.

"레니아, 바제를 놀리는 건 그쯤 해둬라. 더 이상 도발해봤자, 바제가 자제심을 잃어버릴 뿐이야. 만약 극단적인 결과를 초래할 경우, 여러 모로 성가신데다가 쓸데없이 시간이나 낭비할 뿐이다. 알아들었나?"

레니아는 지금까지 구경한 적도 없을 만큼 몹시 당황한 표정으로 갈 곳 없는 시선을 마구 딴 데로 돌리거나 무슨 말을 하려는 듯이 입을 뻐끔거리는 식의 기행을 되풀이했다.

나의 손이 자신의 머리 위에 놓여 있다는 사실 자체가 어지간히 놀라웠던 모양이다. 마법학원에 있는 동안엔 레니아가 나의 일거수일투족에 시선을 집중하는 일은 있어도, 반대로 내 쪽에서 레니아에게 다가가 접촉을 시도한 일은 없었던 관계로 우연찮게 그녀의 허를 찌를 수 있었던 건지도 모른다.

"나, 나, 나의 머리를 함부로 만, 지지지마, 라."

"흠, 흠. 바제를 더 이상 도발하지 않겠다는 약속을 나눈다는 전제하에, 손을 치워주마."

"……흥, 좋다. 약속하도록 하마."

나에게서 딴청을 피우는 레니아의 몸짓이 바제와 비슷해 보인 것은, 참으로 얄궂은 얘기였다.

레니아의 머리카락으로부터, 세리나나 크리스티나 양에게 필적할 정도로 훌륭한 감촉이 전해져 왔다. 일단 성격만 볼 때는 이 녀석이 스스로 머리카락 손질 같은 짓을 할 리가 없다는 생각이 들었지만, 혹시 그런 인상은 어디까지나 나의 개인적인 고정관념에 지나지 않는 모양이다. 실제론 여성으로서 최소한의 몸가짐에 관해선 그나마 신경을 쓰고 있는 걸까?

"약속은 반드시 지켜라. 약속은 어기기 위해 존재한다는 둥의 시시한 변명을 입에 담을 생각은 마라."

"알았다."

딴 데로 시선을 돌리고 있던 레니아는, 나의 손이 머리로부터 떨어지자 순간적으로 「앗」이라는 어딘지 모르게 섭섭한 듯한 반응을 보였다.

흠, 지금 보인 반응을 어떻게 해석해야 하나?

나는 레니아에 대한 대응을 일단락 지은 뒤, 한창 이를 갈고 있는 바제에게 고개를 돌렸다. 그리고 이번엔 이쪽을 타일러야 한다는데 생각이 미쳤지만…….

"미스 바제, 아직 뜨거울 텐데요?"

"캐안타."

아마도 괜찮다는 말을 하고 있는 것으로 보였다.

화상을 입을지도 모른다는 걱정을 하고 있는 미스 엘리자에게 아랑곳하지 않고, 바제는 이제 막 부글부글 끓어오른 스튜를 커다란 접시에 담아 기세 좋게 입 안으로 털어 넣었다.

아마도 레니아의 도발로 인해 솟아난 분노는, 음식이 완성되자마자 흔적도 없이 사라져 버린 모양이다. 이만큼 식욕에 충실한 아이는 굉장히 흔치 않았다.

　정체불명의 적들이 또다시 식사 중에 습격해오는 일은 일어나지 않았다. 하여튼 우리는 무사히 식사와 뒷정리를 마쳤다. 배가 불러 이보다 더할 수 없이 기분이 좋아 보이는 바제가 풍만한 가슴을 펴며 한 가지 제안을 꺼냈다.

　"이대로 찔끔찔끔 두 발로 걸어가 봤자 한도 끝도 없다. 시간 낭비야. 나의 날개로 너희들을 꿩 나라의 야영지라는 곳까지 데려다 주마."

　아니 설마, 저 바제의 입에서 자발적으로 우리에게 도움을 주겠다는 발언이 나올 줄이야. 나도 모르게 눈물이 나올 뻔 했다.

　아직 해는 저물지 않았지만, 구름 속을 떠다니는 슬라니아에도 황혼의 조짐이 다가오기 시작한 참이었다. 지금까지 조금씩 주위로 스며들어오던 어둠이 짙은 암흑으로 변하고 있는 와중이었다.

　그녀는 야습에 대비해 주위에 야간용 경계망을 재구축하는 과정에서 탐지용과 침입방지용 결계를 전개하면서, 이제 슬슬 잠자리에 들 준비를 하고 있던 우리들에게 그런 제안을 꺼낸 것이다.

　하지만 나는 바제가 제안한 내용 그 자체보다도, 이제야 간신히 평소의 모습을 되찾은 바제의 태도에 대한 소감을 입에 담았다.

　"이제 와서 굳이 체면을 차려 봤자……."

　"이제 와서, 너무 늦으신 것 같아요."

　"이제 와서 정신을 차리셨나요?"

　"풉."

나와 세리나, 루우에 이어 마지막으로 코웃음을 친 장본인은 레니아였다. 그녀는 바제를 조롱하는 듯한 목소리를 조금도 숨기려하지 않았다.

바제도 우리의 지적에 대한 자각 증상은 있었던 모양이다. 나머지 인원들이 제각각 입을 열 때마다, 양 어깨를 부들거리는 모습이 눈에 들어왔다. 아무리 단순하기 그지없는 성격이더라도 식사 전의 자신이 보였던 태도를 돌이켜보면 느끼는 바가 있었던 모양이다.

흠. 하지만 더 이상 언급하기도 가엾을 뿐더러, 선불리 자극할 경우엔 정말로 이 근방 일대를 불바다로 만들어 버리고도 남을 녀석이 바로 눈앞의 바제라는 소녀였다.

아니나 다를까, 바제는 귓불까지 새빨갛게 물들인데다가 눈가에 눈물을 잔뜩 머금은 채로 횃불 정도 크기의 불을 뿜으면서 울부짖듯이 소리 높여 외쳤다.

"난 이제 돌아갈 거야!"

바제가 울화통이 터진 어린아이 같은 태도로 등을 돌렸다.

나는 지체 없이 바제의 꼬리를 덥석 잡아, 앞으로 나아가려던 바제의 발길을 멈췄다. 흠, 정말 엄청난 힘이다. 대강 말 천 마리 정도의 힘은 되려나? 아마 그녀가 진정한 힘을 발휘할 경우엔 겨우 이 정도로 그치지 않을 것이다.

"멋대로 꼬리를 쥐지 마! 만지지 마, 잡지 마! 이런 식으로 치욕을 당할 바엔, 나는 돌아가 버릴 거다! 둥지로 돌아가서 잠이나 잘 거야!!"

바제가 입을 열 때마다 내뱉은 주먹만 한 크기의 불구슬들이 꼬리를 잡고 있는 나의 얼굴을 향해 날아 들어왔다. 나는 일일이 목을 기울이거나 오른손으로 날아오는 불구슬을 격추해야만 했다.

나는 떼를 쓰는 바제를 타이르고자, 가능한 한 부드러운 목소리로 설득을 시작했다.

"방금 전에 말이 지나쳤던데 관해선 사과하마. 제발 기분을 돌이켜 다오."

바제는 나의 손에 꼬리를 붙잡힌 채로 어떻게든 이곳을 뜨기 위해, 땅바닥이 갈려 나갈 정도로 발을 구르거나 날개를 펄럭였다. 그러나 그 정도로 나의 구속이 풀릴 리가 없었다.

완력으론 무슨 수를 쓰더라도 나로부터 도망칠 수 없다는 사실을 깨달은 바제가, 뚜렷한 불신의 빛을 띤 눈동자로 나를 노려봤다. 그녀는 있는 힘껏 눈썹을 찌푸리고 있었지만, 그녀의 눈동자에선 일찍이 보인 적이 있는 살기나 적대심은 눈에 띄지 않았다. 그 눈동자에 떠오른 감정은 오직 분노와 수치심뿐이었다.

"시끄럽다! 모처럼 이 몸이 너희들을 위해서 움직이려던 마당에, 방금 전 같은 말투가 말이나 된다고 생각하나! 너무하잖아! 어떻게 이럴 수가 있는 거냐고!!"

"흠, 틀림없이 우리가 무례한 반응을 보였던 건 사실이다. 모처럼 바제가 보인 성의를 우습게 여긴데 관해선, 반드시 반성하마."

"거짓말이야. 지금 그 얼굴은 반성하고 있는 자의 표정이 아니다!"

바제는 머리로부터 김이 나올 정도로 화가 난 상태였기 때문에, 나의 사죄를 순순히 받아들이지 않았다. 어쩔 수 없지. 이렇게 된 바엔 웃음을 터뜨린 전원이 사과할 수밖에 없었다.

나는 등 뒤로 고개를 돌려 세리나와 루우, 레니아의 순서대로 눈빛을 날렸다. 물론 바제의 마음을 달래는 작업에 동참해 달라는 뜻이 담긴 눈빛이었다.

상황이 상황인 만큼, 세 사람 다 나의 의도를 곧바로 알아들은 듯이 보였다. 그러나 나의 의도를 파악한다는 것과 그에 따른 행동을 보여준다는 것은 별도 문제다. 레니아가 나의 뜻에 따라 주리라는 보장은 없었다.

"바제 양, 죄송합니다. 제 입이 그만 말썽을 부리고 말았네요. 진심으로 사과드릴 테니, 아무쪼록 화를 풀어 주세요."

세리나가 솔직하게 머리를 숙이면서 사죄의 말을 입에 담았다. 과연 그녀다운 모습이었다. 도대체 어떤 측면이 과연 그녀다운 모습인지는 나로서도 잘 모르겠다만, 어쨌든 순간적으로 그런 생각이 들었다.

"오늘은 소첩이 잘못한 것 같습니다. 죄송합니다, 바제 양. 하지만 드란 님을 난처하게 하는 행동은 삼가도록 하세요."

나의 입장에 마음을 써주는 것은 고마웠지만, 루우는 가능한 한 마음속에서 삭여야 했던 쓸데없는 한 마디를 덧붙였다. 본인에게 나쁜 뜻이 전혀 없는 만큼, 나무라기도 어려웠다.

"흠, 아버…… 드란이 정 그렇게 말한다면, 순순히 따르도록 하마. 이봐, 방금 전엔 미안했다."

당연하게도, 레니아는 원래부터 사과할 마음이 한 치도 없어 보였다. 불행 중 다행인 것은, 바제의 경우엔 레니아가 지닌 혼의 정체를 전혀 모르는 관계로 애초부터 그녀에 관해선 신경을 거의 안 쓰는 거나 다름없었다는 점이다. 어쨌든, 바제는 레니아의 무례하기 짝이 없는 태도에 관해선 처음부터 관심이 별로 없었다.

"보다시피 세 사람도 사과하고 있다. 관대한 마음으로 용서해 다오. 자, 마지막 남은 사탕도 너 혼자 먹어라."

나는 마지막까지 남겨 두고 있던 사탕을 무슨 말을 하려는 듯이 열린 바제의 입 안으로 던져 넣었다.

바제는 마지못해 입을 우물거리다가「네가 그런 식으로 나온 이상에야 어쩔 수 없지」라는 태도로 평소와 다를 바 없이 오만불손한 태도를 보였다. 역시 바제는 이런 모습을 보일 때가 가장 자연스럽단 말이지.

"우물, 너희들이 그런, 음, 식으로 나온다면야, 나도 억지를 부릴 생각은 없다. 쓸데없이 시간 낭비 시키지 마라. 꿀꺽."

자신이 억지를 부리고 있었다는 자각 증상은 있었던 모양이다. 나는 알았다는 대답 대신 어깨를 으쓱해 보인 뒤, 사태의 전개를 지켜보고 있던 에드왈드 교수에게 발언권을 양보했다.

"바제의 제안은 검토할 만한 가치가 있어 보입니다만, 교수님께선 어떻게 생각하십니까?"

"가령 지금 당장 목적지에 도착하더라도, 최소한 하룻밤 정도는 지새야 할 거야. 여기보다 파악이 덜 된 장소에서 하룻밤을 보낸다는 것은, 약간 위험할 수도 있지 않을까?"

에드왈드 교수가 턱에 손가락을 괸 채로 대답했다. 그 손동작은 그가 곰곰이 생각에 잠겼을 때의 버릇인 것으로 보였다.

교수가 말을 마치자마자, 그의 곁에 서 있던 미스 엘리자가 바제의 제안에 대한 질문을 던져 왔다.

"애초부터 미스 바제는 무슨 수단으로 저희들을 핑 나라의 야영지까지 데리고 갈 생각이시죠? 실례를 무릅쓰고 말씀 올리자면, 아무리 미스 바제의 능력이 대단하시더라도 저희들을 한꺼번에 운반하시기는 어려울 것으로 예상됩니다만……."

흠, 일단 바제를 막아야 하나……? 뭐, 기본적으로 그다지 큰 상관은 없을지도 모른다. 나는 바제가 지금부터 취할 행동을 거의 정확하게 예측했지만, 굳이 말리고자 하는 생각은 들지 않았다. 루우 또한 특별한 움직임은 보이지 않았다.

루우와 바제가 드래고니안이라는 인식은 어디까지나 에드왈드 교수나 크리스티나 양의 고정관념에 지나지 않았다. 바제는 단 한 마디도 자신들이 드래고니안이라는 언급을 입에 담은 적이 없었다.

갑작스럽게 일어난 고열이 공기의 흐름을 크게 흐트러뜨렸다. 그리고 불을 만진 듯한 열기가 나의 뺨을 쓰다듬었다. 바제가 변신을 해제할 조짐이었다.

"나의 본모습으로 옮긴다면, 그리 오래 걸리지도 않을 거다."

그녀가 말을 마치자마자, 바제의 발밑으로부터 다홍빛 불꽃이 솟아올랐다. 젊은 처녀의 부드러운 살결은 눈 깜짝할 사이에 불꽃과 같은 빛깔의 비늘로 뒤덮였으며, 팔다리는 골격 째로 굵기와 길이까지 한꺼번에 거대화하기 시작했다.

윤기 있던 자줏빛 입술은 초승달처럼 갈라졌으며, 대가의 필치로 그린 듯이 섬세한 곡선을 이루고 있던 콧날은 커다랗게 흐트러졌다. 바제는 순식간에 심홍룡으로서의 본래 모습으로 되돌아갔다.

바제의 모습을 집어삼켰던 다홍빛 불꽃이 개인 그 순간, 우리의 눈앞에 출현한 것은 마치 자그마한 언덕과 같은 거구를 자랑하는 젊은 심홍룡의 위용이었다.

화룡의 상위종인 심홍룡으로서의 본색을 드러낸 바제는, 지금까지 우리들 앞에서 선보였던 드래고니안의 형태가 무척이나 답답했다는 듯이 가볍게 고개를 갸웃거렸다.

원래부터 바제의 본모습을 알고 있던 나와 루우, 그리고 용이라는 사실을 간파하고 있던 레니아를 제외한 나머지 인원들은 갑작스럽게 눈앞에 출현한 세계 최강의 종족을 올려다보면서 크건 작건 경악을 금치 못 하는 모습을 보였다.

"으아아아, 드란 씨?! 바제 양이 드래곤으로 변신하셨어요!"

나는 마치 말을 진정시키듯이 양팔을 마구 휘두르면서 몹시 당황하는 세리나를 다독였다.

"세리나, 진정해. 그리고 순서가 반대야. 바제는 용으로 변신한 게 아니라, 원래의 모습으로 되돌아갔을 뿐이거든. 원래 용이었던 바제가 용인(竜人)으로 변신하고 있던 거야. 그리고 용종들을 드래곤이라고 부를 경우엔 그다지 우호적인 반응을 기대할 수 없는 경우가 대부분이니, 앞으론 조심하도록 해."

일단 지성을 잃어버린 열룡(劣竜)이나 아룡(亞竜)들과 상대할 때는 그다지 큰 상관이 없는 얘기였다. 하지만 평범한 용종이나 고룡을 드래곤이라고 부를 경우, 특별한 사정으로 인해 경우에 따라 상대의 분노를 살 가능성도 없지 않았다.

"드, 드, 드, 드란 씨는 알고 계셨나요?!"

"바제와 처음 만났을 때는, 바로 지금처럼 심홍룡의 본색을 드러낸 그녀와 마주친 거였거든."

"드래고…… 용을 상대로 용케 침착한 자세를 유지하시네요?"

"어떤 모습을 하고 있건 간에, 바제의 마음은 언제나 마찬가지야. 뭐, 처음 만난 날 이후로 한동안은 정말 못 말리는 말괄량이였지. 그녀가 토하는 불꽃을 뒤집어쓴 것도 한두 번이 아닐 정도야."

나는 평소와 마찬가지로「중대한 사항을 아무렇지도 않은 듯이」언급했다. 세리나는 당장 어떻게 대답해야 할지 알 수가 없다는 표정으로「흐아아」라는 묘하면서도 사랑스러운 감탄사를 입에 담았다.

"아니 이거야 원, 하기야 아무리 드래고니안이더라도 이 슬라니아가 자리 잡고 있는 고도까지 단독으로 날아올 수 있을 리가 없거든. 솔직히 말하자면, 개인적으로 꽤나 의아하게 여기던 참이었다네. 그런데 설마 바제 군이 진정한 용종이었을 줄이야. 심지어 고룡에 속하는 심홍룡의 일족이었다니, 이만큼이나 놀란 것도 상당히 오랜만일세."

"예. 하지만 미스 바제가 저희들을 직접 옮기시겠다고 제안한 이유는 납득이 갑니다. 틀림없이 현재 모습의 미스 바제가 저희들을 모두 옮기시는 건 그다지 어렵지 않을 테니까요."

에드왈드 교수는 처음 만났을 때부터 느끼고 있던 위화감으로 인해 바제와 루우의 정체에 관해, 어느 정도 예측하고 있었던 모양이다. 사실상 본인이 입으로 말하고 있는 만큼 굉장히 놀란 듯한 느낌은 거의 없는 거나 마찬가지였다.

나로서는 지금과 같은 반응이 편하게 느껴지는 것은 사실이었지만, 바제의 본모습을 보고도 거의 놀라지 않는 두 사람이 지금까지 겪어왔을 기상천외한 경험들에 관한 호기심이 점점 더 커져만 갔다.

그러나 지금 나의 마음에 가장 걸리는 것은 다름 아닌 크리스티나 양이었다.

그녀는 조상으로부터 용을 죽인 자의 영적 인자를 계승한 몸이었다. 그런데, 그녀가 계승한 용을 죽인 자의 인자는 일반적인 인자와 근본적으로 크게 다른 특징을 지니고 있었다.

일반적으로 용을 죽인 자의 인자는 용종들로부터 심상치 않은 적대심을 사는 대신, 용종들을 상대로— 특히 전투를 벌일 경우 — 높은 우위성을 확보할 수 있는 성질을 지닌다. 그러나 크리스티나 양이 영혼과 육체로 이어 받은 그 인자는, 용종들의 적대심을 크게 불러일으킬 뿐이었다. 용종에 대한 우위성은 전혀 존재하지도 않았다. 오히려 용종을 상대할 경우에 한해 정신력과 기술, 체력이 전부 다 크게 약체화될 정도였다.

말인즉슨, 크리스티나 양은 용을 죽인 자의 인자를 보유하면서도 용종들 앞에서 평소보다 약체화된다는 무척이나 부자연스러운 특성을 타고난 몸이라는 뜻이다. 지금까지 바제가 드래고니안으로 모습을 위장하고 있었기 때문에 아주 약간만 발현된 상태였던 약체화의 효과가, 그녀가 본색을 드러냄으로써 보다 명확한 형태로 크리스티나 양의 몸과 마음에 직접적인 영향을 끼치기 시작했다.

오늘 진짜 용종과 처음으로 마주친 크리스티나 양은, 갑작스럽게 이상을 호소하기 시작한 자신의 몸 상태에 무척이나 당황한 듯한 반응을 보였다. 용을 죽인 자의 인자를 이어 받고 있다는 사실은 일족 대대로 전해져 내려오는 전설을 통해 파악하고 있는 듯이 보였는데, 그 효과에 관해선 몰랐던 건가?

"크리스티나 양, 괜찮나? 얼굴빛이 안 좋아 보여."

"그대의 눈썰미는 속일 수가 없군. 바제가 본모습을 보이자마자, 어쩐지 몸이 평소 같지 않아. 약간 기분도 좋지 않다고 해야 하나? 하여튼 이런 경험은 처음이야. 아마도 내가 조상들로부터 물려받았다는 용을 죽인 자의 인자 때문인가?"

크리스티나 양은 농담처럼 웃어 넘겼지만, 사실 정확한 상황 판단이었다. 그녀의 혼이 품고 있는 용을 죽인 자의 인자가 끼치는 부정적인 영향으로 인해, 그녀가 타고난 백은의 광채가 흐릿하게 가라앉은 상태였던 것이다.

"그럴 지도 몰라. 크리스티나 양의 일족은 꽤나 성가신 인자를 계승하고 있는 모양이군."

"그러게 말이야, 그대의 말은 언제나 정곡을 찌르는군. 아마 나의 조상께서도 용을 죽인 일을 후회하셨을 거야."

크리스티나 양의 조상이라? 아마도「그들」가운데 한 사람일 가능성이 높을 것으로 보인다만⋯⋯.

크리스티나 양뿐만 아니라 나까지 의기소침한 모습을 보이자, 루우가 몹시 걱정스러운 표정으로 우리의 반응을 살폈다.

"크리스티나 양, 몸이 안 좋아 보이시네요? 용을 죽인 자의 인자가 작용하고 있는 모양입니다만…… 묘하군요. 진정한 용종의 앞에서 기분이 들뜨거나 호전적인 경향을 보이는 경우가 있다는 소리는 들은 적이 있습니다만, 지금의 크리스티나 양처럼 몸에 이상이 발생하는 경우는 어머님으로부터도 들은 적이 없습니다."

크리스티나 양은 루우의 말을 듣자마자 아주 약간 씁쓸한 미소를 짓더니, 부자연스러울 만큼 밝은 목소리로 그녀에게 질문을 던졌다.

"그런가? 그나저나 바제는 지금 변신한 대로 심홍룡이었던 모양인데, 루우도 사실은 드래고니안이 아니라 용종(龍種)의 일족 중한 사람이지 않나?"

"예. 이 몸은 용종(龍種)의 말예 가운데 하나랍니다. 소첩은 용(龍)이기 때문에, 용(竜)을 죽인 자의 인자를 지니고 있는 크리스티나 양을 상대로 바제 양 만큼 중한 영향을 받지는 않습니다. 크리스티나 양의 입장에서도 바제 양보다 소첩을 의식하시는 편이 그나마 마음이 편하실 겁니다. 물론 평소보다야 기분이 언짢으실지도 모릅니다만……."

거기까지 말을 마친 루우는, 나에게 시선을 돌렸다. 용의 혼을 지닌 나와 함께할 때는 크리스티나 양의 기분이 언짢아지는 영향이 없는 걸로 봐서, 크리스티나 양 본인이 상대를 용이라고 인식하는 심리적 요인이 용을 죽인 자의 인자를 발현시키는 요소 가운데 하나라고 봐야 하나?

나의 경우, 평소엔 용으로서의 혼을 인간의 혼을 본뜬 껍질과 같은 막으로 에워싸고 있는 거나 다름없는 상태였다. 따라서 그녀의 인자에 관한 검증에 그다지 큰 도움이 될 리는 없었지만…… 흠, 지금 당장 결론을 내리는 것은 경솔한 판단일지도 모른다.

진심으로 자신을 걱정하는 듯한 루우에게, 크리스티나 양은 더이상 신경 쓰지 말라는 듯이 쾌활한 미소를 지어 보였다. 서투르기 짝이 없는 거짓 웃음이었지만, 당장 그런 표정이라도 지을 수 있는 기력이 남아있는 것 만해도 다행이었다.

"아니, 아주 약간 기분이 안 좋은 정도로 지금 당장 다른 문제가 있는 건 아니야. 나에 관해선 너무 신경 쓰지 마. 물론 루우와 드란의 마음은 고마울 뿐이야. 그보다 에드왈드 교수님? 바제의 제안은 받아들이시겠습니까?"

"어디 보자……."

에드왈드 교수는 마치 지금까지 생각 중이었다는 듯이 입을 열었지만, 바제를 올려다보는 그의 눈동자에선 이미 망설임과 같은 감정은 찾아볼 수 없었다.

†

"아하하하, 설마 순혈의 고룡을 탈 기회가 있을 줄은 몰랐네. 정말 우리들로서는 우연치 않게 특대급의 귀중한 경험을 쌓은 셈이야. 마법학원의 담당 부서에 고룡의 탑승 감각을 서술한 보고서라도 올려 볼까?"

에드왈드 교수가 바제의 손바닥 위에 올라탄 채로 유쾌하기 이를 데 없다는 듯이 웃고 있었다. 에드왈드 교수는 바제의 제안을 받아들여, 단숨에 하늘을 날아 꿩 나라의 야영지로 향하자는 결단을 내렸다.

정확한 구조조차 알 수 없는 꿩 나라의 야영지에서 하룻밤을 지새우자는 결단을 내릴 수 있던 데는, 바제와 루우가 아인 계열 최강 종족인 드래고니안 정도가 아니라 지상을 주거지로 삼는 모든 종족들 중에서도 최강에 해당되는 용종이라는 사실을 알게 됨으로써 얻게 된 확실한 자신감이 크게 작용한 것으로 보였다.

바제뿐만 아니라 루우 또한 용종으로서의 본색을 드러낸 상태였다. 그녀는 손바닥이 아니라 등에 우리를 태운 채로 날아가는 중이었다.

일이 이렇게 된 까닭은, 바제가 막상 우리를 옮길 때가 되자 크리스티나 양을 상대로 「네 녀석만은 태우기 싫다」라는 말과 함께 진심 어린 거부 의사를 표명했기 때문이다.

바제가 옮기고 있는 인원은 세리나와 에드왈드 교수, 그리고 미스 엘리자였다. 루우의 등에 타고 있는 인원은 나와 크리스티나 양, 그리고 레니아였다. 우리들 중에서 가장 문제가 많은 인원들이 이쪽에 모여 있다고 해도 과언이 아니었다. 세리나는 약간 납득이 안 간다는 표정으로 나를 노려보고 있었지만, 일단 지금은 참을성을 발휘해 달라고 할 수 밖에 없는 상황이었다.

루우의 등지느러미에 몸을 기대고 있는 크리스티나 양이, 정말로 면목이 없다는 듯이 그녀에게 말을 걸었다.

"루우, 미안하군. 나 때문에 그대의 고생이 너무 심한 것 같아."

"어머나, 너무 신경 쓰지 마세요. 오늘은 어디까지나 고집을 부

리면서 드란 님을 난감하게 하고 있는 바제 양이 나쁜 거니까요. 크리스티나 양 본인에겐 아무런 잘못도 없습니다. 바제 양도 머리로는 당연히 그 사실을 제대로 이해하고 있겠지만, 저 분은 기본적으로 자신의 마음에 충실한 분이거든요."

"잘 아는군. 싸움할 정도로 사이가 좋다는 건가?"

크리스티나 양의 질문을 듣자마자, 루우는 기분이 무척이나 상한 듯이 퉁명스럽게 잘라 말했다.

"절대로 그럴 리가 없습니다. 소첩과 저 분은 불과 물의 사이처럼 상극이랍니다. 앞으로 무슨 일이 있어도 서로를 이해할 일은 없을 거라고 봐요."

크리스티나 양이 나에게 고개를 돌리며 「진실은 어느 쪽이지?」라는 뜻이 담긴 시선을 던져 왔다. 나는 그녀를 마주보며 어깨를 으쓱해 보였다. 「나 또한 크리스티나 양과 같은 의견이야」라는 의미였다.

레니아는 우리 사이의 눈빛 교환에 아무런 관심도 없다는 듯이, 등지느러미에 몸을 기대며 두 눈을 감은 채로 침묵을 지키고 있었다.

도보로는 만만치 않은 시간이 걸렸겠지만, 하늘을 가로질러 오니 꿩 나라의 야영지까진 눈 깜짝할 사이에 다다를 수 있었다. 우리는 지도에 따라 야영지의 상공까지 도착하자마자, 투쟁의 흔적들이 있는 그대로 남아있는 지상으로 내려갔다.

꿩 나라의 야영지는 우리 왕국의 야영지와 마찬가지로, 평평하게 정돈된 언덕 위에 세워져 있었다.

다만, 그들은 우리 왕국보다 수비에 많은 역량을 투입한 듯이 보였다. 두껍기 그지없는 돌 벽이 주위를 에워싸고 있었으며, 사방을 감시하기 위한 용도의 높은 전망대가 몇 채나 우뚝 서 있었다.

착지로 인한 충격이 발생하지 않도록, 바제와 루우는 완만하고도 조용하게 방벽의 안쪽에 내려섰다.

나는 루우의 등에서 뛰어내려 주위를 전체적으로 둘러봤다.

여기저기에 검게 변색된 핏자국들이 눌어붙어 있을 뿐만 아니라, 예리한 손톱자국이나 불에 그슬린 흔적들, 산산이 박살난 채로 땅바닥을 굴러다니고 있는 성문의 잔해 등이 눈에 띄었다. 찌부러진 검이나 창 등의 무기들도 눈에 들어왔지만 최소한 우리의 시야가 닿는 범위 안에서 시체나 생존자의 모습은 보이지 않았다. 죽은 자건 살아있는 자건, 모조리 어디론가 끌려갔단 말인가?

바제와 루우가 다시금 드래고니안의 모습으로 돌아오자, 지금 당장 습격을 당할 일은 없을 것으로 판단한 에드왈드 교수가 지시를 내리기 시작했다.

"좋아. 일단 이 요새라고 해야 하나? 숙소 안을 돌아다녀 보세. 생존자나 습격자의 흔적 등을 찾아 가능한 한 정보를 모아보는 거지. 제한 시간은 날이 저물 때까지야. 날이 저물자마자 일단 조사를 중단한 뒤, 결계를 설치한 범위 안에서 교대로 불침번을 서는 식으로 취침하세."

"아까부터 생존자는 없다고 하지 않았나?"

에드왈드 교수가 납득이 안 간다는 표정의 바제를 마주보며 쓴웃음을 지었다. 지금 그녀의 성질을 건드려 봤자 시간을 낭비할 뿐인 관계로, 에드왈드 교수는 말을 골라 가며 그녀의 질문에 답했다.

"일단 한 번은 확인할 필요가 있거든. 게다가 정말로 생존자가 단 한 사람도 없더라도, 아까 목격한 유사 키메라들 이외의 습격자들이 있었을지도 몰라. 적들이 약간이나마 정보를 남기고 갔을 가능성을 고려하자면, 조사를 안 할 수도 없는 상황이야."

"흥, 조사건 뭐건 마음대로 해라."

우리는 일곱 명으로 구성된 즉석 파티를 조직한 뒤, 꾕 나라 요새의 내부를 철두철미하게 뒤지고 다녔다. 여기서도 간이 사역마들이 큰 활약을 선보였다. 조사 과정은 굉장히 신속하게 끝났다.

이 요새로 쳐들어 왔던 유사 키메라들은 아주 깊숙한 내부에까지 침투해 들어가 무자비한 살육을 감행한 것으로 보였다. 지하실이나 침실, 창고부터 주방에 이르기까지 모조리 엉망진창으로 파손된 상태였다. 무사한 방은 단 한 군데도 남아있지 않았다.

다만, 아무런 발견도 없었던 것은 아니었다. 꾕 나라의 학자들이 당연히 반입해 들어왔을 다양한 자료들이 전부 다 도난당한 상태였던 것이다.

식량이나 무기, 방어구와 같은 종류의 물자를 건드린 듯한 흔적은 전혀 눈에 띄지 않았다. 꾕 나라의 수많은 물자들 가운데 오직 자료들만을 훔쳐갔다는 사실이 의미하는 바는, 적들이 천공인의 유산에 관한 정보를 필요로 하고 있거나 은폐하고 싶다는 의도에 따라 움직이고 있다는 뜻이었다. 일말의 지성조차 느껴지지 않는 유사 키메라들을 조종하는 이가 존재한다는 뜻이기도 하다.

대강 요새 내부의 점검을 마친 우리들은, 이 요새의 지휘관이 사용하던 것으로 추정되는 가장 넓은 방에 모였다. 그리고 실내에 몇 겹을 넘는 결계를 전개한 뒤, 하룻밤을 지새우기로 결정했다.

우리는 두껍고도 붉은 양탄자 위나 의자 위를 각각 차지하면서 빙 둘러앉았다. 우리가 다 함께 바라보는 중심엔 슬라니아의 중심부에 위치한 건조물의 지도가 놓여 있었다.

"틀림없이 이 부근에 그 살점 덩어리를 조종하던 원흉이 버티고 있을 줄 알았는데, 세상 일이 그다지 쉽지만은 않군. 슬라니아에서 그 이외의 수상한 곳을 짚어 보자면, 역시 아직 발굴이 진행된 적 없는 수수께끼의 지하 공간뿐일 걸세."

에드왈드 교수가 그런 식으로 설명하면서 지도의 공백 부분을 가리켰다. 지하로 들어가는 입구가 아직 발견되지 않은 관계로, 아무 것도 없거나 흙으로 가득 차 있을 것으로 예상되는 공간이었다. 내가 보기엔 바로 그곳에야말로 20년에 걸친 조사 과정에서도 발견되지 않은 유사 키메라들의 둥지가 존재할 가능성이 매우 높았다.

나는 자신의 의견을 전원의 앞에서 선보였다.

"지금 신경 쓰이는 건 그 유사 키메라들이 원래부터 슬라니아를 서식지로 삼고 있었을 가능성과 외부로부터 새롭게 반입된 생물체들일 가능성, 혹은 새롭게 슬라니아에서 연성된 괴물들일 가능성입니다."

흠, 역시 지금 우리가 있는 이 슬라니아라는 도시는 단순한 거주용 도시가 아닌 것으로 예상된다. 천공인들이 심혈을 기울이던 불로불사에 관한 연구나 새로운 품종의 혼합 생물을 창조하던 실험, 다른 종족들에 대한 지배 체제까지 아울러 고려할 경우엔 생물 병기를 생산하는 공장이나 실험장 정도는 건설하고도 남으리라는 느낌이 들었다.

"응, 드란 군의 말이 맞아. 꿩 나라의 조사단이 실수로 괴물들의 봉인을 해방시켰을 수도 있을 거야. 그리고 바로 그 괴물들을 조종하던 자나 괴물들 가운데 지능이 높은 특별한 개체가 존재할 경우, 숙소의 현재 상황도 크게 부자연스러운 느낌은 없어 보여. 어쨌든 간에, 비행선이 도착할 때까지 확고한 증거를 수집하는 거야말로 급선무일세. 물론 우리 자신들의 안전을 최우선적으로 확보하면서 말이지."

에드왈드 교수의 의견이 지금으로선 무척이나 타당하다는 느낌이 들었다. 다만 「적」이 슬라니아의 모든 도시 기능을 완전히 파악하거나 장악한 상태일 경우, 아무 일도 없이 무사히 끝날 리가 없었다.

황혼이 지나 밤의 어둠이 땅을 뒤덮기 시작할 무렵, 우리는 다른 방들로부터 모아온 모포들을 양탄자 위에 깔아 간이 보금자리를 만들었다.

불침번의 조합은 우선 루우와 세리나, 미스 엘리자와 바제, 레니아와 크리스티나 양, 마지막으로 에드왈드 교수와 나의 순서였다. 불침번의 인원 편성은, 문제의 발생을 최소화하려는 의도를 우선시한 결과였다.

슬라니아에 서식하는 네 개의 날개를 지닌 올빼미의 울음소리가 들려오는 가운데, 우리는 잠자리에 들었다.

루우와 바제는 인간들과 달리 하루나 이틀 정도 잠을 자지 않더라도 큰 문제는 없었지만, 우리의 습관을 존중하는 의미에서 두 눈을 감은 채로 조용히 침묵을 지켰다. 두 사람은 두 눈을 감은 상태로도, 정말로 잠을 자고 있는 것은 아니었다.

완벽한 정숙이 실내를 가득 채운 채로 창문을 통해 들어오는 달과 별의 빛만이 바닥 위에 누워 잠을 청하고 있는 이들의 모습을 어렴풋하게 밝히고 있는 와중이었다. 나는 에드왈드 교수와 함께 불침번을 서고 있었다.

나는 바닥에 앉아 칼집 안의 장검을 왼손에 움켜쥔 채, 언제든지 마법을 행사할 수 있도록 몸 안의 마력을 가다듬고 있었다.

설마 오늘은 이대로 아무 일도 없이 평온한 새벽을 맞이할 수 있는 걸까? 그러한 생각이 나의 머릿속을 스쳐지나간 바로 그 순간, 요새 전체에 울려 퍼질 정도로 강렬한 굉음과 진동이 우리에게 전해져 왔다. 곧바로 바닥 위에 누워 있던 전원이 벌떡 일어났다. 졸린 눈을 비비고 있는 이는 단 한 사람도 없었다. 모두 다 이곳이 전장이라는 사실을 뼛속 깊이 명심하고 있던 것이다.

"드란 씨, 대체 무슨 일이죠?"

순간적으로 마안을 각성시킨 세리나가, 인간을 초월한 시야를 확보하자마자 주위를 둘러보면서 나에게 물어 왔다.

그와 동시에, 발밑이 떠오르는 듯한 부유감이 순간적으로 우리를 덮쳐 왔다.

"과연, 우리의 예상을 아득히 초월한 방법을 동원해온 모양이군."

혼자서 사태를 파악한 결과를 중얼거리고 있던 나에게, 주위의 시선이 모여들었다. 에드왈드 교수가 대표로 나서서 입을 열었다.

"드란 군? 혼자서만 납득하기보다, 정답을 나머지 인원들에게도 가르쳐주는 편이 좋을 것 같다만…….."

"창밖을 내다보시죠."

나는 마법의 등불을 천장 근처에 발생시켜 실내의 시야를 확보하는 동시에, 일행의 시선을 창밖으로 유도했다.

아까 전까지 보이던 하늘 높이 솟아오른 나무들이나 완만한 평원은 온데간데없었다. 그 대신, 주위의 풍경이 밑에서 위를 향해 고속으로 흘러 올라가는 모습이 시야에 들어왔다.

"이 요새와 숙소 근방을 땅바닥 째로 슬라니아의 지하를 향해 이동시키고 있는 겁니다. 인공적으로 건설된 천공 도시가 아니고서야 불가능한 구조로군요."

승강기? 내 기억엔 엘리베이터라는 명칭이었던 걸로 안다.

"상대는 우리가 자신이 진을 치고 있는 곳까지 일부러 쳐들어갈 필요도 없도록, 우리를 자신들의 구역으로 끌어들일 심산인 모양입니다. 좋건 싫건, 상대방에게 유리한 조건하에서 전투를 벌여야 한다는 뜻이지요."

이대로 슬라니아의 지하 혹은 중심부까지 강하할 경우, 십중팔구 적들의 대군이 우리를 기다리고 있을 것이 틀림없었다. 실내의 분위기는 필연적으로 긴장감과 투기로 가득 찰 수밖에 없었다.

"어디 보자, 악마와 사신(邪神) 중 어느 쪽이 튀어나올까?"

순간적으로 현기증이 찾아오면서 강하가 멈췄다. 느닷없이 온 사방 일대가 강렬한 빛으로 가득 차더니, 대낮처럼 밝아졌다.

두 눈이 주위의 조명에 슬슬 적응하기 시작할 무렵, 우리는 창 밖에 한 사람의 사나이가 서 있는 것을 목격했다.

은빛 뱀 모양의 손잡이가 달린 지팡이를 짚은 새하얀 눈빛의 로 브를 걸친 청년이었다.

그는 이상적인 남성상의 본보기로 삼고 싶을 만큼 완벽한 황금 비율을 자랑하는 체구의 소유자였다. 그리고 세계의 진리 중 일부 를 해명하는데 성공한 위대한 학자를 연상케 하는 지적인 분위기 와, 속세와의 인연을 끊고 사는 듯한 염세적인 분위기를 동시에 풍기는 남자였다.

붉은 머리카락을 뒤로 넘겨 훤히 드러난 그 얼굴에서 깊고도 그 윽한 윤곽과 날카로운 눈매는 무척이나 인상적이었다. 그리고 흘 러가는 듯한 콧날의 곡선은 만인이 선망의 눈길로 바라볼 정도로 우아하기 그지없었다. 이 세상의 모든 미(美)의 탐구자들은, 바로 지금 눈앞에 나타난 이 모습이야말로 완벽하다는 사실을 인정할 수밖에 없을지도 모른다.

하지만 그의 눈동자에 깃든 빛은 너무나도 차갑기 짝이 없었다. 그리고 눈동자 속에서 꿈틀거리는 어둠 또한 그 무엇보다도 깊숙 하게 느껴졌다.

"악마나 사신이 아니라…… 초인종이었나?"

일찍이 신들이 창조하고자 한 피조물로서, 완벽하면서도 완전한 존재를 『사람』이라고 일컫는다.

그러나 신들이 의도하던 바가 빗나간 결과로 탄생한 존재가, 실패작이자 사람과 짐승의 중간적 존재인 『인간(人間)』이라고 불리게 되기에 이르렀다.

그리고 그 인간들 가운데 대단히 흔치않은 빈도로 신들의 이상형인 『사람』에 한없이 가까운 혼과 육체를 타고난 존재가 태어난다.

우리는 평범한 인간들의 규격을 아득히 초월한 지력과 체력, 정신력과 마력을 겸비한 채로 태어나는 그들을 『초인종(超人種)』이라고 부른다.

말인즉슨, 우리의 눈앞에 나타난 것은 크리스티나 양과 마찬가지로 보는 관점에 따라 나의 천적일 수도 있는 초인종에 속하는 청년이었다는 것이다.

제4장 초인종과 마도 결사

"거친 환영을 받을 듯한 분위기로군요."

나의 입에서 굳이 말할 필요도 없는 소리가 나오는 동안, 전원이 전투태세를 완벽히 갖춘 채로 바깥에 서 있는 청년과 그의 주위에서 숨을 죽이고 있는 수많은 기척들에게 주의를 기울이고 있었다.

하지만 대답조차 못할 분위기는 아니었는데, 다들 너무 냉정하단 말이지. 흠.

"일부러 자신의 모습을 보였다는 것은, 우리를 상대로 특별한 요구 사항을 제시할 가능성이 크다는 뜻이야. 과거의 경험에 비추어볼 때, 9할 정도는 그런 경우가 많았거든."

에드왈드 교수가 묶어두고 있던 채찍을 언제든지 휘두를 수 있도록 움켜쥐면서 그런 식의 발언을 입에 담았다. 그 말을 들은 세리나가 움찔거리는 표정으로 그에게 되물었다.

"저기, 나머지 1할은 뭔가요?"

세리나로부터 질문을 던져 놓고도 어딘지 모르게 대답을 듣기가 싫다는 분위기가 전해져 왔다. 아마도 그가 대답할 내용이 상상이 가는데다가, 그다지 환영하기 어려운 현실을 들이대리라는 결과가 빤히 예상되기 때문이리라.

아니나 다를까, 에드왈드 교수는 대담한 미소를 입가에 띤 채로 대답했다. 그의 표정은, 세리나의 불길한 예감이 적중했다는 사실을 확신시키기에 충분하고도 남을 정도로 무척이나 의미심장한 빛을 띠고 있었다.

"물론, 문답무용으로 우리의 목숨을 노리러 들어오는 1할이지."

"그럴 줄 알았어요. 으으, 역시 불길한 예감은 항상 적중한단 말이죠……."

"내 생각엔 그다지 크게 걱정할 일은 없을 거야, 세리나 군. 이 자리에 모인 인원들이 진정한 실력을 발휘한다면, 지금 모습을 감추고 있는 패거리들까지 통째로 상대하더라도 아마 죽지는 않을 거거든!"

"아무리 밝은 목소리로 말씀하셔도 내용이 너무 살벌하세요, 에드왈드 교수님."

바로 그 순간, 미약한 마력이 전해져 왔다. 바깥에 서 있던 붉은 머리카락의 청년이 대기를 진동시켜 먼 거리까지 목소리를 전달하는 마법을 행사한 것이다. 기본적으로 당연히 우리가 있는 곳까지 들리지 않을 거리에 있는 청년의 목소리가, 억양이 거의 없는 담담한 말투로 우리들 전원의 고막을 진동시켰다. 모든 인간들이 타고나는 마음속의 온기를 어머니 뱃속에 놔두고 왔다는 느낌이 드는, 냉철하다는 표현밖에 안 나오는 목소리였다.

『천공 도시 슬라니아에 온 것을 환영한다. 제군들과 키메라들이 벌이던 전투의 광경은 이 두 눈으로 똑똑히 목격했다. 제군들에게 경의를 표하는 동시에, 직접 대화를 나누고 싶다는 뜻을 전한다. 그런 고로 그곳에서 나와 주겠나? 나로서는 그다지 거친 행동은 삼가고 싶은 참이거든.』

"삼가고 싶다는 건 입으로만 하는 말이고, 실제론 전혀 망설임은 없다는 듯한 목소리로군."

에드왈드 교수가 청년이 입으로 하는 말과 마음속의 속셈이 완전히 정반대라면서 쓴웃음을 짓자, 미스 엘리자가 얼굴빛 하나조차 변하지 않은 표정으로 고개를 끄덕였다.

"꽤나 자주 듣는 종류의 대사로군요, 교수님."

"그다지 자주 듣고 싶은 대사는 아니지만, 어쩔 수 없지. 최악의 경우엔 우리가 틀어박혀 있는 이 건물까지 통째로 찌부러뜨릴 수도 있어 보이니, 일단 밖으로 나가보겠나?"

에드왈드 교수는 우리에게 고개를 돌리면서, 곤혹스러운 듯이 양 어깨를 으쓱해 보였다. 개인적으로 본 그의 얼굴 표정에선, 비장한 각오와 같은 느낌은 조금도 전해져 오지 않았다. 그는 우리의 예상보다 훨씬 믿음직스러운 남자였다.

바제나 레니아 같은 경우엔 지금 당장이라도 창문을 부수고 나아가 바깥의 청년을 공격할 듯한 분위기를 풍기다가도, 에드왈드 교수의 여유를 잃지 않는 태도가 마음에 들었다는 듯이 흥미롭기 그지없다는 표정으로 미소를 지었다. 그리고 결국은 나머지 일행들과 함께 얌전히 밖으로 걸어 나갔다.

꾕 나라 요새는 금속 재질의 공간으로 사방을 포위당한 상태였다. 상공을 올려다보자, 사각형 모양으로 도려 나간 듯한 구멍을 통해 밤하늘이 시야에 들어왔다.

우리가 나올 때까지 기다리고 있던 청년의 등 뒤로 본래 모습의 바제나 루우, 거인족들도 문제없이 지나갈 수 있을 만큼 거대한 통로가 이어져 있는 모습이 보였다.

요새를 에워싸고 있던 성벽을 지나, 에드왈드 교수와 미스 엘리자가 선두로 앞장서 나아갔다. 최후방으론 바제와 루우가 따라왔다. 어느샌가 우리가 디디고 있던 발밑이 풀밭이 아니라 금속 재질의 바닥으로 변했다.

청년을 향해 계속 걸어가다 보니, 약 스무 걸음 정도의 거리까지 다다른 참에 청년의 목소리가 들려왔다.

"일단 정식으로 인사하마. 나의 이름은 자드바르. 이 슬라니아를 통치하는 자다."

"나는 에드왈드라고 하네. 가로아 마법학원에서 고고학 과목의 교편을 잡고 있는 신분이지. 오늘은 조수와 학원의 학생들, 그리고 선의의 협력자들과 함께 슬라니아를 조사하러 온 참일세. 그런데 당신은 방금 슬라니아를 통치하는 자라는 말을 입에 담았는데, 슬라니아에 천공인의 생존자가 남아있었다는 소리는 들어본 적도 없군. 당신은 천공인의 생존자로서 이 슬라니아라는 도시를 통치할 자격이 있다는 건가? 혹은 슬라니아의 도시 기능을 장악한 관계로 통치할 자격이 있다는 소린가?"

에드왈드 교수의 말투가 묘하게 과장된 연극조 같이 들리는 것은 조금 신경 쓰였지만, 질문의 내용 자체는 짚고 넘어갈 가치가 있는 사항들이었다.

발굴이 진행되지 않은 지하 공간에 잠들어 있던 천공인이 잠에서 깨어나 슬라니아의 지배권을 주장한다면, 그들의 입장에서 본 우리는 일종의 도굴꾼이나 강도나 다를 바 없었다. 따라서 그들이 우리를 우격다짐으로 제거하려 든다는 것은 지극히 자연스러운 자기 방어 행동의 일환이었다. 에드왈드 교수 또한 자드바르로부터 슬라니아에서 물러나라는 요구가 나올 경우엔 군말 없이 따를 생각인 것으로 보였다.

하지만 그의 정체가 후자에 해당될 경우, 본인의 목적에 따라 우리의 힘으로 그를 막아야 할 필요성이 있을지도 모른다. 게다가 굉 나라 조사단의 말로를 제대로 확인하지 않고서야, 빈손으로 슬라니아를 떠날 수도 없는 노릇이었다.

나는 눈앞의 초인종 사나이로부터 느껴지는 혼의 빛깔과 분위기로 봐서, 일이 어떻게 굴러가더라도 평화롭게 끝나리라는 느낌은 받을 수 없었다. 지금껏 쌓아온 과거의 경험과 현재 확인 가능한 저 남자의 일그러진 혼으로 볼 때, 자드바르는 자신의 사악한 마음을 조금도 숨길 생각이 없는 종류의 악인이었다.

자드바르는 눈썹 하나 까딱하지 않은 채로, 태연하게 입을 열었다.

"실질적으로 이 몸이 슬라니아의 모든 기능을 장악·통치·지배하고 있을 뿐이다."

흡사 인형과 대화하는 느낌이 들 정도로, 감정의 동요를 밖으로 드러내지 않는 남자였다.

"어디까지나 자기 자신이 슬라니아의 통치자이자 소유자라는 주장을 밀어붙이겠다는 건가? 오호라, 하지만⋯⋯."

일단 말을 끊은 에드왈드 교수를 마주보면서, 자드바르의 눈가에 어렴풋이 수상쩍은 빛이 번뜩였다. 이제 곧 전투가 시작되리라는 예감에 모든 일행이 숨을 죽이는 가운데, 에드왈드 교수가 어딘지 모르게 도발적인 미소를 지은 채 잘라 말했다.

"지금 한 발언은 터무니없는 무리수였군. 왜냐하면 그런 식으로 얼버무리기엔 자네는 지나치게 유명 인사거든. 가명뿐만 아니라, 얼굴까지 위장할 필요가 있지 않았을까? 대마도(大魔導) 바스트렐의 수제자 가운데 한 사람인, 붉은 죽음의 자그르스. 불과 열 살의 나이에 도사의 자격을 습득한 뒤, 그 이듬해로 들어서자 자신의 일족들을 모조리 몰살시킨 최악의 살인마. 바스트렐의 제자로서 다시금 세상에 모습을 보였을 때는, 천 명의 인간들을 산 제물로 삼아 사악한 마법의 의식을 집행함으로써 붉은 죽음이라는 호칭을 자칭하기 시작한 대죄인이야. 각국의 군사 부문이나 마법 길드 사이에서 수배서가 돌아다니는 대죄인의 얼굴과 이름 정도는, 아무리 나 같은 학자 나부랭이라도 모를 수가 없지. 그리고 자네들의 스승인 바스트렐이 통솔하는 마도 결사 오버 진이 최근 들어 천공인들의 기술이나 유산을 수집하는데 노력을 기울이고 있다는 사실도 말이야."

대마도 바스트렐. 마법학원의 학생들뿐만 아니라 마법을 배우는 이들은 누구 한 사람의 예외도 없이, 반드시 한 번 정도는 그의 이름을 공포의 전설과 함께 들어본 적이 있을 것이다.

일만의 마법사들조차 능가하는 것으로 알려진 자신의 힘을 오로지 자신의 욕망을 이루기 위해서만 사용하면서, 지금껏 수많은 이들에게 무시무시한 재앙을 선사해 온 최악의 악당이었다. 그 존재를 최소한 200년 전부터 확인할 수 있는 대마법사이자, 세계 최강의 마법사들 가운데 한 사람으로 꼽힐 만큼 강대한 마력의 소유자였다. 금단의 마법 약이나 마법 도구를 밀무역으로 유통시키거나, 정부의 주요 인사를 유괴·암살·세뇌하는 정도는 그가 저지른 악행 가운데 규모가 작은 축에 속했다. 그는 금지된 주문을 사용한 실험 등의 부산물로서 엄청난 대량 학살을 자행하는 등의 악행을 그야말로 셀 수도 없이 저질러 왔다.

바로 그 남자가 자신의 산하에 재능 있는 마법사들을 끌어 모아 조직한 마도 결사 또한 웬만한 강대국에 필적할 정도의 전투력과 자금력, 영향력을 지니고 있는 것으로 널리 알려져 있었다.

각국의 지도부나 정규적인 마법사들의 입장에서 본 바스트렐과 마도 결사 오버 진은, 언제나 전율과 함께 거론될 수밖에 없는 꺼림칙한 존재들이었다. 내가 그들에 관해 알게 된 것은, 가로아 마법학원에 입학하자마자 엔테의 숲에서 마계의 군세를 소환한 이들에 관해 조사하던 때였다.

에드왈드 교수로 인해 정체가 드러난 자드바르, 본명 자그르스는 그때까지 유지하고 있던 무표정으로부터 도저히 상상도 가지 않을 정도의 처절한 미소를 지어 보였다. 그리고 목구멍 속으로부터 낮은 음량으로 음험하기 짝이 없는 웃음소리를 흘렸다.

"크크크, 나에 관해 알고 있었단 말이지? 스승님을 따라다니다 보니 여러 모로 도가 지나쳤던 모양이다. 그럼 하찮은 연기는 더 이상 필요 없겠구나. 다시 한 번 정식으로 인사하마. 나는 자그르스, 위대한 마도의 진리를 추구하는 탐구자 바스트렐 님의 제자 가운데 한 사람……. 지금은 스승님의 명에 따라, 이 슬라니아를 장악하고 있는 중이다."

정체를 숨기고 있던 가면을 내팽개친 자그르스의 주위로부터 마치 공간이 지금 당장이라도 일그러질 듯한 살기가 피어오르기 시작했다.

"어느 쪽이 옳고 그르냐는 가치 판단은 그냥 넘어가더라도, 나또한 자네가 소속된 비밀 결사가 지극히 우수한 집단이라는 소문은 들어본 적이 있다네. 그런데 설마, 이 슬라니아의 도시 기능을 장악할 정도의 조직이었을 줄이야. 나 참, 신들께서도 가끔씩 재능을 선물해야 할 대상을 잘못 고르시는 것 같아."

자그르스는 에드왈드 교수의 탄식에 완전히 동의한다는 듯이 양어깨를 으쓱해 보였다. 의외로 사교적인 인물일지도 모른다는 느낌이 들었다.

자그르스는 마치 값어치를 평가하는 듯한 무척이나 기분 나쁜 눈길로 우리를 둘러보다가, 완벽에 가까운 형태의 입술을 움직였다. 특히 바제와 루우, 크리스티나 양을 바라볼 때는 시선의 움직임이 느려졌던 것으로 봐서 그녀들에게 특별히 관심이 많은 모양이다. 이 세 사람을 상대로는 그럴 수도 있으리라는 생각이 들었다.

"모든 현상은 우리 스승님의 인도에 따른 결과에 지나지 않는다. 그나저나 이 슬라니아로 찾아오는 들쥐들을 퇴치하는 지루한 임무인 줄로만 알았는데, 강대한 권능을 지닌 고룡들과 아직 각성하지 못한 동포와 만나게 될 줄이야. 나로서는 그야말로 예상치 못한 행운에 얻어걸린 셈이다."

자그르스가 희열에 찬 미소를 짓자, 바제는 불쾌하기 짝이 없는 속마음을 자신의 태도로 정직하게 내비쳤다. 그리고 자신의 몸 주위로 아지랑이를 발생시키면서 한 걸음씩 천천히 그에게 다가가기 시작했다.

"흥! 나를 적으로 돌린 주제에 행운이라는 소리가 입에서 나오다니, 머릿속의 뇌가 썩어문드러졌나 보구나."

바제와 마찬가지로, 루우 또한 자그르스로부터 느껴지는 추악한 악의에 대해 즉각적인 반응을 보였다. 대량의 물방울들을 발생시켜, 언제든지 강철조차 꿰뚫고도 남을 위력의 소나기를 인정사정 없이 퍼부어버릴 준비를 끝마친 상태였다.

"매우 드물게도 소첩 또한 바제 양의 의견에 동의하고 있답니다. 당신으로부터 이보다 더할 수 없이 흉악한 기척이 느껴집니다. 마치 우리들의 숙적인 해마(海魔)들을 상대할 때에 가까운 기운이군요."

"해마 따위와 똑같은 취급을 당하다니, 무척이나 유감스럽군. 하지만 자네들은 오버 진에서도 굉장히 구경하기 힘든 축에 속하는 희귀한 존재들이야. 평범한 용들이나 아룡들을 해부하는데도 이제 슬슬 질리기 시작하던 참이었거든. 자네들은 여러 가지 의미로 나나 스승님에게 큰 도움이 될 거야. 무슨 일이 있어도 반드시 손에 넣고 싶다. 일단 나의 제안을 들어보는 게 어떤가? 얌전히 나를 따를 경우에 한해, 바제와 루우라고 했나? 자네들 두 사람과 저기 있는 크리스티나 양이라는 여성의 목숨만큼은 살려주도록 하지. 자네들에 관해선 슬라니아에 상륙한 그 순간부터 눈여겨 관찰하고 있었거든. 자네들은 몰랐을지도 모르지만, 이 슬라니아에선 날벌

레들부터 시작해서 눈에 보이지 않을 정도로 자그마한 미생물들에 이르기까지 수많은 나의 눈과 귀들이 나돌아 다니고 있었다네. 특히 크리스티나? 자네는 나와 같은 초인종이라는 인연을 봐서 우리 결사의 일원으로서 맞아들이고 싶다. 나머지 족속들에게도 고통 없는 죽음을 선사할 것을 약속하지. 아니, 사실은 나머지 족속들도 나의 실험 재료로서 살려준다는 길이 없는 것은 아니야. 나로서는 이 정도가 최대한 양보한 결과물인데, 검토할 여지는 있나?"

우리들의 대답은 처음부터 빤히 알고 있을 텐데, 자그르스의 단정한 얼굴에 떠오른 미소가 추악한 악의로 일그러졌다.

에드왈드 교수가 거절한다는 말을 미처 입에 담기도 전에, 포악한 미소를 지은 바제가 움직였다. 솔직히 말하자면, 누가 봐도 이렇게 될 수밖에 없는 너무나 당연한 결과였다.

「인간 따위」가 감히 용종을 상대로 주제 넘는 소리를 지껄이다니! 가소롭다 못해 웃기지도 않는구나!"

지금 같은 상황이 벌어질 경우, 바제가 가장 먼저 감정을 폭발시켜 전투를 시작하리라는 사실은 우리들 사이에서 이미 공통적인 인식으로서 자리 잡고 있었다. 앞으로 나가 있던 에드왈드 교수와 미스 엘리자는, 바제가 다홍빛 불꽃을 휘감은 채로 돌진을 시작하자마자 뒤로 물러났다.

바제의 후방 좌우로 나와 크리스티나 양, 에드왈드 교수와 미스 엘리자가 진을 쳤다. 그리고 그 후방으로 세리나와 루우가 물러나, 마법과 술법을 동원한 지원 태세를 갖추고 있었다.

그리고 레니아의 경우, 어느 틈엔가 기세 좋게 성큼성큼 나아가고 있는 바제의 옆으로 나란히 걸어가고 있었다.

그녀는 앞으로 나아가다가 단 한 차례만 나에게 시선을 돌리면서 「흥」이라는 식으로 코웃음을 치는 듯한 표정을 지어 보였다. 설마 저 녀석은 바제를 상대로 대항 의식을 불태우고 있는 건가?

바제와 레니아의 접근에 따라 자그르스의 주위 공간이 요동치는가 싶더니, 엄청난 양의 무지막지한 살기들이 두 사람을 향해 날아들었다.

"저열한 은폐 마법 따위로 나의 눈을 속일 수 있을까 보냐!"

바제가 오른팔을 휘둘러, 아무 것도 없던 것처럼 보이던 공간을 쓸어 넘겼다. 바로 그 순간, 강철조차 용해시키고도 남을 정도의 무시무시한 열량을 지닌 불꽃이 불어 나와 그때까지 흔적도 보이지 않았던 유사 키메라들을 통상 공간으로 끄집어 올리자마자 즉석에서 잿더미로 만들어 버렸다.

레니아도 유사 키메라들의 존재를 정확히 파악하고 있었다는 점에선 그다지 큰 차이는 없었던 모양이다. 그녀는 살기와 파괴 충동을 있는 힘껏 압축시킨 사념의 파동을 사방으로 해방시켰다. 그녀의 염동력에 의해 강제로 팔다리가 찢겨 나간 유사 키메라들의 시체 조각들이 공중을 날아다녔다.

"이런 방법은 평범한 상대에게밖에 통하지 않아. 얄팍하기 그지없는 수작이다."

보이지 않는 습격자들은 바닥을 디디는 발자국이나 호흡 소리, 냄새까지도 완벽하게 위장한 상태였다. 그러나 고위의 은폐 마법까지도 손쉽게 간파하는 용안과 신조마수의 마안을 지닌 두 사람을 상대할 경우엔 그런 종류의 잔재주들은 아무런 의미도 없었다.

적들은 자그르스가 사용한 은폐 마법과 유사 키메라들이 자체적으로 갖추고 있던 위장 능력을 동원해 모습을 감추고 있었다. 그러나 바제의 몸에서 발산되는 공격적인 살기와 마력에 의해 그들이 준비한 모든 수단들은 남김없이 벗겨져 나갔다. 그 결과, 우리의 주위를 열 겹 스무 겹으로 에워싸고 있던 유사 키메라들의 모습이 육안에 잡혔다.

"방금 전까지 저 분은 교섭을 하는 척 하면서 사실상 우리한테 협박을 한 거나 다름이 없죠?"

눈초리를 치켜뜨면서 자신의 선조로부터 대대로 물려받은 저주받은 뱀의 마력을 불러일으키던 세리나가, 사랑스러운 외모에 걸맞지 않게 무지막지한 분노가 담긴 질문을 던져 왔다. 나는 등을 돌린 채로 그녀의 질문에 답했다. 그녀와 가벼운 대화를 나눌 정도의 여유는 있는 상황이었다.

"처음부터 노골적으로 우리를 우습게 보고 있었으니, 정상적인 교섭이 이루어질 리가 없는 상황이었어. 평화로운 대화를 시도조차 하지 않았던 자기 자신의 판단을, 지금부터 뼈저리게 후회하도록 만들어주자."

"예!"

세리나가 각자 외모가 크게 다른 유사 키메라들을 대상으로, 뱀의 마안을 이용한 마비 효과와 공격 마법을 병용하면서 과감한 반격을 감행했다.

크리스티나 양은 자그르스가 자신을 특별 취급한 일에 관해 의

문을 품고 있는 듯이 보였지만, 유사 키메라들이 들이닥치는 현재 상황을 극복하고자 우선 전투에 모든 신경을 집중시켰다. 그녀의 재빠른 사고 전환 능력에 관해선 감탄의 말밖에 나오지 않았다.

나 또한 그녀들에게 뒤쳐지지 않도록, 장검에 마력을 부여한 모의 마검을 휘둘러 유사 키메라들을 제거하는 작업에 들어갔다.

유사 키메라들은 지상의 평범한 마물들보다 강력한 능력치를 지니고 있는 것으로 보였지만, 이번 같은 경우엔 우리가 평범한 상대가 아니라는 점에서 그들이 지금까지 죽인 상대들과 궤가 달랐다.

네 개의 눈이 달린 염소의 머리를 지닌 검은 슬라임이, 고양이과의 맹수를 연상케 하는 재빠른 속도로 나를 덮쳐 왔다. 물론 나로서는 반격할 뿐이다. 염소 슬라임이 기어온 바닥은 강력한 산성 용액에 의해 지글거리는 소리와 함께 녹아내리고 있었다.

나는 염소의 목을 베어 넘긴 뒤, 화염탄을 발생시키는 파이어 볼을 날려 남아있는 슬라임 부분을 증발시켰다.

에드왈드 교수는 바제의 옆구리 사이를 누비고 들어온 유사 키메라에게 채찍을 날렸다. 교수의 채찍이 잿빛의 울퉁불퉁한 껍질로 몸을 감싼 2족 보행 소형 코뿔소의 다리를 휘감았다.

에드왈드 교수가 채찍을 머리 위로 끌어올리자, 소형 코뿔소가 나자빠졌다. 미스 엘리자가 머리 위로 높이 치켜들었던 전투용 도끼를 넘어진 코뿔소의 머리를 향해 내리찍었다.

나의 용안으로 관찰한 결과에 따르면, 미스 엘리자가 오페라 글러브의 위로 장착하고 있는 갑옷 토시나 정강이받이, 목 언저리의 목걸이나 머리 장식에 이르기까지 거의 모든 장비에는 신체 강화의 마법 술식을 부여된 상태였다. 손에 들고 있는 전투용 도끼는, 도끼날부터 시작해서 자루에 이르기까지 모두 강철로 이루어진 초중량을 자랑하는 무기였다. 그러나 그 도끼에도 경량화와 중량화에 쓰는 두 가지 술식이 각인되어 있어, 휘두를 때는 가볍게 느껴지다가 적을 공격할 때는 무거워지도록 설정된 무기였다.

저 도끼에 정통으로 얻어맞을 경우, 아무리 두꺼운 잿빛 껍질을 자랑하는 코뿔소 괴물이더라도 일격에 끝장날 수밖에 없으리라.

전투에 정신을 집중하고 있는 크리스티나 양에 관해선 전혀 걱정할 필요조차 없었다.

그녀의 주위엔 유사 키메라들의 잘린 목이나 팔다리가 잔뜩 굴러다니고 있었다. 마치 거울과도 같이 깔끔하게 잘려 나간 단면으로 봐서, 그 시체들을 만든 장본인이 크리스티나 양이라는 사실은 일목요연했다.

크리스티나 양은 상어의 머리가 달린 백조의 무리들에게 포위당한 채로, 파란 리본으로 묶어 두고 있던 은발을 휘날렸다. 그녀의 주위에 은빛의 원이 번뜩일 때마다, 숨통이 끊어진 상어 백조들의 시체가 그들의 녹색 혈액과 함께 땅바닥을 굴러다녔다.

흠, 변함없이 인간을 아득히 초월한 전투 능력이었다. 심지어 그녀는 아직도 초인종으로서 제대로 된 각성이 이루어지지 않은 상태였다. 그녀가 진정한 각성을 맞이할 경우, 영적인 격이 더욱 더 상승됨에 따라 마력과 신체 능력이 최소한 지금의 두 배 이상으로 뛰어오를 것이다. 특히, 영적인 격의 상승은 그녀에게 극적인 변화를 가져올 수밖에 없을 것이다.

크리스티나 양의 아름답기까지 한 활약을 구경하다 보니, 의도치 않게 드래곤 슬레이어의 마검으로 전생의 나와 싸우다가 심장을 꿰뚫은 용사의 모습이 떠올랐다.

내가 그다지 앞장서 나아가 싸울 필요가 없었던 까닭은, 후방에서 물의 화살이나 창으로 정확하게 지원 사격을 날리는 루우와 폭력의 화신으로 변해 자그르스를 향해 돌진하고 있는 바제와 레니아 덕분이었다.

"터무니없는 큰소리나 지껄이던 녀석이 겨우 이 정도냐? 설마 이 따위 쓰레기들로 우리를 제압할 수 있다고 생각했던 거냐!"

천장에까지 닿을 만큼 커다란 홍련의 불꽃이 바닥으로부터 솟아나왔다. 삼라만상(森羅萬象)의 모든 존재들을 예외 없이 불살라 버리는 진정한 고룡의 불꽃이 볼품없는 합성 생물들을 순식간에 잿더미로 만들어 버렸다.

바제는 여유를 보이듯이 일부러 천천히 걸어 다녔다. 주위의 유사 키메라들은 스스로 불 속으로 뛰어 들어가다가 타 죽는 나방처럼, 잇달아서 바제에게 몰려가다가 단말마의 비명과 함께 잿더미로 변했다.

그리고 레니아 또한 바제의 오른편을 여유 있게 걸어 다니면서 눈앞을 가로막는 괴물들을 눈에 보이지 않는 파괴의 사념으로 모조리 날려 버리거나 부스러뜨렸다. 그야말로 파괴의 여왕이라는 제목을 붙이고 싶을 정도로 그 누구보다도 위엄 있고도 냉혹한 모습이었다.

"겨우 이 정도의 잔챙이들로 나를 귀찮게 하다니, 만 번 죽어 마땅하다."

레니아는 원형조차 확인할 수 없는 유사 키메라들의 시체로 길을 깔고 있었다. 그녀는 나란히 걷고 있는 바제에 관해선 전혀 신경 쓰지 않았지만, 이따금씩 등 뒤로 고개를 돌리는 식으로 은근슬쩍 나의 시선을 의식하는 듯한 모습을 보였다.

바제와 레니아가 열 걸음 정도의 거리까지 다가간 바로 그 순간, 자그르스가 처음으로 움직임을 보였다.

"고룡이 지닌 어마어마한 권능은 나의 예상에서 그다지 크게 벗어나지 않았다만, 설마 나의 동포를 제외한 마법학원의 학생들 따위가 이 정도의 실력을 지니고 있었다는 것은 꽤나 흥미롭구나."

자그르스가 한 눈에 봐도 마법도구가 틀림없는 농밀한 마력을 발산하는 지팡이로 새하얀 바닥을 두드리자, 그가 두드린 곳을 중심으로 전파된 진동이 바제와 레니아를 덮쳤다.

바제는 날개를 펼쳐 공중으로 몸을 피하면서 그 진동으로부터 회피를 시도했다. 레니아는 사념을 날려 상쇄를 노렸다. 그러나 내가 보기엔, 양쪽 다 그다지 좋은 수는 아니었다.

"치잇?!"

"큭!"

뒤늦게 날아오르려던 바제의 꼬리와 땅을 디디고 있던 발바닥은 결국 진동의 영향권으로부터 벗어날 수 없었다. 레니아의 경우엔 기세 좋게 발사한 파괴의 사념이 오히려 산산이 조각나 버렸다. 결과적으로 두 사람 다, 사이좋게 진동에 사로잡히고 말았다.

두 사람 다 선천적으로 타고난 강력한 항마력 덕분에 즉사는 모면했으나, 일시적인 행동 불능 상태에 처하는 것은 피할 수 없었다. 바제가 진동으로부터 완전히 벗어날 수 없었던 까닭은, 진동의 속도가 도중에 갑자기 빨라지면서 확산되는 모습을 보였기 때문이다. 레니아의 경우엔 피아의 공격에 담긴 마력의 양을 잘못 계산했다기보다, 상대가 초인종이라는 사실을 망각한 결과로 보였다.

지금 저 남자가 선보인 모습이야말로 초인종의 성가신 특징 가운데 하나였다. 신들이 완벽한 존재로서 창조하려 한 『사람』에 한없이 가까운 특징을 지닌 초인종은, 선천적으로 격이 높은 영혼의 소유자로서 이 세상에 태어난다.

게다가 영혼의 격이 높을수록 자연의 만물에 대한 간섭 능력도 강화될 수밖에 없다. 그런 고로, 그들은 물리 · 영적 법칙의 양쪽 방면에 대해 절대적인 우위성을 지니게 된다. 말하자면 영혼의 격이 자신보다 뚜렷하게 낮은 상대로부터 들어오는 공격이나 간섭을, 높은 확률로 방어하거나 약체화시킬 수 있다는 뜻이다.

레니아의 공격이 거의 완벽하게 무산된 것도, 바로 이러한 초인종의 특성으로 인한 바가 컸다.

본디 고위급 신과 거의 같은 수준의 영적인 격을 지니는 레니아의 공격이 제대로 들어갈 경우, 아무리 초인종이더라도 저항할 방법이 존재할 리가 없었다. 그러나 현재의 레니아는 사념 마법에 투입하는 마력의 대부분을 인간의 육체와 정신 집중을 통해 발생시키고 있는 관계로, 신조마수로서 타고난 영혼의 격을 전혀 활용하지 못 하고 있었다.

흠, 개인적으로 레니아가 그다지 위험한 아이가 아니라는 확신

이 선다는 전제하에 그녀의 혼과 육체 사이의 연결을 손수 조율해 주고 싶다는 생각이 들 정도로 가련하기 그지없는 모습이었다.

자그르스는 사교계에서 숙녀들을 현혹시키는 신사를 연상케 할 만큼 우아하기 그지없는 미소를 띤 채로, 옴짝달싹도 못 하는 바제와 레니아에게 천천히 다가갔다.

"머나먼 옛날, 에벨자라는 마법사가 고안한 「흔들리는 대지」라는 마법을 응용한 기술이라네. 기본적으로 이 마법에 의해 발생한 초진동으로부터 벗어나지 못한 이들은 영원히 탈출할 수 없을 뿐만 아니라 마지막 피 한 방울부터 살점 한 조각에 이르기까지 눈에 보이지 않을 정도로 잘게 갈려 나가지만, 지금처럼 상대의 움직임을 봉쇄하는 최악의 감옥으로서 발현시킬 수도 있지."

바제는 무슨 수를 써서라도 불꽃을 발생시켜 진동 그 자체를 불살라 버리려는 듯이 보였지만, 온몸을 사로잡고 있는 진동으로 인해 자신의 목적한 바를 이룰 수가 없었다.

혼의 격으로 따지고 들어가자면, 고룡인 바제가 기껏해야 각성한 초인종을 상대로 밀릴 리가 없었다. 아마도 인간과 크게 다를 바 없는 겉모습에 속아 방심하고 있던 것으로 보인다. 역시 아직은 빈틈이 많은 꼬마 아가씨에 지나지 않았다.

"만일의 경우에 대비해 용을 봉인하기 위한 술법도 준비해 왔다만, 굳이 사용할 필요조차 없었다는 건가? 큰소리나 치던 주제에 의외로 별거 아니구나, 심홍룡이여."

바제는 자신을 대놓고 비웃는 자그르스의 도발이 귀에 들어오자마자 엄청난 분노를 폭발시켰지만, 악 문 이빨 사이로 깜박거리는 불꽃의 혓바닥도 마법의 진동에 의해 산산히 흩어져 사라졌다.

"이제 남아있는 녀석들 중에 어려운 상대라고 해봐야 물 속성의 고룡(古龍) 정도일 텐데, 단순하기 짝이 없었던 이 녀석처럼 쉽게 사로잡기는 힘들겠지. 하지만 저 녀석만 마저 잡아가도 바스트렐 님께서 기쁘게 받아들이실 거다."

세리나와 에드왈드 교수, 크리스티나 양이 바제와 레니아를 미처 예상치 못한 궁지로부터 구하고자 즉석에서 공격 마법을 사용했다. 그러나 세 사람의 마법은 자그르스에게 도달하기 직전에 모조리 산산이 흩어져 버렸다.

자그르스는 또다시 이보다 더할 수 없을 정도로 상대를 깔보는 미소와 함께 크리스티나 양을 비롯한 일행들에게 시선을 돌리려다가, 여유가 넘치던 두 눈을 엄청난 경악으로 물들이고 말았다.

나는 순간적으로 지그르스의 지근거리까지 돌격해 들어가, 바제와 레니아를 사로잡고 있던 초진동의 감옥을 향해 용조검(竜爪劍)을 찔러 넣었다. 나는 마법을 구성하고 있던 술식을 우격다짐으로 붕괴시켜 두 사람을 해방시킨 뒤, 바로 그 여세를 몰아 사타구니부터 머리꼭대기까지 자그르스의 몸을 두 동강으로 갈라 버렸다.

의심할 여지가 없는 고신룡의 혼이 지닌 마력을 띤 용조검이, 자그르스의 방어를 무시하고 들어가 그의 뼈와 내장은 물론이거니와 머릿속의 내용물까지도 깔끔하게 잘라 버렸다.

"그, 어…… 으극?!"

"흠, 적대하는 자의 실력을 정확하게 판단하지 못 할 때는 언제나 이렇게 될 수밖에 없는 법이다. 바제, 레니아. 똑똑히 명심하도록 해라."

여러 모로 손이 많이 가는 딸과 제자를 깨우치는 듯한 말투로 두 사람에게 말을 걸자, 초진동의 감옥으로부터 풀려난 두 사람이 나란히 어색하고도 씁쓸한 표정을 지어 보였다. 특히 아까부터 나에게 멋진 모습을 과시하고자 다른 누구보다도 앞장서 싸우던 레니아는 언뜻 봐도 뚜렷하게 풀이 죽은 듯한 분위기를 풍겼다.

흠, 어째서 레니아는 이 정도로 나에게 신경을 쓴단 말인가?

나는 발밑에서 처참한 몰골의 내장들과 새까만 피를 쏟아 버린 자그르스를 내려다보면서, 흰자위를 까뒤집은 채로 죽어 나자빠진 얼굴을 향해 말을 걸었다.

"설마 겨우 이 정도로 끝난 건 아니겠지? 죽은 척을 하면서 나의 빈틈을 노릴 생각이었는지도 모르겠다만, 나에겐 통하지 않는다."

바로 그 순간, 두 동강 났던 자그르스의 얼굴이 처절하기 짝이 없는 미소를 지어 보였다. 그리고 그의 눈동자가 크게 회전하는가 싶더니, 정확히 나를 바라보면서 초점을 맞췄다.

"놀라운 실력이다. 나에게 일격을 명중시켰을 뿐만 아니라 죽음의 위장까지 한 눈에 간파할 줄이야. 마법학원에서도 재능 있는 자를 발굴한 모양이구나."

목구멍부터 시작해서 혀와 폐까지 두 동강이 나 있는데도 불구하고, 가짜 자그르스는 유창하기 그지없는 목소리로 나의 말에 대답하면서 주위의 유사 키메라들이 물러나 약간이나마 마음의 여유를 찾고 있던 에드왈드 교수 일행을 경악케 했다.

나는 두 동강이 난 상태로도 여유 만만한 표정을 유지하고 있는 자그르스를 내려다보면서, 몇 가지 질문을 던졌다.

"너희들 마도 결사의 목적 같은 거야 알 바 아니다만, 설마 올바른 목적을 이루고자 슬라니아의 도시 기능을 사용할 리는 없을 것이다. 네가 조종하고 있는 볼품없는 키메라들의 꼴로 봐서, 새로운 생물 병기의 실험이라도 하고 있던 거냐?"

"글쎄? 너는 설마 이 몸의 입에서 대답을 들을 수 있을 것이라고 보나?"

"흠. 그야 그렇지만, 대충 상상은 간다. 하나만 더 물어보자."

"일단 들어보도록 하마."

"엔테의 숲에서 마계의 악귀들을 소환한 장본인은 너희들 일파냐? 네가 사용하고 있는 술식의 핵에 해당되는 부분이 그 숲에서 목격한 소환 마법진의 중심 부분과 유사하더구나. 아마도 너희들이 모신다는 그 대마도라는 자의 유파가 주로 사용하는 마법진의 근간이 되는 부분일 공산이 클 거야."

자그르스는 지금까지 나를 상대로 한 대화를 즐기고 있는 듯이 보였지만, 나의 입에서 엔테의 숲이라는 단어가 나오자마자 입가에 짓고 있던 미소를 잔뜩 긴장시켰다. 지금 그가 짓고 있는 표정에선 명확한 적대심이 전해져 왔다.

"마계의 첨병들은 엔테의 숲을 수호하는 전사들과 혈투를 벌이다가 토벌 당했다는 보고를 들었는데, 설마 네가 그 사건에 직접적으로 연루된 당사자라는 소리냐?"

어리석은 놈, 스스로 엔테의 숲에서 일어난 사건의 관계자라는 사실을 인정할 줄이야. 혹은, 우리들에게 마지막으로 선사하는 저

승길 선물로 여기고 있는지도 모른다.

"타락한 신 하나와 악귀 한 마리는 나의 손으로 직접 물리쳤다. 나머지 녀석들은 엔테의 숲을 지키는 요정과 크리스티나 양이 제거한 것으로 안다. 아무래도 너희들은 여러 모로 복잡하게 계획을 세우고 있던 걸로 보인다만, 엔테의 숲에 이어 이 슬라니아를 무대로 한 음모 또한 나의 손으로 직접 궤멸시켜주마."

"크흐흐흐흐. 너였단 말이지? 엔테의 숲에선 하이 엘프나 유그드라실만 움직여도 그 문들을 유지하기는 힘들 것으로 예상했다만, 설마 일개 인간과 나의 동족의 손에 봉인당한 것일 줄은 미처 몰랐다. 아무래도 크리스티나뿐만 아니라 너 또한 산 채로 사로잡아 연구할 필요가 있어 보이는구나. 너의 육체와 영혼을 철두철미하게 파헤쳐주마."

자그르스가 말을 마치자마자, 그의 얼굴이 용해되면서 핑크빛의 걸쭉한 액체로 변했다. 액체의 표면이 가늘게 떨기 시작하는가 싶더니, 그 밑으로 자그마한 마법진이 나타나 액체 상태의 자그르스를 슬라니아의 다른 장소로 전이시켰다.

흠, 자그르스는 액체화가 가능하도록 자신의 육체를 개조한 모양이다. 슬라임의 특성을 중심으로 삼아, 몇 가지 마물들의 특성을 흡수한 듯이 보였다. 슬라니아에 남아있던 기술을 응용한 결과물인가?

선전포고는 대충 끝난 셈이니, 다음에야말로 자그르스를 확실하게 제거할 단계인가? 나는 근방 일대로부터 적들의 기척이 완전히 사라질 때까지 기다렸다가— 물론 감시는 당하고 있는 상태였다

— 검을 칼집으로 거두어들였다.

"전초전은 이 정도로 충분할 겁니다. 부상을 입은 자는 있나?"

나의 질문에 전원이 고개를 가로저으면서 부상자가 없다는 사실을 알려 왔다. 초진동 감옥에 갇혀 있던 바제와 레니아의 경우에도 약간 피곤한 기색은 보였으나, 직접적으로 부상을 입은 것은 아니었다.

다만, 오직 크리스티나 양만은 어딘지 모르게 어두운 표정을 짓고 있었다. 약간 마음에 걸리는 것이 있어 보였다.

"크리스티나 양, 자그르스의 말이 마음에 걸리나?"

"음, 맞아. 엔테의 숲에서도 마계의 장수들로부터 초인종이라는 단어를 들었는데, 그 뜻에 관해선 자연스럽게 신경이 쏠릴 수밖에 없군."

초인종이라는 단어는 그다지 인지도가 높은 편은 아니었다. 아무리 특수한 영혼이나 육체의 소유자더라도, 최소한 지식적인 측면에 관해선 어디까지나 평범한 학생에 지나지 않는 크리스티나 양이 그 단어를 모르더라도 무리는 아니었다.

그런데 바제와 레니아, 루우가 초인종이라는 단어를 듣자마자 극단적으로 민감한 반응을 보였다. 바제는 크리스티나 양을 향해 험악하기 그지없는 눈빛을 보였다. 레니아는 무관심으로 위장한 마음의 철가면을 뒤집어썼다. 루우는 남몰래 눈썹을 찌푸렸다.

"칫, 용을 죽인 자의 인자를 지니고 있을 뿐만 아니라 초인종이라고? 아직 각성된 상태는 아닌 걸로 보인다만, 네 녀석은 그야말로 마음에 드는 구석이 단 하나도 없구나."

바제가 당장 가래침이라도 뱉을 듯이 험악한 태도를 보이자, 크리스티나 양은 약간 마음이 상한 듯한 표정을 지었다.

"초인종이라는 건, 혹시 그대들 용종에게 있어서 용을 죽인 자에 필적하는 숙적 같은 존재인가?"

바제는 마지못한 표정으로나마 크리스티나 양의 질문에 답했다. 마음에 안 든다는 사실을 공언하는 것치고는 꽤나 친절한 태도였다.

"화가 치미는 얘기다. 정말로 이보다 더할 수 없이 화가 치미는 얘기지만, 우리 종족의 위대한 조상이신 시원(始原)의 일곱 용 가운데 한 분께서 토벌 당하신 적이 있다. 그 분을 토벌한 장본인이야말로 머나먼 태곳적의 초인종 인간이었다. 참 나, 너는 정말 철저하게 우리들 용종의 증오를 살 만한 요소로만 이루어진 녀석이구나! 드란, 너도 참 용케 이런 여자와 함께 다니는 것 같다. 솔직히 말해서 어이가 없을 정도야."

"나에게는 마음씨 고운 친구들 중 한 사람일 뿐이야."

바로 나야말로 그 토벌 당한 그 용이란다. 나는 마음속에서 남몰래 손을 들었다. 그 사실을 고백할 경우, 과연 바제는 어떤 반응을 보일까? 솔직히 말해서 아주 약간 설레는 측면도 없지 않다는 것은 나 혼자만의 비밀이었다.

크리스티나 양은 자신이 용을 죽인 자의 후손일 뿐만 아니라 초인종이라는 체질 또한 바제를 비롯한 용들의 원한을 사는 원인이라는 사실을 알자마자, 이제 거의 포기한 듯한 표정으로 한 줄기 탄식을 내쉬었다.

"그, 그런가? 아니, 용을 죽인 자의 인자에 관한 얘기부터 시작해서 여러 모로 납득이 간 측면도 있는 것 같아. 후후."

"……? 흥, 뭔지 몰라도 혼자서 멋대로 납득해라."

흠, 기회를 봐서 크리스티나 양을 격려할 필요가 있을지도 모르겠다. 크리스티나 양에게 쓸데없는 정신적 부담을 지우고 있는 근본적인 원인에 관해선 나 자신에게도 적잖은 책임이 있는 관계로, 무슨 수를 써서라도 그녀의 근심거리를 덜고 싶었다.

불가사의한 것은, 레니아 또한 바제와 마찬가지로 크리스티나 양이 초인종이라는 사실을 전해 듣자마자 기분이 상한 듯한 반응을 보이고 있다는데 있었다. 그녀도 나와 마찬가지로 초인종의 손에 숨통이 끊어졌던 걸까?

크리스티나 양을 중심으로 퍼져 나가던 음침한 분위기를 불식시킨 계기는, 다름 아닌 에드왈드 교수의 입에서 나온 발언이었다.

"오호라, 초인종이라고? 그야말로 온 세상에 명성을 떨치는 용사나 영웅 급으로 희귀한 존재의 이름이 나왔군. 물론 저 자그르스라는 사악한 마법사의 발언이 사실일 경우의 얘기지만 말이야."

그리고 에드왈드 교수는 초인종에 관해 전혀 아는 바가 없던 크리스티나 양과 세리나에게 그들 종족에 관한 기초 지식을 요점만 짚어 대략적으로 강의한 뒤, 자그르스가 소속된 오버 진이라는 이름의 마도 결사에 관해서도 설명했다.

"그들은 대마도 바스트렐이라는 작자를 정점으로 모시는 비합법적인 마도 결사야. 바스트렐을 필두로 그 수제자들이나 간부급들은 모두 다 초인종인 것으로 알려져 있어. 그들이 타의 추종을 불허할 정도로 강력한 마법사나 전사들을 보유하고 있는 것도, 주요 인원들이 전부 다 초인종이기 때문이야. 그들이 제창하고 있는 대의명분은, 신들이 창조하려 한 완전한 존재에 가장 가까운 초인종이야말로 이 세상을 지배할 존재로 적합하다는 거라더군. 그리고 모든 인간들을 초인종으로 각성시켜, 최종적으로 신들의 이상형인 사람의 경지까지 진화시키겠다는 거야."

"흔해 빠진 선민사상이로군요. 약간 지나친 표현일 수도 있겠습니다만, 애초부터 바로 그 초인종조차도 신들의 입장에서 볼 때는 어디까지나 불완전한 실패작으로 간주할 수밖에 없는 존재였습니다. 게다가 설령 초인종끼리 아이를 만들더라도 자손이 반드시 초인종이 되리라는 보장은 없는 걸로 압니다."

초인종은 평범한 인간들 사이에서 격세유전이나 돌연변이로 인해 발생하는 존재였다. 혈통으로서 유지할 수 있는 종류의 개념이 아니었다.

"자네는 참 박식하군, 드란 군. 사실 나 또한 그들이 이 세상의 지배자가 되려 한다는 점에선 딱히 거짓을 주장하고 있는 것은 아닐 것으로 예상하지만, 모든 인간들을 사람으로 진화시킨다는 대의명분은 신봉자들이나 자금을 모으기 위한 미끼일 공산이 클 거야. 다만, 그들이 초인종인 자신들을 보다 사람에 가까운 존재로 진화시키기 위한 실험이나 의식을 되풀이하고 있다는 건 틀림없는 사실일세. 지금까지 그들의 손을 거쳐 수도 없이 일어난 온갖 끔찍한 참극들이 그 사실을 증명하고 있거든."

"그들의 대의명분과 이 도시의 기능을 아울러 고려하자면, 그다지 유쾌한 짓을 벌일 리는 없을 것 같습니다. 인위적으로 인간을 초인종으로 각성시키는 방법이나 초인종을 사람으로 진화시키는 방법의 실마리를 필요로 하거나, 천공인들이 추구한 불로불사의 비밀을 자신들만의 수법에 따라 실제로 검증하려는 건지도 모릅니다."

"지금 예로 든 목적들 가운데 어느 하나라도 정답이 있다면, 드란 군의 말마따나 전 세계의 일반인들에게 거의 악몽이나 다를 바 없는 끔찍한 사건이 일어날 수도 있을 거야. 이 슬라니아의 진정한 모습에 관해서만 제대로 알아도 보다 명확하게 저들의 목적을 추리할 수 있겠지만, 지금으로선 만반의 준비를 갖춘 채로 우리를 기다리고 있는 그를 찾아가 결판을 지어야 하는 상황이란 말이지. 뭐, 방심만 안 한다는 전제하에 바제 군과 레니아 군만 믿어도 될까?"

그런 식의 말투로 두 사람을 도발하는 에드왈드 교수도 참으로 짓궂은 남자였다. 단순한 성격의 바제는 입에서 그대로 불을 뿜기 직전의 분노를 담아 힘차게 대답했다.

"당연한 소리 마라! 다시 한 번 마주치면 잿더미는커녕 혼백조차 남아나지 않도록 이 세상에서 존재의 모든 흔적을 깔끔하게 말소시켜 버리겠다."

"이 어리숙한 용 녀석과 같은 의견이라는 건 마음에 안 든다만, 나도 다음엔 그 붉은 머리 멍청이에게 초인종으로 태어났다는 사실을 뼈에 사무치도록 후회시켜줄 생각이다."

흠, 레니아도 바제와 마찬가지로 단순하기 이를 데 없는 성격이었나? 고룡과 신조마수는 예로부터 서로 물과 기름이나 다름없는 존재일 텐데, 이 아가씨들은 성격이 비슷하단 말이지.

나는 이번 인생을 통해 이럴 때는 무조건 추켜세우는 거야말로 가장 정답에 가까운 해결책이라는 사실을 깨달았다.

"믿음직스럽구나. 바제, 레니아. 아마도 두 사람의 힘에 의지해야 할 상황도 늘어날 걸로 보인다. 잘 부탁한다."

"……후, 후후, 훙! 이왕 그런 소릴 지껄인 이상, 마음껏 의지하도록 해라. 방심만 안 하면 아까 같은 실수는 두 번 다시 저지르지 않아."

지금 바제의 꼬리가 상하좌우 여기저기로 왔다 갔다 하고 있다는 거야 굳이 말할 필요도 없으리라. 오만불손한 말버릇은 평소와 다를 바 없었지만, 바제의 이런 표정은 정말로 이보다 더할 수 없이 사랑스러웠다.

"……."

그에 비해 레니아는 말없이 두 눈을 질끈 동여 감은 채로 아무런 반응도 없는 듯이 보였지만, 사실은 방금 전부터 입가를 흐트러뜨렸다가 다잡는 식으로 몹시 어중간한 표정을 짓는 과정을 되풀이하고 있는 중이었다.

흠, 이 아가씨도 사실은 만만치 않게 속마음이 빤히 들여다보이는 성격이란 말이지. 아마도 지금껏 예상하고 있던 것보다 지나치게 경계할 필요는 없어 보였다. 지금까지 나는 레니아의 정체를 전생의 나의 손에 죽임을 당한 신조마수일 공산이 크며, 복수의 기회를 호시탐탐 노리고 있을 가능성이 높을 것으로 여겨 경계해왔다. 하지만 그녀가 지금 보인 반응으로 판단하건대, 나의 예상은 쓸데없는 기우로 끝날 가능성이 높으리라는 예감이 들었다.

그녀들의 반응을 확인한 내가 무심코 온화한 표정을 지은 채로 긴장을 풀고 있다 보니, 누군가가 옷소매를 잡아당기는 듯한 감각이 느껴졌다.

그쪽으로 고개를 돌리자, 상당히 기합이 들어간 표정으로 나를 바라보는 루우의 얼굴이 눈에 들어왔다.

"응? 무슨 용건이라도 있나, 루우?"

"드란 님의 입장에서 보실 때는 시건방진 발언일지도 모르겠습니다만, 소첩 또한 미력하게나마 온힘을 다할 테니 믿어만 주신다면……."

"흠, 물론 루우가 선보일 활약에 관해서도 무척이나 기대하고 있단다. 루우의 어머님으로부터 딸은 몹시 뛰어난 무녀라는 보증을 받았을 뿐더러, 나 또한 그 분의 생각에 동감하거든."

"예!"

기운 넘치는 루우의 대답과 함께, 붉은빛 무녀복으로부터 뻗어나온 꼬리 또한 힘차게 요동쳤다. 속마음이 빤히 들여다보이는 아가씨 제3호였다.

†

액체로 변형시켰던 육체를 다시금 인간의 모습으로 환원시킨 자그르스는, 슬라니아의 도시 기능을 총괄하는 통합 제어실로 피신해 왔다.

자가 회복 기능을 갖춘 액체 금속으로 구성된 실내는, 중심부에 바닥과 천장을 잇는 원기둥꼴의 제어 연산 장치가 버티고 서 있는 구조로서 책상이나 의자를 비롯한 그 이외의 실내 가구는 전혀 눈에 띄지 않았다.

바닥과 벽은 물론이거니와 천장까지도 하얀색이었지만, 군데군데에 주황색이나 붉은색 또는 푸른색의 빛이 깜박이고 있었다. 그 빛들은 지금도 도시의 각 구역에 전개되어 있는 감시망이나 주변의 기상 정보, 천체 관측 데이터 등을 수집·정리한 결과물들을 표시하고 있는 와중이었다.

깨알보다도 작은 곤충이나 나무들의 잎사귀로 위장한 감시 로봇이나 머나먼 천공에 떠올라 있는 대량의 지상 감시용 인공위성들을 동원한 감시망, 그리고 천공 도시의 대기 중에 살포되어 있는 나노 머신……. 그 모든 수단들은 전부 다 슬라니아에 잠들어 있던 천공인들의 유산이었다. 바스트렐의 명을 받은 자그르스가 슬라니아가 본디 지니고 있던 도시 기능들을 부활시킨 결과물들이었다. 그들은 지극히 최근에 이르기까지 조사단들이 발견하지 못 했던 도시의 중심부에서 어떤 실험을 감행하고 있던 것이다.

지금도 자그르스의 눈앞에 펼쳐진 공간 투사식 입체 모니터엔 드란 일행의 모습이 나와 있었으며, 그의 고막엔 드란 일행이 나누고 있는 대화의 내용이 또렷하게 들려오고 있었다.

드란 일행은 자신들이 놓인 상황을 정확하게 파악하지 못한 듯이, 한창 얼토당토않은 사랑싸움 같은 짓거리나 벌이고 있는 와중이었다. 자그르스는 눈썹 사이를 크게 찌푸리다가, 감시망으로부터 들어오는 음성 정보를 차단했다. 지금은 침입자들을 처리하기보다 우선해야 할 일이 있었다.

"스승님."

자그르스는 아무도 없는 공간을 향해, 무릎을 꿇으면서 머리를 숙였다. 그의 부름에 따라, 자그르스의 머릿속에 누군가의 목소리가 울려 퍼졌다.

『자그르스. 슬라니아에서의 소임에 관해선 정말 수고가 많으십니다. 당신이 조사해 올린 귀중한 정보들은 언제나 저의 연구에 큰 도움이 되고 있습니다.』

남자치고는 지나치게 높았지만, 여자치고는 지나치게 낮은 목소리였다. 그러나 천상의 악사들이 연주하는 하프의 소리처럼 아름다운 목소리라는 것은 틀림없었다. 바로 그러한 목소리가 자그르스의 마음을 흔들어댔다. 그 목소리의 주인공은 자그르스의 스승이자 마도 결사 오버 진의 총수, 그리고 희대의 대마법사인 바스트렐이었다.

지금은 바다 건너 머나먼 저편에 있는 바스트렐과 사념을 통해 대화를 나누고 있는 상황이었다. 만약 그들이 이만큼이나 거리가 멀리 떨어진 상대와 시간차 없이 대화를 나누고 있는 광경을 다른 마법사들이 목격할 경우, 대부분의 마법사들은 두 사람의 경이로운 기량에 혀를 내두를 것이다.

육성이 아니라 사념을 통한 대화를 나누면서도, 바스트렐의 「목소리」에 반응한 자그르스의 정신은 음탕하기 그지없는 방향으로 움직였다. 아니, 오히려 순수한 정신의 대화라는 점이 그러한 그의 반응을 더욱 더 조장하고 있는 측면도 없지 않아 있었다.

크리스티나 자그르스의 외모로 봐도 명명백백하듯이, 초인종들은 전체적으로 평범한 인간을 아득히 초월하는 미모를 자랑한다. 그들의 외모는 사람을 창조하는 과정에서 미를 관장하는 신이나 조형의 신 등이 적극적으로 개입한 결과였다. 그 결과, 초인종들은 신들의 기준에서 완전한 수준은 아니더라도 마땅히 이 정도는 넘어야 한다는 미모를 있는 그대로 구현한 존재들이었다.

보는 관점에 따라, 초인종이라는 존재 그 자체가 신들의 기적을 한데 끌어 모은 결정체……의 열화판이라는 표현을 쓸 수도 있으리라.

바스트렐은 수많은 초인종들을 보유하고 있는 오버 진 중에서도 최고위의 초인종으로서 그 영적인 격이 가장 높을 뿐만 아니라, 가장 강력한 마법사이자 가장 아름다운 존재였다. 자그르스는 자신의 스승을 떠올릴 때마다 두근거리는 가슴과 술렁이는 마음을 주체할 수가 없었다. 아니, 자그르스 이외의 다른 제자들 또한 그와 그다지 큰 차이는 없으리라.

오버 진의 간부급들이나 바스트렐의 수제자들은, 자신들 이외의 존재에 관해선 전혀 관심이 없는 비인간적인 정신성의 소유자들로만 구성되어 있었다. 그러나 그들의 얼마 되지 않는 공통점으로서, 바스트렐에 대한 절대적인 충성심과 광기에 가까운 집착을 거론할 수 있었다.

"모든 것은 어디까지나 스승님의 인도를 따른 결과에 지나지 않습니다."

『당신의 실력으로 얼마든지 가능하리라는 개인적인 판단에 따라 일임한 일입니다. 그럼 자그르스, 슬라니아를 예정된 항로로 이동시키도록 하세요.』

"예, 스승님. 실은 그 전에 보고 드려야할 사항이 있습니다."

『뭔가요?』

"현재 슬라니아에, 아크레스트 왕국 가로아 마법학원의 교사와 학생들이 침입해 들어온 상태입니다."

바스트렐은 대답하지 않았다. 고작 침입자에 관련된 보고로 자신의 귀중한 시간을 낭비하도록 하는 제자가, 자신의 밑에서 살아올 수 있을 리가 없다는 사실을 너무나 잘 알고 있었기 때문이다.

게다가 바스트렐의 제자들은 서로가 석차를 둘러싼 경쟁 관계였다. 약간이라도 바스트렐을 만족시킬 수 있을 만한 성과를 거둠으로써, 제1석의 자리를 차지하려는 암투가 거의 공공연하게 일상적으로 벌어지고 있었다. 이러한 배경이 깔려있는 이상, 바스트렐에게 좋지 않은 인상을 줄 만한 행동을 하는 제자들이 존재할 리가 없었다.

"침입자의 숫자는 총 여덟 명입니다. 그 가운데, 아직 각성하지 못한 초인종이 한 사람 존재합니다. 그리고 심홍룡과 고수룡이 한 마리씩 있습니다. 무슨 일이 있어도 이 세 명만큼은 산 채로 잡아 스승님께 바치겠습니다."

『호오, 고룡의 핏줄 두 마리와 새로운 동포란 말입니까? 당신이 그 정도로 열중하시는 걸로 봐서, 그 동포는 틀림없이 장래가 기대되는 인재일 겁니다.』

"예, 각성하지 않은 상태로도 이미 평범한 인간을 아득히 초월하는 실력을 보유하고 있는 걸로 보입니다. 소인의 미숙하기 그지없는 마안으로 그 잠재 능력을 정확하게 재기는 어려웠으나, 경우에 따라 저를 능가하는 격의 초인종으로 각성할 가능성도 있어 보였습니다. 다만……."

『다만?』

"기묘한 인자를 혼 안에 내포하고 있는 모양입니다. 그 인자의 정체까지는 파악할 수 없었습니다만, 실험체로서도 귀중한 소재가 될 것으로 예상됩니다."

『알아들었습니다. 저는 당신이 그 자들을 산 채로 잡아 데려오실 때까지 기다리고 있겠습니다. 자그르스, 당신은 침입자들의 소탕 작업과 포획을 마치자마자 이쪽과 합류하세요.』

바스트렐은 넌지시, 소탕 작전과 실험체의 포획이 성공할 때까지 설령 죽음의 위기에 처하더라도 자신과 합류하는 것을 용서치 않겠다는 뜻을 담아 명령을 내렸다. 그러나 자신의 스승과 거의 동일한 가치관의 소유자인 자그르스는 그 잔혹한 명령을 전혀 마음에 두지 않았다. 아마도 그가 바스트렐과 같은 입장이었을 경우에도 똑같은 명령을 내렸을 것이다.

"또한 그 마왕과의 맹약에 따라 엔테의 숲에서 우리가 소환한 마계의 군사들을 토벌한 장본인은, 방금 말씀 올린 초인종 소녀를 비롯한 마법학원의 학생들이었던 모양입니다. 근거는 바로 그 학생 본인의 입에서 나온 증언입니다. 엔테의 숲에선 다른 종족들과 협력해 싸운 모양입니다만, 일단 말씀 드려야할 정보라는 느낌을 받아 아뢰옵니다."

『호오? 지금 하신 말씀은 꽤나 흥미롭군요. 지상에 강림한 이상에야 신으로서 본디 지니고 있던 힘을 전혀 떨치지 못 하던 것은 사실이지만, 그들이 타락한 신이나 마계의 정예들로 구성된 만만치 않은 병력이었다는 데는 의심할 여지가 없습니다. 엘프의 왕족들이나 유그드라실이 나서기도 전에 그들을 물리친 장본인에 관해선 꽤나 호기심을 자극받고 있던 참입니다. 그들을 토벌할 수 있는 실력자를 따져 보자면, 가로아 마법학원의 원장이자 하이 엘프의 왕족인 올리비에나 유그드라실의 무녀 정도뿐일 것으로 예상하고 있었거든요……. 좋습니다, 지금 말씀하신 그 마법학원의 학생이라는 자도 가능한 한 생포해 오도록 하세요. 그 학생과 방금 당신이 말씀하셨던 동포의 이름은 뭔가요?』

"학생의 이름은 드란, 동포의 이름은 크리스티나라더군요. 둘다 열여섯에서 열일곱 정도의 소년 소녀로 보였습니다."

『후후, 기대가 점점 늘어만 가는군요. 새로운 동포와 마계의 악귀들을 물리칠 수 있는 능력을 지닌 소년이라…… 자그르스, 당신과 다시 만나는 그 순간을 지금부터 기다리고 있겠습니다.』

"예. 이 붉은 죽음의 자그르스, 반드시 스승님의 기대에 보답하고야 말겠습니다."

자그르스는 바스트렐과의 정신 연결이 끊어질 때까지 기다렸다가, 몸을 천천히 일으켰다. 그리고 급기야는 더 이상 참을 수가 없다는 듯이 어깨를 크게 들썩거리며 큰 소리로 웃기 시작했다.

"크흐, 크흐흐흐흐흐! 이렇게 운이 좋을 때가 다 있나! 스승님께서 명하셨던 슬라니아를 무대로 한 실험을 성공적으로 마칠 수 있었을 뿐만 아니라, 더할 나위 없을 정도로 훌륭한 진상품까지 저절로 손에 들어오다니! 이거야말로 나의 계약신(契約神), 세키오마의 은총이란 말인가? 아아! 나의 스승, 위대하신 바스트렐이시여! 우리들 초인종의 정점에 선 자이자 마도의 진리를 구현하는 자, 이 불결하기 짝이 없는 세계에서 유일무이(唯一無二)하고도 절대적인 존재시여! 이 자그르스, 반드시 눈부신 그대의 기대에 따라 이 한 몸 다 바쳐 위대한 지식의 거름으로서 거듭나겠습니다!"

자그르스는 천부의 재능을 타고난 연기자가 최고의 무대를 맞이해 자신에게 도취한 채로 소리 높여 찬송가를 부르듯이, 혹은 신의 이름 아래 그 위대함을 설파하는 성직자처럼 열정적으로 바스트렐을 찬양했다.

†

흠, 지금부터 자신에게 찾아올 미래조차 모르는 어딘가의 누군가가 소리 높여 웃고 있는 소리가 들려왔다. 우리는 일단 꿩 나라의 요새 안에 놔두고 나왔던 짐들을 회수한 뒤, 자그르스와 꿩 나라 조사단 생존자의 그림자를 찾아 슬라니아의 중심부로 가로질러 나아갔다.

우리는 인간들이 30열 횡대를 짜서 걸어가더라도 여유가 있어 보이는 거대한 통로를 걸어가고 있는 와중이었다. 그런데 어느 틈엔가, 자그르스가 슬라니아에서 새롭게 제조한 것으로 추정되는 합성 생물들이나 원래부터 슬라니아의 도시 기능 중 하나로서 준비되어 있던 것으로 예상되는 방어 기구들이 우리의 앞을 가로막았다.

합성 생물 같은 종류들에 관해선 냉정하게만 대처하더라도 큰 문제는 없었지만, 과학 기술에서 유래된 방어 기구들은 우리 일행의 실력으로도 꽤나 만만치 않은 장애물들이었다.

합성 생물이나 마법을 사용한 함정 등은 기척이나 살기, 생명 탐지나 마력 탐지 등을 통해 사전에 대처 가능한 종류의 위험 요소들이었다. 그러나 의지와 마력의 움직임과 전혀 상관없이 작동하는 방어 기구들은, 크리스티나 양이나 세리나의 입장에서 볼 때는 굉장히 낯선 장애물들이었던 것이다.

중심부로 나아가는 과정에서 특히나 눈부신 활약을 선보인 인원은 설령 마력의 기척을 느끼지 못 하더라도 예민한 감각 기관을 지니고 있는데다가 열량이나 대기 중의 물 분자들이 보이는 움직임의 변화 등을 통해 적들의 습격을 감지할 수 있는 바제와 루우, 그리고 전생의 전투에서 고도로 발달된 마법이나 과학 기술을 동원한 무기를 상대로 한 싸움을 경험한 것으로 추정되는 레니아까지 포함된 세 사람이었다. 세리나도 세 사람에게 질 수 없다는 듯이 주특기인 마법으로 일행의 지원과 직접 전투라는 양쪽 측면에서 무척이나 놀라운 활약을 선보였다.

벽이나 바닥의 일부가 액체 형태로 녹아내리자마자 모습을 보인 방어 기구— 내가 알기로 과거의 인간들이 하전 입자포나 수면 가스, 충격포나 전기 충격 바닥이라고 부르던 함정들에 관해선 레니아가 가장 신속한 반응을 보였다.

나는 하전 입자포로부터 발사된 하전 입자 덩어리나 눈에 보이지 않는 충격파들을 용조검으로 베어 넘겼다. 그리고 바람의 마법으로 수면 가스를 날려 버린 뒤, 분사구를 찌부러뜨렸다. 고대의 기술에 관한 지식이 없는 크리스티나 양이나 세리나를 비롯한 다른 일행들이 공격의 특성을 판단하는데 필요로 하는 단 한 박자 동안, 나와 레니아는 잇달아 모습을 보이는 방어 기구들을 연속으로 파괴하고 다녔다.

아무리 크리스티나 양이나 세리나 정도의 실력자더라도 아무런 사전지식도 없이 빛의 속도로 날아오는 광선이나 초음속으로 발사되는 포탄의 공격에 대응할 수 있을 리가 없었다. 오히려 포대로부터 본격적인 공격이 시작되는 시점보다 빠르게 마법으로 발사구를 무력화시키는 방법론을 곧바로 학습하는 모습을 보여준 것만 해도 그녀들의 유별나게 빠른 적응 속도를 증명하는 거나 마찬가지였다.

"음, 참 당황스럽군. 이 슬라니아에 도착하고 나서 몇 번째로 하는 소린지 감도 안 잡히는데, 우리가 할 일이 전혀 없어! 나 참, 평소엔 전투건 조사건 전부 다 나와 엘리자가 도맡아 할 수밖에 없었거든? 그런데 오늘은 정반대야. 안 그런가, 엘리자?"

에드왈드 교수가 우리의 눈앞에서 마구 날뛰는 여성들을 바라보면서, 이보다 더할 수 없이 상쾌한 미소와 함께 입을 열었다.

"예. 정말로 이 세상엔 드문 일도 다 있나 봅니다, 교수님."

어딘지 모르게 기가 막힌 듯한 표정의 미스 엘리자에 이어, 크리스티나 양이 곤혹스럽다는 표정으로 동의를 표했다.

"아까 드란이 「의지한다」는 말을 한 이후로 다른 네 사람은 의욕이 넘친다고 해야 하나? 사실상 무자비한 살기로 가득 차 있는 상태니까요. 체력과 마력을 적절히 분배하는 데 약간이나마 신경을 써주길 바랄 뿐입니다."

크리스티나 양이 이보다 더할 수 없이 의미심장한 눈빛으로 나를 바라봤다. 나로서는 그녀에게 해야 할 대답에 관해 잠시 동안 망설일 수밖에 없었다.

"바제나 루우의 경우엔 오히려 마력이 남아돌아갈 정도니까 그다지 걱정할 필요는 없다고 봐. 세리나가 보유하고 있는 정령석(精靈石)과 마정석(魔晶石)에도 아직 여유가 있는 편이야. 게다가 정신력을 북돋아 마력 생산량을 늘리고 있는 걸로 보여. 현재와 같은 소비량으로도 하루 종일 싸우고도 남을 정도의 마력이 느껴져. 문제는 자그르스의 현재 위치와 꿩 나라 생존자들을 발견할 때까지 필요한 시간뿐이야."

"과연. 그나저나 고룡의 권능은 참으로 어마어마하기 이를 데 없군. 지금까지 바제가 토한 불꽃만으로도 가로아 전역을 불바다로 만들어 버릴 수 있지 않을까?"

"가능할지도 몰라. 그런데 크리스티나 양, 아까보다 몸은 안정이 됐나?"

"음, 일단 그다지 큰 문제는 없는 것 같아. 저 정도의 능력을 지닌 고룡들로부터 혐오감을 산다는 것은 솔직히 말해서 개인적으로 굉장히 혹독한 얘기지만, 그녀들에게도 다짜고짜 공격을 걸어올 생각은 없어 보인단 말이지. 말하자면 언제까지나 낙담하고 있어 봤자 아무런 소용도 없다는 뜻이야. 나 참, 나의 조상님이라는 분께서도 정말 터무니없는 짓을 저지르신 것 같군. 자손에게까지 악영향을 끼친다는 건 애초부터 저지른 짓이 그야말로 상식을 아득히 초월하는 행동이었다는 뜻이거든. 그대의 생각도 나와 같지 않나, 드란?"

"흐, 음."

아마도 크리스티나 양의 조상은 나의 직접적인 관계자일 가능성이 높았다. 그런 고로, 나로서는 그녀의 질문에 섣불리 대답하기 어려운 구석이 없지 않아 있었다. 나에게는 양 어깨를 으쓱해 보이면서 지금까지 하던 말을 얼버무리는 선택지밖에 주어지지 않았다.

바제나 레니아 등이 서로에 대한 대항 의식으로 말미암아 어이가 없을 정도의 대활약을 선보인 결과, 나머지 인원들은 할 일이 거의 없었다. 무지막지한 살기로 가득 찬 바제나 루우 등의 상대로 나서야 하는 합성 생물들에게, 약간이나마 동정심이 들 정도였다.

이따금씩 굳게 닫힌 문 등이 우리의 진행 방향을 가로막는 경우도 없지 않아 있었지만, 바제의 화염은 두꺼운 금속제 문조차 눈 깜짝할 사이에 녹여 버렸다. 혹은 나의 용조검을 몇 차례만 휘둘러도 거대한 문은 무참하게 무너져 내렸다. 우리들은 거의 우격다짐으로 진행 방향을 가로막는 장애물들을 모조리 제거하며 나아갔다.

평범한 모험가나 도굴꾼들의 입장에서 보자면, 벌어진 입이 다물어지지 않을 정도로 무지막지하면서도 터무니없는 진행 방식일 것이다.

도시의 중심부는 아직까지 발굴된 적이 없는 관계로, 길을 가다가 눈에 띈 방들은 그야말로 이 잡듯이 샅샅이 뒤졌다. 그러나 특별한 자료 등은 남아있지 않았다. 모조리 자그르스가 수집해 갔거나, 과거의 주민들이 폐기한 모양이다.

"보아 하니 자그르스를 물리치고 나서 상당히 심도 있는 수색 작업이 필요할 것 같아. 함정 같은 장치들을 산더미처럼 준비해 놨을 테니, 꽤나 시간이 걸릴 거야."

자그르스는 지극히 뛰어난 기술과 지식을 보유한 비밀 결사의 일원이었다. 따라서 귀중한 자료를 취급할 때는 몇 겹에 걸친 엄중한 봉인이나 함정을 준비해 놨을 것이 틀림없었다. 에드왈드 교수가 푸념을 늘어놓는 것도 어쩔 수 없는 일이었다.

우리는 한동안 그런 식으로 묵묵히 걸어가다가, 도중에 다다른 휑한 방에서 일단 휴식을 취했다. 우리는 말린 과일 등의 비상식량으로 배를 채우거나, 물통에 넣어온 물로 목구멍을 적셨다.

불현듯, 바제가 건포도와 호두 쿠키를 한 입 가득 씹어 먹다가 무척이나 성가신 듯이 중얼거렸다.

"지금 같은 방식으론 며칠이나 걸릴지 짐작조차 가지 않아. 일일이 찾아다니기도 성가시니까, 대충 도시의 한 가운데 부근을 노려 전부 태워버리는 게 어떠냐? 나의 불꽃이라면 불가능하지는 않을 거라고 본다."

"아니 잠깐, 바제 군? 조사단의 생존자가 있는 장소를 아직 발견하지 못한 이상, 그런 식의 위험한 생각은 제발 삼가주게나."

"에드왈드 교수님의 말씀이 옳다, 바제. 게다가 천공인들은 일찍이 고룡조차 지배하에 둔 실적이 있는 종족이야. 일단 지금까지 통과한 구역들은 그냥 넘어가더라도, 정말로 중요한 장소들에 관해선 너의 불꽃으로도 태울 수 없는 조치를 취한 곳이 있을 지도 모른다."

자신의 불꽃이 통하지 않을지도 모른다는 말을 듣자, 바제는 당연히 시무룩하고도 뾰로통한 표정으로 기분이 상한 듯한 반응을 보였다. 그러나 만약 정말로 실행하더라도, 나의 말대로 될 가능성이 높은 것은 사실이었다.

배로 내렸던 슬라니아의 지표 부분 등은 모조리 태워버릴 수 있을지도 모르지만, 동력 부분 등의 중심부는 완전히 건재하거나 원형 정도는 유지할 수 있을 것으로 예상된다.

아니, 나의 힘으로 모자란 분량의 마력 보조와 자그르스의 위치 파악을 실행한다는 전제하에 바제가 토한 불꽃으로 단숨에 중심부까지 가는 길을 뚫지 못할 이유는 없나? 과열된 공기와 녹아 버린 길을 루우의 물 속성 술법으로 식혀 버릴 수 있다는 사실을 감안하자면, 그다지 무모한 제안도 아닌가?

내가 바제의 제안을 잠자코 곱씹기 시작한 바로 그 순간, 우리가 머물고 있는 방문의 바로 옆에서 공간과 마력이 요동치는 기척이 전해져 왔다. 그때까지 휴식을 취하고 있던 일행들이 일제히 일어나 무기를 들었다.

자그르스의 기량을 고려하자면, 공간 전이의 조짐도 얼마든지 숨길 수 있을 것이다. 그런데 일부러 그 기척을 우리에게 알려주는 듯한 방식으로 전이 마법을 행사해 오다니, 그야말로 대단한 자신감이라는 말밖에 나오지 않았다.

이윽고 얇은 종이에 물이 번져 나오는 듯한 방식으로 자그르스가 모습을 드러내더니, 상처 하나 없는 우리들의 상태를 확인하자마자 비열하기 짝이 없는 미소를 지어 보였다. 거짓된 이름으로 우리와 처음 만났을 때와 완전히 다른 인상을 받을 수밖에 없었다.

나의 관점에서 말하자면, 타인을 깔보는 자신을 부끄럽게 여기지 않아 저열한 미소나 짓고 있는 인간쓰레기에 지나지 않았다. 그러나—.

"자네들이 지금까지 선보인 건투는 무척이나 흥미롭더군. 이제 슬슬 하찮은 졸개들을 상대로 한 전투에도 싫증이 나지 않았을까 싶어서 말이야. 자네들을 정식으로 환영할 준비가 이제야 막 끝난 참이거든. 그런 고로, 자네들을 안내하고자 몸소 마중을 나온 거라네."

입으론 그렇게 주워섬기고 있지만, 아마도 자그르스가 약간이나마 집착을 보이고 있는 대상은 크리스티나 양과 바제, 루우…… 그리고 이유는 모르겠다만, 나에게도 관심이 있는 듯한 느낌이 들었다.

아니, 이유 자체는 충분한가? 엔테의 숲에서 일어났던 사건에 관해 언급한 이상, 자그르스가 나를 다른 이들보다 특별하게 취급하는 것은 보는 관점에 따라 당연할 수도 있다.

"일부러 초대하러 온데 대해선 감사하마. 하지만 말 그대로의 의미로 우리를 환영할 분위기는 아닌 듯이 보이는군, 대마도의 제자님?"

"지금 자네가 한 말은 어디까지나 천박하기 짝이 없는 억측에 지나지 않는다네, 드란 군. 대마도 바스트렐의 제자라는 이름에 걸맞은 환대를 기대하게나. 자네들도 더 이상 무의미한 헛수고를 되풀이하고 싶지는 않을 거야. 지금껏 일일이 중심 구역을 샅샅이 조사하며 돌아다닌 것으로 안다만, 이제 와서 어디를 어떻게 조사해 봤자 얻을 수 있는 수확은 없을 걸세. 시간을 거슬러 올라가지 않는 이상에야 아무리 뒤져봐도 헛수고야. 그리고 자네들은 꿍 나라의 미천한 도굴꾼들을 마음에 두고 있는 듯이 보인다만, 당연히 그들은 이미 이 세상 사람이 아니라네. 그들은 우리의 숭고한 실험을 성공시키기 위한 산 제물로서, 자신들의 모든 피와 살을 바쳤거든. 자, 추가적인 조사 활동이 아무런 소용도 없다는 사실을 가르쳐 줬으니 어서 나의 초대에 응해주게나."

에드왈드 교수와 미스 엘리자의 얼굴이 동업자들의 비참한 말로에 대한 침통한 심정으로 물들었다.

한편, 요새 앞을 무대로 한 전투에서 창피를 당한 것으로 여기던 바제와 레니아는 조사단의 비극적인 최후에 대한 정보 따위엔 아랑곳하지도 않고 눈에 보일 정도로 살벌한 살기를 가다듬자마자 완전히 동시에 자그르스에게로 달려 나갔다.

묘한 데서 마음이 맞는 두 사람이로군.

"더 이상 귀에 거슬리는 잡소리를 지껄이지 못 하게 해 주마, 인간!"

"두 번 다시 그 잘난 입을 못 놀리게 될 거다, 인간!"

두 사람이 입을 모아 자그르스를 인간이라고 호칭하는 까닭은, 자신이 초인종이라는 사실을 가장 큰 자랑거리로 여기는 자그르스에 대한 도발인 것으로 보였다. 그나저나 두 사람이 똑같은 단어로 상대방에게 욕설을 퍼부을 줄이야, 솔직히 말해서 꽤나 흥미로운 현상이었다.

바제와 레니아는 순간적으로 「으음?」이라는 감탄사와 함께 서로의 얼굴을 마주보다가도, 어색한 분위기가 감돌기도 전에 한 발 먼저 자그르스를 찢어죽이기 위해 단숨에 내달렸다.

평상시엔 억제하던 살기의 봉인을 푼 두 사람의 몸으로부터 제각각 다홍빛과 칙칙한 흰빛의 마력이 화산의 분화를 연상케 하는 기세로 뿜어 나왔다.

자그르스는 자신을 향해 쏟아지는 무자비한 살기를 온몸으로 받으면서도 얼굴빛 하나 바꾸지 않았다. 그는 의미심장한 미소와 함께 지팡이를 약간 높이 들었다가, 날카로운 쇳소리가 울려 퍼지도록 바닥을 두드렸다.

"두 번이나 같은 수법이 통할 리는 없겠지. 따라서 이번엔 또 다른 수법을 쓰도록 하지."

지팡이가 바닥을 두드리자마자 금속제의 바닥이 넘실거리기 시작했다. 그리고 바닥 그 자체가 미세한 변화를 일으키는가 싶더니, 보랏빛으로 눈부시게 빛나는 마법진의 형태를 띠었다.

바닥에 나타난 마법진은 총 세 개였다. 나의 용안으로 관찰한 바에 따르면, 그 마법진은 대상을 강제적으로 공간 전이시키는 종류의 함정이었다. 그리고 전이 마법의 목적지는 마법진마다 다른 장소가 설정되어 있는 듯이 보였다. 나의 감각 기관으로 파악하고 있는 슬라니아의 내부 구조와 마법진의 전이 목적지를 비교해 보자면, 우선 하나는 도시의 외부로 상대를 날려 버리기 위한 마법진이었다. 그리고 나머지 두 개는 제각각 서로 다른 중심부의 방으로 대상을 전이시키는 기능을 지니고 있는 듯이 보였다.

전이한 장소가 산성의 바다나 육식성의 슬라임으로 가득 찬 방, 또는 온갖 함정으로 꽉 들어찬 방일 리는 없어 보였지만…….

발밑으로부터 올라오는 보랏빛이 더욱 더 눈부시게 빛났지만, 나는 일부러 전이 마법이 발동될 때까지 기다리기로 했다.

우리를 에워쌌던 보라색 빛이 잦아들며 어렴풋이 느껴지던 붕뜬 감각이 사라지자, 나와 크리스티나 양은 드넓은 돔 형태의 공간에 서 있었다.

아마도 바제와 루우는 슬라니아의 상공으로 강제 전이당한 모양이다. 그리고 세리나와 레니아, 에드왈드 교수와 미스 엘리자는 우리 두 사람과 다른 방으로 전이당한 듯이 보였다.

돔의 중심부로 시선을 돌리자, 자그르스가 우리를 바라보고 있었다.

저 남자는 아까 전엔 바제와 루우도 확보하고 싶다는 발언을 입에 담았다. 그러나 본인이 수고스럽게 이곳으로 발걸음을 옮긴 이상, 주된 목표는 우리들일 공산이 컸다. 특히 크리스티나 양이야말로 저 남자의 최우선적인 목표일 확률이 매우 높아 보였다.

크리스티나 양은 빈틈없이 엘스파다의 칼날을 오른쪽 하단을 향해 흘려보낸 자세로 신체 강화 마법의 중첩 부여 과정을 마쳤다. 지금 이 자리에 우리들 두 사람밖에 없다는 사실을 깨달은 그녀는,

평소의 눈부신 미모에 그늘을 드리운 채로 자그르스를 노려봤다.

"너무 무서운 표정으로 노려보지 말게, 크리스티나. 자네와 나는 이 지상에서도 얼마 되지 않는 동포 사이야. 자네와 우호적인 관계를 맺고 싶다는 건 나의 거짓 없는 본심이라네."

"너희 같은 악당들의 밑으로 들어갈 생각은 추호도 없다. 나는 어디까지나 평범한 인간에 지나지 않아. 지상을 지배한다거나 모든 종족들의 정점에 선다는 식으로 당치도 않은 망상을 지껄이는 자들과 한 패가 될 생각은 없다."

"겸손한 성격은 미덕이야. 하지만 방금 자네의 입에서 나온 발언과 똑같은 말로 우리의 권유를 거절하고 나서도, 결국 우리와 같은 길을 선택할 수밖에 없었던 이들은 적지 않다네. 나의 손으로 어느 정도 거친 방법을 써서라도 자신의 주제를 파악할 수 있게 유도한다면, 자네가 스스로 우리의 친구가 되고 싶다는 말을 입에 담게 될 거야. 참고로 동료들의 도움은 기대하지 말게나. 지금 자네들의 동료들은 모두 나의 환영을 받아 다른데 신경 쓸 여유가 있을 리가 없거든. 이런 식으로 말이야."

자그르스가 왼손을 휘두르자 돔의 천장을 뒤덮듯이 바제와 루우, 세리나나 레니아 일행의 모습이 제각각 상대하고 있는 적들의 모습과 함께 우리의 시야로 들어왔다.

바제와 루우는 천공 도시의 상공에서 원래 모습으로 돌아가, 자신들을 포위 중인 거대한 그림자들을 상대로 이제 막 공중전을 시작한 참이었다.

그녀들을 포위하고 있는 존재들은, 나에 비해 열 배 가까운 덩치를 자랑하는 금속제 거인들이었다. 온몸은 초록빛으로 물들어 있었으며, 어깨나 팔부터 시작해서 다리나 머리 등도 전체적으로 각이 진 듯한 형태였다. 그러나 그들의 움직임은 마치 인간이 움직이고 있는 듯이 거침없었다. 그들의 등엔 체구에 걸맞은 크기의 날개와 직사각형 모양의 상자가 달려 있었으며, 그들의 손엔 한쪽 팔 만한 크기의 원통— 총이 들려 있었다.

거인의 얼굴에 달린 네 개의 붉은 눈이 이따금씩 눈부시게 번쩍이면서, 제각각 손에 들고 있는 총의 발사구로부터 빛의 창과 같은 입자의 광선이 뻗어 나와 어두컴컴한 밤하늘에 빛으로 이루어진 바둑판 모양을 그렸다. 뿐만 아니라 거인들이 등에 지고 있는 직사각형 상자가 두 갈래로 갈라지자, 그로부터 수십 개에 달하는 원통 형태의 비행물체들이 발사되자마자 복잡한 궤도를 그리며 바제와 루우에게 들이닥쳤다.

"저건 뭐지? 골렘인가?!"

경악을 금치 못 하는 크리스티나 양을 상대로, 자그르스는 새로운 장난감을 친구들에게 선보이는 어린아이와 같은 표정으로 의기양양하게 설명하기 시작했다.

"천공인들의 문명을 지탱한 마도학(魔導學)의 성과 가운데 하나라네. 아주 먼 옛날, 천공인들은 마도학의 정수를 들여 창조한 거대 병기들을 동원해 고대거인(古代巨人)이나 용종을 사로잡거나 때때로 토벌하기도 했지. 뿐만 아니라, 저 부근의 공간 주변엔 용봉인의 술법을 전개한 상태라네. 술법의 효과가 미치는 범위는 한정되어 있지만, 아무리 고룡 아가씨들이더라도 비행 거인 에언들의 포위를 당한 상태로 술법의 영향권에서 빠져나오기는 쉽지 않을 거야."

세리나와 레니아 일행이 비치고 있는 쪽으로 시선을 돌리자, 유사 키메라들이 일행의 사방을 포위한 채로 조금씩 포위망을 좁혀 들어가고 있는 광경이 눈에 들어왔다.

세리나 일행에 관해선 천공인들의 유산이나 특수한 비법이 아니라, 순수한 물량으로 승부를 보겠다는 건가?

"허를 찌른 상황이라면 모를까, 기습에 대한 대비가 되어 있는 상태에선 용 봉인의 술법도 그다지 큰 효과는 기대할 수 없다네. 하지만 전투의 와중에 피로가 찾아오거나 부상을 입을 경우, 용 봉인의 술법도 서서히 그 효과를 본격적으로 발휘하기 시작할 거야. 그녀들은 용을 대적하기 위한 용도로 제작된 거대 병기들을 상대로 어느 정도까지 활약할 수 있을까? 나야 그냥 그녀들의 힘이 다할 때까지 기다리는 걸로 족해. 저 에드왈드라는 학자 나부랭이나 라미아 같은 잔챙이들의 경우에도 고룡들과 마찬가지로 힘이 다해 실험체들의 뱃속으로 들어갈 때까지 기다릴 뿐이야. 다만 우리와 같은 초인종으로 태어난 새로운 동포와 우리 결사의 계획 가운데 하나를 궤멸시켰다는 너만큼은, 나의 손으로 손수 환영해 주도록 하지."

자그르스가 입은 로브의 안쪽에서 정체불명의 물체가 꿈틀거렸다. 흠, 슬라니아에서 획득한 실험의 성과를 자기 자신에게도 응용했다는 건가?

크리스티나 양의 주의를 따로 환기할 필요도 없었다. 그녀는 나와 동시에 자그르스에게로 달려 나갔다.

자그르스가 주특기로 삼는 마법이나 속성에 관해선 아는 바가 없었지만, 마법사를 상대로 한 전투에서 선수를 치는 것은 나의 전생에서부터 변함없는 절대적인 최선책 중 하나였다.

나와 크리스티나 양은 거의 동시에 공격 마법을 행사하기 시작했다. 자그르스 급의 마법사를 상대로 한 전투에선, 아무리 크리스티나 양이더라도 영창을 생략한 낮은 위력의 마법으로 적의 장벽을 꿰뚫을 수 있을 리가 없었다. 하지만 크리스티나 양의 노림수는 자그르스로 하여금 장벽을 전개시키도록 유도함으로써, 그의 영창을 한 순간이나마 지연시키는 것이었다.

"에어 스트라이크!"

마법사의 지팡이와 다를 바 없는 기능을 갖춘 엘스파다의 칼날로부터, 눈에 보이지 않는 바람의 철퇴가 나타나 자그르스에게 날아갔다.

"꿰뚫어라 크림존 레이."

나는 크리스티나 양의 【에어 스트라이크】가 자그르스에게 명중하자마자, 발동 시점과 속도를 조절한 다홍빛 열 광선을 연이어 발사했다.

아무리 굳건한 마법 장벽으로 【에어 스트라이크】를 방어하는데 성공하더라도, 완전히 동일한 궤적을 그리며 날아간 【크림존 레이】가 방어 능력이 감퇴된 마법 장벽을 관통하는 효과를 기대할 수 있을 것이다.

그러나 자그르스는 우리의 예상을 초월한 행동으로 반응해 왔다.

자그르스가 걸치고 있던 로브의 안쪽으로부터 수많은 홀쭉한 그림자들이 뻗어 나와 【에어 스트라이크】를 무효화시켰다. 그 그림자들은 후속으로 파고들어간 【크림존 레이】에 꿰뚫려 나갔다. 그러나 로브 안으로부터 출현한 다음 그림자와 그 다음 그림자, 그리고 또 다른 새로운 그림자들이 열 광선의 기세를 조금씩 깎아 나갔다.

【크림존 레이】의 열량을 받아 도중에 잘려 나간 길쭉한 그림자가 바삭거리는 소리와 함께 바닥으로 떨어졌다. 그림자의 정체는 나의 팔 만한 굵기를 자랑하는 새까만 촉수였다. 촉수의 앞부분엔 대량의 예리한 어금니가 나 있었다. 그 촉수는 마치 혼자서 살아 있는 생물처럼 분하다는 듯이 이빨을 갈면서 마구 몸부림을 쳤다.

자그르스가 입은 로브의 이음매로부터 열 개를 넘는 촉수들이 꿈틀거리며 흘러 나와, 우리에게 이빨을 드러낸 채로 대량의 침을 질질 떨어뜨렸다.

나와 크리스티나 양은 생리적인 혐오감을 불러일으키는 촉수를 바라보면서도 발길을 멈추지 않았다. 우리의 정신 구조는 이제 와서 새삼스럽게 촉수 열 개나 스무 개 정도로 기가 꺾일 정도로 나약하지 않았다.

"놀라주질 않다니, 솔직히 말해서 무척이나 유감스럽군."

자그르스는 진심으로 유감스럽다는 듯이 중얼거리자마자, 지팡이를 치켜들어 우리를 가리켰다. 지팡이의 움직임에 따라 촉수들이 일제히 바람을 가르며 들이닥쳐 왔다.

크리스티나 양은 석궁의 화살보다도 빠르게 날아오는 촉수들을,

망설임 없이 엘스파다로 베어 넘겼다.

나 또한 용조검으로 계속해서 들이닥치는 촉수들을 잇달아 갈라 버렸지만…….

검을 통해 전해져 오는 감촉으로 봐서, 촉수의 강도는 거의 강철급이었다. 나는 어쨌든 간에, 크리스티나 양도 참 어지간하다는 느낌이 들었다.

잘려 나간 부분의 촉수들은 바닥 위에서 죽지도 않은 채로 마구 뒹굴어 다니다가 우리의 발을 물어뜯으려고 할 만큼 넘쳐나는 생명력을 선보였다.

게다가 절단면의 살점이 돋아난 것으로 보인 다음 순간엔, 이미 새로운 촉수가 뻗어 나왔다.

"재생 능력?! 아무리 그렇더라도 너무 빨라."

천하의 크리스티나 양도 촉수의 상식을 초월한 재생 속도를 목격하자 경악스러운 고함소리와 함께 일시적으로 발걸음을 멈출 수밖에 없었던 모양이다. 나는 순간적으로 빈틈이 생긴 크리스티나양의 뒤를 감쌀 수 있는 위치로 돌아들어가, 우리의 전후좌우를 뒤덮은 채로 소용돌이치는 촉수의 근본을 향해 시선을 돌렸다.

"설마 그럴 리야 없겠지만, 선천적으로 지금 같은 몸이었나?"

여유 그 자체나 다름없는 태도로 지팡이를 움켜쥐고 있던 자그르스가, 나의 물음에 수다스러운 입을 열었다.

"그야말로 느긋하기 그지없는 질문이로군. 물론 이 몸은 선천적으로 타고난 것은 아니야. 전부 다 슬라니아의 유산 덕분이라네. 자네들도 짐작은 하고 있지 않았나? 이 슬라니아가 서로 다른 생

물들을 교배함으로써 새로운 생물을 창조하는 것을 목적으로 삼던 실험 도시라는 사실을 말이야."

"천공인들이 건설한 문명의 황혼기를 돌이켜보자면, 어떤 공중 도시든 간에 크건 작건 생물 실험용 시설이 존재하는 것은 이상하지 않아."

"마법학원의 학생들도 천공인들이 종족으로서 맞이하고 있던 쇠퇴를 막기 위해 다양한 수단에 손을 뻗었다는 사실은 배워서 알고 있지 않나? 이 슬라니아도 그들이 모색했던 다양한 수단들 가운데 하나야. 천공인들은 자신들보다 종족으로서 강한 생명력을 유지하고 있던 다른 종족들의 생물적 특성들을 흡수함으로써, 종족의 수명을 연장하는 계획을 추진한 거라네. 자네들이 목격한 합성 생물들은 그 실험 과정에서 발생된 부산물들이야. 천공인들은 합성 생물들을 일종의 생물 병기로도 활용한 듯이 보이는군."

"일부러 친절한 해설까지 들려주니 무척이나 고맙군. 이왕 말이 나온 김에 추가로 하나만 더 물어보자. 너희들 비밀 결사의 목적을 감안하건대, 슬라니아의 생물 실험 시설과 축적된 과거의 기록으로부터 자신들을 인간에서 『사람』으로 진화? 아니, 변혁시키는 실험을 자행하고 있던 건가?"

자그르스의 입가에 떠올랐던 미소가 더욱 더 깊은 윤곽을 띠었다. 그의 미모로부터 발산되던 악의가 한층 더 꺼림칙한 분위기로 우리에게 전해져 왔다. 평범한 인간은 이 남자의 악의와 직접 접촉하는 것만으로도 정신을 침식당해, 평생을 침대 위에서 지낼 수밖에 없게 되리라.

"절반은 정답이지만, 나머지 절반은 빗나갔다. 변혁이라는 표현도 나쁘지 않지만, 우리의…… 아니, 우리 스승님께서 지향하고 계신 목표는 사람 정도가 아니거든. 그분께선 더욱 고차원적인 경지에 이르기를 원하신다."

"흠, 말인즉슨 흔해빠진 사고방식으로 신의 자리라도 노리고 있다는 거냐? 이 지상에선 신들의 권능이 제한되는 관계로 착각하는 이들도 없지 않다만, 기본적으로 신들은 지상의 생물들이 아무리 용을 써봤자 도달 가능한 영역의 존재들이 아니야. 만약에 그들이 본래의 힘을 이곳에서도 발휘할 수 있게 될 경우, 말석에 겨우 이름이나 올릴 정도의 최하위 신들조차 지상 세계에선 거의 전지전능에 가까운 존재들이다. 세계 그 자체를 창조하거나 파괴하는 기적을 행사하는 것도 자유자재야."

"크흐흐흐, 평범하기 이를 데 없는 몽상가들이 자기 자신을 신과 대등한 존재로 각성시키고자 무모한 도전을 시도한다는 이야기는 예로부터 비천한 족속들의 흔한 오락거리에 지나지 않아. 그러나 우리 스승님께선 그러한 자들과 전혀 다르다. 그분께서 보고 계신 세계는 너희들의 머리로 도저히 상상조차 할 수도 없는 경지에 있다."

흠. 이럴 때는 만 명 가운데 만 명이 자신을 신이라고 자칭하는 어리석은 자들뿐이라는 것이 나의 경험상 거의 정답에 가까운 경우가 많은데, 혹시 신보다도 높은 존재로 각성하는 것을 목적으로 삼고 있다는 건가?

신보다 높은 존재라? ……그럴 리가 없다는 생각이 들면서도,

이 세계에서 그러한 조건들을 만족하는 존재는 보는 관점에 따라 나에게 있어서 가장 친숙한 한 종족뿐이었다.

"용종인가? 만약 정말로 그렇다면, 나도 참 터무니없는 패거리의 표적이 된 셈이로군."

자그르스는 나의 입에서 흘러나온 혼잣말을 미처 듣지 못한 모양이다. 자그르스는 가슴으로부터 시작해서 배에 이르는 부분으로부터 셀 수도 없이 뻗어 나온 대량의 촉수들로 우리를 에워쌌다. 그는 자신의 우위가 확고하다는 것을 확신하고 있는 듯이 보였다.

"안심하게나. 설령 팔다리가 뜯겨 나가더라도, 우리의 기술로 무난하게 재생시킬 수 있거든. 일단 이 세상에 존재하는 모든 고통과 후회를 맛본 뒤, 나의 구두를 핥고 나서 결국은 우리 결사에 들어오게 될 거야."

"나 원 참, 어째서 인간들 중에선 이 녀석처럼 구제할 수 없는 놈들이 정기적으로 나타나는 건지……? 하기야 그렇기 때문에 실패작 취급을 당하는 건지도 모르지만, 참으로 안타깝기 짝이 없군."

"드란?"

스스로도 지극히 차가운 냉기를 품고 있다는 느낌을 부정할 수 없는 목소리로 속삭이다 보니, 나의 혼잣말을 들은 크리스티나 양이 무척이나 조심스럽게 나를 향해 고개를 돌려 왔다.

나는 용조검으로 각성시킨 검이 더욱 눈부신 빛을 띠도록 추가로 마력을 부여한 뒤, 우리를 에워싼 촉수 덩어리들을 향해 아무렇게나 휘둘렀다.

촉수들은 용조검의 칼날이 닿는 거리보다 멀리 떨어져 있었지만, 근섬유나 골격부터 시작해서 신경계까지 용종의 것으로 변형시킨 나의 팔은 음속의 벽조차 갈라버릴 정도로 위력적인 참격(斬擊)을 날렸다. 참격에 의해 발생한 검압에 나의 마력이 합세한 뒤, 눈에 보이지 않는 용의 아가리로 변한 충격파가 주위를 포위하고 있던 촉수들을 향해 날아갔다.

용조검으로부터 나타난 유린의 어금니는 그대로 여세를 몰아, 나의 눈앞에 위치한 촉수들뿐만 아니라 주위의 모든 촉수들을 순식간에 남김없이 집어삼켰다. 그리고 물리적으로는 물론이거니와 영적인 차원에서도 그 촉수들이 존재한 흔적들을 철저하게 소거해버렸다.

나의 온몸으로부터 피어오른 비인간적인 투기와 존재감에 의해, 크리스티나 양은 몸 안에 도사리고 있는 용을 죽인 자의 인자를 또다시 자각한 듯한 반응을 보였다. 그녀의 얼굴이 순식간에 창백한 빛을 띠기 시작했다.

용종과 마주침으로써 몸과 마음이 약체화되는 특수한 인자를 지닌 크리스티나 양은, 내가 자신의 눈앞에서 용의 힘을 떨친 결과로 급격한 몸 상태의 악화를 호소할지도 모른다.

그 근본을 따지고 들어가자면, 아마도 거의 틀림없이 크리스티나 양과 그녀의 조상들이 용을 죽인 자의 인자를 지니게 된 원인은 다름 아닌 나일 공산이 컸다.

혹시 지금 용종의 힘을 개방한 건 너무 생각이 모자랐나? 미안하군, 크리스티나 양. 하지만 이번 전투는 그다지 오래 걸리지 않을 테니, 아주 잠시만 참아줘.

"크리스티나 양, 잠시만 기다려. 아마 저 멍청이에게 본때를 보여주거나 태어난 것을 후회하게 만들어주는 데는 그다지 긴 시간은 필요치 않을 거야."

"드란, 그대는 대체……? 이유를 알 수 없군. 그대를 보고 있자니 온몸이 떨려오는 것 같아. 아니, 몸이 아니라 혼이야. 나의 혼이 전율하고 있어."

크리스티나 양의 눈동자로부터 평소의 늠름하기 그지없는 눈빛은 자취를 감춘 듯이 보였다. 덧없어 보일 만큼 연약한 크리스티나 양의 모습을 목격한 나는, 자신의 행동이 너무 성급했다는 사실을 깨달았다. 나의 마음속에서 일어난 후회의 감정은 결코 작지 않았다.

"나는 나야. 베른 마을 출신의 농민이자, 가로아 마법학원의 학생인 동시에 크리스티나 양의 친구지."

나의 용조검에 의해 재생 기능뿐만 아니라 존재 그 자체의 근본부터 소멸된 촉수들은, 재생을 시작할 듯한 낌새를 전혀 보이지 않았다. 자그르스는 의아한 표정을 지으면서도 쓸모가 없어진 촉수들을 뿌리째로 뽑아버리자마자, 곧바로 새로운 촉수들을 발생시켰다.

"과연, 이 힘이야말로 마계의 군사들을 물리칠 수 있었던 이유인가? 이 힘…… 대단히 흥미롭구나. 저 바제나 루우 같은 고룡들이 고작 마법학원의 학생들에게 힘을 빌려주고 있던 이유도, 이제야 이해가 간다."

용조검을 통해 전해진 마력을 곧바로 용종의 힘이라고 간파한 통찰력은 칭찬할 만한 값어치가 있었다. 그러나 공격을 가하는 나의 손이 멈출 일은 결단코 일어나지 않을 것이다.

"정답이다. 그런 고로, 너에게 승산은 없다. 주제넘은 망상에 사로잡힌 어리석은 자여."

"크흐흐. 점점 더 바스트렐 스승님께 바칠 진상품으로서 손색이 없다는 느낌이 드는구나. 이 슬라니아에서 획득한 생체 융합 기술의 진수를 똑똑히 맛 보거라!"

자그르스가 걸친 로브의 내용물이 풍선처럼 부풀어 오른 듯이 보인 바로 다음 순간, 더욱 더 수많은 촉수들이 나타났다. 그의 등으로부터 끈적끈적한 점액으로 젖어 기분 나쁘게 빛나는 날개가 펼쳐졌다. 팔과 다리는 검푸른 껍질로 뒤덮였으며, 손가락 끝으로부터 흉악한 형태의 예리한 손톱이 돋아났다. 좌우의 가슴 밑으로 무시무시하게 번쩍이는 붉은 눈동자가 나타났으며, 이마에도 흐릿한 금빛을 띤 제3의 눈동자가 모습을 드러냈다.

자그르스가 이형(異形)의 괴물로 변신을 마치자, 그의 온몸과 혼으로부터 발산되는 마력의 양이 수십 배로 증폭되어 드넓은 돔 형태의 공간을 온통 뒤덮을 정도로 압도적인 기운이 전해져 왔다.

고위의 언데드나 마수와 마주쳤을 때와 마찬가, 평범한 인간들은 자그르스의 현재 모습을 목격하는 것만으로도 혼이 명부(冥府)로 빨려 들어가고야 말 것이다. 가령 신관이나 마법사처럼 정신 수양을 쌓은 이들이더라도 그 자리에서 발광하거나 졸도한 뒤, 언제 눈을 뜰지조차 기약할 수 없는 깊은 잠에 빠지리라.

"나의 몸에 시술한 진화의 술법으로도 사람의 영역까진 오르지 못

했지만, 너희들을 도륙하는 데는 충분하고도 남을 정도의 힘이다!"

자그르스가 등에 달린 날갯죽지나 양 어깨, 옆구리로부터 잔뜩 뻗어 나온 촉수들을 우리에게로 향했다. 그리고 수많은 촉수들의 앞부분에 제각각 별개의 소형 마법진들이 출현하더니, 방대한 양의 마력이 모여드는 기척이 전해져 왔다.

수많은 촉수들 하나하나가 마법 발동의 매개체였다. 자그르스는 수십 단위의 마법들을 동시에 행사할 수 있는 위협적인 존재로 변모한 것이었다. 지상의 마법사들에게는, 그야말로 이보다 더할 수 없이 위협적인 존재였다. 그러나—.

"나에게는 아니다."

"엇?!"

자그르스는 감각 기관으로 미처 감지하기도 전에 내가 자신의 눈앞까지 다가갔다는데 대한 경악이 담긴 신음소리를 내뱉었다. 바로 다음 순간, 그는 내가 치켜들었던 용조검의 일섬(一閃)에 의해 머리 꼭대기부터 사타구니까지 양쪽으로 갈라졌다.

제5장   나의 아버지시여

"흠."

나는 새하얀 바닥 위에 새까만 피와 흉측한 내장들을 모조리 쏟아 버린 채로 뻗어 있는 자그르스를 내려다보면서, 두 동강 난 몸 가운데 오른쪽 반신을 향해 용조검의 칼날을 들이밀었다.

평범하기 이를 데 없는 장검을 중심으로 변함없이 새하얀 마력이 아지랑이처럼 울렁거리고 있었지만, 자그르스의 숨통을 끊는 데는 아주 약간 모자랐던 모양이다.

"일격으로 끝장낼 생각이었는데, 여파를 조절한답시고 지나치게 힘을 뺐던 모양이군."

두 동강 난 자그르스가 나의 입에서 나오는 말을 기다리고 있었다는 듯이 두 눈을 부릅뜨면서 자랑스럽다는 듯한 목소리로 웃음을 터뜨리기 시작했다.

"크흐, 흐흐, 크하하하하!"

힘없이 바닥 위에 펼쳐져 있던 날개가 기세 좋게 펄럭이더니, 두 동강이 나 있던 자그르스가 폭포를 연상케 하는 엄청난 양의 피를 흘리면서 공중으로 날아올랐다.

내가 방금 전의 일격에 담은 용종의 마력으로 영혼을 완전히 갈라버릴 수 없을 만큼, 자그르스의 영적인 격은 낮지 않았던 모양이다. 나는 과거의 경험에 따라 자그르스와 같은 종류의 적과 싸울 때는 상대를 소멸시키는데 지나칠 정도의 공격을 가하는 경향이 있다. 이번엔 공격의 여파로 슬라니아에 악영향이 가지 않도록 조심하다가 힘을 지나치게 조절한 결과, 상대의 생존을 허용한 것으로 보였다.

다만, 당사자인 자그르스는 자신이 살아남은 이유를 나의 지나친 힘 조절이 아니라 자신의 높은 능력 덕분인 것으로 착각하고 있는 듯한 반응을 보였다.

나는 자기 자신에게 교훈을 주는 의미로 자그르스의 갈라진 몸이 공중에서 서로 달라붙는 광경을 처음부터 끝까지 지켜봤다.

"놀랍구나. 설마 이 정도의 능력을 지니고 있었을 줄이야."

자그르스는 여유로운 태도를 연출하려는 듯이 입가에 미소를 짓고 있었지만, 그의 눈동자로부터 치욕을 씻고자 하는 분노의 불꽃이 끈질기게 이글거리고 있는 모습이 빤히 들여다보였다.

자그르스는 촉수를 자른 일격을 통해 나의 정체가 용종의 전생자라는 사실을 간파한 듯이 보였지만, 그럼에도 불구하고 자신의 실력으로 얼마든지 이길 수 있다는 듯이 떵떵거리다가 이 모양 이 꼴을 당한 셈이다. 자그르스의 마음속은 그야말로 폭풍우를 방불케 할 만큼 무척이나 험악한 양상을 띠고 있을 것이 틀림없었다.

크리스티나 양이 공중에서 우리를 흘겨보는 괴물 형태의 자그르스를 올려다보면서, 몹시 긴장한 듯이 숨을 죽였다.

"촉수만으로도 꽤나 경악스러웠는데, 지금은 날개에다가 팔과 다리까지 상상을 초월할 정도로 괴상한 몰골을 보이고 있군. 게다가 저건 대체…… 자그르스는 여자였단 말인가?"

크리스티나 양이 언급한 저것이란, 끔찍한 괴물의 모습을 해방
시키면서 밖으로 드러난 자그르스의 가슴…… 말인즉슨 젖가슴을
가리키는 말이었다.

그 부풀어 오른 젖가슴은 결단코 남성이 갖추고 있을 리가 없는
신체 부위였지만, 아마도 자그르스가 방금 언급한 진화의 술법으
로 인한 영향은 아닐 것이다.

나는 등 뒤의 크리스티나 양에게 고개를 돌리면서, 자그르스가
저러한 신체적 특징을 지니게 된 이유에 관해 설명하기 시작했다.

"초인종의 육체적 특징 가운데 하나야. 지금으로부터 머나먼 고
대의 시대, 수많은 신들이 힘을 합쳐 창조하고자 한 완전한 존재
인『사람』은 단독으로도 완성된 존재였지. 남자와 여자라는 두 가
지 성별로 나뉘어져 있다는 것은 같은 종족끼리 서로를 보완해야
하는 불완전한 생명체라는 증거야. 신들 또한 그러한 점에선 마찬
가지였어. 그런 고로, 초인종은 남자인 동시에 여자이기도 한 존
재이자 여자인 동시에 남자이기도 한 존재로서 태어난 거야. 육체
와 정신이라는 양쪽 측면에서 남자인 동시에 여자이기도 하며, 동
시에 그 어느 쪽도 아닌 중성(中性)의 존재로서 탄생한 셈이지. 따
라서 초인종으로서의 격이 높아질수록 남자와 여자의 육체적 특징
을 동시에 지니게 되는 거야. 그러한 기준으로 보자면, 정신적으
로 완전히 남성이면서 육체적으로도 남성의 부분이 몸의 대부분을
차지하는 자그르스는 초인종 중에서도 최고위에 해당되는 존재는
아니라는 뜻이지."

초인종 고유의 양성구유(兩性具有)이자 중성이라는 특성에 관한

설명을 받은 크리스티나 양은, 자그르스에 대한 경계태세는 유지하면서도 비어 있는 왼손을 이용해 자신의 몸을 전체적으로 쓰다듬었다. 그리고 굉장히 의아하다는 표정으로 질문을 던져 왔다.

"음, 하지만 내 경우엔 이래봬도 몸도 마음도 모두 여자라는 생각이 드는데……."

"크리스티나 양의 경우, 나의 눈에도 몸도 마음도 틀림없는 여성으로밖에 안 보여. 육체보다는 영혼이 지닌 높은 격이, 초인종으로서 대부분의 요소를 차지하고 있는 듯한 느낌이 드는군."

"드란은 박식하군. 그나저나 저 자의 흉측하기 짝이 없는 몰골은, 초인종 이전의 또 다른 문제란 말이지. 아무리 봐도 정상적인 인간의 모습이 아니야."

이러고 있는 동안에도 크리스티나 양의 얼굴빛은 용을 죽인 자의 인자로부터 영향을 받아 무척이나 창백한 상태였지만, 자그르스의 괴이하기 짝이 없는 모습에 관해선 진심으로 놀란 표정이었다. 일단 나에 대한 불안감이나 공포는 일시적으로 잊은 듯이 보였다.

하지만 크리스티나 양이 마법학원으로 돌아가고 나서도 이런 상태가 계속될 경우, 유일무이한 친구와의 사이에 깊은 골이 생길 수밖에 없었다. 나로서도 그러한 미래에 관해선 적잖이 우려할 수밖에 없는 상황이었다.

이거야 원, 슬라니아에선 나로서는 미처 예상치 못 했던 사태들이 잔뜩 기다리고 있던 모양이다. 나는 씁쓸한 속마음을 담아 한숨을 쉬었다.

바로 그 예상 밖의 사태들 중에서도 대부분을 야기한 원흉인 자그르스는, 양쪽으로 갈라졌던 자신의 육체를 접착시키는 작업을 완전히 마친 모양이다. 그는 지금부터 잡아먹을 사냥감 앞에서 더 이상 참기가 힘들다는 듯이 처절한 미소를 지어 보였다.

베른 마을의 사냥꾼들이 입을 모아 증언한 바에 따르면, 사냥감 앞에서 웃음을 짓는 사냥꾼은 이류인 모양이다. 나 또한 그들의 발언에 진심으로 동의하고 싶은 기분이었다.

"나의 역량을 완전히 파악한 듯한 헛소리나 주워섬기다가, 어이없이 한 방을 얻어맞을 줄은 몰랐을 거다. 혹은 일부러 일격을 받아 여유로운 모습을 연출하고 싶었나?"

자그르스는 나의 입에서 담담하게 흘러나온 도발을 듣자마자 조용히 두 눈을 흘겨 뜨더니, 살기에 가득 찬 시선으로 나를 노려봤다. 그 눈의 흰자위 부분이 검게 물들면서, 마안으로 각성한 눈동자가 금빛의 색체를 띠기 시작했다.

"나를 정말 어지간히도 깔본 모양이로구나. 나의 육체는 단순히 초인종일 뿐만 아니라, 진화의 술법을 통해 수많은 마수들과 정령들을 흡수한 상태다. 물론 네 전생의 동포들 또한 거리낌 없이 잡아먹었다는 사실도 밝혀두마. 「용종의 전생자」여!"

자그르스의 입에서 그런 발언이 나오자마자, 크리스티나 양이 숨을 죽이는 소리가 들려왔다.

지금 지껄인 말은 더할 수 없이 쓸데없는 소리였다. 하지만 일격에 자그르스의 숨통을 끊지 못한 나 자신에게도 책임이 있단 말이지.

"드란, 그대가?"

나는 망설임과 불안감으로 인해 흔들리고 있는 크리스티나 양의 붉은 눈동자를 마주보면서, 비밀이야기를 들킨 어린아이 같은 표정으로 작은 미소와 함께 양 어깨를 으쓱해 보였다.

"뭐, 대충 그런 셈이야. 이 육체는 부모님으로부터 받은 선물이지만, 혼만큼은 달라."

나의 입에서 자그르스의 발언을 긍정하는 대사가 나오자, 크리스티나 양은 나의 앞에서 자신의 혼이 전율을 일으켰던 이유를 깨달았다. 그녀는 얼핏 봐도 뚜렷하게 동요하는 표정을 지었다.

"흠, 크리스티나 양은 아까부터 너무 놀라기만 하는군."

"이럴 때는 안 놀라는 거야말로 오히려 말이 안 되잖아?! 아니, 그대를 나무라는 건 아닌데……. 바제와 루우가 그대를 따르는 것도 납득이 가. 하지만 그 말인즉슨 용의 혼을 지닌 그대 또한 나와 만날 때마다 혐오감을 느껴왔다는 건가?"

마치 매달리는 듯한 크리스티나 양의 연약하기 그지없는 태도로부터, 나라는 친구를 잃게 될지도 모른다는 불안감이 생생하게 전해져 왔다.

"나는 신경 쓰지 않아. 처음 만났을 때부터 크리스티나 양이 용을 죽인 자의 인자를 지니고 있다는 사실은 물론이거니와 초인종으로서 태어났다는 사실까지도 다 알면서 지금까지 가까운 관계를 유지해 온 거야. 앞으로도 내가 크리스티나 양을 혐오할 일은 없어. 오히려 지금까지 나 자신에 관한 비밀을 숨겨온 일로 인해 크리스티나 양의 미움을 살지도 몰라 마음을 졸이고 있었을 정도야."

나의 반응이 예상 밖이었나? 혹은 그녀가 은근히 기대하고 있던 대답이었는지도 모른다. 크리스티나 양은 호들갑스럽게 안도의 한숨을 내쉬며 어깨의 힘을 뺐다.

"그건 그렇고, 언제까지나 적의 앞에서 느긋하게 대화나 나누고 있을 상황도 아니군. 나의 인적 사항에 관해선 일단 저기서 거들먹거리고 있는 소인배를 처리하고 나서 설명하도록 하지."

크리스티나 양은 나의 말을 듣자마자, 다시금 엘스파다를 다잡았다.

"음, 그 말이 옳아. 한창 전투를 벌이는 와중에 지나치게 딴청을 피우는 것도 좋지 않지. 하지만 나중에라도 반드시 설명해야 한다는 것만은 잊지 마."

"물론 크리스티나 양이 만족할 때까지 최대한 자세하게 설명할 생각이야."

상공에 떠 있던 자그르스는, 우리를 흘겨보면서도 온몸으로부터 뻗어 나온 촉수의 머리 부분을 이쪽으로 향하고 있었다.

내가 크리스티나 양을 일단 진정시키기 위해 대화를 시도하는 동안, 자그르스가 잠자코 기다리고 있을 리가 없었다. 나는 용안과 전반적인 감각 기관들을 동원해 자그르스의 몸 안에서 마법 행사를 보조하기 위해 인위적으로 재배치된 혈관이나 신경계, 장기들이 제각각 진동을 일으키며 마법이 발동 직전의 상태라는 사실을 정확히 파악하고 있었다.

"설마 일부러 우리의 대화가 끝날 때까지 기다리고 있던 거냐? 의외로 굉장히 고지식한 측면도 있다고 할 수도 있겠다만, 아마도 너의 의도는 다른데 있었을 거다."

자그르스는 나의 물음에 악의의 결정체와 같은 미소로 답했다.

"흐흐, 너희들 두 사람만큼은 무슨 일이 있어도 스승님께 바쳐야 한다. 너희들의 피와 살, 그리고 혼은 결국 나를 따르게 될 것이다! 포박하라, 봉옥박쇄(封獄縛鎖)!"

우리를 향해 뻗은 자그르스의 양팔과 촉수로부터 자그마한 마법진이 나타났다. 붉게 빛나는 원과 검은 정사각형 두 개로 구성된 마법진으로부터 출현한 검붉은 빛의 사슬이 우리를 향해 쏟아졌다.

"명부의 지옥에서 꿈틀대는 온갖 악귀들을 옭아매는 쇠사슬이다. 한 번만 사로잡혀도 너희들의 영혼은 영원히 빠져나가지 못할 것이다!"

"지옥의 존재들을 이만큼이나 한꺼번에 소환하다니, 정말로 입만 산 녀석은 아닌 모양이군. 크리스티나 양, 나에게서 멀리 떨어지지 마."

"그러지. 하지만, 이건……!"

아무리 크리스티나 양이더라도 구렁이의 무리가 떼를 지어 들이닥치듯이 밀려오는 지옥의 쇠사슬은 처음 볼 수밖에 없었다. 그녀의 아름다운 얼굴이 초조한 빛을 띠었다.

자그르스의 호언장담에 거짓은 없었다. 만약 지금 우리들에게 밀려들어오는 쇠사슬 가운데 단 하나에만 사로잡히더라도, 육체뿐만 아니라 영혼까지 결박당해 산 채로 지옥으로 떨어지고야 말리라.

기본적으로 이 지옥의 쇠사슬은 단 하나를 소환할 경우에도 상당한 고위의 소환마법사나 명계의 신들을 섬기는 고위의 성직자가 아니고서야 소환 시도 자체가 불가능하다.

"흠."

나는 지옥의 쇠사슬들이 우리를 사로잡기 일보 직전까지 들어올 때까지 기다렸다가, 크리스티나 양이 나의 곁으로 접근해 온 것을 확인하자마자 비어 있던 왼손의 다섯 손가락을 펼친 채로 쇠사슬을 향해 치켜들었다.

"틀림없이 사로잡힐 경우엔 위협적인 건 사실이야. 하지만 일단 사로잡혀야 말이지."

나는 용종의 혼에서 유래된 마력을 왼쪽 손바닥으로 집중시켜, 마치 새롭게 자그마한 태양이 출현한 듯한 눈부신 빛을 발생시켰다.

너무나 엄청난 빛의 양으로 인해 크리스티나 양과 자그르스가 실눈을 떴다. 그러는 와중에도 손바닥 안의 태양은 더욱 더 눈부시게 빛나다가, 예리한 칼날로 변해 우리에게 들이닥치는 쇠사슬들을 맞받아 쳤다.

"나의 손 안에 나타난 태양의 눈부신 광채는 무자비한 칼날로서 그대를 가른다 양광열인(陽光烈刃)!"

지금 내가 사용한 마법은 태양광이 약점인 일부의 언데드들이나 어둠 속성을 타고난 요마(妖魔)와 같은 부류에게 절대적인 효과를 발휘하는 태양신 계열 신성 마법으로서, 명계와 직접적으로 관여된 도구들이나 마법에 대해서도 강한 효과를 발휘할 것이다.

속성을 무시하더라도 나의 영혼이 지닌 절대적인 격과 막대한 마력량으로 발생시킨 태양광의 칼날은, 물리법칙을 무시한 위력을 발휘함으로써 우리를 사방으로부터 포위하러 들어오던 지옥의 쇠사슬들을 눈 깜짝할 사이에 모조리 베어 버렸다.

지옥의 쇠사슬들은 수백을 넘는 파편들로 절단되어, 지상 세계에 존재할 수 있는 힘을 상실하자 잇달아 소멸해 버렸다.

나는 경악스러운 표정을 짓고 있는 상공의 자그르스에게 시선을 돌렸다.

"뭐지? 겨우 이 정도로 우리를 사로잡을 생각이었나? 아직도 산 채로 우리를 잡을 수 있다는 착각에 빠져 있다면, 그런 생각은 당장 내다버려라. 죽일 생각으로 오더라도 생포는 불가능할 텐데, 지금과 같은 마음가짐으론 우리의 머리카락 한 올조차 가져갈 수 없을 것이다."

"큭! 칠흑 같은 어둠의 구렁텅이에서 잠든 그대여 머나먼 저편의 빛을 향해 뻗는 그 팔 밤의……"

자그르스가 또다시 구속·봉인 마법의 영창을 시작했다. 나는 그를 향해 오른손의 용조검을 밑으로부터 위로 가로지르는 일섬을 날렸다.

인간을 초월한 초인종인 크리스티나 양이나 자그르스조차도 육안으로 확인할 수 없는 속도로 날아간 용조검의 검압에 나의 마력이 합세하자, 자그르스의 왼팔과 왼다리부터 시작해서 왼쪽 날개와 몇 십 개에 달하는 촉수들이 한꺼번에 깔끔하게 잘려 나갔다.

절단면을 통해 흘러들어간 용종의 마력에 의해, 자그르스의 육체뿐만 아니라 영혼까지도 파고들어가는 고통이 그의 온몸을 덮쳤다. 그의 얼굴이 끔찍한 고통으로 크게 일그러졌다.

"모처럼 나의 입에서 나온 충고를 무시하다니, 현명한 선택은 아니었다고 본다. 죽이겠다는 마음가짐으로 오너라. 나의 충고를 새겨들어야 아주 약간이나마 오래 살 수 있을지도 모른다, 「인간」."

용조검에 잘려 나간 왼팔과 왼다리가 공중에서 한줌의 재로 변하자, 잘려나간 왼팔을 오른손으로 붙들고 있던 자그르스의 얼굴에 분노의 빛이 떠올랐다.

동시에, 지금까지 마법 행사에 쓰지 않았던 네 개 정도의 촉수가 예리한 이빨들이 늘어선 아가리를 크게 벌린 채로 나를 향해 살상을 목적으로 한 공격을 날려 왔다.

자그르스 본인은 스승인 바스트렐에게 바치겠다고 알린 우리를 이 자리에서 죽여 버리겠다는 결정에 약간이나마 망설임이 있던 걸로 보였지만, 촉수들이 자그르스의 본능적인 살기에 솔직하게 반응한 건가?

촉수들은 자그르스가 이 슬라니아에서 흡수했다는 정령이나 마수들의 마력을 압축한 브레스를 뿜어 왔다. 보랏빛의 안개나 푸른 천둥, 검은 불꽃이나 노란 물 등의 다양한 속성, 다양한 형상의 공격들이 머리 위의 상공을 뒤덮듯이 쏟아져 내렸다.

촉수에서 발사된 브레스 공격은 나와 크리스티나 양이 서 있던 장소를 중심으로 잇달아 명중되기 시작했다. 슬라니아의 액체 금속으로 구성되어 지극히 견고한데다가 자가 회복 기능까지 갖춘 바닥이 커다랗게 도려 나가거나 폭발을 일으켰다.

평균 이상의 능력을 보유한 고룡이더라도 치명상을 입을 가능성이 있는 공격이었다. 아무리 초인종이더라도 인간이 이 정도의 힘을 발휘하다니, 경우에 따라서 순수하게 칭찬해주고 싶은 마음이 들 수도 있었지만……

나와 크리스티나 양은 고위의 공격 마법이 열 발에서 스무 발 정도까지 연속으로 들어오고 있는 거나 다름없는 철저한 파괴 현장의 한복판에 서 있었다. 천하의 크리스티나 양도 공격을 피하지 못할 경우에 찾아올 엄청난 고통과 돌이킬 수 없는 죽음에 대한 공포를 무릅쓰고 두 눈을 질끈 동여감은 채로 버티고 있는 듯이 보였다.

"크리스티나 양, 괜찮아."

나는 등으로부터 눈과 같이 새하얀 두 장의 날개를 출현시켜 자신과 크리스티나 양을 감싸고 있었다. 나의 날개는 절대 불가침 영역의 경계선으로서 빗발치듯이 쏟아지는 모든 공격들을 완벽하게 차단하고 있었다.

"……드란? 이 빛은 그대의 방어 마법, 아니, 날개인가?"

"나의 혼에 남아있는 전생의 육체에 대한 정보를 기반 삼아 재구축한 결과물이야. 절반 정도는 물체이며, 나머지 절반 정도는 순수한 힘 그 자체나 다름없는 내 몸의 일부지."

"정말로…… 용이었다는 뜻이로군."

나는 망연자실한 표정으로 중얼거리는 크리스티나 양을 마주보며, 천천히 고개를 끄덕였다.

"맞아. 개인적으로 금생에선 인간으로서 살다가 인간으로서 삶을 마치고 싶었지만, 평화롭게 살기도 쉽지 않더군. 세상일이라는 것도 뜻대로 되기는 힘든 모양이야."

"이런 상황에서도 여유를 잃지 않는단 말인가? 솔직히 말하자면, 방금 전만 해도 나는 죽음을 각오하고 있던 참이야."

"흠, 겨우 이 정도로 나의 소중한 친구가 다칠 일은 없을 거야. 하지만 저 자그르스라는 남자가 큰소리를 칠 만한 능력과 지식을 갖추고 있는 것도 틀림없는 사실이야. 지금으로선 나 이외엔 저 자를 상대하기 힘들어 보여."

초인종으로서 타고난 능력을 완전히 각성시킨 크리스티나 양이나 차기 수룡황에 걸맞은 잠재 능력을 해방시킨 루우 정도 쯤 되면 몰라도, 지금으로선 심홍룡 바제를 비롯해 우리 일행 가운데 저 정도의 능력자를 상대할 수 있는 이는 없어 보인다는 것이 나의 솔직한 예측이었다.

확실하게 승리를 거두고자 할 경우, 내가 지금 당장 이 자리에서 자그르스와 결판을 지을 수밖에 없었다.

무자비하게 계속되던 촉수로부터의 공격이 그제야 끊겼다. 안개처럼 주위를 뒤덮고 있던 마력의 잔재가 걷히자, 상처 하나 없는 우리의 모습이 백일하에 드러났다.

"죽이겠다는 마음가짐으로 와도 겨우 이 정도였나, 초인종?"

잘려 나간 왼팔을 오른손으로 붙든 채로 계속 공중에 떠 있던 자그르스는, 태연한 표정을 위장할 여유도 없이 경악스럽기 짝이 없다는 식의 반응을 보였다. 지금의 그에게 진화의 술법을 통해 강화된 자신의 육체를 자랑하던 여유는 물론이거니와, 우리를 자신보다 열등한 존재라는 식으로 우습게보던 오만한 성격도 온데간데없었다.

"네 녀석, 평범한 용종의 전생자가 아니구나! 지옥의 사슬들을 모조리 끊어버린 데다가 지금까지 온 힘을 다해 퍼부은 공격들을 남김없이 막아 버리다니, 아무리 낮게 봐도 최소한 용공(竜公)의 수준은 가볍게 초월하지 않고서야 말이 되지 않아."

"나의 정체에 관해선 네 마음껏 머리를 굴려 보거라. 어찌됐건 간에, 지금 당장 자신의 모든 힘을 발휘하지 못 하고서야 죽어서도 여한이 남을 테지. 온 힘을 다하고도 결국은 피해갈 수 없는 패배의 운명을 받아들여라."

나는 전생의 날개를 펄럭여 아직도 주위를 떠돌아다니던 마력의 잔재들을 모조리 흩어 버렸다. 그리고 왼손을 치켜들어 혼으로부터 발생시킨 마력을 이용해 전생의 모습 가운데 일부를 구현화했다.

나를 에워싸듯이 용의 목과 머리를 본뜬 윤곽만을 발현시킨 뒤, 순수한 마력을 파괴의 브레스로서 자그르스를 향해 방출했다. 순백의 브레스가 둑을 무너뜨린 홍수를 연상케 하는 기세로 자그르스를 향해 밀려들어가, 일시적으로 눈앞에 보이는 모든 세계를 새하얗게 물들였다.

"그오오오?!"

자그르스의 입에서 비명으로 들리기도 하고 경악스러운 고함소리로 들리기도 하는 쇳소리가 들려오는가 싶더니, 가까스로 나의 브레스를 회피해 직격으로 얻어맞는 사태만은 모면한 듯이 보였다.

방금 전엔 복잡한 술식이나 영창은 전혀 사용하지 않고, 단순하게 몸 안에서 압축된 마력을 방출한 것에 지나지 않았다. 그러나 나의 브레스는 이 거대한 구역의 천장을 관통한 여세를 몰아 슬라니아의 지표부터 시작해서 밤하늘에 뜬 구름조차 가로질러, 반짝이는 별들이 가득 찬 밤하늘의 저편을 향해 한 줄기의 광선을 그렸다.

천장에 뚫린 커다란 구멍을 목격한 자그르스와 등 뒤의 크리스
티나 양으로부터, 오늘 들어와 도대체 몇 번째인지 짐작도 안 가
는 짙은 경악의 감정이 전해져 왔다.

자그르스는 도저히 숨길 수 없는 조바심이 담긴 표정으로 나를
노려보다가, 등으로부터 네 장의 새로운 날개를 출현시켜 비행 마
법과 함께 기능을 발동시켰다. 그리고 천장의 커다란 구멍을 통해
슬라니아의 지표를 향해 날아가기 시작했다.

외부의 고대 병기들과 나를 격돌시킬 생각인가? 설마 겨우 그
정도로 나를 물리칠 수 있을 것으로 여길 만큼 얄팍한 사고방식의
소유자는 아닐 텐데…….

나는 자그르스를 쫓아가기에 앞서 용조검의 칼날 부분을 약간
비스듬하게 오른쪽 아래로 향한 뒤, 마력을 집중시킨 칼날을 촉매
로 삼아 아까와 똑같은 위력의 브레스를 발사해 바닥을 꿰뚫었다.

크리스티나 양은 예기치 못한 나의 행동으로 인해 두 눈을 희번
덕거렸다. 그녀는 순간적으로 말문이 막힌 듯이 보였지만, 나로서
는 지금 당장 그녀에게 부탁할 일이 있었다.

"크리스티나 양? 세리나나 에드왈드 교수, 미스 엘리자와 레니
아가 이쪽 방향에 있군. 크리스티나 양에게 그녀들을 엄호하는 임
무를 맡기고 싶어."

"그녀들의 위치까지 파악하고 있었단 말인가……? 좋아. 분하지
만, 나의 능력으로 자그르스에게 도전해 봤자 걸리적거리기만 할
것 같거든. 지금으로선 세리나 일행을 도우러 가는 것이 나에게

가능한 최선책일 거야. 그런데 바제나 루우는?"

"두 사람은 도시의 외곽으로 쫓겨 나간 상태야. 아마 자그르스가 도망친 방향과 그녀들의 위치가 일치할 테니, 그녀들과 합류하는 건 나에게 맡겨."

"좋아, 그러도록 하지. 솔직히 말하자면, 그대의 곁에선 아직도 몸 상태가 그다지 좋지 않아. 하지만 드란이 믿음직스러운 벗이라는 사실엔 변함이 없어. 이 상황에선 그대의 말을 따르는 것이 좋을 테지. 그나저나 이쯤 되니 그대가 이 세상에서 뭐든지 할 수 있는 만능의 존재라는 느낌마저 드는군."

"그건 착각이야. 정말로 내가 뭐든지 마음껏 할 수 있는 존재였다면, 자그르스를 상대로 방금 전 같이 어리숙한 전투 방식을 선보이진 않았을 테니까."

굳이 입에 담지는 않았지만, 내가 진정한 의미로 만능의 존재였을 경우엔 지금처럼 인간으로 다시 태어나는 일도 없었을 것이다. 나는 마음속에서 한숨과 함께 회한에 가까운 감정을 내뱉었다.

동시에 자신이 만능의 존재가 아니라서 다행이었다고 여기는 까닭은, 인간으로서 살아온 현재의 삶을 그 어느 때보다도 행복한 시간으로 받아들이고 있기 때문이리라.

"그런가? 묘한 소리로 들릴지도 모르지만, 지금 그대가 한 말에 약간이나마 안심이 되는 부분도 있군. ……드란, 나로서는 그대의 무운을 빌 뿐이야. 기도할 필요조차 없는 듯한 느낌도 들지만 말이야."

"고마워. 크리스티나 양도 시시한 일로 부상을 당하지 않도록 조심해."

크리스티나 양은 엘스파다를 한손에 잡은 채로, 나의 브레스가 뚫은 구멍으로 몸을 던지자마자 전속력으로 달려 나갔다.

나는 세리나에게 사념을 날려 길을 뚫었다는 사실과 크리스티나 양이 그쪽으로 향하고 있다는 사실을 알렸다. 그런 고로, 크리스티나 양과 나머지 일행의 합류는 순조롭게 이루어질 수밖에 없었다.

"어디 한 번, 하늘부터 정리하고 오도록 할까?"

나는 전생의 날개를 퍼덕여 자그르스의 뒤를 쫓기 위해 천장의 커다란 구멍을 향해 날아올랐다.

슬라니아의 중심부를 구축하는 금속 부분이나 합성 토양 등을 전부 다 한꺼번에 꿰뚫어 버린 결과로 탄생한 커다란 구멍을 통해 올라가다 보니, 가는 데마다 설치형 마법이나 마법 시력으로도 확인하기 힘들 만큼 미세하게 은폐된 마법 실 등이 펼쳐져 있었다. 그러나 그러한 함정들은 아주 잠시 동안의 시간벌이에도 도움이 되지 않았다.

구멍을 빠져 나와 슬라니아의 하늘로 날아오른 바로 그 순간, 사방에서 하전 입자포나 아광속 수준까지 가속된 중금속 입자들이 빗발치듯이 나를 향해 쏟아져 내렸다.

하지만 그러한 모든 공격들은 전생의 날개를 한 차례만 펄럭여도 산산이 조각나 수많은 빛의 입자들로 흩어져 버렸다.

자그르스는 상처 하나 없는 나의 모습을 지긋지긋하다는 눈길로 노려보다가, 즉각 사고를 전환해 더욱 더 높은 상공으로 날아올랐다. 자그르스가 곧바로 촉수와 모든 팔다리를 이용해 압축 언어와 다중 마법진을 전개함으로써 상위 마법의 동시 영창을 시작했다.

시선을 돌리다 보니 바제와 루우가 천공 도시의 고대 병기들을 상대로 전투를 벌이고 있는 모습이 시야에 들어왔다. 일단 나의 눈엔 아직도 모든 적들을 격추하지 못한 것으로 보였다.

바제는 온몸에 다홍빛 불꽃을 두른 채로, 물리 법칙을 무시하는 위력의 불꽃을 뿜어 입자의 흐름이나 광선조차도 남김없이 불태우고 있는 와중이었다. 그리고 발톱이나 이빨, 꼬리를 동원한 격투 기술을 주체로 삼아 고대 병기들을 격침시키고 있었다.

루우는 자신을 향해 날아 들어오는 광학 무기들을 영력이 담긴 물로 받아, 굴절시키거나 반사하는 식으로 적에게 전부 다 되돌려 보내 격추하는 묘기를 선보였다.

"바제, 루우? 둘 다 다친 데는 없나?"

원래의 모습으로 되돌아가 고대 병기들과 전투를 벌이던 두 고룡이 나의 접근을 깨닫자마자 시선을 돌려 왔다.

"네 녀석은 지금껏 뭘 하고 있던 거냐? 설마 그 건방진 초인종 쓰레기를 놓친 거냐?!"

"소첩이나 바제 양에 관해선 신경 쓰지 마세요. 드란 님이야말로 조심해 주십시오."

그녀들의 힘으로도 고대 병기들을 상대로 아무런 상처 없이 전투를 치를 수는 없었던 것으로 보였지만, 하루만 그냥 내버려둬도 용종의 회복력으로 아무는 정도의 상처였다. 하지만 아무리 가벼운 부상이더라도 바제와 루우가 상처를 입었다는 사실 자체가 개인적으로 그다지 유쾌하지 않았다.

나는 날카로운 눈빛으로 슬라니아 상공에 전개 중인 고대 병기들의 위치를 파악했다. 후진 양성을 위해서 한 대, 아니 예비까지 포함해 두 대는 노획한다는 전제하에 나머지 기체들은 모조히 격추하기로 결심했다.

"이 녀석들을 남기고 가봤자 쓸데없는 불씨가 될 뿐인가? 언젠가 썩어 문드러지는 그날까지 이 하늘을 떠돌아다녀라, 슬라니아여."

나는 천공을 흐르는 영맥(靈脈)을 향해 자신의 마력을 흘려 넣어, 슬라니아 상공의 모든 존재들을 자신의 영적 감각 기관으로 포착했다. 그리고 고대 병기들의 방어 기능과 장갑을 관통해 버릴 수 있는 위력의 마법을 행사했다.

나의 혼이 지닌 무지갯빛의 광채를 있는 그대로 구현화한 듯이 번쩍이는 일곱 빛깔의 마법 화살 300발이 나의 주위에 떠올랐다. 그리고 내가 용조검을 휘두르자, 그 화살들은 슬라니아의 하늘을 가로질러 나아갔다.

복잡한 무지갯빛 궤적을 그리며 날아간 【레인보우 레인】이 슬라니아의 밤하늘을 수많은 폭발의 충격파로 수놓았다.

나는 현재 가동 중이던 고대 병기들을 남김없이 격추하는데 성공한 것을 확인하자, 고대 병기들의 발진구로 추정되는 장소를 향해 【익스플로전】을 사용해 흔적도 없이 날려버렸다.

흠, 더 이상 고대 병기들의 격납고나 생산 공장은 눈에 띄지 않는군. 인간 형태의 고대 병기들은 더 이상 나오지 않을 것으로 보였다.

"이제 쓸데없는 난입자가 들어올 일은 없을 것이다. 너희 일당은 이제 너 이외엔 아무도 없다, 자그르스."

머리 위로 시선을 돌리자, 자그르스가 일체의 감정을 죽인 채로 마법 영창과 제어에 집중하고 있는 모습이 보였다.

자신의 예상을 완전히 초월하고 있는 나를 상대로 마음의 평정을 유지할 수 있을 리가 없었지만, 지금 같은 궁지에 몰린 상황에서도 저 정도로 정신 집중을 할 수 있다는 것만으로도 그가 지닌 마법사로서의 기량에 의심할 여지는 전혀 없었다.

"절해(絕海)에 가로막힌 칼날의 산에서 고독하게 울부짖는 귀신의―."

"어둠의 담요 위에 누운 왕의 탄식 뼈의 침대를 모시는 백골의 무리 시간의 흐름에 묻혀 망각하라―."

"천마(天魔)가 지르는 포효 적을 물리치는 무신(武神)의 일격―."

"혼돈의 파문 칠흑의 문장 재만 남은 망자(亡者) 연옥을 다스리는 자에게 알려라 나의 저주가 담긴 목소리―."

자그르스 자신과 바야흐로 100개를 넘는 촉수들이 마치 합창하듯이 영창을 실행하자, 슬라니아의 하늘에 불길하기 짝이 없는 힘이 담긴 주문 소리가 낭랑히 울려 퍼졌다.

고대 병기의 대군이 나의 힘에 의해 눈 깜짝할 사이에 전멸하는 광경을 목격한 바제와 루우는, 새삼스럽게 역량의 차이를 실감한 듯이 넋이 나간 듯한 표정을 짓고 있었다. 그러나 그녀들 또한, 천공 도시의 상공을 가득 채운 대량의 극대 마법들로부터 느껴지는 방대한 마력과 파멸의 기척에 대해 경악을 금치 못 한 듯한 반응을 보였다.

자그르스와 촉수들의 영창은 완전히 동시에 끝났다. 그리고 상 공으로부터, 혹은 나의 위치를 중심으로 대량의 마법들이 세차게 날아 들어왔다.

"귀곡인찰포(鬼哭刃刹咆)!"

"폴 킹덤 하울!"

"엘리미네이트 스트라이크!!"

"종말의 도래!"

자그르스가 동시다발적으로 행사한 극대 공격 마법들이 나를 집 어삼켰다. 나를 집어삼키고도 진정되지 않은 무지막지한 공격의 여파가 슬라니아의 대지에까지 영향을 끼쳐, 드넓은 천공 도시의 한 구석에 거대한 구멍을 뚫었다. 엄청난 폭풍이 나무들을 송두리 째 뽑아 날려버리거나, 건축물들을 무너뜨리는 광경이 눈에 들어 왔다.

"그 영혼의 마지막 파편까지 산산이 조각나라, 전생자!! 사라져 라, 사라져라아아──────!!"

진화의 술법에 의해 증폭된 모든 마력을 모조리 동원한 자그르 스는 가까스로 하늘에 떠 있을 만한 힘을 남겨놓고 있었으나, 체 력과 마력을 뚜렷하게 소모한 채로 처음 만났을 때의 여유를 완전 히 상실한 상태였다.

바로 조금 전까지만 해도, 자신이 완전히 우위에 서 있다는 고정 관념에 빠져 있던 오만한 표정은 온데간데없었다. 솔직히 말해서 나로서도 적잖이 통쾌하게 느낄 수밖에 없는 태도의 변화였다.

이대로 아무 짓도 안 하고 그냥 기다려 봤자, 연속된 공격 마법의 돌풍들이 지겹도록 몰려올 뿐이다. 나는 양쪽 날개를 퍼덕여, 나를 향해 쳐들어오던 모든 공격 마법들을 아득히 능가하는 마력의 바람을 일으켜 그 충격파들을 깔끔하게 날려버렸다.

마법들의 근간을 이루던 술식의 핵과 마법들을 구성하던 모든 마력이 고신룡의 날개가 일으킨 바람에 의해 근본적인 파탄을 일으킨 결과, 나의 주위에 또다시 정적이 되돌아왔다.

"흠, 이제야 죽을 각오로 덤빌 결심이 섰나? 너무 늦다, 초인종. 다음은 무슨 수를 써볼 생각이지? 중력의 구렁텅이 속으로 가라앉혀볼 테냐? 혹은 이세계로 통하는 구멍을 뚫어 추방할 거냐? 존재의 확률을 조작해 나의 존재를 무(無)로 되돌릴 텐가? 전부 다 헛수고다. 그런 짓들을 시도해 봤자 아무런 의미도 없다. 너의 힘으로 무슨 수를 써봤자 나에겐 통하지 않아. 너에게 지금보다 더 강한 공격을 시도할 만한 수단이 있어 보이지도 않아. 다 끝났다, 자그르스."

"이럴…… 수가……?! 나의 계약신 세키오마로부터 하사받은 최강의 공격 마법이었단 말이다! 그것뿐만 아니라 고대 마법과 금지된 주문까지 동원한 연속 공격을 정면에서 받고도 생채기 하나 나지 않았단 말인가? 네 녀석은 혹시, 용왕(竜王)? 설마 용제(竜帝)급의 전생자냐?!"

"공교롭게도 나는 용왕은 물론이거니와 용제도 아니다. 너의 공격을 받은 나의 몸에 상처 하나조차 나지 않은 까닭은, 어디까지나 너와 나 사이의 절대적인 실력 차이로 인한 결과에 지나지 않아. 너의 실력으론 나의 발끝에도 미치지 못 할 뿐이다."

"……바스트렐 님께 반드시 말씀드려야 한다. 이놈은, 이놈만큼은 무슨 일이 있어도 적으로 돌리시지 말아야 한다고!!"

자그르스는 드디어 완벽한 절망으로 물든 표정을 나의 앞에 선보였다. 그럼에도 불구하고 자그르스는 마지막 힘을 쥐어짜 스승인 바스트렐을 위한 행동을 일으키려 했으나, 나는 그조차 용납하지 않았다.

"소용없는 짓이다. 이미 슬라니아의 상공은 나의 힘으로 폐쇄된 상태야. 설령 혼으로 이어져 있더라도 사념을 날릴 수도 없을 거다. 네가 아무리 바스트렐이라는 녀석에게 도움을 청해 봤자, 혹은 경고를 날리려 해봤자 결국 전부 다 헛수고에 지나지 않아."

나는 경악을 금치 못 하는 표정의 자그르스에게 용조검의 칼날을 향하며, 용의 마력을 불러일으켰다.

그와 동시에, 슬라니아의 하늘 한복판에 나를 핵으로 삼은 새하얀 비늘과 날개를 지닌 백룡(白竜)의 모습이 나타나 밤의 어둠을 물리쳤다.

바제와 루우는 자신들을 아득히 초월하는 강대한 권능의 소유자인 나에 대한 경탄과 경외심이 담긴 눈빛을 띠었다. 그리고 자그르스는 자신의 명운이 이제 곧 끝나게 되리라는 예감에 대한 절망과 공포가 담긴 눈빛을 띠었다.

"너무 비관하지 마라. 너희 조직이 지금껏 저질러온 만행을 돌이켜보자면, 너의 스승도 언젠가 나와 만나게 되리라는 것은 필연이다. 나와 그가 만나는 바로 그 날, 바스트렐 또한 너와 같은 곳으로 떨어지게 될 것이다. 사제끼리 사이좋게 지옥의 고통 속에서 자신들이 지은 죄를 뉘우치도록 해라."

자그르스는 나의 발언을 되받아치려는 듯이 보였지만, 공교롭게
도 나는 더 이상 그와 문답을 나눌 생각이 없었다.

"그럼 짧은 만남이었지만, 이제 작별이다. 사람에 가까워진 것
으로 착각하던 가엾은 인간아!"

나는 주위의 영맥이나 마력의 흐름, 시간이나 공간에 악영향을
끼치지 않도록 위력을 조정하면서 자그르스를 표적 삼아 마력으로
형성한 백룡의 입을 통해 브레스를 발사했다.

자그르스는 조건반사적으로 100겹에 가까운 방어 장벽을 중첩
전개했지만, 핵폭탄 열 발이나 스무 발 정도는 손쉽게 이겨낼 수
있는 방어 장벽도 나의 브레스 앞에선 모래성이나 다름없었다.

"우오오오오오오오——————————!!"

자그르스는 무지갯빛 브레스의 격류에 말려 들어갔다. 이형의
괴물로 변한 그의 육체는 기나긴 단말마의 비명소리와 함께, 흔적
도 없이 이 세상에서 소멸되고 말았다.

나는 밤하늘의 머나먼 저편, 별들의 바다 끝까지 나아가던 브레
스의 방출을 중단하자마자 평소와 다를 바 없이 짧은 입버릇을 중
얼거렸다.

"흠."

†

자그르스를 물리친 우리들은 곧바로 다른 일행들과 합류한 뒤,

본래의 모습을 유지하고 있던 바제와 루우를 탄 채로 슬라니아에서 빠져나왔다.

나와 자그르스가 벌인 전투의 영향에 의해, 슬라니아는 지표뿐만 아니라 중심부에까지 심각한 충격을 입은 모양이다. 우리가 곧바로 천공 도시에서 탈출한 까닭은, 도시를 제어하던 기능을 상실한 슬라니아의 고도가 기존의 항로에서 벗어나 비정상적으로 상승되기 시작한 탓이다.

에드왈드 교수가 점점 작아져만 가는 슬라니아를 바라보면서, 시원섭섭하다는 듯이 중얼거렸다.

"이거야 원, 슬라니아에 나의 추측대로 숨겨진 공간이 존재하고 있었다는 사실이 입증된 것까지야 더할 나위 없이 반가운 소식이었단 말이지. 하지만 굉 나라 조사단 여러분은 단 한 사람의 예외도 없이 모조리 순직한데다가, 슬라니아는 두 번 다시 갈 수 없는 곳으로 승천 중이야. 정말 시작부터 끝까지 터무니없는 조사였어."

이렇게 된 원인 가운데 일부는 나로 인한 구석도 없지 않아 있었다. 솔직히 굉장히 면목이 없다는 기분이 들었다.

나는 지친 얼굴로 바제의 손가락을 등받이 삼아 몸을 기대고 있던 에드왈드 교수에게, 난리 통의 슬라니아로부터 수집해온 도구들을 제출했다.

지금까지 그 물건들을 수납하고 있던 장소는, 오두막집 정도의 넓이를 지닌 아공간(亞空間)으로 변형시킨 그림자 속이었다. 섀도우 박스라는 명칭의 마법으로서, 군인들이나 모험가들 사이에서 요긴히 쓰이는 술법이었다.

세리나나 에드왈드 교수 일행과 합류하기 전에 남몰래 회수한 자료들로서, 생체 융합 기술에 관련된 정보는 포함되어 있지 않았다. 슬라니아 원주민들의 일상생활을 엿볼 수 있는 자료부터 시작해서, 천공인들의 정치 체제나 각종 기술들의 기초를 기록한 입문서 등의 부류였다.

"교수님, 이 자료들을 잘 부탁드립니다. 아마도 저한테는 다루기 어려운 자료들일 테지만, 교수님께선 유효하게 활용할 방법이 있으실 걸로 압니다."

나의 그림자에서 오래된 서류나 수정 형태의 기록 매체부터 시작해서 슬라니아의 천공인들이 사용한 것으로 추정되는 다양한 소도구들을 꺼내 나열하다 보니, 에드왈드 교수는 단정한 얼굴에 드리워졌던 어두운 그림자를 완전히 걷어내고 무척이나 명랑한 미소를 지어 보였다. 타산적인 성격이라고 해야 하나? 혹은 솔직하기 짝이 없는 성격이라는 표현이 들어맞을지도 모른다.

"호오, 놀랍군. 과연 드란 군이야. 정말 빈틈이 없군. 자네와 같은 인재가 우리 가로아 마법학원에 입학해준 것은 그야말로 하늘의 큰 뜻이야."

"아니요, 과찬의 말씀이십니다."

나의 입에서 판에 박힌 겸손한 대사가 나오자마자, 에드왈드 교수는 노랗게 물든 옛 서류들이나 마름모 모양의 수정을 바라보는 자세 그대로 무척이나 유쾌한 미소를 지어 보였다.

"과찬이기는커녕 모자랄 정도야. 가로아 마법학원의 모든 역사를 돌이켜봐도, 아마 「용의 전생자」가 입학해 들어온 사례는 이번이 사상 최초일 수밖에 없거든!"

솔직하게 자백하자면, 에드왈드 교수의 입에서 나온 발언은 완전히 나의 허를 찔렀다. 나로서는 순간적으로 숨을 죽일 수밖에 없는 상황이었다.

"흠. ……언제부터 눈치채신 겁니까?"

"처음으로 위화감을 느낀 건 바제 군이 크리스티나 군의 몸속에 존재하는 용을 죽인 자의 인자나 초인종의 소질에 관해 언급한 바로 그 순간, 드란 군에게 그런 여자를 용케 따라다닌다는 식의 발언을 입에 담았을 때야. 그 말인즉슨 그녀들뿐만 아니라 드란 군에게도 크리스티나 군을 꺼려야 하는 이유가 존재한다는 뜻이거든. 한 마디로 말해서 바제 군이나 루우 군처럼 드란 군 또한 용종이나 그에 가까운 존재라도 된다는 말투였지!"

"……바제."

"나, 나 때문이냐?! 그, 그다지 큰 상관은 없지 않나? 너의 혼이 용종이라는 건 틀림없는 사실이잖아! 들통 나는 게 빨라지거나 늦어지는 정도의 차이가 있었을 뿐이야!"

바제가 황급한 태도로 나에게 변명을 해 왔지만, 나 또한 그녀에게 고함을 지르거나 물리적 수단으로 말버릇을 고치려는 의도는 없었다. 약간이나마 자신의 책임을 실감해 달라는 의도로 그녀의 이름을 불렀을 뿐이다.

"결정적이었던 순간은 슬라니아의 상공을 무대로 자그르스와 전투를 벌였을 때야. 드란 군의 위치에선 보이지 않았을지도 모르지만, 자네들이 벌이던 싸움은 크리스티나 군과 합류한 우리의 위치에서도 다 보였거든. 용의 형태를 띤 마력을 두른 채로 발산하는 마력까지도 용종의 특징을 지니고 있을 때는 정답이 한정될 수밖에 없다네."

"한 마디로 말해서, 이번 일로 결국은 정체가 드러날 수밖에 없었다는 뜻인가요?"

"아하하! 전생자라는 것만으로도 굉장히 드문 경운데, 용종이 인간으로 다시 태어나다니! 그야말로 이보다 더할 수 없이 드문 사례야! 그런데 자네가 용의 혼을 지닌 채로 태어났다는 사실을 부모님이나 세리나 군은 알고 있나?"

바로 그 순간, 바제의 옆으로 나란히 날던 루우의 등에 타고 있던 세리나가 소리 높여 외쳤다.

"저는 몰랐어요~!"

"뭐, 어쩌다 보니까 세리나에게도 말한 적은 없었습니다. 부모님이나 마을 이웃들도 저의 전생에 관해선 아는 바가 없습니다. 아마도 굉장히 유별난 아이 정도로 받아들이고 있는 걸로 압니다. 바제와 루우의 경우엔 제가 전생의 육체를 재구축한 채로 산책을 다니다가 만난 사이라서 정체를 알고 있을 뿐입니다."

"호오, 나도 대충 감이 오는 것 같아. 세리나 군은 드란 군과 사역마의 계약을 맺는 과정에서 어딘지 모르게 이질적인 느낌을 받은 적은 없나?"

"저기, 저는 그냥 드란 씨의 곁에 있는 것만으로도 충분해서 그다지 크게 신경 쓴 적은 없었어요. 그야 예전부터 평범한 인간 분들과 차원이 다르다는 정도의 느낌은 이따금씩 받았답니다. 하지만 저에게 있어서 중요한 사실은 드란 씨의 정체가 뭐냐는 건 아니니까요."

"아하하! 드란 군? 이만큼이나 한 마음 다 바쳐 사랑해주는 세리나 군을 상대로 똑같은 수준의 애정으로 답하지 않는 건 아무리 용종이라도 천벌을 받을 짓일세."

"평소부터 저와 같은 이에겐 너무나 과분한 여성이라는 느낌을 받고 있습니다. 그런데 교수님? 슬라니아의 일로 여쭤보고 싶은 사항이 있습니다만, 꾕 나라의 조사단에 관해선 어떤 식으로 보고를 올릴 예정이신가요?"

나의 질문을 들은 에드왈드 교수는 겉옷의 주머니를 뒤적거리다가, 풍정석(風精石)을 핵으로 삼은 직사각형 모양의 나무 상자를 꺼내 보였다.

"이 상자는 음성을 비롯한 온갖 소리들을 기록하는 마법 도구야. 그 자그르스가 떠벌이던 발언들은 이 상자 안에 모두 기록되어 있네. 우리의 귀에 들리는 소리는, 요컨대 진동 현상의 일종이거든. 바람 속성 마법을 응용 발전시켜, 지극히 제한된 시간 동안이나마 음성의 진동을 기록할 수 있는 이런 종류의 도구가 최근 들어 많이 늘어났더군. 음성 정보를 조작하거나 편집해 봤자 금방 들통 날 수밖에 없으니, 이 상자만 제출하더라도 꾕 나라 측의 추궁에 의해 범인으로 몰릴 일은 없을 거야. 게다가 말로만 듣던 그 바스트렐이라는 작자가 움직임을 보인 이상, 우리 아크레스트 왕국뿐만 아니라 꾕 나라에서도 본격적으로 그들을 체포하거나 범행을 수사하는 작업을 시작할 수밖에 없단 말이지. 특히 꾕 나라와 바스트렐 일당은 천공인의 유적을 발굴하는 과정에서 여러 차례에 걸쳐 충돌을 일으켜 온 불구대천의 원수사이거든."

"흠, 말하자면 한동안 사정청취라는 명분으로 구속될 수도 있다는 뜻이군요. 저의 정체에 관해선 어떤 식으로 처리하실 생각이시죠?"

"어디 보자, 일단 현재로선 전적으로 자네의 개인적 의사에 달려 있는 상황이야. 기본적으로 학원장님 같은 분한테야 말씀을 드릴 필요가 있다는 느낌은 들지만, 나로서는 인간으로 다시 태어난 용인 자네가 인간으로서의 삶을 받아들이고 있는 방식에 관해 무척이나 흥미가 동하는군."

"저 말입니까? 글쎄……요. 저는 원래부터 인간들을 좋아하는 용이었습니다. 좋은 점은 물론이거니와 나쁜 점도 잔뜩 지켜봐온 관계로, 이따금씩 싫다는 느낌이 들 때도 없지 않아 있었습니다. 하지만 결국은 인간이라는 종족 그 자체를 혐오하는 수준까지 간 적은 없었지요. 물론 오랫동안 살아오면서 개인 단위로 혐오스러운 인간들과 만나는 경우는 적지 않았지만요. 용으로서의 삶을 마친 제가 인간으로서 다시 태어났을 때는 가히 말로 표현하기 힘들 정도로 놀라긴 했습니다만, 다행히 훌륭한 가족과 멋진 친구들 사이에서 행복하게 살아온 덕분에 더욱 더 인간들이 좋아졌습니다. 지금은 이대로 용이 아니라 일개 인간인 드란으로서, 100년조차 되지 않는 금생의 짧은 수명을 순순히 마치고자 하는 마음을 가지고 있습니다."

"헤에. 최소한 천 년에서부터 만 년까지 산다고 알려진 용종이었던 자네의 입장에서 보자면, 우리네 인간들의 일생 따위는 밤하늘에 반짝이는 별똥별처럼 짧게 느껴질 수밖에 없지 않나?"

"이제 보니 교수님께선 품격 높은 시인이기도 하시군요. 하지만 제가 보기엔 지나치게 긴 수명도 좋기만 한 것은 아닙니다. 삶에서 중요한 것은 살아온 시간의 밀도와 그 빛깔입니다. 저의 기준에서 볼 때는 영원한 잿빛보다 한 순간이나마 반짝이는 무지갯빛이 매력적이라는 느낌이 듭니다. 제가 용으로서 살았던 기나긴 생애의 대부분은 유감스럽게도 잿빛으로 점철되어 있었습니다만, 인간으로서 살고 있는 지금은 선명하기 그지없는 다양한 빛깔로 가득 차 있거든요. 저는 지금의 자기 자신에게 과거의 어느 때보다도 크나큰 만족감을 느끼고 있답니다."

"오호라, 대충 알 것 같은 느낌도 드는군. 자네의 생각이 이리도 확고한 이상, 나 같은 제3자가 더 이상 쓸데없는 말참견을 덧붙여 봤자 그다지 큰 소용은 없을 것 같아. 게다가 자네가 지금의 자기 자신에게 만족하고 있다는 말은, 용이라는 전생을 지니고 있는 드란 군이 앞으로도 우리 마법학원의 학생으로서 활약해주겠다는 뜻이거든. 그런 고로, 우리들로서는 가을에 열릴 학원 대항 시합에서 이보다 더할 수 없이 믿음직스러운 아군이 생긴 셈이지! 아하하하하!"

나는 호쾌하게 웃는 에드왈드 교수가 싫지 않았다.

그 이후로 에드왈드 교수뿐만 아니라 루우의 등 위에 타고 있던 크리스티나 양의 질문에 답하는 시간이 이어졌다. 한참 그러고 있다 보니, 우리는 와그레일 근방에 무사히 도착했다.

지상에 다다른 시각이 한밤중이었던 관계로, 우리는 일단 그 자리에서 야영을 위한 준비를 시작했다. 동이 트자마자 와그레일로 들어가, 아침 일찍 항구에 주둔 중인 군 사령부로 출두했다가 마법학원으로 돌아가 각 기관을 상대로 이번 사태의 전말에 관해 보고할 예정이다.

슬라니아를 탈출하는 과정에서 야영용의 천막이나 모포, 조리 도구 등도 들고 나오는 길이었다. 그런 고로, 아무리 여름을 앞둔 시기더라도 아직 쌀쌀하게 느껴지는 밤에 들판 한복판에서 맨몸으로 잠을 청해야 할 처지에 놓이지 않은 것은 불행 중 다행이었다.

미스 엘리자가 뒤늦은 저녁 식사를 준비하기 시작했다. 세리나나 루우, 크리스티나 양이 미스 엘리자를 거들고 있는 동안에 벌어진 일이었다. 나는 레니아의 부름을 받아, 야영 지점으로부터 약간 거리가 떨어져 있는 숲속까지 따라갔다.

숲을 지배하는 어둠 속으로 녹아들어갈 듯한 머리카락과 정반대로 달빛을 모은 듯이 새하얀 피부를 지닌 소녀가 나를 바라보는 눈은, 지금까지 그녀로부터 느껴지던 의심이나 불안감과 정반대의 경외심이나 존경에 가까운 감정이 듬뿍 담긴 눈빛을 띠고 있었다.

아무래도 자그르스를 물리친 그 무렵부터 레니아의 태도가 한층 더 어색하게 느껴지는데…….

나는 마음속으로 고개를 갸웃거리면서, 커다란 나무의 밑동 부근에서 나를 기다리고 있던 레니아와 마주쳤다.

"당신에게, 아니, 당신께 반드시 여쭤봐야만 하는 것이 있습니다."

레니아의 말투는 쓸데없다는 느낌이 들 정도로 지나치게 공손하기 그지없었다. 나는 마음속에서 「흐음?」이라는 입버릇과 함께 머리 위에 물음표를 떠올릴 수밖에 없었다. 나는 그녀에게 다음 말을 재촉했다.

흠, 흠. 과연 레니아가 나에게 물어볼 말이란 무엇인가?

하지만 곧바로 레니아의 입에서 나온 말은, 나로서도 적잖이 놀랄 수밖에 없는 대사였다.

"당신께선 시원의 일곱 용 가운데 한 분이시며 시조룡(始祖竜)의 심장으로부터 태어나신 분이신 걸로 압니다. 바로 그 고신룡들 중에서도 하나이자 전부인 드래곤 님이 아니십니까?"

"흠, 자기 자신을 가리키는 호칭이면서도 굉장히 그리운 이름이 나왔군."

『드래곤』, 바로 그 호칭이야말로 전생의 나를 가리키는 이름이었다.

오래된 용이나 지혜를 갖춘 용종들이 결단코 자신들을 가리켜 드래곤이라는 호칭을 사용하지 않는 까닭은, 그 호칭이 자신들이 계승한 혈통의 근본이자 고신룡인 나를 가리키는 고유명사이기 때문이다.

하지만 다른 종족들은 용종 전반을 가리켜 드래곤이라고 부르는 경우도 없지 않아 있다. 왜냐하면, 시원의 일곱 용들이나 진룡(真竜)들이 용신계로 거처를 옮기는 와중에도 마지막까지 지상을 자신의 거처로 고집한 나의 존재가 지상의 주민들 사이에 널리 알려졌기 때문이다. 이윽고 용이라는 단어 자체가 나라는 단독 개체를 가리키는 말로서 사용되다가, 더욱 더 세월이 지남에 따라 드래곤이라는 고유 명사가 용이라는 종족 그 자체를 가리킨다는 잘못된 개념이 널리 정착되는 결과를 초래한 것이다.

현재의 지상에 거주 중인 수많은 종족들 가운데 그러한 배경에 관해 정확히 파악하고 있는 이들은 거의 없는 것으로 추정된다. 하지만 용종들의 입장에서 다른 종족들이 자신들을 가리켜 드래곤이라고 부르는 행위를 평범한 인간들의 사례로 비교해 보자면, 자신들이 섬기는 왕이나 신의 이름으로 일개 개인을 부르는 짓이나 마찬가지였다. 그런 고로, 지상의 동포들은 자신들을 가리켜 드래곤이라는 호칭을 쓴다는 행동 그 자체를 너무나도 황송하기 그지없는 일로 받아들이며 그런 식으로 불리는 경우를 굉장히 꺼리는 경향이 존재한다.

그러던 와중에, 레니아는 자기 자신이 드래곤이라는 사실을 인정한 나의 얼굴을 마주보고 있었다. 그녀는 아마도 환희로 추정되는 감정에 겨워 온몸을 부들부들 떨면서, 보석을 연상케 하는 눈동자에 진주를 연상케 하는 눈물을 짓기 시작했다.

"말하자면, 역시 당신께선 드래곤 님의 환생이시군요."

흠, 현재의 상황을 가리켜 어떤 식으로 설명해야 하나? 솔직히 말해서 나로서도 적잖이 혼란스럽다는 사실을 인정할 수밖에 없는 상황이었다.

"그렇긴 하다만, 레니아여. 나는 지금까지 나를 따라다니던 너에게 의구심을 품은 적은 있으나, 너의 속뜻을 직접 물어본 적은 없었다. 하지만 이제 슬슬 네가 보이던 행동의 까닭을 알고 싶다는 생각이 드는구나. 기본적으로 신조마수인 너와 고신룡인 나의 관계는 서로의 존재를 용납할 수 없는 적수인 걸로 안다. 레니아, 나와 네 사이에 도대체 무슨 종류의 인과 관계가 존재한다는 거냐?"

"저, 저와 당신, 드래곤 님의 관계는……."

흠, 레니아가 울음을 터뜨리기 시작했다. 흠…… 흠?! 레니아는 도대체 무슨 이유로 질문을 던진 것만으로도 커다란 눈물방울을 흘리며 울음을 터뜨린단 말인가?!

"레니아, 서두를 필요는 없으니 차분하게 얘기해 보거라. 시간은 많아."

레니아는 계속해서 흐느끼면서도 눈가로부터 흘러나오는 눈물을 손바닥으로 훔치며, 봄의 도래를 예감케 하는 꽃봉오리처럼 부드러운 미소를 지어 보였다. 마음의 가장 깊숙한 곳까지 발길을 들여놓는 것을 허락한 상대에게만 보이는, 가장 무방비하면서도 가장 다정한 미소였다.

나로서는 그녀가 자신의 앞에서 이런 식의 미소를 보이는 이유가 도저히 짐작조차 가지 않아, 영문을 알 수가 없는 상황이었다.

"저는 일찍이 드래곤 님을 토벌하기 위해 드래곤 님께서 흘리신 극소량의 피와 영혼의 정보를 토대 삼아, 위대한 여신으로부터 하사받은 피와 살에다가 영혼의 조각을 덧붙여 탄생한 위룡(僞竜)이라는 종류의 신조마수입니다. 저에게 있어선 드래곤 님을 토벌하는 것이야말로 자신의 존재 의의 그 자체였습니다. 하오나 저의 힘은 다른 고위급 신들이나 신룡들에게 필적할 정도까지는 성장했지만, 드래곤 님을 토벌할 수 있을 정도의 힘을 얻는 경지까진 어림도 없었습니다. 그런 고로, 저를 창조하신 여신께선 타고난 권능과 신격(神格)을 거의 다 봉인하신 채로 저를 지상 세계의 한 구석에 떨어뜨리셨습니다."

"흠, 너도 겉보기보다 꽤나 고생이 많았구나. 하지만 말이다, 지금의 설명들로 따져 봐도 네가 나에게 이 정도로 심상치 않은 존경심을 보이는 이유가 도무지 짐작이 가지 않아. 오히려 출신 성분으로 봐서, 나에게 적대심을 가지는 것이 자연스럽다는 느낌이 드는구나. 드래곤 님이라는 존칭으로 부르기는커녕, 드래곤이라는 나의 이름을 아무렇게나 부르는 식의 태도를 보이더라도 이상하지 않아."

"틀림없이 지금 말씀하신대로 지상에 막 떨어졌을 당시의 저는 그러한 마음을 먹은 적도 있었습니다. 하지만 그러던 어느 날, 지상에 강림한 아그=라고나 일파를 상대로 싸우시던 드래곤 님의 존안을 먼발치에서나마 뵐 기회가 있었습니다."

아하, 그 녀석들 말인가? 우연히 근처를 지나치던 전생의 내가, 아마도 혹성 다섯 개 정도의 분량에 달하는 산 제물들을 동원한 소환 의식의 결과물로서 지상 세계에 강림한 아그=라고나 일당을 모조리 소멸시켜 버렸던 사건이었다.

"그다지 뒷맛이 개운한 싸움은 아니었지."

"예. 하지만 저의 입장에서 보자면, 그날 목격한 전투는 드래곤 님이야말로 이 세상에서 가장 위대하신 절대적 강자라는 사실을 실감할 수 있었던 기회였습니다. 물론 어디까지나 지상 세계를 무대로 일어났던 싸움이니, 드래곤 님께서도 진정한 실력을 발휘할 기회는 없으셨던 걸로 압니다. 하지만 그럼에도 불구하고, 드래곤 님의 권능 가운데 극히 일부로부터 유래한 능력을 지니고 있었기

때문일까요……? 바로 그 날, 저는 당신께서 지니신 진정한 권능은 저 따위가 도저히 범접조차 못할 만큼 강대하다는 사실을 직감하게 된 겁니다. 그리고 한 가지 결론에 다다랐지요. 저와 같은 실패작 따위가 그럭저럭 명색이나마 고위 신급의 능력을 지니고 태어나게 된 까닭은, 이 세상의 그 누구보다도 위대하신 드래곤 님의 고귀한 피를 계승한 덕분이라는 사실을 말입니다! 아, 물론 창조주이신 대여신님의 능력도 섞여 있습니다. 그러나 비율로 따져서 드래곤 님의 비중이 9할 9푼 정도는 차지하고 있는 걸로 압니다."

"흠. 말하자면 그런 연유로 네가 나에게 호감을 느끼고 있다는 뜻—."

"그리고 저는 깨달았습니다. 바로 이 위대한 힘을 내려주신 드래곤 님이야말로 저의, 저의…… 아, 아, 아버님이시라고요!"

"—인가?"

아버님? **아버님**? 아니 잠깐, 지금 귀에 들어온 단어는 도대체 어느 세계의 어느 나라에서 쓰는 말이지?

"흠?"

레니아의 입에서 나온 단어의 뜻을 이해하기 위해 기억의 도서관 속을 샅샅이 뒤지다 보니, 양쪽 뺨을 붉게 물들인 채로 몹시 흠모하는 눈동자로 나를 열심히 바라보는 레니아의 얼굴이 눈에 들어왔다.

흠, 어디 보자. 음, 아무래도 현실로부터 다른 데로 시선을 돌리기보다 정정당당하게 눈앞의 문제를 해결해야 한다는 것은 확실해 보였다.

"과연, 레니아가 탄생하게 된 원인 가운데 일부가 나로부터 유래된 데다가 영혼과 육체를 구성하는 요소 또한 나의 피로부터 배양된 셈이니 네가 나를 아버지라고 부르는 까닭도, 흠, 이해가 안 가는 것은 아니다."

나의 입에서 나온 말을 듣자, 레니아의 앳된 미모가 환희의 빛을 띠기 시작했다. 혹시 친딸이라는 사실을 인정한다는 말로 들린 건가?

「아니, 아직 너를 친딸로 인정한 건 아니다」라는 본심을 입 밖으로 꺼내기가 굉장히 껄끄러운 상황이 된 것은 틀림없어 보였다.

"아니, 그런데 레니아? 너를 창조한 대여신이라는 존재는 도대체 어디의 누구를 가리키는 거냐? 너 정도나 되는 강력한 신조마수를 창조한데다가 그 권능을 간단히 봉인할 수 있는 대여신 같은 존재가 그다지 흔할 리는 없다만……."

"예, 아버님. 저를 창조하신 장본인은 원초의 혼돈으로부터 태어나신 가장 오래된 여신 가운데 한 분이시며 파괴와 망각을 관장하시는 분, 카라비스 님이십니다."

그럴 줄 알았다. 레니아가 완전히 자연스럽게 나를 아버님이라고 부르기 시작한 것까지 감안하자면, 나는 일단 깊은 한숨을 내쉴 수밖에 없었다. 그리고 나는, 목청껏 그 녀석의 이름을 불렀다.

"카라비스!!"

반응은 곧바로 되돌아왔다. 갈색 피부와 어둠에 가장 가까운 빛깔의 길고도 풍성한 머리카락, 그리고 황금빛으로 번쩍이는 세 개의 눈동자를 지닌 여자가 나와 레니아가 서 있는 곳과 함께 정확히 정삼각형을 그리는 위치에 아무런 예고도 없이 출현했다.

그 자리에 함께하는 것만으로도 제정신을 잃어버릴 듯이 요염한 미녀라는 점에선 예전에 만났을 때와 마찬가지였지만, 하여튼 지금 선보인 얼굴이야말로 카라비스의 이번 모습이었다.

"예에~ 왔습니다, 왔어요~! 드랑의 목소리를 듣자마자 곧바로 뛰쳐나온 너의 사랑, 카라비스야~ 드랑!"

"흠."

아버지로서 존경하던 나와 만난 기쁨으로 인해 눈물을 흘리던 레니아는, 나의 호령이 떨어지자마자 창조주인 카라비스까지 출현한 사실에 기가 막혀 입을 벌린 채로 멍하니 서 있었다. 너무나 급박한 사태의 변화에 이해 능력이 따라가지 못 하고 있는 듯이 보였다.

한편, 쾌활하기 짝이 없는 목소리와 함께 나타난 카라비스는 나의 시선에 담긴 냉담한 기운을 민감하게 감지한 듯한 반응을 보였다. 카라비스의 온몸으로부터 엄청난 양의 식은땀이 흘러나오기 시작한 것이다.

"잘 왔다, 카라비스여. 그럼 지금부터 설명을 시작해 보겠나?"

"어버버버버버, 하하하하. 옙, 드랑 님!"

레니아에 대한 태도나 말투에 따라선 진지하게…… 냉혹한 표정으로부터 나의 속마음을 헤아린 카라비스는, 서로 맞물리지 않는 이빨들을 덜덜 떨면서 진심으로 공포에 떠는 듯한 반응을 보였다.

어디 보자, 이 녀석을 도대체 어떻게 혼을 내야 정신을 차릴까?

†

파괴와 망각을 지배하는 사신(邪神) 카라비스는, 원초의 혼돈으로부터 태어난 오래된 신들 중에서도 손가락에 꼽힐 만한 신격과 영험을 지닌 강대하고도 흉악한 대여신이었다.

그녀는 망각을 관장하는 관계로, 다른 사악한 신들이 꾸민 음모는 물론이거니와 자기 자신의 흉계나 목적조차 망각해 버리는 경우가 많았다. 그녀는 존재 자체가 발생된 이후로 무의미하고도 무계획적인 행동을 끊임없이 되풀이해온 결과, 선량한 신들뿐만 아니라 사악한 신들로부터도 미움을 받아 왔다.

카라비스는 이 세상의 온갖 신들로부터 기피의 대상이 될 수밖에 없는 그 성질과, 힘으로 대항할 수 있는 신들의 숫자가 손가락에 꼽힐 정도밖에 되지 않을 정도로 강대한 권능을 겸비한 최악의 존재였다. 그러나 지금 현재 그녀의 심경을 단적으로 표현하자면, 이하와 같다.

—장 난 아 니 다.

드란의 목소리로 이름을 불린 그 순간, 카라비스는 좋아하는 상대가 자신의 이름을 불렀다는데 대한 기쁨에 의해 사랑에 빠진 숫처녀처럼 들뜬 마음으로 이곳까지 찾아왔다.

그런데 지상 세계로 강림하자마자 드란으로부터 전해져 오는 심상치 않은 분위기를 뒤집어쓰자, 곧바로 정확하게 파악할 수는 없어도 상황 자체가 지극히 절박하다는 사실을 자신의 모든 존재로 깨달았다. 혹은 깨달을 수밖에 없었다. 카라비스의 입장에서 보자면, 아직 아무 짓도 하지 않았는데도 불구하고 드란으로부터 엄청난 분노가 쏟아지고 있는 셈이었다. 따라서 현재의 그녀가 놓인 불합리하기 짝이 없는 상황에 관해 동정의 여지가 전혀 없는 것은 아니었다.

카라비스는 자기 자신이 절체절명의 위기에 놓였다는 사실을 이해하자마자, 자신과 드란 이외에 여기 있는 한 소녀에게 신경을 기울였다.

아무리 평상시엔 무책임한 성격의 카라비스라도, 드란의 역린을 건드릴 수도 있는 운명의 갈림길에선 필사적으로 살 길을 도모할 수밖에 없었다. 어쨌든 상황을 조금이라도 호전시키기 위해, 여신으로서 타고난 권능과 3차원의 생물들에 비해 글자 그대로 차원이 다른 전지전능한 감각 능력을 동원함으로써 그 소녀의 육체부터 시작해서 영혼의 최심부에 이르기까지 샅샅이 관찰한 것이다.

카라비스는 마음속에서 「어라?」라는 얼빠진 목소리와 함께 고개를 갸웃거릴 수밖에 없었다.

오늘 처음 보는 소녀의 영혼이 인간이 아니라 위룡 형태의 신조마수라는 사실과 그녀의 영혼이 엄중하게 봉인되어 있는 상태라는 사실, 그리고 그 봉인이 아마도 자신의 힘에 의해 이루어진 것으로 보인다는 사실을 알아차렸다.

솔직히 말해서, 카라비스는 레니아의 영혼을 한참 관찰하면서도 그녀의 정체가 일찍이 자신의 손으로 창조한 신조마수라는 사실을 곧바로 떠올릴 수가 없었다.

하지만 드란이 자신을 부른 원인이 눈앞의 소녀에게 있는 것으로 추측되는 이상, 그리고 자신이 실제로 불려나온 이상에야 확실하게 아무런 관계가 없을 리는 없다— 실제로 자신의 힘에 의해 영혼이 봉인된 상태니 —는 결론을 도출하는데 그다지 오랜 시간은 필요하지 않았다.

드란, 신조마수, 봉인…… 그러한 키워드들이 머릿속을 한참 빙글빙글 돌아다니고 나서야, 카라비스는 가까스로 소녀의 정체를 짐작하는데 성공한 것이다.

여신인 카라비스에게 기도를 바칠 대상은 존재하지 않았지만, 정말 누구라도 상관없으니 누군가에게 기도하고 싶은 마음이 가슴속을 스쳐지나간 것은 틀림없었다.

"응. 대충 짐작이 가, 드란."

카라비스는 겉으로 보기엔 이보다 더할 수 없이 우호적인 미소를 띤 상태였지만, 마음속으론 함부로 입을 열거나 눈을 깜박이는 행동조차 망설일 정도로 엄청난 공포에 사로잡혀 있었다.

아니, 이래봬도 나는 파괴와 망각을 지배하는 사신이자 대여신인데~. 카라비스는 너무나도 한심한 자기 자신에게 일종의 비애를 느끼다 못해 울고 싶을 정도였다.

하지만 지금 자신과 마주하고 있는 상대는 다른 누구도 아닌 드란이었다. 평소의 두 사람이 아무리 시답잖은 농담이나 장난을 나누는 사이더라도, 드란이 대여신인 카라비스조차도 결코 진심으로 화를 돋울 수 없는 상대라는 사실에 변함은 없었다.

"혹시 지금 그 예쁘장한 여자애 때문에 나를 부른 걸까? 부른 걸까? 부른 걸까?"

「부른 걸까?」라는 말의 연발이 카라비스의 불안과 공포에 요동치는 속마음을 아주 잘 표현하고 있었다.

"정답이다."

다행이다. 곧바로 브레스를 토하거나 주먹을 날릴 정도는 아니었던 모양이다. 카라비스는 우선 첫 번째 관문을 돌파했다는 사실에 대해 마음속으로 특대급에 해당하는 안도의 한숨을 내쉬었다.

카라비스의 입장에서 보자면, 지금 당장 유별난 긴장으로 가득 찬 이 공간에 머무는 것만으로도 정신이 거의 반강제로 맷돌에 갈려 나가는 듯한 기분이 들었다.

"이 아이가 인간으로서 하사받은 이름은 레니아라고 한다. 일찍이 네가, 나의 피와 영혼으로부터 추출한 정보에다가 너 자신의 몸으로부터 추출한 혼의 조각 등을 덧붙여 창조한 신조마수라더군. 인간으로 다시 태어나, 여러 가지 우연이 겹쳐 나와 만났다. 레니아에 따르면, 전생의 자신은 나를 물리치기 위해 태어난 존재였던 모양이다. 물론 네가 과거에 나를 토벌하고자 벌였던 일에 관해 이제 와서 따로 할 말은 없다. 너와 내가 진지하게 서로를 멸망시키고자 격돌한 것 자체부터가 한두 번이 아닌데다가, 이제 와서 머나먼 과거의 대립에 관해 언급하는 것도 그야말로 이보다 더 할 수 없이 새삼스러운 일이기 때문이다."

"뭐, 나의 권능으론 언제나 드랑을 이길 수가 없어서 거의 계란으로 바위치기였지만 말이야."

겉으로 보기엔 지금껏 우호적인 미소를 띠고 있던 카라비스는, 드디어 레니아라는 신조마수에 관한 기억을 절대로 삭제할 수 없는 기억 저장소로부터 출력하는데 성공했다.

신조마수를 창조한 시점 등을 비롯해 자세한 정보까지 정확히 기억하고 있는 것은 아니었지만, 드래곤을 상대로 수도 없이 도전하던 와중에 여느 때처럼 쪽도 못 쓰다가 처절하게 박살난 어느 날의 일이었다. 카라비스는 가까스로 드란의 육체로부터 극소량의 피와 살, 그리고 영혼의 정보를 훔치는데 성공한 것이다.

지금 돌이켜 보니 그때처럼 드랑을 물리치려고 수단과 방법을 안 가리던 때도 없었단 말이지~. 카라비스는 더욱 더 깊숙한 기억의 저장고 속으로 들어가, 자신이 레니아를 창조하게 된 인과관계를 떠올리고자 최대한 머리를 굴렸다.

드래곤의 인자에다가 자기 자신의 영혼으로부터 추출한 조각 등을 덧붙여 어느 정도 힘과 영혼의 격이 떨어지는 결과를 감수하더라도, 강력하고도 제어하기 쉬운 부하를 창조해 보자는데 생각이 미친 것이다. 그리고 수많은 시행착오와 우주를 온통 뒤덮을 정도로 엄청난 양의 실패작들로 이루어진 시체의 산을 쌓아올리고 나서야 간신히 써먹을 수 있을 듯한 개체가 완성된 것이다.

—이제 좀 기억난다. 바로 그때의 완성품이 눈앞의 이 아이라는 걸깡? 아니 잠깐, 그러고 보니 완성된 다음엔 걔를 어쨌더라? 어쨌더라~~~~~?

카라비스는 필사적으로 자신의 머릿속을 뒤적거리다가, 간신히 드란이 필요로 하던 정보를 떠올리는데 성공한 기쁨에 겨워 자기도 모르게 춤 기운이 올라올 지경이었다.

"응, 맞아. 기억났어. 이제야 기억이 떠올라. 확실해! 내 기억엔 드랑과 나의 영혼으로부터 추출한 조각 같은 걸 섞어본 결과, 나만한 수준까진 올라왔단 말이지~. 하지만 결국 드랑이나 바하방이나 레비탕 정도의 경지까진 어림도 없었거든. 이거야 맞붙여봤자 도리어 당하기만 할 거란 예감이 들어서 맥이 다 풀리더라."

바로 그 순간, 카라비스는 드란의 관자놀이가 꿈틀거리는 광경을 놓치고 말았다.

드란은 카라비스를 절대적인 창조주로서 숭배하는 레니아의 앞에서, 맥이 풀렸다는 표현을 입에 담은 카라비스의 무신경한 성격을 도저히 간과할 수가 없었던 것이다.

"애를 처리할 방법에 관해 머리를 굴리던 나는, 그제야 한 가지 중요한 사실을 깨닫고 만 거야. 어라, 혹시 이대로 드랑한테 들키는 날엔 엄청 혼나는 거 아냐? 라고 말이지!"

애초부터 레니아를 창조한 당시엔 드란과 진지하게 대립하고 있던 시기였을 텐데, 레니아에 관한 일이 드란에게 들키는 날엔 엄청나게 혼날지도 모른다는 식으로 공포에 떤다는 것도 웃기는 얘기였다.

"흠. 나로서는 네가 그 대사와 함께 우쭐한 표정을 짓는 까닭을 알 길이 없다만, 거기서 도대체 무슨 과정을 통해 레니아의 신격과 권능을 봉인하자마자 지상 세계로 추방한다는 결론이 나올 수가 있었던 거지? 너에게 필적할 정도의 힘을 지니고 있다는 말은, 예컨대 나를 제외한 신들을 상대로 한 전투에서 강대한 전투력을 발휘할 수 있다는데 의심할 여지는 없다는 뜻이잖아?"

"저기 말인데…… 아마 고지식하게 여기 이…… 레니아였나? 레니아를 드랑이나 다른 시원의 일곱 용들이나 마이라르 같은 상대들과 맞붙일 경우, 정보가 돌고 돌아 드랑 본인의 귀에 들어가는 날엔 지독한 꼴을 당하리라는 거야 명명백백하잖아? 아니 뭐, 그 당시부터 드랑을 진지하게 물리치고 싶었던 동시에 진심으로 열받게 하고 싶지 않았던 것도 사실이거든. 그러다 보니, 얘를 써먹을 데가 마땅치 않았던 거야. 만일의 경우에 대비해 비장의 수단으로 남겨둘 수도 있었지만, 난 그런 것들을 자주 까먹어 온 실적이 있단 말이지……. 드랑이 레니아를 통해 내 편으로 넘어온다면야 더 바랄 것도 없겠지만, 반대로 레니아가 드랑을 따르게 될 가능성도 부정할 수가 없었던 거양."

카라비스는 아직까지 드란으로부터 직접적인 체벌을 받지 않았다는 사실에 안심하면서도, 지금부터 받을지도 모르는 체벌에 대한 공포로 몸을 떨며 필사적으로 말을 이어 나갔다.

"그런 고로, 레니아의 능력을 거의 다 봉인한 채로 드랑이 그 당시 살던 지상과 다른 차원축의 세계로 떨어뜨렸다는 거지…… 응, 아마 이게 맞을 거야."

자신의 소행에 관해서도 확고한 단정이 불가능하다는 것이 카라비스의 성가신 점이자, 자타가 공인하는 그녀의 특성이었다.

드란으로서도 아니나 다를까 자신의 창조물에 관해 확실한 기억이 없어 보이는 카라비스에게, 성대한 한숨과 함께 어처구니가 없다는 반응을 보일 수밖에 없었다.

"그리고 그 이후론 레니아에 관한 건 깔끔히 잊어 버렸다는 건가?"

드란은 순간적으로 레니아에게 동정이 담긴 눈빛을 띤 시선을 돌렸지만, 얼핏 보기엔 레니아로부터 그다지 동요한 듯한 낌새는 전해져 오지 않았다. 창조주의 무책임한 성격에 관해선 굳이 따로 설명을 받을 필요조차 없다는 건가? 혹은 방금 전까지 카라비스의 입에서 나온 수많은 발언을 통해, 이 여신에게 기대할 만한 구석은 전혀 없다는 사실을 깨달은 건지도 모른다.

"아니, 응. 하여튼 대충 그렇게 된 건데……. 다만, 뭐였더라? 레니아가 드랑이 죽었다는 소식을 듣자마자 꽤나 크게 난리를 피웠다는 얘기는 들었어?"

"흠. 그 말이 사실인가, 레니아?"

드디어 발언할 기회가 온 레니아는, 드란에게 이름을 불렸다는 것만으로도 너무나 기쁜 듯이 카라비스의 입에서 나온 수많은 말실수들로 인해 입은 마음의 상처 따위는 티끌만큼도 느껴지지 않는 순수한 미소를 지어 보였다.

"예. 당시의 저는 인간들을 비롯한 지상의 존재들 따위가 만물의 정점에 군림하시는 아버님을 토벌할 수 있을 리가 없다는 식으로 끝까지 그 소식을 믿지 않았습니다만, 이윽고 이 다차원 우주의 어디에도 아버님께서 존재하지 않으신다는 사실을 알게 되어 아버님의 영혼이 이 세상에 없다는 현실을 받아들일 수밖에 없었습니다. 그 이후로 저는 아버님의 원수를 갚고자 그 용사들에게 도전했다가, 급기야는 힘이 모자라 아버님과 마찬가지로 그 자들의 손에 죽임을 당하고 말았습니다. 죄송합니다, 아버님. 저는 아버님의 원수를 갚지도 못한 채로, 이와 같이 나약한 인간의 몸으로 다시 태어나고 말았습니다."

드란은 말로 표현하기 힘든 어중간한 표정을 지은 채, 「흠」이라는 짧은 대답을 입에 담았다.

드란의 입장에서 본 일곱 용사들과의 마지막 전투는, 삶에 대한 의욕을 상실한 끝의 자살이나 다름없는 행동이었다. 그는 자기 자신이 얼마 되지 않는 벗들이었던 용사들에게 자신의 자살이나 거드는 역할을 맡기고 말았다는 죄책감조차 느끼고 있었다.

그러나 당시의 드란이 겪던 상황이나 본인의 성격 등에 관해 전혀 아는 바가 없던 레니아는 먼발치에서 위대한 아버지로서 멋대로 숭배하고 있었을 뿐이었기 때문에, 그의 죽음에 관한 소식을 듣자마자 주체할 수 없는 분노와 증오로 인해 미쳐 날뛸 수밖에 없었던 것이다.

드란은 전생의 레니아가 벌인 마지막 행동의 원점이 자신에 대한 흠모라는 사실을 알았다. 그런 고로, 그는 굳이 이 자리에서 용사들에 대한 죄책감을 언급하거나 레니아가 벌였던 성급한 행동을 새삼스럽게 꾸짖지 않았다.

반면, 레니아는 자신이 아버지의 원수를 갚지 못 했다는 사실에 관해 진심으로 면목이 없다는 듯이 풀죽은 표정을 짓고 있었다.

"잠깐, 레니아. 나는 딱히 너를 나무라거나 꾸짖을 생각은 없다. 다만, 나는 이미 그들에 대해 아무런 원한이나 증오도 없는 몸이야. 따라서 네가 더 이상 그들에 대한 복수심을 가지고 있을 필요도 없어. 자기 자신을 죽인 자들을 상대로 복수하겠다는 거야 나로서는 막을 길이 없다만, 아마 그 용사들도 지금껏 수도 없는 환생을 거쳐 전생의 기억은 남아있지 않을 거야. 물론 너도 그 정도야 당연히 알고 있으리라는 생각은 든다만……?"

"만약…… 아버님께서 이미 그들에 대한 원한을 잊으셨다면, 제가 더 이상 복수에 집착할 이유는 없습니다. 아니, 솔직히 말씀드려서 지금 아버님께서 말씀하셨다시피 그 용사들 또한 윤회의 고리에 들어오고도 남을 만큼 충분한 시간이 지난 지금에 와서 제대로 된 복수가 가능할 리가 없다는 사실을 머릿속으론 이해하고 있었습니다. 하지만 인간으로 다시 태어나고 나서도 저의 마음속에서 아버님을 죽인 자들에 대한 원한과 분노가 뼈에 사무치도록 맺혀 있었던 것은 사실입니다. 원한을 풀 수단이 이 세상에 존재하지 않는다는 사실을 알고도 어쩔 도리도 없더군요. 솔직히 말씀드리자면, 마음속에서 타오르던 복수의 검은 불꽃을 유일한 벗 삼아 오늘날까지 살아온 거나 다름없습니다."

감정―. 바로 그 감정을 완전하게 제어하는 수단이 없다는 점에선 드란 또한 레니아와 마찬가지였다. 드란이라는 존재의 근본인 시조룡부터도, 고독이라는 감정을 못 이기다가 자신의 몸을 갈가리 찢어 수많은 용종을 창조한 것이다.

"저는 인간의 몸으로 다시 태어난 바로 그날부터 오늘에 이르기까지 잃어버린 과거의 힘과 모습을 되찾는 데만 열중해 왔습니다. 그런 고로, 이번 생애 동안 설마 아버님이나 카라비스 님과 직접 뵙는 날이 오리라고는 감히 상상한 적조차 없었습니다. 아버님, 앞으로 저는 무엇을 위해 살아가야 할까요?"

그런 식으로 드란에게 묻는 레니아의 얼굴엔, 아마도 전생까지 포함해 그 누구에게도 보인 적이 없는 근심의 빛이 떠올라 있었다.

"흠, 삶의 목표가 안 보인다는 건가? 하지만 고민하면서도 온 힘을 다해 살아가는 것이야말로 우리네 인간들의 특성 중 하나야. 최소한 나는 그러한 특성을 즐기고 있단다. 직접적인 정답을 가르쳐줄 수는 없어도, 앞으로 기회가 될 때마다 상담 정도는 들어주마. ……카라비스, 어디로 가나?"

"예헤?! 따, 따, 따, 따, 딱히 이 틈을 타서 잠적하려는 계획은 떠올린 적도 없고말고요. 드랑 님 각하."

카라비스는 살그머니 발자국 소리를 죽이며 이 자리에서 종적을 감추려던 도중이었다. 바로 그 도망의 기척을 놓치지 않았던 드란이 말을 걸자, 카라비스는 온몸을 크게 떨면서 딴청을 피웠다.

이 자리에서 도망쳐 봤자 드란의 추격을 뿌리칠 수 있을 리가 없었지만, 카라비스는 그 사실을 알면서도 지금 당장 달아나고 싶다는 자신의 마음을 따를 수밖에 없었던 것이다.

"흠, 그런데 카라비스여. 전생의 레니아는 어떤 이름으로 불렸나?"

"어, 으음…… 저기 말인데~~."

드란의 입에서 나온 질문을 듣자마자 카라비스의 동요가 한층 더 커졌다. 그녀의 미모로부터 붉은색부터 시작해서 흰색이나 검은색이나 보라색으로 이루어진, 그야말로 이보다 더할 수 없이 다채로운 색상의 식은땀들이 잔뜩 흘러 나왔다. 그녀의 반응을 확인한 드란이 두 눈을 가늘게 치켜뜨자, 카라비스의 목구멍으로부터 「힉!」이라는 비명소리가 들려왔다.

그녀의 입장에서 장난 아니었던 상황이 지금은 무지막지하게 장난 아닌 정도로 급수가 오른 것으로 보였다.

"아버님, 저에게 이름은 없었습니다. 인간으로서 주어진 레니아야말로 최초의 이름입니다."

바로 이 순간, 레니아에겐 아무런 나쁜 뜻도 없었거니와 카라비스에게 특별한 불만이나 원한이 있던 것도 아니었다. 그녀는 그저 존경하는 드란의 물음에 솔직하게 대답했을 뿐이다.

하지만 그 대답에 대한 드란의 반응을 정확하게 예측하고 있던 카라비스는, 글자 그대로 거품을 문 채로 레니아의 입을 막으러 달려들었다.

그러나 그녀의 앞을 감정을 철저히 죽인 표정의 드란이 가로막았다.

"자, 자, 잠깐, 레니앙? 타임, 타임~~~~?!"

"호오? 이름조차 지어주지 않았단 말이지⋯⋯?"

카라비스는 자신을 응시하는 드란의 눈동자를 올려다봤다. 어머니를 닮아 파란 빛을 띤 드란의 눈동자가 무지갯빛으로 어른거렸다. 고신룡의 혼이 평소보다 강하게 태동하면서, 일찍이 불멸의 존재인 카라비스가 유일하게 멸망을 각오했던 존재가 본색을 드러내기 시작하는 기척이 전해져 왔다.

"힉! 사실 이, 이, 이, 이, 이렇게 된 데는 저, 저, 저, 저의 가슴 골보다도 깊은 사정이 있거든요?!"

"사정 따위가 있을 리 없다."

드란은 그녀가 이름을 붙일 가치조차 느끼지 못 한 것으로 예상된다는 진실을 굳이 입에 담지 않았다. 일부러 레니아를 상처 입힐 말을 입에 담는 취미는 없었기 때문이다.

"곧바로 장담할 정도야?!"

실제로 완벽한 정답이다 보니, 카라비스로서는 변명거리나 당치도 않은 억지 이론을 제시할 여지도 없었다.

갈색이었던 카라비스의 얼굴빛이 흰색으로 물들며, 임시로 쓰는 육체에 흐르는 사신의 핏기가 가시는 낌새가 확실하게 전해져 왔다.

처음으로 지상 세계에서 드란과 재회한 순간의 위세와 살기는 온데간데없었다. 지금의 카라비스는 세계를 통째로 집어삼키고도 남을 커다란 구렁이의 아가리 앞에서 잔뜩 오그라든 개구리나 다름없는 존재였다.

"기다려 주십시오, 아버님. 카라비스 님을 나무라시는 건 일단 멈춰주시길 바랍니다. 이래봬도 카라비스 님은 저의 창조주에 해당되는 분이십니다. 저로서는 창조주께서 이와 같이 고통을 당하시는 모습은 보고 싶지 않습니다."

드란을 제지한 장본인은, 아직까지도 여전히 창조주인 카라비스에 대한 존경심을 약간이나마 유지하고 있던 레니아였다.

레니아는 가냘픈 몸매를 이용해 순간적으로 드란과 카라비스 사이의 간격을 향해 파고들어갔다. 그리고 양손을 벌려 카라비스를 감싸는 듯한 자세와 간청하는 듯한 표정으로 드란의 앞을 가로막았다.

"흠."

"레, 레니앙!!"

레니아는 카라비스의 피조물치고는 몹시 헌신적이면서도 자기 희생적인 정신을 발휘해 보였다. 드란은 적잖이 놀랄 수밖에 없었다. 지금까지도 카라비스가 창조한 신조마수들을 상대로 전투를 벌인 경험이 없는 것은 아니었지만, 지금의 레니아와 같이 감정적인 움직임을 보인 존재는 처음이었기 때문이다.

아니, 레니아가 지금껏 다양한 종류의 갈등이나 참을성이 필요한 상황을 겪었다는 전제하에 어찌됐건 인간으로서 큰 문제없이 생활해 왔다는 점만 감안하더라도 이런 식의 반응이 부자연스러운 것은 아닐지도 모른다는 느낌이 들었다.

게다가 레니아가 지닌 영혼의 절반이 드란으로부터 유래되었다는 사실까지 감안하자면, 카라비스와 다른 그녀의 성격에 관해서 납득이 가는 구석도 없지 않아 있었다.

"으으으으으, 레, 레니아아아아아앙!!"

"옾, 카, 카라비스 님?"

카라비스는 의심할 여지가 없는 진정한 감격을 담아, 등을 보이던 레니아를 꼭 껴안자마자 곧바로 자신과 마주보도록 그녀의 몸을 통째로 틀었다. 그리고 다시금 레니아와 뜨거운 포옹을 나눴다.

지금까지 분노한 드란을 상대할 때는, 카라비스를 감싸거나 지키려던 자는 단 한 사람도 존재하지 않았다. 그런데 바로 지금 이 순간, 카라비스는 그러한 과거의 기억으로부터 벗어난 것이다.

게다가 자신을 처음으로 감싸준 장본인이 이름도 지어주지 않은 채로 지상 세계의 한구석에 버리고 온 뒤, 일단 그 존재조차 까맣게 잊고 있던 레니아라는 사실은 카라비스를 진심으로 감격시키고 있었다.

"아아, 정말! 레니앙, 넌 진정한 효녀야!! 앞으로 나를 부를 때는

어머님이라고 부르렴. 드랑이 아버님인 이상, 내가 어머님이라는
건 지극히 당연하고도 자연스러운 얘기거든!"

"어, 예……?"

드랑을 아버님이라고 불렀을 때에 비해, 카라비스로부터 어머님
이라고 불러달라는 말을 들은 순간의 레니아가 보인 반응은 지극
히 담박하기 그지없었다. 아마도 카라비스와 재회한 이후로 지금
이 순간에 이르던 그 짧은 시간 동안, 레니아의 마음속에서 창조
주에 대한 존경심이 엄청난 속도로 줄어들었기 때문이리라.

드랑의 경우엔 아직까지 레니아를 실망시킬 만한 언사를 입에
담은 적은 없을 뿐만 아니라, 슬라니아 상공에서 자그르스를 상대
로 고신룡의 권능 중 일부를 발휘해 뚜렷한 격의 차이를 과시해
보였다. 그 결과, 드랑은 레니아의 자신에 대한 존경심을 오히려
예전보다 더욱 더 크게 키우는데 성공한 것이다.

"아아, 좋아. 정말 좋아, 드랑. 딸은 정말 최고야! 저기 말인데,
지금 당장이라도 레니앙의 동생을 만들어 보는 건 어떨까? 이번엔
확실하게 남녀끼리 하는 걸로 말이야. 좋은 생각 아냐? 정말로 좋
은 생각인 것 같지 않아?"

카라비스는 풍만한 가슴골 사이로 레니아의 얼굴을 파묻은 채,
드랑을 상대로 이보다 더할 수 없이 훌륭한 묘안이 떠올랐다는 듯
이 맹렬하게 제안해 왔다.

"흠. 형제자매가 많은 편이 활기차고 좋은 거야 나도 모르는 바
는 아니나, 네가 그런 소릴 할 수 있는 입장이냐? 카라비스여."

"나로서는 지극히 당연한 반응이야. 드랑으로부터 나를 지켜준

건, 레니앙이 사상 최초였는걸. 부모를 위해 이런 모습을 보이는 아이가 있다는 사실에 난 지금 엄청 감격 중이거든!"

카라비스는, 드란이 원래부터 개인적인 호감을 가지는 상대에게 비교적 무른 모습을 보이는 경향이 있다는 사실을 알고 있었다. 게다가 시원의 일곱 용들과 다른 차원의 가족을 얻게 된 드란이, 스스로 가족이라고 인정한 상대에게 강한 애착을 느끼고 있다는 사실 또한 파악이 끝난 상태였다.

바로 이 순간의 카라비스에게, 약간이나마 눈앞의 레니아를 친딸처럼 여기는 마음이 꽃을 피우고 있던 것도 틀림없는 사실이었다. 하지만 그녀는 역시 사신이었다. 레니아라는 딸의 존재를 통해 드란과 친밀한 관계를 맺거나 언젠가 다시 적대관계로 대립할 경우에 이용해 먹자는 사악한 계략 또한 확실하게 존재하고 있었다.

"저기, 드랑……."

하지만 바로 이 순간, 카라비스의 머릿속에서 꿈틀거리고 있던 계략엔 두 가지 오산이 존재했다.

인간으로 다시 태어난 드란이, 피를 나눈 가족이라는 존재에 대해 강한 애착을 느끼고 있다는 데는 의심할 여지가 없었다. 그러나 그 애착이 지나치게 강한 관계로, 자신의 가족에게 직접적인 피해를 주거나 이용하려는 자에 대한 분노는 지금껏 유래가 없을 정도로 어마어마한 수준에 이르렀다는 것이 그녀의 첫 번째 오산이었다.

그리고 두 번째 오산은, 드란이 무의식적으로나마 자신을 아버지로서 흠모하는 레니아에게 그럭저럭 마음을 허락하고 있었다는 것이다.

레니아를 껴안고 있던 카라비스를 똑바로 바라보는, 드란의 무지갯빛 눈동자가 입으로 하는 말보다도 훨씬 웅장한 웅변을 토하고 있는 듯이 보였다.

그의 뜻은 이제 와서 도저히 돌이킬 수 없는 절대적인 진리나 다름없는 최후통첩이었다.

—카라비스, 너의 머릿속이 그야말로 이보다 더할 수 없이 뻔히 들여다보이는구나. 머릿속에서 상상하는 정도야 용서하마. 하지만 만약 그 상상을 현실에서 실행하려 할 경우, 「용 서 는 없 다」.

"……!!"

드란의 무지갯빛 눈동자에 관통당한 카라비스의 심정을 정확하게 서술하기는 지극히 어려웠다. 하지만 그나마 몇 가지 정도 확실하게 장담할 수 있는 사실은, 카라비스가 방금 전까지 머릿속에서 꿈틀거리던 계략들을 즉석에서 포기했다는 것과 그녀가 일찍이 경험해 본 적도 없는 어마어마한 공포를 맛봤다는 것이다.

카라비스는 떨 수도 없을 정도로 어마어마한 공포에 사로잡힌 자신의 몸을 레니아로부터 물린 뒤, 완전히 모든 감정이 빠져나간 얼굴로 드란을 바라봤다. 지금도 카라비스를 응시하는 드란의 눈동자는 무지갯빛으로 어른거리는 와중이었다.

"드랑, 레니앙? 오늘은 여러 모로 소란만 떨어서 미안. 특히 레니앙? 어쨌든 내가 오늘 이 순간까지 너를 소홀히 취급해 왔던 건 사실이지만, 앞으로 가능한 한 소중하게 여기고 싶다는 건 틀림없는 진심이야."

"아, 아닙니다. 저와 같은 한낱 피조물에겐 너무나 과분한 말씀이십니다. 카라비스 님."

"어머님이라고 부르라니까. 그럼 또 보자, 드랑, 레니앙."

본인답지 않게 이보다 더할 수 없이 얌전한 태도를 보이던 카라비스는, 아무런 예고도 없이 드란과 레니아의 앞에서 홀연히 자취를 감췄다. 자신의 본거지인 대마계(大魔界)로 귀환한 것이다.

레니아는 아무런 예고도 없이 나타났던 카라비스가 차원을 넘어 이동하는 기척조차 느낄 수 없었다. 그녀는 아주 약간이나마 자신의 창조주에 대한 존경심을 부활시킨 듯이 보였다.

레니아가 카라비스에게 어떤 반응을 보였던 간에, 드란으로선 눈동자의 빛을 평소의 파란 빛으로 되돌리자마자 그야말로 이보다 더할 수 없이 기나긴 한숨을 내쉴 수밖에 없었다.

"흐으으으음~~~~~~~~~~."

"카라비스 님께선 꽤나 서둘러 돌아가신 듯이 보였습니다, 아버님."

레니아는, 일단 지금 당장 카라비스를 어머님이라는 호칭으로 부르기 시작할 생각은 없는 모양이다.

드란은 자신을 가리켜 아버님이라고 부르는 레니아의 얼굴을 뚫어지게 쳐다보다가, 본인답지 않게 꽤나 망설이는 모습을 보였다.

"……흠, 잠깐. 말하자면 말이다, 레니아."

"예, 아버님."

"나를 가리켜 아버님이라고 부르는 행동은 삼가ㅡ."

"예?"

부드러운 미소를 짓고 있던 레니아의 표정이 잔뜩 긴장하면서,

검은 마노를 연상케 하는 그윽한 빛깔의 눈동자에 눈물의 조짐이 떠올랐다. 그녀의 표정을 마주본 드란은, 죄악감이라는 이름의 칼날이 자신의 마음속으로 깊숙이 파고들어오는 듯한 통증을 느낄 수밖에 없었다.

"정말로, 허락해주실 수 없는 건가요?"

"삼가…… 삼가도록 해라. 다만 나와 네가 단 둘만 있을 때야, 뭐, 어쩔 수 없지. 알아듣겠지?"

과연 드란은 그런 식으로 레니아를 타이르는 자신의 목소리가, 어린 딸을 부르는 아버지의 목소리와 비슷하다는 사실을 알아차렸을까?

"예, 최대한 노력해 보겠습니다. 아버님."

어쩌다가 실수로라도 세리나나 크리스티나 양 앞에서 아버님이라는 단어가 나오는 날엔 무슨 수로 얼버무려야 하나?

드란은 암담한 기분을 느끼면서도, 레니아와 함께 야영 준비를 하는 중인 세리나나 에드왈드 교수를 비롯한 일행에게로 되돌아갔다.

드란과 레니아가 심야의 숲을 뒤로할 무렵, 두 사람의 앞에서 자취를 감춘 카라비스 또한 대마계의 암흑으로 가득 찬 하늘로 귀환하는 도중이었다.

대마계의 방방곡곡에 흩어져 있는 본거지 가운데 한곳으로 발길을 들여놓자마자, 그녀는 파괴와 망각을 관장하는 대여신치고는 드물게도 완전히 달관한 듯한 표정으로 하늘을 바라보다가 어느 순간부터 미친 듯이 웃음을 터뜨리기 시작했다.

"후, 후후, 후후우후후후후후후후후우후후후후우후, 아하아하아하아하하하하하하!! ……변명할 여지도 없이, 완전 지려 버렸네."

어딘지 모르게 애달픈 목소리로 중얼거린 카라비스의 사타구니가, 언뜻 봐도 뚜렷하게 젖어 있다는 사실은 누구라도 인정할 수밖에 없으리라.

아무래도 지금 보이고 있는 이 추태야말로, 허둥지둥 드란과 레니아의 앞에서 자취를 감춘 이유인 것으로 보였다.

제6장 전생 부녀

　슬라니아로부터 귀환한 우리들은 군 사령부나 굉 나라 대사, 가
로아 총독부 등을 순서대로 돌아다니면서 이번 사건에 관한 보고
를 올렸다.

　천공인들이 건설한 문명의 귀중한 유적 가운데 하나였던 슬라니
아가 어느 날 갑자기 소실된 데다가, 주변 각국들이 가장 경계하
고 있는 집단 가운데 하나인 오버 진이 직접적으로 관여한 사건인
이상에야 엄청난 질문 세례를 받으리라는 것 정도는 얼마든지 예
상 가능한 사태였다.

　며칠에 걸쳐 각 방면에 대한 설명을 끝마친 뒤, 가까스로 마법학
원에 돌아온 슬라니아 조사단의 인원들— 물론, 루우와 바제를 제
외한 나머지 —은 마법학원의 학원장실로 불려갔다.

　사실 개인적으로 가장 경계하던 상대는, 다름 아닌 올리비에 학
원장이었다.

　평소와 다를 바 없이 자신의 감정을 전혀 표현하지 않는 학원장
을 상대로, 우리는 이미 몇 번이나 되풀이해온 설명을 다시 한 번
시작할 수밖에 없었다. 지금까지야 에드왈드 교수가 마법 도구로
기록한 자그르스의 발언 등을 우리의 혐의를 풀기 위한 수단으로
이용해 왔지만, 학원장은 지금껏 보고를 올려 왔던 이들과 또 다
른 의미로 몹시 성가신 상대였다.

학원장은 에드왈드 교수나 우리들로부터 이번 사건의 자세한 보고를 전부 다 듣고 난 뒤, 중후하고 튼튼해 보이는 책상 앞에서 잠시 동안 두 눈을 감은 채로 머릿속의 정보들을 정리하다가 책상 위의 서류들을 훑어보기 시작했다. 학원장의 연줄을 통해 와그레일의 군부나 퀑 나라 측으로부터 주어진 자료들을 입수한 것으로 보였다.

솔직히 말해서, 슬라니아에선 짧은 시간 동안 너무나 많은 사건들이 한꺼번에 벌어졌다. 물론 전부 다 사실이었다는 데는 의심할 여지가 없었지만, 평범한 사람들의 입장에서 볼 때는 기본적인 상식은커녕 몽상의 범위조차도 가볍게 뛰어넘는 사건들뿐이었다.

엔테의 숲에서 벌어진 사건 이후로 나의 정체에 관해 줄곧 의혹을 품어 왔던 학원장한테만은, 나의 정체가 전생한 용이라는 사실을 곧이곧대로 보고하는 편이 낫다는 것이 우리 사이의 공통적인 견해였다.

그리고 크리스티나 양이 인간들 중에서도 굉장히 드문 축에 속하는 초인종이라는 사실 또한 보고를 올리더라도 큰 지장은 없어 보였다. 학원장이 지금껏 선보인 실력으로 판단하건대, 크리스티나 양이 초인종이라는 사실은 아마도 그녀가 마법학원에 입학한 바로 첫날부터 간파하고 있을 공산이 컸다.

지금으로서 가장 큰 문제의 불씨가 될 가능성이 있는 우리의 비밀은 두 가지였다. 우선 첫 번째는, 레니아가 하필이면 최악의 사신 중 하나로 꼽히는 카라비스가 창조한 신조마수의 전생자라는 사실이었다. 그리고 두 번째는, 나 자신이 평범한 용의 전생자가 아니라 최고위의 용에 해당되는 고신룡의 전생자라는 사실이다.

개인적으론 레니아가 나를 아버지로서 흠모하고 있다는 사실이 발각되는 경우 또한 가능한 한 예방하고 싶었다.

본인에게 사전에 몇 번이나 못을 박았지만, 어쨌든 레니아는 나와 카라비스의 혈통— 이런 식의 표현을 쓰는 데는 어느 정도 망설임을 느낄 수밖에 없었지만 —이다 보니 언제 어쩌다가 무심코 말실수를 하게 될지 짐작이 가지 않았다.

우리 쪽의 부주의로 사실이 밝혀질 바엔 차라리, 이 자리에 모여 있는 이들에게 만이라도 미리 알리는 편이 그나마 말썽은 적을 수도 있나……?

아직도 갈등 중인 나의 속마음 같은 건 아무런 상관도 없다는 듯이, 학원장은 천천히 입을 열었다.

"우선 슬라니아에서 벌어진 수많은 위기와 고난들을 훌륭히 극복하신 여러분께 축하를 드립니다. 저로서는 한 사람의 결원도 없이 무사히 돌아오셨다는 사실 자체가 너무나 기쁘군요. 에드왈드 교수? 슬라니아의 소실은 당신이나 수많은 학생들에게 있어서 상당히 불운한 사건입니다만, 너무 실망하지 마세요……."

표정의 변화는 전혀 없었지만, 내가 듣기엔 그녀의 목소리로부터 아주 약간이나마 감정의 기복이 전해져 오는 듯한 느낌이 들었다. 아마도 그녀가 느낀 감정의 정체는 기막힘과 놀라움의 두 가지인 것으로 보였다.

"아니요, 실망하고 있을 겨를이 있을 리가 없습니다. 천공인들의 유산이 슬라니아만 있는 건 아닌데다가, 슬라니아처럼 이미 조사가 완료된 것으로 알려진 유적들도 추가로 조사할 가치가 있다는 사실이 밝혀졌으니까요. 게다가 말로만 듣던 오버 진이라는 자들이 직접적으로 개입해 온다는 사실이 현실적 문제로 다가온 이상, 천공인들의 유산이 그들의 손아귀로 넘어가 악용되지 않도록 한층 더 신속하고도 심도 있는 조사를 거듭할 필요도 있습니다. 이번 사건을 계기로 굉 나라 또한 국내외에 흩어져 있는 천공인들의 유산을 재조사하거나 확보하는 작업에 더욱 더 열을 올릴 것으로 예상됩니다. 저희들로서는 아주 약간의 시간 낭비조차도 용납이 안 되는 상황이지요."

슬라니아에서 함께한 아주 짧은 시간만으로도 그가 보일 반응은 얼마든지 짐작할 수 있었지만, 에드왈드 교수는 정말로 포기라는 개념과 거리가 먼 남자였다. 이 남자는 생명의 불꽃이 다하는 마지막 순간까지도 지금과 같은 모습을 보이리라는 확신이 들었다.

슬라니아 사건 이후로, 천공인의 유산에 대한 정열이나 지적 호기심은 오히려 더욱 활활 타오르고 있는 듯이 보였다. 지금 당장이라도 학원장실로부터 뛰쳐나가고 싶은 듯이 안절부절못하고 있는 듯한 느낌도 들었다.

"당신다운 대답이군요. 그나저나 최악의 대죄인 중 하나인 대마도 바스트렐의 수제자와 정면 대결을 치르시다니, 이 세상의 거의 모든 이들이 당할 리가 없는 흔치 않은 불행과 마주치신 셈입니다. 하지만 여러분께서 그만한 불행 정도는 간단히 극복할 수 있을 만한 운과 실력을 겸비하고 있었다는 사실은 이보다 더할 수 없을 만큼 엄청난 행운들이 겹친 결과일 겁니다. 특히 드란? 당신의 존재 없이 다른 여러분께서 이처럼 저와 다시 만나는 일은 없었을 걸로 압니다. 이런 식의 표현이 약간 거북하게 들릴 수도 있습니다만, 이번 사건 덕분에 엔테의 숲 전투 이후로 저의 가슴속을 괴롭히던 체증이 한꺼번에 해소된 듯한 느낌이 든답니다. 용종의 전생자님?"

학원장은 그녀치고는 드물게도, 입가에 희미한 미소를 지은 채로 입을 열었다. 나로서는 마음속에서 양 어깨를 으쓱해 보일 수밖에 없는 상황이었다.

학원장은 엔테의 숲에서 게오르그를 물리친 직후의 나와 만나자마자, 일단 평범한 인간이 아니라는 사실만큼은 확실하게 꿰뚫어 보고 있는 듯한 느낌을 풍겨 왔다. 그녀의 입장에서 보자면, 몇 달 동안 추구하던 질문의 해답을 드디어 획득한 거나 다름없는 건가?

"저에게 그런 식으로 딱딱한 존칭을 쓰실 필요는 없습니다. 저로서는 멋쩍게 느껴질 뿐이거든요. 틀림없이 저의 전생은 용이며, 용의 혼을 지닌 채로 다시 태어난 것도 사실입니다. 인간인 지금도 용으로서의 자아와 기억 또한 계승하고 있지요. 하지만 저는 지금의 자기 자신을 인간으로서 정의하고 있습니다. 저는 어디까지나 베른 마을의 드란이며, 가로아 마법학원의 일개 학생인 드란에 지나지 않습니다. 그러나 동시에…… 평범한 인간으로 취급해 달라는 요구가 상당한 무리수라는 사실 또한 납득하고 있습니다."

"오호라. 아마도 이해심이 넓다는 표현이 적절할까요? 용으로서의 권능을 유지하고 있다는 당신이 지금처럼 겸손한 태도를 보이고 계시다는데 대해, 저희들 아크레스트 왕국의 백성들은 감사해

야한다고 봅니다. 만물의 영장인 용종을 적으로 삼는 행동은 가장 어리석은 선택 가운데 하나니까요. 당신이 용종의 전생자라는 사실에 관해선, 저의 권한과 인맥을 총동원해 가능한 한 은폐를 시도해 보겠습니다. 이 자리의 다른 분들께서도 이 사실에 관해선 다른 곳에서 발설하지 않아 주십시오. 더 자세하게 말씀드릴 필요는 없겠지요?"

마지막으로 이 자리의 다른 인원들에게 다짐을 요구하는 학원장의 말투와 무표정한 가면과 같이 보이는 얼굴로부터 이루 표현할 수 없는 박력과 위압감이 전해져 왔다. 나와 레니아를 제외한 나머지 인원들의 경우, 제각각 정도의 차이는 있어도 다 함께 숨을 죽이며 말없이 고개를 끄덕였다는 점에선 마찬가지였다.

세리나의 경우를 예로 들자면, 꼬리 끝 부분을 약간 둥글게 만 채로 가냘픈 고개를 조그맣게 몇 번이나 끄덕이는 모습이 눈에 들어왔다. 솔직히 말해서 그 정도로 기죽을 필요는 없지 않을까 싶었지만, 이 뱀 소녀가 약간 마음이 약한 구석이 있다는 것도 어쩔 수 없는 일이었다.

"학원장님, 필요 이상으로 세리나에게 겁을 주지 말아 주십시오. 이 아이는 보기보다 적잖이 마음이 약한 구석이 있답니다."

"잠시 제가 예의에서 어긋나는 행동을 보이고 말았군요. 저와 같이 늙은 몸에게도 이번 일과 같은 사태는 처음이다 보니, 저답지 않게 몹시 긴장하다가 은연중에 딱딱한 태도를 취했나 봅니다."

흠, 나는 평소와 다를 바 없는 입버릇과 함께 솔직한 소감을 입에 담았다.

"학원장님 정도 되시는 분께서도 그러실 수가 있단 말입니까? 저의 예상보다 의외로 평범한 구석도 있으신 모양입니다. 친근감이 드는군요."

학원장은 나의 소감을 듣자마자 조그맣게 두 눈을 깜빡이다가, 고개를 갸웃거리며 나의 얼굴을 똑바로 응시했다. 그녀의 눈빛으로부터 거의 누군가를 노려볼 때에 준하는 박력이 전해져 왔지만, 악의나 위압적인 느낌은 없었다.

"비밀을 털어놓으신 탓인지 몰라도, 말투로부터 거리낌이 없어지신 듯합니다. 드란. 이래봬도 저 또한 몇 명 정도의 용종 친구를 두고 있는 몸입니다만, 이제 보니 어느 정도 납득이 가는군요. 예를 들어 지금 보이신 태연자약한 태도는 그녀들과 상당히 비슷한 느낌이 듭니다. 이 세상에 존재하는 모든 생물들의 정점에 서는 종족으로서 자연스러운 걸까요?"

"너나 할 것 없이 용종이라는 종족을 지나치게 과대평가하고 있다는 느낌도 듭니다만, 그러한 사실을 감안하더라도 저 자신이 의도치 않게 그런 식의 태도를 보이고 있다는 건 뜻밖입니다. 앞으론 평소의 태도를 고치도록 노력해 보겠습니다."

"당신에게 걸맞은 태도라는 느낌도 들지만요. 그건 그렇고, 당신이 우리 마법학원의 학생이라는 신분을 원하신다는 건 이 학원의 책임자인 저로서는 몹시 반가운 일입니다. 당신 덕분에 크리스티나도 활력이 넘쳐 보이는데다가, 본인부터가 올 가을의 마법학원 대항 시합에선 크나큰 활약이 기대되는 유망주니까요. 앞으로 남아있는 학원 생활이 당신과 당신의 동급생들, 그리고 해당 마법학원에게 보람 있는 기간이 되기를 기도할 뿐입니다."

학원장은 일단 거기서 이야기를 일단락 지었다.

그녀는 우리가 방에서 나가자마자, 이번 사태에 관련된 가장 중요한 업무를 시작할 것으로 보였다.

그녀의 지시에 따라 학원장실에서 나온 우리들은, 제각각 기숙사나 교무실로 돌아갈 일만 남았다.

일행의 발길이 대형 홀까지 다다르자, 에드왈드 교수가 유쾌하기 짝이 없는 쾌활한 목소리로 웃음을 터뜨려 주변을 지나가는 학생들의 이목을 끌었다.

"이거야 원, 천하의 학원장님께서 오늘처럼 노골적으로 감정을 표현하는 광경을 목격한 건 난생 처음일세. 드란 군과 함께 행동하다 보니 놀라울 정도로 수많은 첫 경험들이 이어진단 말이지. 참으로 유쾌한 일이야."

"교수님, 목소리가 조금 크신 것 같습니다."

"아차, 조심해야겠군."

에드왈드 교수는 미스 엘리자의 즉각적인 지적을 받자마자 목소리를 낮췄다.

우리들은 굳이 목소리를 키울 필요도 없이 지나가는 이들의 시선을 한데 모을 수밖에 없는 집단이었다.

우선 가로아 4강이라는 호칭으로 불리는 최강의 전투 능력을 갖춘 네 학생들 중 두 명인 크리스티나 양과 레니아의 존재감을 무시할 수는 없었다. 그리고 나는 두 사람과 같은 4강인 네르를 상대로 한 모의 전투에서 승리를 거뒀을 뿐만 아니라 특례를 받아

편입생 자격으로 마법학원에 입학한 몸이다. 라미아인 세리나는 바로 그런 나의 사역마였다.

필연적으로 눈에 띌 수밖에 없는 인원 구성이었다. 더군다나 주위에도 다 들릴 만큼 큰 목소리로 말을 하고 있는 이상에야 주위의 이목을 안 끌 수가 없었다.

"그런 의도에 따라 행동하던 건 아닙니다만, 교수님께 오락을 제공할 수 있었다는데 관해선 다행이었던 걸로 해두지요."

나로서는 양 어깨를 으쓱해 보일 수밖에 없는 상황이었다. 나의 곁을 나란히 따라오던 세리나가 굉장히 걱정스러운 표정으로 에드왈드 교수에게 우리의 앞날에 관해 질문을 던졌다.

"그나저나, 앞으로 저희들은 어떻게 될까요? 외국 분들께도 여러 모로 말씀드릴 일이 많지 않나요? 혹시 경우에 따라, 드란 씨나 저는 마법학원에서 나가야 할 수도 있지 않을까요……?"

나와 크리스티나 양은, 몹시 낙담한 듯한 세리나에게 격려의 말을 걸었다.

"내가 보기엔 그건 너무 지나친 생각이야, 세리나. 에드왈드 교수님께서 마법 도구로 자그르스의 발언들을 기록해 오셨을 뿐만 아니라, 만일의 경우엔 강령술(降靈術)을 사용해 명계로 간 쾽 나라 조사단을 불러와 증언을 부탁하는 방법도 있거든."

다행히 나는 명계의 파수견이나 명계를 관리하는 3귀신(貴神)과 우호적인 관계를 맺은 바 있다. 명계를 상대로 한 교섭에 중계 역할로 들어가, 죽은 자의 영혼을 일시적이나마 지상으로 불러오는 것은 그다지 어려운 일이 아니었다.

"강령술은 지금 드란이 말하는 만큼 간단한 술법은 아니지만, 그대의 힘으로 딱히 못할 것도 없어 보인다는 점이 무시무시하군. 나 또한 세리나는 생각이 너무 지나친 것 같아. 우리에게 특별한 잘못은 없는데다가, 큉 나라에게도 오버 진과의 대립은 일상다반 사인 모양이니 「또 그 녀석들인가?」라는 식으로 금방 납득해줄지 도 모르는 일이야."

솔직히 말해서 나나 크리스티나 양이나, 큉 나라가 외교적 수단 으로서 이용 가치가 높은 슬라니아 사건을 그냥 넘어가 주리라는 예감이 들지 않는다는 점에선 거의 생각이 다르지 않았다.

나로서는 그저 어딘지 모르게 그 한계를 예측할 수 없는 학원장 의 인맥과, 동쪽의 큉 나라와 서쪽의 로마르 제국이라는 확대 정 책을 국시로 삼는 양대 강대국들 사이에서 오늘날에 이르기까지 국가를 존속시켜온 아크레스트 왕국 지도부의 외교 수단에 기대를 걸고 있을 뿐이었다.

뭐, 왕국에서 우리를 산 제물로 바칠 가능성도 아주 없는 것은 아니었다. 흠. 만약 그렇게 될 경우, 어쩔 수 없이 평범한 인간으 로서의 생활을 포기해야 할지도 모른다. 과연 나로 하여금 한 바 탕 난리를 피울 수밖에 없게 하는 상황이 찾아올 수도 있을까?

에드왈드 교수가 잠시 동안 골똘히 생각에 잠긴 듯한 표정을 지 었다가, 이윽고 입을 열었다.

"어디 보자, 세리나 군이 걱정하는 이유도 충분히 납득이 가고 도 남아. 하지만 우리나라의 외교관들 또한 큉 나라를 상대로 한 교섭에서 한 번이라도 나약한 모습을 보일 경우엔 골수까지 빨려 나간다는 사실을 경험상 알고 있을 테니, 아마도 그리 간단히 물러서진 않을 거야. 게다가 우리 가로아 마법학원의 학원장님께선 오랜 세월 동안 쌓아올린 경험을 비롯한 수많은 수단들을 지니고 있는 걸로 유명한 고단수 중의 고단수거든. 본인의 관할 하에 있는 학생들을 간단히 포기하실 분은 아니야."

천공인의 유산에밖에 관심이 없는 듯이 보이는 에드왈드 교수가 사실은 각국의 정세나 정치, 외교 등에 관해서도 폭넓은 지식을 지니고 있다는 사실은 짧은 기간이나마 행동을 함께한 우리들도 아주 잘 알고 있었다.

세리나도 우리들 세 사람의 설득에 의해 꽤나 안심한 듯한 반응을 보였다. 그녀는 풍만한 가슴을 쓸어내리며 크게 안도의 한숨을 내쉬었다.

예상 외로, 레니아 또한 세리나에게 말을 거는 모습을 보였다. 하지만 레니아의 입에서 나온 대사는 세리나의 용기를 북돋기 위한 격려의 말이 아니라, 불안에 시달리는 세리나의 모습에 대한 불만이 잔뜩 담긴 공격적 언사였다.

정교한 인형과도 같이, 아니 그 정도 경지는 아득히 초월하는 수준의 사랑스러운 외모를 자랑하는 레니아의 얼굴에 그늘이 지는 모습이 눈에 들어왔다.

지금까지 레니아는 세리나에 대해 아무런 관심도 없는 듯한 태도로 일관해 왔지만, 지금은 아버지로서 존경하는 나의 사역마인 세리나에게도 그에 걸맞은 존재이기를 바라는 듯이 보였다.

"나약한 뱀 녀석. 아버…… 네가 드란 씨의 사역마라는 입장을 손에 넣은 이상, 온갖 오합지졸들의 추궁 따위에 겁을 먹는 식의 물러 터진 태도는 용납할 수 없다. 지금 같은 허약한 모습으로 이 분의 사역마를 자처한다는 것 자체가 어처구니없는 짓이야. 네 녀석은 평소부터 드란 씨에게 걸맞은 사역마의 모습을 보여야 한다는 사실을 명심해야 한다."

흥, 크게 코웃음을 친 레니아가 냉엄하기 짝이 없는 시선으로 세리나를 노려봤다.

레니아의 나에 대한 태도가 급격한 변화를 보인 것은 슬라니아를 탈출한 바로 그날 밤부터였다. 와그레일 근교에서 야영하던 그날 밤, 세리나나 크리스티나 양을 비롯한 일행들은 도대체 레니아에게 무슨 짓을 한 거냐면서 온 세상이 발칵 뒤집힐 듯한 소란을 벌였다.

그녀들을 상대로 레니아의 태도 변화에 관해 아주 설명을 하지 않은 것은 아니었지만, 한심하게도 정작 중요한 핵심 부분에 관한 설명은 적당히 얼버무릴 수밖에 없었다.

레니아의 정체에 관해선 학원장에게도 설명하지 않았지만, 그녀의 경우엔 내가 인간이 아니라는 사실을 짐작하고 있었듯이 레니아의 영혼에 관해서도 어느 정도 파악하고 있을 공산이 컸다. 그녀는 자신의 영향력이 미치는 범위 안으로 정체불명의 전생자를 끌어들여, 좋지 않은 행동을 벌이지 못 하도록 감시하고 있던 건지도 모른다.

다행히 레니아는 나의 명을 지키고자 자기 나름대로 최대한 노력을 기울이고 있는 듯이 보였다. 지금도 타인의 이목이 있는 곳에서 나를 아버님이라고 부르지 않았다. 아버님이라는 호칭을 금지당한 레니아는 「드란 님」이라는 호칭을 제안했지만, 나로서는 같은 나이의 학생으로부터 드란 님이라는 호칭으로 불리는 것은 적잖이 어색하게 느껴졌다. 그런 고로, 나는 어떻게든 상식적인 수준의 드란 씨라는 호칭을 획득하기 위해 최선을 다할 수밖에 없었던 것이다. 레니아는 정말 솔직하고도 말을 잘 듣는 아이였다. ……모르긴 몰라도, 지금 같은 태도는 그녀가 나를 아버지로서 존경하는 동안에만 한정된 것이리라는 예감이 들었다.

나는 자기 자신이 어느 틈엔가, 앞으로도 레니아라는 딸로부터 존경을 받을 수 있는 「훌륭한 아버지」에 걸맞은 행동거지를 적잖이 의식하고 있었다는 사실을 깨달았다. 나는 당초의 예상과 달리, 자기 자신이 레니아를 틀림없는 딸로서 받아들이고 있다는 사실에 놀라움을 느꼈다.

흐~음, 솔직히 말해서 아직은 레니아를 완전한 자신의 딸로 받아들이는데 마음의 저항을 느끼고 있다는 것도 틀림없는 사실이었다. 하지만 그런 식의 헛된 저항도 머지않아 흔적도 없이 흩어지고야 말리라는 예감이 들었다. 왜냐하면 나는 바로 그런 성격이거든.

한편, 세리나와 크리스티나 양은 레니아의 신랄하기 짝이 없는 온갖 대사의 향연을 듣고도 딱히 기분이 상한 듯한 반응은 보이지 않았다. 두 사람은 레니아가 지금 입에 담은 말들보다, 마법학원이나 슬라니아에서 지금까지 봐온 레니아의 모습과 나의 옆에서 떠날 생각이 전혀 없어 보이는 눈앞의 레니아가 도저히 일치하지 않는 관계로 굉장히 어중간한 표정을 짓고 있었다. 나 또한 이따금씩 굉장히 어색한 느낌을 받을 때가 있다 보니, 그녀들이 그런 반응을 보이는 것도 어쩔 수 없다는 생각이 들었다.

"아, 예. 드란 씨의 사역마로서 부끄럽지 않은 당당한 태도를 보일 수 있도록 노력해 보겠습니다."

세리나로서도 어금니 사이에 음식물찌꺼기가 낀 듯한 어설픈 대답으로 대응할 수밖에 없었다.

"나의 입에서 이런 소리가 나오기 전부터 당연히 명심해야 하는 일이다. 네 녀석은 아버…… 드란 씨의 사역마라는 자리를 차지했다는 사실 자체가, 그야말로 상상조차 할 수 없는 어마어마한 행운과 기적이 겹친 결과라는 것부터 이해해야 한다."

"아, 예."

레니아는 겨우 그 정도의 대답으론 만족할 수 없다는 듯이, 몸 둘 바를 모르겠다는 표정으로 고개를 숙인 세리나에게 연달아 설교 세례를 퍼부었다. 레니아가 이 정도로 수다를 떠는 것은, 그 숲에서 서로의 정체를 밝힌 그 순간 이후론 사상 최초인 것으로 보였다.

두 사람 사이에 오가는 대화를 느긋하게 방관하고 있다 보니, 크리스티나 양으로부터 이제 슬슬 세리나를 구출해야 하지 않겠냐는 뜻이 담긴 눈빛이 날아왔다.

흠, 하기야 아까부터 주위의 주목을 한껏 집중시키고 있는데다가 레니아의 설교를 잠자코 듣고 있던 세리나의 집중력 또한 이제 슬슬 바닥을 보이기 시작할 참이었다.

"레니아, 나의 얼굴을 봐서라도 이쯤해서 넘어가 다오. 나는 평소부터 세리나를 자기 자신에게 과분한 사역마로 여기고 있는데다가, 실제로 언제나 훌륭한 활약을 보이고 있다는 것도 사실이란다. 나에게 있어서 세리나는 지금 상태로도 충분히 멋진 사역마야."

"예. 아…… 어흠. 드란 씨가 그렇게까지 말씀하신다면야……. 아직도 못 다한 말이 넘쳐날 지경이지만, 오늘은 이만 거둬들이도록 하겠습니다. 전부 다 드란 씨 덕분인 줄 알아라, 라미아."

"정말 죽다가 살아났어요……."

아직도 할 말이 산더미처럼 남아있는 걸로 보이는 레니아로부터 풀려난 세리나는, 햇볕을 받아 녹기 시작한 눈사람처럼 온몸으로부터 힘이 빠져 나가 그 자리에서 똬리를 틀며 축 늘어졌다.

한두 마디 정도는 되받아 쳐보라는 생각이 머릿속을 스쳐 지나갔지만, 얌전한 세리나에게 그러한 태도를 요구하는 건 너무 가혹한 처사인 걸까?

"음, 드디어 사태가 안정된 모양이군. 그럼 드란 군, 세리나 군, 크리스티나 군, 레니아 군? 우리들 두 사람은 지금부터 가로아 총독부나 마법 길드 같은 곳으로 얼굴도장을 찍으러 가야 되다 보니, 일단 여기서 이별일세."

"아직도 갈 곳이 남아있었단 말입니까? 죄송합니다. 저희들 몫까지 민폐를 끼치는 것 같군요."

에드왈드 교수와 미스 엘리자가 가능한 한 관계 각처에 대한 연락이나 보고를 자신들 선에서 책임지고 있다는 사실은, 우리와 같은 학생의 입장에서도 뻔히 들여다보였다. 아직은 마법학원의 학생에 지나지 않는 우리의 부담을 덜기 위해, 최대한의 노력을 기울이고 있는 두 분에게 머리를 들 수 있을 리가 없었다.

"글쎄, 무슨 소린지 모르겠는 걸? 자네들은 쓸데없는 어른들의 사정에 신경 쓸 필요 없이, 학생일 때 이외엔 체험할 수 없는 일들을 만끽하게나. 언젠가 자신의 의지와 상관없이 책임이나 의무라는 것들과 함께 살아가야할 날은 오게 되어 있거든. 그리고 그러한 고난들을 즐길 수 있을 만큼, 여유 있는 어른이 되는 것을 추천하고 싶군."

"교수님께선 무척이나 어른다운 어른이시군요."

말은 짧았지만, 나의 입에서 나온 대사는 순수한 칭찬이었다. 단순히 성인이 되는 나이를 넘겼다는 뜻으로 입에 담은 말이 아니었다. 어린 시절이라는 성장기로부터 벗어나 그때까지 쌓아 올린 경험이나 성숙한 인격, 그리고 정신의 완숙기에 들어간 인간을 뜻하는 단어로서 어른이라는 말을 입에 담은 것이다.

에드왈드 교수는 나의 칭찬을 듣자마자 의외로 붙임성 있는 부드러운 미소를 지은 채로 입을 열었다.

"어라, 혹시 지금까지 몰랐던 건가? 게다가 나는 어른일 뿐만 아니라 교직에 몸담은 인간이야. 학생인 자네들을 위해 최선을 다하는 거야말로 나 같은 교사의 역할이지."

오호라, 평범한 어른이 아니라 어른인 동시에 교사라는 건가? 그와 같이 훌륭한 교사와 만날 수 있었다는 것만으로도, 슬라니아에서 겪었던 큰 사건은 나에게 있어서 꽤나 보람 있는 경험이었다.

그 이후로 한두 마디 정도 잡담을 나누다 보니, 드디어 이별의 시간이 다가왔다. 1년 내내 국내외의 수많은 유적들을 조사하러

다니는 에드왈드 교수와 미스 엘리자는, 마법학원에 돌아올 날짜를 기약할 수 없는 신분들이었다. 두 사람은 우리와 재회할 날을 약속하는 대사를 남기며 자신들의 갈 길로 나아갔다.

각각 남자기숙사와 여자기숙사로 이어지는 갈림길까지 돌아온 우리들은, 이제부터 크리스티나 양이나 레니아와 헤어질 예정이었다.

"그럼 크리스티나 양? 이번에 참 많은 일이 있었지. 뭐, 하지만 개인적으론 그다지 신경 쓸 일도 아니니 예전과 다를 바 없이 지내고 싶다는 게 거짓 없는 본심이야."

"그대는 참 간단하게도 말하는군. 나로서는 아직도 마음의 정리가 덜 된 구석이 있다 보니, 어쨌든 하룻밤 동안 침대 위에서 곰곰이 생각해볼 예정이야. 드란이야 큰 문제없겠지만, 세리나는 아직 피로가 남아있는 걸로 보여. 며칠 동안 야영만 하느라 제대로 쉬지도 못 했을 테니, 오늘 하루 동안이라도 편안히 쉬도록 해."

"드란 씨나 크리스티나 양은 멀쩡해 보이는데, 저 혼자만 너무 허약한 것 같아요."

"흠, 나와 크리스티나 양은 기본적으로 꽤나 특수한 체질에 속하거든. 에드왈드 교수나 미스 엘리자는 발굴 현장을 수도 없이 접하는 과정에서 몸이 적응한 걸로 보이더군. 어쨌든 너무 크게 신경 쓰지 마. 나도 슬라니아에서 획득한 전리품들을 확인하자마자, 곧바로 잠을 청할 예정이야."

나의 손으로 부드러운 금발을 쓰다듬자, 세리나는 이보다 더할 수 없이 편안한 표정으로 힘이 다 빠진 한숨을 내쉬었다. 크리스티나 양은 나와 세리나를 바라보면서 「손길 한 번만으로도 긴장이 다 풀린다는 건가?」라고 중얼거리며 훈훈한 미소를 지어 보였다. 그리고 옆에 서 있던 레니아로부터 새까만 질투와 선망이 담긴 불꽃이 솟아났다.

흠. 아버지를 빼앗긴 딸의 심정에 가까운 반응일지도 모르지만, 레니아의 눈앞에선 지금 같은 행동은 가능한 한 자제해야 되겠다는 느낌이 들었다. 쓸데없는 불씨를 만들지 않기 위해서라도 오늘의 교훈은 마음속에 깊이 새겨놓자.

인간으로 다시 태어나고 나서 16년 반에 가까운 세월이 흘렀지만, 아직 친딸을 가져본 경험은 한 번도 없단 말이지. 레니아에 관해선, 친동생인 마르코나 마을의 자그마한 여자아이들을 돌보던 때의 요령으로 접해야 하나?

"그럼 한 시라도 빨리 드란 씨가 쉬실 수 있도록, 서둘러 남자기숙사로 향하시지요."

나와 세리나가 스킨십을 나누는 모습이 마음에 들지 않아 견디기 힘들어 보이던 레니아가, 무뚝뚝하게 신속한 이동의 재개를 요구해 왔다.

"흠, 그나저나 레니아? 당연히 넌 자신이 쓰던 여자기숙사의 방으로 돌아가야 한다."

천연덕스럽게 나의 기숙사 방까지 따라올 생각이었던 레니아에게 못을 박자, 그녀는 도저히 믿을 수가 없다는 듯이 깜짝 놀라는 표정을 지어 보였다. 그녀의 머릿속에 자리 잡고 있는 부모 자식 사이라는 관념을 들여다볼 길은 없었지만, 최소한 부녀 사이라는 관계는 함께 사는 것으로 여기는 듯이 보였다.

"어, 어째서? 이유가 뭔가요, 드란 씨?!"

레니아는 필사적인 표정을 지은 채, 타인의 시선 따위는 아랑곳하지도 않고 나에게 매달려 왔다. 설마 나로부터 동거를 거절하는 말이 나올 줄은 전혀 예상도 못 하고 있던 것으로 보였다.

레니아의 슬픈 얼굴을 마주보고 있자니, 죄악감이라는 이름의 바늘이 나의 가슴을 인정사정없이 찔러 왔다. 하지만 나로서는 마법학원의 규율을 어길 수도 없는 노릇이었다. 마음을 모질게 먹은 나는, 레니아에게 쐐기를 박았다.

"굳이 이유에 관해 언급해야 하나, 레니아? 너는 여자인데다가, 나는 남자야. 그리고 마법학원의 여학생과 남학생은 각각 별도의 기숙사에서 생활해야 한다는 규칙이 존재한다."

"하, 하, 하지만! 저와, 저와 드란 씨는⋯⋯!"

나는 「아버지와 딸 사이잖아요」라는 말을 꺼내려던 레니아를 가로막았다.

"그 이상은 말하지 마."

나는 레니아의 입술로 살며시 집게손가락을 가져가, 비어 있는 손으로 그녀의 검은 머리카락을 쓰다듬었다. 어렸을 때, 마르코나 다른 어린아이들을 타일렀을 때처럼 부드러운 손길로 서로의 온기가 느껴지도록 성심성의껏 그녀의 머리카락을 쓰다듬었다.

바로 그 순간, 지금 당장이라도 울음을 터뜨릴 듯이 보였던 레니아가 마음이 어느 정도 진정된 듯한 표정을 지었다. 그녀는 있는 힘껏 눈에서 흘러나오려는 눈물을 참는 표정으로 간절한 눈빛을 나에게 보내 왔다.

"레니아, 착한 아이이니까 말을 들어다오. 우리끼리 약속도 한 걸로 안다. 그렇게 부르는 건 우리 둘만 있을 때뿐이야. 약속은 지키기 위해 있는 거란다."

"으, 아, 알겠습니다. 드란 씨께서 약속을 존중하시는 이상, 저는 그 뜻을 따를 뿐입니다."

레니아는 풀이 죽은 듯한 표정을 지으면서도, 나의 말뜻을 알아들은 듯이 보였다.

하지만 아직도 눈물을 머금고 있다는 점에선 방금 전과 큰 차이가 없었다. 지나가던 이들이 이 현장을 목격할 경우, 쓸데없는 오해를 살 가능성이 크다는 사실엔 의심할 여지가 전혀 없었다.

"고맙다, 레니아."

감사의 뜻을 담아 마지막으로 약간 힘을 준 손길로 레니아의 자그마한 머리를 쓰다듬자, 그녀의 입으로부터 아기고양이 같은 사랑스러운 목소리가 들려왔다. 그녀의 목소리가 예상보다 훨씬 사랑스러웠던 관계로, 나는 한동안 말없이 그녀의 머리를 계속해서 쓰다듬었다. 그러나 이윽고 들려온 크리스티나 양의 헛기침 소리로 인해 부녀 사이의 스킨십은 일단 중단될 수밖에 없었다.

"어흠. 드란, 레니아? 개인적으로 지금 같은 행동은 적절한 장소를 가려가면서 해야 한다고 본다. 음. 다 큰 남녀가 지금 같은 식으로 불특정다수의 사람들 앞에서 서로의 몸을 만지는 것은 그다지 바람직하지 못한 것 같아. 응."

크리스티나 양은 변함없이 남녀 관계에 관해 고지식하고도 결벽

증적인 윤리관을 지니고 있는 듯이 보였다.

"지그시~~~~~~~~~~~~~~~~~~."

한편, 세리나는 입으로 소리를 내면서까지 자신이 축축하면서도 끈적끈적한 눈빛을 띠고 있다는 사실을 주장하고 있는 와중이었다.

감정이 극단적으로 고조될 경우, 때와 장소를 가리지 않는다는 점에선 레니아뿐만 아니라 세리나나 크리스티나 양 또한 큰 차이는 없다는 느낌이 들었다. 하지만 여기선 일단 얌전히 그녀들을 따르는 거야말로 최선의 선택일 것이다.

나는 레니아의 양 어깨를 붙잡은 뒤, 그녀의 몸을 정반대로 돌려 크리스티나 양을 향하게 했다. 그리고 그녀의 가벼운 몸을 크리스티나 양을 향해 밀었다.

"크리스티나 양, 레니아가 제대로 여자기숙사의 방까지 도착할 수 있도록 데려다주길 바래. 그리고 레니아? 노골적으로 싫다는 표정을 짓지 마라."

이거야 원, 지금까지 딸을 상대하는 방법 같은 건 배워본 적도 없단 말이다. 그러다 보니 하나부터 열까지 전부 다 감으로 어림잡을 수밖에 없었다.

"저는 이 여자가 싫습니다. 저와 드란 씨를 멸망시킨 인간은 이 여자와 마찬가지로 초인종이었습니다. 더군다나 용을 죽인 자의 인자까지 지니고 있는 이상, 더욱 더 마음에 들 수가 없습니다."

레니아는 나에게만 들리는 목소리로 속삭여 왔다. 마치 바제와 대화를 나누고 있는 듯한 느낌이 들었다. 나로서는 남몰래 웃음을 지을 수밖에 없었다.

크리스티나 양은 나와 레니아를 토벌한 인간 용사와 마찬가지로 초인종일 뿐만 아니라, 아마도 거의 의심할 여지도 없이 그보다 훨씬 깊은 인연으로 이어진 사이라는 예감이 들었다. 그러나 레니아가 그 사실을 알게 될 경우, 지금 보이고 있는 혐오감은 장난이라는 느낌이 들 만큼 격렬한 감정을 폭발시키고야 말 것이다. 그런 고로, 지금으로선 입을 다물고 있을 수밖에 없는 상태였다.

"네가 잠자코 나의 명에 따라 원래의 방으로 돌아가 잠을 자겠다는 식으로 나왔다면, 나 또한 일부러 크리스티나 양에게 수고를 끼칠 일은 없었다. 다음부터 굳이 제3자에게 쓸데없는 수고를 끼칠 필요가 없도록, 우선 방금 나눈 약속을 제대로 지켜다오."

나는 이제 막 철이 든 조그마한 어린아이를 타이르듯이 최대한 부드러운 목소리로, 끊임없이 레니아를 설득했다.

나의 앞에선 사악한 여신이 창조한 권속이라는 생각이 도저히 들지 않을 정도로 사랑스러운 태도를 보이는 레니아가, 나의 눈이 닿지 않는 곳에선 고압적이고도 공격적인 천성을 유감없이 발휘한다는 사실은 슬라니아에 도착하기 전까지 그녀가 보여준 모습만으로도 얼마든지 가늠하고도 남았다.

"알겠습니다. ……드란 씨의 소망은 저의 소망입니다. 드란 씨의 심오한 뜻을 헤아리지 못한 어리석은 저를 용서해 주십시오."

나로서는 지금처럼 지나치게 딱딱한 말투도 은근슬쩍 부담스러웠지만, 지금 당장 고치라는 것도 어려우리라는 예감이 들어 굳이 언급하지 않았다.

"용서하고 말고 할 것도 없다. 우리가 지금처럼 대화를 나눌 수

있게 된 것도 극히 최근이야. 앞으로 서로에 대해 천천히 알아가
도록 하자꾸나."

"예. 그럼, 오늘은 드란 씨의 명에 따라 저의 방으로 돌아가겠습
니다."

레니아는 더 이상 나를 실망시킬 수는 없다는 결론에 다다른 듯
이 보였다. 그녀는 씁쓸한 표정으로 크리스티나 양을 따라 여자기
숙사로 가는 길을 가로질러 나아갔다.

나를 아버지로서 존경하는 소녀는 길을 가다가도 미련이 남은
듯한 표정으로, 몇 번이나 나에게 고개를 돌리며 손을 흔들었다.
그녀의 특이한 행동은 그야말로 이보다 더할 수 없이 주변의 이목
을 집중시켰지만, 개인적으론 그녀의 천진난만한 행동을 나무라고
싶다는 마음은 들지 않았다.

나는 자신의 예상보다 훨씬 큰 한숨을 내쉰 뒤, 세리나와 함께
고등부의 남자기숙사를 향해 걸어가기 시작했다.

호기심이 잔뜩 담긴 시선의 화살들이 주위로부터 인정사정없이
날아 들어왔다. 이렇게 될 바엔 좀 더 인기척이 없는 곳에서 헤어
지는 편이 나았을지도 모른다는 후회가 밀려 왔다. 하지만 아마
도, 어디서 헤어졌더라도 뱀 소녀의 날카로운 눈빛을 피하기는 어
려웠으리라.

"지그시~~~~."

결국, 세리나의 항의는 기숙사의 우리 방에 도착할 때까지 이어
졌다.

방으로 돌아와 의자에 걸터앉은 뒤, 나는 드디어 세리나와 대화를 시도해보기로 했다.

세리나는 나의 앞에서 똬리를 튼 뒤, 그 위에 걸터앉아 뚱한 표정으로 양쪽 볼을 부풀리면서 나를 조용히 노려봤다.

"하고 싶은 말이 있을 때는 참지 마."

"그럼 굳이 사양할 필요 없이 곧이곧대로 여쭤볼게요. 드란 씨, 도대체 레니아 양한테 무슨 짓을 하신 건가요? 아무리 곱씹어 봐도 아까 전의 두 사람은 평범한 관계로 안 보였거든요?"

"흠, 역시 레니아가 보이던 모습이 신경 쓰일 수밖에 없었던 모양이군. 우선 맹세코, 지금 세리나가 머릿속으로 상상하는 듯한 행동은 한 적이 없다는 사실을 명확하게 해두지. 그녀가 언뜻 보기에도 심상치 않을 정도로 나를 따르고 있는 원인은, 한 마디로 말해서 우리 사이에 존재하는 전생의 관계 때문이야. 전생의 인연이 금생까지 이어진 셈이지."

"전생~~?"

언뜻 봐도 털끝만큼도 믿을 수가 없다는 세리나의 표정이 시야에 들어왔다. 일단 전생이라는 단어만으로도 어느 정도 납득시킬 수 있지 않을까 싶었다만, 아마도 꽤나 낙관적인 예상이었던 모양이다.

흠, 나는 최소한 세리나에게 만이라도 정확한 사정을 설명해두는 편이 나을 것 같다는 느낌을 받았다.

최근 들어 알게 된 사실인데, 세리나는 두 사람만의 비밀이라는 말을 듣게 될 경우엔 자기 자신이 특별 취급받는다는 이유로 기뻐

하는 경향이 있었다. 이러한 반응은 세리나 혼자만의 성격적 특징인가? 경우에 따라서 라미아 종의 전체적 경향일 가능성도 부정할 수 없었다. 혹은 여성들 전체가 그런 걸 수도 있겠지만, 지금으로선 추가적인 검증 작업이 필요할 것으로 보였다.

"세리나? 스스로 말하기도 쑥스럽지만, 전생의 나는 그럭저럭 이름이 널리 알려진 용이었어."

"예."

세리나도 지금 나의 입에서 나온 말에 관해선 그다지 걸고넘어질 생각이 없어 보였다. 세리나는 지극히 진지한 표정으로, 잠자코 나의 설명에 귀를 기울였다.

"그리고 전생의 나도 지금의 나와 성격이 크게 다르지 않았거든. 말하자면 이 세상에 해를 끼치려던 사신들이나 악마들과 수도 없이 결투를 벌이며 그들을 모조리 굴복시키는 작업을 일상적으로 반복해 왔다는 뜻이야. 그러다 보니 언제부턴가 나를 토벌하는 것을 목적으로 삼는 자들이 각자의 힘을 합치기 시작하더군. 그러한 이들이 동원한 수많은 수단 가운데 하나가, 나의 피나 영혼으로부터 추출한 정보를 이용해 나를 토벌하기 위한 생물을 창조하는 거였던 모양이야."

"사신이 창조한 키메라의 일종이라는 뜻인가요?"

"흠, 지금 세리나의 입에서 나온 말이 뜻 자체는 가장 가까울 것 같아. 엄밀히 따지고 들어가자면 신조마수라는 존재들인데, 혹시 처음 들어보는 단어가? 아무튼, 그러한 연유로 마계의 사악한 신들 중 하나가 전생의 내 육체 가운데 일부를 이용해 창조한 신조마수가 바로 전생의 레니아야. 그녀의 기준에서 본 나는 자신이 탄생할 계기가 된 존재로서, 말하자면 아버지에 해당된다더군."

내가 생각해도 꽤나 다급하기 짝이 없는 설명이었는데, 과연 세리나가 잘 알아들었을까?

나는 잠자코 세리나의 반응을 살폈다. 그녀는 머리 위에 수많은 물음표를 띄운 채로, 이해가 잘 안 간다는 표정을 짓고 있었다.

"잠깐만요, 아니, 어라~~?"

"세리나가 보이는 반응도 충분히 이해가 가. 야영을 시작한 그날 밤, 레니아의 입에서 나온 고백을 듣자마자 깜짝 놀란 건 나도 마찬가지였거든."

"레니아 양이 드란 씨의 따님, 이라는 뜻이지요? 으음?! 하지만 레니아 양에겐 제대로 피를 나눈 현재의 부모님들도 계시는 거잖아요?"

"나와 마찬가지야. 그녀도 전생의 죽음을 겪고 난 뒤, 새롭게 인간으로서 다시 태어난 거지. 전생에선 서로 얼굴을 마주친 적은 없었지만, 레니아 쪽에선 멀리서나마 나를 존경하는 마음을 먹고 있던 모양이야. 뭐, 사실 나도 아버님이라는 호칭으로 불렸을 때는 정신이 다 멍해지더군. 솔직히 말해서 지금도 아직 정답을 알 수가 없다는 것이 나의 본심이야, 후후."

"하아……. 말하자면 레니아 양이 그날부터 마치 딴 사람처럼 드란 씨를 따르기 시작한 건 아이가 부모에게 응석을 부리는 거나 다름없다는 뜻인가요? 전생해서 처음으로 만난 과거의 아버지인 드란 씨에게, 전생에서 이루지 못한 몫까지 한꺼번에 어리광을 부리는 거라고요?"

"상대와 접하는 방법에 관해선 감으로 어림잡고 있는 상태라는 생각은 든다만, 아마 그렇게 받아들여도 큰 하자는 없을 거야. 레니아는 지금으로선 나를 존경하고 있는 듯이 보인다만, 앞으로도 지금 같은 태도가 계속될지는 알 수 없어. 10대의 남녀들은 부모에게 여러 모로 반발하는 시기가 찾아오기 마련이니, 머지않아 그런 날이 다가올지도 모르는 일이야. 솔직히 말해서, 갑자기 인간으로서 같은 나이의 딸이 나타나 나 또한 적지 않게 혼란 중인 상태야."

"저기요, 으으음…… 차, 참 고생이 많으시네요!"

세리나는 나와 레니아의 관계를 자신의 경우로 비추어 보아, 어느 날 갑자기 자신에게 같은 나이의 딸이 나타나는 상상이라도 한 모양이다.

그녀가 방금 전까지 보이던 질투나 선망의 감정은 어디론가 자취를 감춰버렸다. 지금으로선 당장 무슨 말을 해야 할지 짐작이 가지 않아, 어쨌거나 어중간한 격려의 말을 입에 담는 정도가 고작인 듯이 보였다.

아닌 게 아니라 정말로, 나와 레니아가 이제부터 새롭게 구축하게 될 관계성에 관해선 완전히 미지수였다.

†

마법학원으로 귀환한 날로부터 며칠이 흘렀다. 우리는 그 동안에도 여러 차례에 걸쳐 보고가 필요하다는 명목으로 불려 나갔지만, 다행히 내가 예상한 최악의 사태는 일어나지 않을 듯이 보였다.

에드왈드 교수나 학원장의 노력으로 인한 덕을 많이 본 거야 틀림없겠지만, 경우에 따라서 크리스티나 양의 본가가 끼어들 여지가 있었는지도 모른다.

어찌됐든 간에, 평화로운 학원 생활을 보낼 수 있다는 것만 해도 나에게는 더할 나위 없는 행복이다.

나는 마법학원의 부지 안에 세운 사설 목욕탕의 발코니에서 새롭게 양산한 호스 골렘들을 점검하다가, 멍하니 그런 식으로 사색에 잠겨 있었다.

하늘로부터 내리쬐는 햇볕이 상쾌할 뿐만 아니라, 이보다 더할 수 없이 쾌적하고도 따스한 오후였다.

내가 최초로 제작한 호스 골렘 시라카제가 와그레일 근교를 힘차게 달리던 모습을 목격한 몇몇 유력 상인들로부터, 똑같은 종류의 골렘을 구입하고 싶다는 제안이 들어왔다. 그런 고로, 지금은 그들이 제시한 예산에 걸맞은 성능의 호스 골렘을 제작해 출하 직전의 마지막 점검을 진행하고 있던 와중이었다.

화려한 겉모습을 중요시하는 의뢰인들이었던 관계로, 주행 성능이나 연비 등을 희생하는 대신 바람에 나부끼는 갈기나 햇빛을 받아 번쩍이는 갈색 표피의 윤기부터 시작해서 예리하고도 중후한 체격에 이르기까지 스스로 만점을 줘도 아깝지 않을 정도의 수준으로 완성시켰다. 기본적으로 겉모습을 중요시한 건 사실이지만, 그럼에도 불구하고 평범한 준마(駿馬)들에 비해 3배의 속도와 20

배의 연비를 자랑하는 초고성능 호스 골렘들이었다. 일단 제작자의 입장에서도 얼마든지 급제점을 줄 수 있는 완성도였다.

히히힝~, 나는 진짜 말을 방불케 하는 울음소리를 뽑내는 호스 골렘 다섯 마리를 목욕탕 근처에 추가로 건축한 마구간으로 데려 갔다. 그리고 나는 다시 발코니로 돌아왔다.

세리나를 위해 건설한 이 목욕탕은, 일단 완성된 후에도 틈이 날 때마다 꾸준히 개량을 거듭해 왔다. 지금은 중앙의 목욕탕 이외에도 호스 골렘 전용의 마구간과 테르마이 골렘들을 대기시키는 용도의 창고, 그리고 보시다시피 편히 쉬는데 쓰는 발코니까지 갖추고 있는 상태였다. 물론 당장 필요한 시설들을 무분별하게 추가한 것이 아니라, 사용 허가가 떨어진 부지를 벗어나지 않도록 각 시설들의 배치와 설계에 최대한 심혈을 기울였다. 그 결과, 아직까지 마법학원의 사무국으로부터 시설 개량에 관한 주의가 내려온 적은 없었다.

발코니에 놓여 있는 가구는 시장에서 사온 중고 테이블 세 개와 중고 의자 열두 개가 다였다. 사실 오늘은 발코니의 테이블 주변에서 나의 작업이 끝날 때까지 기다리던 이들이 있었다. 우선 세리나가 평소와 마찬가지로 얌전히 나를 기다리고 있었다. 그리고 요슈아와 벨크, 제논의 얼굴이 눈에 들어왔다. 그들은 마법학원에선 굉장히 드문 축에 속하는 나의 동성 친구들이었다.

제논은 짧게 깎은 붉은 머리카락과 건장한 체격이 눈에 띄는 소년이었다. 그리고 벨크의 경우엔 금발의 곱슬머리가 특징적이었다. 두 사람 다 일반적인 평민들과 그다지 차이가 나지 않는 생활

수준의 하급 귀족 출신이었다. 커다란 체구의 요슈아는 처음부터 적극적으로 나에게 말을 걸어 온 관계로 친구가 되는데 그다지 긴 시간이 필요 없었지만, 제논과 벨크는 친구가 되는데 어느 정도 시간이 걸린 축이었다.

두 사람은 마법학원에 막 편입했을 무렵의 나와 함께 공격 마법 수업을 받다가, 나와 크리스티나 양의 친밀한 관계를 시기하던 쪽에 속한 이들이었다.

나에게 말을 걸어오는 남학생들의 태반은, 크리스티나 양에게 접근하기 위한 실마리를 목적으로 삼는 이들이 대부분이었다. 솔직히 말해서 벨크와 제논 또한 처음엔 그런 부류였다. 그러나 그런 식으로 흑심을 품고 접근해 온 이들이, 단 한 사람의 예외도 없이 그 이후의 과정에서 크리스티나 양 본인의 기피로 인해 오히려 예전보다 더욱 멀어진 것은 굳이 말할 필요조차 없었다. 그들 중 대부분이 목적을 이룰 수 없다는 사실을 알자마자 나로부터 거리를 두기 시작한데 비해, 제논과 벨크는 나와의 교우 관계를 계속해서 유지한 지극히 흔치 않은 사례였다. 그 결과, 어찌됐건 대등한 친구로서 지금 이 순간까지 관계를 유지해 온 것이다.

그 덕분에 두 사람은 크리스티나 양은 물론이거니와 가문이나 외모, 흔치 않은 전투 능력 등으로 인해 수많은 이들에게 그림의 떡이나 다름없는 존재로 알려져 있던 네르나 파티마와 한 테이블에 둘러앉아 잡담을 나눌 정도의 관계를 구축하는데 성공한 것이다. 두 사람의 입장에서 보자면, 나와의 교우 관계가 꽤나 남는 장사였던 건 사실이었다.

"자, 드란 씨. 식기 전에 드세요."

발코니의 의자까지 되돌아오자, 세리나가 곧 차를 내왔다.

"고마워. 흠, 포도 복숭아의 설탕 조림을 사용한 차인가?"

나로서도 예전보다 상당히 우아한 생활을 보내고 있다는 자각증상은 있었다. 베른 마을에서 밭을 갈 때는, 대낮부터 차를 마시며 농땡이나 피우는 시간적 여유 같은 건 완전히 딴 나라 얘기나 다름없었기 때문이다.

세리나 또한 나와 마찬가지로 「날씨가 좋네요」라는 식으로 느긋하기 그지없는 대사를 입에 담았다. 변온성(變溫性)의 하반신을 지닌 세리나의 경우, 오늘 같은 따뜻한 날이 컨디션에 좋다고 한다.

멍하니 긴장을 풀고 있다 보니, 먼저 자리에 앉아 차를 즐기고 있던 제논과 벨크가 입을 열었다.

"이봐, 드란."

"말해 봐."

나는 잘게 부순 견과류를 섞어 구운 밀가루 과자를 씹어 먹으며, 멍한 표정으로 제논의 말에 귀를 기울였다.

"너 말인데, 도대체 무슨 수로 천하의 레니아를…… 살아있는 인형, 흑백의 공주, 파괴자라고 일컬어지는 4강 중 한 사람을 녹여버린 거야?!"

"내 말이 그 말이야. 미스 알마디아에다가 네르네시아와 파티마까지 공략하는 걸로 그치지 않고, 이번엔 레니아냐? 슬라니아에 가 있는 동안, 도대체 무슨 짓을 한 거야?! 그녀는 입학한 이후로 수많은 남학생들이 이판사판식으로 무작정 돌격해 들어가다가도,

그 육중한 성벽 같이 타인을 거절하는 태도에 가로막혀 다들 결국은 단념할 수밖에 없었던 상대야. 그런데 너의 앞에선 마치 아기 고양이처럼 무방비한 모습을 보이잖아!"

여기서도 대답해야 한단 말인가? 아니, 당연히 나에게 물어볼 수밖에 없나……?

선천적으로 큰 그릇을 타고난 요슈아만은 「아하하하」라는 식으로 웃어 넘겼지만, 학원 학생들 중 태반은 제논이나 벨크와 같은 기분일 수밖에 없으리라.

나의 주위로 지금까지 타인과의 교류가 거의 없던 양대 산맥이나 다름없는 여학생들이 모여들어, 유별나게 화사한 공간을 형성하고 있는 상황이었다. 의문 한두 개를 품는 정도야 지극히 자연스러운 반응이었다. 다만, 이런 식으로 몇 번이나 비슷한 질문 세례를 당하다 보니 번거롭게 느껴지는 것도 나로서는 지극히 자연스러운 반응이었을 뿐이다.

"어디 보자, 나는 그냥 우연히 슬라니아에서 위기에 처했던 레니아를 구출했을 뿐이야. 그 이후로 나에게 고마운 마음을 잊지 못하는 걸로 보이더군. 솔직히 말해서, 나의 입장에서 봐도 당황스러울 정도로 레니아가 나를 따르고 있는 건 사실이야. 하지만 이 정도로 순수하게 호감을 표현해 오는 상대를 함부로 저버릴 수도 없지 않나? 그런 고로, 뭐, 옆에서 보기엔 내가 레니아를 녹여버린 듯한 느낌이 드는 거야. 하지만 나에게 딱히 레니아와 남녀의 관계로 발전하고 싶은 의도가 있는 건 아니야."

나로서는 비교적 솔직하게 본심을 털어놓은 셈이었지만, 제논과 벨크의 입장에선 쉽사리 납득이 가지 않는 모양이다. 오히려 나에 대한 부정적인 감정이 대답을 듣기 전보다 훨씬 커진 듯이 보였다. 흠, 아무래도 말투 자체가 그다지 좋지 않았던 모양이다.

"드란 군~? 너 말인데, 지금 한 말은 마치「저는 굳이 꼬시지 않더라도 여자를 자유자재로 공략할 수 있는 미남자랍니다」라는 뜻으로 들리는데?"

나를 뚫어지게 쳐다보던 제논은, 마치 술집에서 주정을 부리며 젊은이들에게 시비를 거는 중년 아저씨를 방불케 할 정도로 능숙하게 말꼬리를 잡아 왔다. 맨 정신으로 주정을 부릴 수도 있다니, 보는 관점에 따라선 정말 대단한 녀석이다.

"제논의 말이 맞아, 드란. 넌 도대체 얼마나 수많은 남자들이 레니아의 인형 같은 미모에 애를 태우다가, 그 얼음 바다의 밑바닥과도 같이 차가운 시선과 분위기 때문에 포기해 왔는지 알기나 해? 그런데 걔가 너한테 걸리자마자 저렇잖아?"

벨크가 턱으로 가리킨 방향을 향해 시선을 돌리자, 나를 향해 반짝일 듯한 만면의 미소를 띤 채로 손을 흔들며 이쪽으로 뛰어오는 레니아의 모습이 눈에 들어왔다.

"흐~~~음."

"도대체 뭘 어떻게 해야 저렇게 되는 건데? 너 혹시, 매료를 쓴 건 아니겠지? 그 술법은 비상사태 이외엔 인간을 상대로 쓸 수 없는 금주(禁呪)거든?!"

제논이 약간 강한 말투로 캐물어 오자, 벨크 또한 꽤나 험악한 표정으로 제논을 따라 나에게 질문을 거듭해 왔다.

"드란, 맹세코 떳떳하지 못한 짓을 한 건 아니지? 아니, 혹시 그 소문이 사실인가? 몬스터 테이머는 여자들의 마음을 공략하는데도 능숙한 거야? 만약 그 소문이 사실이라면, 그 오의를 전수해 줄 수 없을까? 최근 들어 겨우 미스 알마디아와 같은 테이블에서 얘기 정도는 나눌 수 있게 됐지만, 우리는 지금 있는 경지보다 더욱 더 높은 곳으로 오르고 싶단 말이다아아아아!"

지금처럼 노골적으로 자신의 욕망만 내세울 경우, 크리스티나 양으로선 너희들을 피할 수밖에 없을 거야. 그러나 나의 지극히 상식적인 지적은, 당장 피눈물을 흘릴 듯한 표정의 두 사람의 귀엔 들어가지 않은 모양이다.

시끄러운 소리와 함께 테이블을 마구 두드리던 제논과 벨크는, 마치 애원하는 듯한 자세로 나에게 여성들의 마음을 열 수 있는 비결의 전수를 졸라 왔다.

어쩔 수 없이 요슈아와 세리나에게 개입을 요구하기 위해 고개를 돌려 보자, 두 사람은 느긋하게 과자의 완성도에 관해 심도 있는 토론을 나누고 있는 와중이었다.

세리나, 내가 알기로 너는 나의 사역마가 아니었나? 아무리 알맹이가 없는 명목상의 계약이었더라도, 일단은 주인에 해당하는 나를 구하기 위해 한 마디라도 거들어주길 바라는 건 정녕 나 혼자만의 오만인가?

"드란 씨~~~!!"

아아, 레니아. 너의 천진난만한 미소가 지금의 나에겐 너무나 눈부시구나. 그녀는 정말 이보다 더할 수 없이 행복한 표정으로 한

치의 그늘도 없는 미소를 짓고 있었다. 흠.

이래가지고서야 과연 앞으로도 평온한 학교생활을 영유할 수 있을까? 화창한 햇살 아래, 나는 혼자서 다른 그 누구도 짐작할 수 없는 고민거리로 골머리를 썩고 있었다.

잘 가거라 용생, 어서 와라 인생 5

초판 1쇄 발행 2018년 9월 10일

지은이_ Hiroaki Nagashima
일러스트_ Kisuke Ichimaru
옮긴이_ 정금택

발행인_ 신현호
편집국장_ 김은주
편집진행_ 최은진 · 김기준 · 김승신 · 원현선 · 권세라
편집디자인_ 양우연
국제업무_ 정아라 · 고금비
관리 · 영업_ 김민원 · 이주형 · 조인희

펴낸곳_ (주)디앤씨미디어
등록_ 2002년 4월 25일 제20-260호
주소_ 서울시 구로구 디지털로 26길 111 JnK디지털타워 503호
전화_ 02-333-2513(대표)
팩시밀리_ 02-333-2514
이메일_ lnovelpiya@naver.com
L노벨 공식 카페_ http://cafe.naver.com/lnovel11

SAYOUNARA RYUUSEI, KONNICHIWA JINSEI 5
Copyright ⓒ Hiroaki Nagashima 2016
Cover & Inside illustration Kisuke Ichimaru 2016
Cover & Inside Original design ansyyqdesign 2016
Korean translation rights arranged with AlphaPolis Co., Ltd.
through Japan UNI Agency, Inc., Tokyo and Korea Copyright Center,Inc.,Seoul

ISBN 979-11-278-4624-4 04830
ISBN 979-11-278-4192-8 (세트)

값 9,000원

©Ryo Shirakome/OVERLAP
Illustration Takaya-ki

흔해빠진 직업으로 세계최강 제로 1권

시라코메 료 지음 │ 타카야Ki 일러스트 │ 김장준 옮김

오늘도 고아원을 위해 생활비를 벌며 평온한 일상을 보내고 있었다.
그런 오스카의 공방에 『천재(天災)』 밀레디 라이센이 찾아온다.
신에게 저항하는 여행의 동료를 찾는 밀레디는
오스카의 비범한 재능을 간파하고 여행에 권유하기 위해 왔다고 한다.
오스카는 권유를 거절했지만 밀레디는 포기할 줄 몰랐다.
그런 와중 오스카가 지키는 고아원에 사건이 생기는데?!
"희대의 연성사. 나와 함께 세계를 바꿔 보지 않을래?"

이것은 『하지메』에게 이어지는 제로의 계보.
―『흔해빠진 직업으로 세계최강』 외전의 막이 오른다!

L NOVEL

©Makoto Sanada/Chiren Kina 2018
KADOKAWA CORPORATION

살육의 천사 1~3권

원작 사나다 마코토 | 저자 키나 치렌 | 일러스트 negiyan | 옮긴이 송재희

빌딩 최하층에서 깨어난 13세 소녀 레이.
그녀는 기억을 잃어 자신이 어째서 여기 있는지조차 알지 못했다.
그때 나타난 것은 붕대를 감은 살인귀 잭.
"부탁이 있어, 부탁이야, 나를 죽여 줘."
"같이 여기서 나가게 도와주라고. 그럼 너를 죽여줄게."
두 사람의 기묘한 유대는 그런 「비정상적인 약속」을 계기로 깊어져 간다.
과연 이곳은 어디인가. 두 사람은 어떤 목적으로 갇히게 되었는가.
그들을 기다리는 운명이란—.
밀폐된 빌딩에서 탈출하기 위한 목숨을 건 여정이 시작된다……!

『안개비가 내리는 숲』의 사나다 마코토 신작!
대인기 호러게임 『살육의 천사』 대망의 소설화!

라이트노벨의 새로운 빛! L노벨의 신간은 매월 10일에 발매됩니다. http://cafe.naver.com/lnovel11

일반공격이 전체공격에 2회 공격인 엄마는 좋아하세요? 1~3권

이나카 다치마 지음 | 이이다 포치, 일러스트 | 이승원 옮김

"이제부터 이 엄마와 함께 실컷 모험을 하는 거야.", "맙소사……"
고교생 오오스키 마사토는 그렇게 염원하던 게임세계로 전송되지만,
어찌된 영문인지 그의 어머니이자
아들이라면 껌뻑 죽는 마마코도 따라오는데?!
길드에서는 「아들의 연인이 될지도 모르는 애들이니까」라는 이유로
마사토가 고른 동료들에게 면접을 실시하고,
어두운 동굴에서는 반짝반짝 빛나는데다.
무릎베개로 몬스터를 재우는 걸로 모자라,
전체공격에 2회 공격인 성검으로 무쌍을 찍는 등
아들인 마사토가 질릴 정도로 대활약을 하는데?!
현자인데도 유감스런 미소녀 와이즈,
치유계 여행 상인인 포타를 동료로 맞이한 그들이 구하려는 것은
위기에 처한 세계가 아니라 부모자식간의 정.

제29회 판타지아 대상 〈대상〉 수상작인
신감각 모친 동반 모험 코미디!

© Hayaken / Illustration Hika Akita
Originally published by HOBBY JAPAN

VRMMO 학원에서 즐거운 마개조 가이드 1~2권
~최약 직업으로 최강 대미지를 뽑아봤다~

하야켄 지음 | 아키타 히카 일러스트 | 이경인 옮김

게임을 좋아하는 소년, 타카시로 렌의 취미는 세간에서 평가가 낮은 비인기 직업이나
유감스러운 스킬을 마개조해서 빛나게 만드는 것이다!!
그런 렌은 중학교 때부터 온라인 게임 친구였던 아키라의 권유를 받아
VRMMO 게임을 수업에 도입한 특별한 고등학교에 입학!
숨 쉬는 것처럼 당연하게 게임 안에서
최약이라 이름 높은 직업【문장술사】를 고른 렌은
그 직업을 최강 화력으로 마개조하기 시작하는데—.
"어, 아키라는 여자아이였어?!", "그런데?"

실은 미소녀였던 온라인 게임 친구와 함께 하는 최강 게임 라이프, 개시!
